CLIO 克利俄

发现
历史的曲折
与
智慧的光芒

边走边思：刘军学术随笔集

刘　军——著

BEIJING INSTITUTE OF TECHNOLOGY PRESS

2009 年，专访加拿大皇家学院院士李胜生教授时合影

2009 年，专访瑞典斯德哥尔摩大学社会学研究所沃特 · 科比教授时合影

2009 年重返母校加拿大萨斯喀彻温大学

2009 年专访诺贝尔经济学奖评委会前主席阿瑟・林德贝克，并与其合影

2009 年重返萨斯喀彻温大学，拜访了阔别 16 年的研究生导师——克里斯托夫·安德鲁·肯特教授

2011 年冬季，访问美国妇女运动的发源地——塞尼卡瀑布镇

2012 年与加拿大特伦特大学加拿大研究中心的 B.D. 帕尔默教授合影

2013 年参加多伦多劳工活动时留影

2013 年，多伦多当地工会每月 14 日为增长最低工资到 14 加元召开会议

2014 年，拍摄于西藏调研考察途中

2015 年，22 年后重游加拿大西部著名旅游胜地——路易斯湖

在加拿大的休闲时光

在加拿大旅游途中（2015 年摄于落基山脉）

2015 年，游览加拿大首都渥太华圣母大教堂，曾作为微信的头像

这是我一生中最难写的文字（代序）

这部文集是我的先生、已故中国社会科学院世界历史研究所刘军研究员的一部随笔集。在酝酿整理随笔集之初，刘军的学生们即嘱我写上一篇文字，作为文集的序。可每次拿起笔还未写上几句话时，我已泪流满面，不能自已。这真是我一生中最难写的文字！

似乎是时间的巧合，当这篇文字终于可以定稿时，恰逢“三八”妇女节。35 年前的这一天，对于我和刘军来说，是一生难忘的日子。那一天，我们两人怀揣着单位的介绍信来到了婚姻登记处。那幸福的情景还历历在目，宛如昨日！

在我的心目中，刘军的一生创造了很多奇迹：1978 年，以顽强的毅力，以天津河北区文科状元的成绩考入北京大学历史系，从一名普通的工厂工人成为一名“天之骄子”；1982 年，从北京大学毕业后，进入中国社会科学院世界历史研究所工作；1985 年，考入中国社会科学院研究生院，硕士研究生毕业后又回到了中国社会科学院世界历史研究所；1991 年，拿到了加拿大萨斯喀彻温大学全额奖学金，在该校历史系攻读研究生并顺利地取得了学位；在生命最后的阶段，当被医生告知回天乏术后，他又奇迹般地从临终关怀医院走出，飞到多米尼加国旅游和游泳，无拘无束地享受着阳光和大海。尽管一年后疾病复发，病魔还是夺走了刘军的生命，但他却将生活过得多姿多彩、有滋有味!

刘军的研究领域是当代西方的史学理论和政治思想史。对于他的专业，我虽然不懂，但深知他是一个全身心投入学术科研，将学术作为一种“志业”的人。经过四十年来的辛勤耕耘和刻苦钻研，刘军在相关领域出版了专著、译著、论文等大量学术成果。除在书斋中从事思考和写作外，刘军更爱游历，并喜欢将沿途所见所感写下来。因此，除大量的学术成果之外，他还累积了数十篇学术随笔。

多年来，刘军不仅游遍了祖国的大江大河，还先后到访过 29 个国家。在他所走过的地方，不仅留下了他的足迹，也留下了他的思考。显然，受学术研究的影响，在他的随笔性文章中，公民权问题、全球化问题、社会保障问题、国家认同问题等都受到特别关注。当他知道自己身染重病后，也写下了一些反思生命意义的文字。这些文字读来清新脱俗又引人深思。

在病中，我注意到刘军有时会浏览自己的学术简历。有好几次，我看到他脸上会情不自禁地流露出一丝笑容。那是一种满足和欣慰的笑容！对于以学术为“志业”的人来说，读书和写作已成为生命存在的一种方式。显然，对于在学术生命中结成的果实，刘军还是满意的!

在病中，我曾数次询问刘军是否还有什么遗憾的事需要我做，他都说没有。他走时平静安宁、无怨无悔。有一段时间，我时常会问自己，这是一个多么坚强豁达、乐天知命的人啊！人生一世，哪有不畏惧死亡的？可我在刘军的身上并没有看到他对死亡的恐惧。

2015 年，刘军从中国社会科学院世界历史研究所退休，但他并没有停下学术科研的努力。由于曾在加拿大留学，加上退休后每年都会在加拿大住上一段时间，因此他便把研究和考察的重点聚焦于加拿大。除了学术性的研究论文外，他还写了很多对加拿大历史与时事的考察或观感，同时，也记录了我们在加拿大生活的点点滴滴。这本文集中的很多随笔都与加拿大有关。

尽管刘军离开这个世界时未留遗憾，但我时常想到他在浏览自己的学术简历时的情景，于是决定将他的论文和文章整理并结集出版。从生物学意义上讲，刘军的寿命并不长，但我想尽量延长他的学术生命。我这样做既是为了纪念刘军，还真切地希望他的科研成果能够给学术界的相关研究带来一定的便利，为有缘读到刘军文字的读者带来一些营养或启迪。古人云："读万卷书，不如行万里路"，刘军做到了。他的随笔集多是行走于各地而形成的文字，其中不仅有异国他乡的风情，更有他对现实的深入思考，因此，我将随笔集取名为《边走边思》。

我也想借此机会，向刘军的学生马金生先生、陈剑青先生、张锦丽女士和孟珍真女士表示感谢。尽管已毕业多年，但只要刘军在北京，他们几个总是相约在教师节前后来看望刘军，或者通过不同的方式向刘军表达问候。此外，我还要感谢马金生先生，他在这本随笔集的编辑出版过程中，为文章的搜集、整理和编辑付出了大量的时间和精力。另外，我还要感谢刘军的北京大学同学王小宽先生和《中国社会科学报》杨阳编辑，他们专业且迅速地发来了已在网络上不易寻找的相关文章。最后，特别感谢北京理工大学出版社的顾学云、宋成成编辑和有关的社领导，谢谢他们对随笔集出版工作的投入。若没有各位的鼎力支持和热心相助，这本随笔集便不可能出版。

是为序。

赵华

2020 年 3 月 8 日 于加拿大

目　录

美洲行记

欧洲行记

亚洲行记

人物访谈

史学漫笔

时事遐思

美洲行记

重游加拿大的见闻与感受

2009年11月，我应邀到加拿大短期访学，这是从那里留学回国16年后的旧地重游。从东部的多伦多到中部的里贾纳、萨斯卡通，再到西部的温哥华，我用20多天的时间横穿加拿大，见到了旧日的师友，发现了很多值得回味的现象和研究课题，感受颇多。

环境依旧　人非昔比

加拿大没变，山还是那些山，河还是那些河，甚至当年电视里的女主播也风采依旧。我走在熟悉的街道上，站在我住过的公寓前，很难想象时间已经过了16年！ 16年，变化的是人。当年指导我的三位教授中的两位已经退休，另一位还有一个月也要退休了。

变化更大的是当年那些在加拿大留学的中国同学，他们绝大部分已经离开萨斯喀彻温大学，有的成为其他大学的终身教授，有的成为当地银行的负责人。在萨大访学期间，我住在B同学家，他是农学院副院长，该院下属有5个系（植物学系、动物家禽系、土壤学系、食品科学和生物产品系、生物资源经济学系），有70多位教授。萨斯喀彻温省是加拿大农业大省，号称“世界粮仓”，农学院在加拿大许多农学领域中处于领先地位。B同学有不少研究生，常回国内交流，被一些单位聘为专家。他每天早晨 8 点多就到校，那时天刚蒙蒙亮。他的博士指导老师，每天竟比他到校还早。我能感到，那里的研究氛围很浓厚。B 同学太太的变化更大，她现在是一家钾肥公司的销售主管，英语说得跟当地人一样棒。很难想象一个十几年前还要去英文补习学校的国内计算机专业毕业生是如何走到这个岗位的。她现在常住美国，经常奔波于南美各国，只在周末才回家。毫不夸张地说，她每周坐飞机（包括其公司专机）的次数比我在北京坐公共汽车的次数还多。

Z 同学更富有传奇色彩，她成立了自己的公司，靠集资买下了一片土地的钾矿开采权，又凭那里的矿储量价值使公司成为上市公司。加拿大钾矿储量约占世界钾矿储量的 57%，而其钾矿主要在萨斯喀彻温省。在别人的钾矿附近买地，下面肯定有钾矿，只是储量和钾含量还需要确认。最初，她在中国同学中集资时，每股 1 角多加元都没人买，几年前上市时原始股也就卖 2 加元多，但一年多以前，随着钾肥价格猛涨，其公司股价冲上 10 加元。金融危机最严重时，股价曾跌到 9 角加元，现在又反弹至 6 加元多。从账面上看，她依然是千万富翁。我惊奇的是，那个矿到现在并没投产，股价竟起伏了十几倍；而且，尽管一袋钾矿石也没挖出来，身为董事长的 Z 同学仍可以给自己开一份不亚于教授的工资。我问："为什么还不挖呢？" 有人计算过，实际投产需要 28 亿加元，包括勘探、开采、修路、运输，而公司股票的市值目前只有 2 亿多加元，只能继续融资或等着被别的公司收购。

16 年前，整个萨斯喀彻温大学只有三四位华裔教师，几乎都不是中国大陆去的；现在有 40 多位华裔教授，各系差不多都有，而且绝大多数都是改革开放后从中国大陆去的。我还记得，第一次去老师家做客，走进私人别墅时，觉得那是另一个世界，一种可望不可即的生活环境。现在再看同学家，几乎家家都是那个样子。我们笑谈当年开着几百加元的车去考驾照的往事，一次，有个同学的车实在太破了，考官不敢坐他的车，让他回去换一辆再来。现在他们开的全都是高档车。我由衷地为这些同学感到高兴和自豪。

他们只是加拿大华裔移民地位提高的一个缩影。他们在中外学术交流方面发挥着重要作用，同时，也扩大着中国的国际影响力。

值得一提的是，这些在加拿大工作的学者与国内同行相比，并不认为自己有什么特别优越之处，提起他们在国内的同学，无论是国内成长的，还是“海归”的，他们也不无羡慕，毕竟，现在国内外生活和工作环境的差距已经大为缩小。我还记得当年有一位留加已七八年的同学曾很认真地问我，国内一般家庭是不是真的有冰箱和洗衣机了。还有一位当时不打算回国的同学说，他已习惯了每天睡觉前洗一个热水澡，出门自己开车了。当时，国内大城市绝大多数家庭还做不到这些。我曾问B同学，在他熟悉的领域，国内与加拿大研究水平的差距如何？他说，差距不大，而且差距缩小的速度很快。国内同行的信息并不闭塞，有的学术带头人本身就是从国外回去的。我觉得，他们选择在国内外发展时，纯物质的考虑更少了。一位南开大学出去的经济学教授对我说：“我的孩子在哪里上学，我就在哪里的大学找工作。”他现在同时任教于美国和加拿大的大学，每周都要跨越美加边境。

我还能感到这些在加拿大的同学对国内政治的态度也在发生变化。我的留学时间是1991—1993年，当时大家对国内的发展前景感到困惑。现在他们都表示，国内这些年的变化太大了，真是没有想到。与当年留学生大多通过写信与家里联系，为省钱几年才回家一次不同，他们与国内的联系很密切，这里可以看到十几个中文（包括国内的）电视台节目，所以他们对国内的情况很了解。与国内一些同行谈到国内存在的腐败、浮夸和贫困问题时的义愤填膺不同，一位同学说，他们知道国内有这些问题，但认为发展趋势是好的，对他们来说这就足够了，而且他们相信问题会逐步得到解决。我很欣赏他们这种淡定的心态，这正如欣赏一幅巨幅油画，有时需要保持适当的距离。

华人生活更为方便和舒适

我的另一个明显的感受是加拿大的东西不那么贵了。当年，商店里没有什么东西比国内绝对的便宜，一般我们用 1 加元乘以 7 来与国内比较，凡低于国内售价 7 倍的就是相对便宜的，但现在加拿大的一些商品比国内绝对便宜了。除牛奶、乳酪、面包这些一直便宜的外，猪肉和排骨也比国内便宜，带鱼段 2 加元（1 加元约合 6.5 元人民币）1 磅，熟猪肉火腿 2.88 加元 1 磅。当时，不敢问津的活海蟹不过 5 加元 1 磅，鲜三文鱼段 1.37 加元 100 克。一些水果按质量而言并不比国内贵，如一般的苹果、梨 4 加元 6 磅，只是蔬菜仍比国内贵些，如大白菜 0.5 加元 1 磅，西红柿 1 加元 1 磅。我没有时间去超市以外的其他商店购物，但听说某些家电、服装、鞋也比国内便宜。

房子也如此。当年，学校附近的旧别墅仅四五万加元一栋，新一些的则要十几万加元一栋，河边最好的房子最多也就 20 多万加元一栋。近几年，加拿大的房价也涨了二三倍，但比起国内房子的涨幅还是差多了。北京四环内一套一百平方米的公寓价格在加拿大绝大多数城市都可以买一栋独立别墅。中、加两国物价差距的缩小，一方面，说明国内经济发展很快，民众可支配财产增加；另一方面，也表明国内物价（尤其是房价）增长太快，尤其相对居民收入而言。

华人移民饮食生活更方便和舒适了。过去，提供华人特殊食品的中国店规模很小，品种少，价格高；现在，由于华人人数增加，购买力提高，这些中国店也扩大为中国食品超市，由于进货量大，因此也就便宜了。当年，我们周末在一起用啤酒瓶擀皮包饺子，那里的面粉质量好、弹性大，饺子皮刚擀开，又缩回去，要很早就把面和好。若说吃饺子不容易，豆浆、油条则更是奢望。现在超市里卖饺子皮、速冻和刚包好的水饺，还可以当场煮食。豆浆和牛奶并列卖，油条、烧麦、包子、豆包等应有尽有。我在多伦多和温哥华华人开的超市里购物的感觉与在北京的超市几乎没什么区别。

受美国金融危机影响小

加拿大与美国的经济关系密切，其80%左右的外贸都是与美国进行的，因此人们认为若美国经济打个“喷嚏”，则加拿大经济就会“感冒”，但加拿大经济在这次美国金融危机中的表现令人刮目相看。在美国100多家银行倒闭风潮中，加拿大没有一家银行倒闭。这被认为是加拿大经济表现不俗的主要原因。加拿大银行对贷款比较慎重，相比美国购房零首付贷款，加拿大房贷最低也要5%首付，且只有高收入者才能得到这种最优待遇，所以加拿大银行资产比较健康，保证了金融系统的稳定。实际上，加拿大受美国金融危机的影响相当滞后，多伦多股市在2009年3月才出现约7 600点的最低点，相比2008年6月最高时的15 000点，跌幅约为50%（中国股市的最大跌幅为70%多），现在回升至11 700点左右。房市也一直相对平稳，如温哥华地区的房价最多也就跌了10%，现已基本回到金融危机前的价位。

受影响最大的是制造业，尤其是汽车业。这在安大略省比较突出，2009年10月失业率高达9.3%。相较9月，整体而言，加拿大失业率仍在攀升。失业率最高的纽芬兰省为17%。估计2009年年底失业率达到高峰后，2010年年初会逐渐下降。失业率最低的是萨斯喀彻温省，为5.3%，因为那里主要发展的是农业和能源矿业。

理财观念很难改变

金融危机到来时，高校员工虽无失业之忧，但退休金损失不小。原来高校每月按一定比例将员工工资的一部分划入退休金账户，同时，注入相应的配额，共同作为员工的退休金。这笔钱员工本人不能动用，直到退休时才可以用作退休后的生活费用，但不知从何时起，政府容许员工自己或委托相应机构用退休金账户内的钱从事投资理财活动。因为加拿大人可以进行全球金融市场的投资，尤其一些人不满足加拿大市场的平静，投资美国股市，结果是激进者损失了50% ~60%，保守者也损失了20% ~30%。按说这是养老钱，加拿大人该接受教训吧？可很多人不这样想。他们认为，长期来看，基金的走势必然是上升的，危机是暂时的，只有退休前五年时，投资才需谨慎。他们说，等退休时，别人账户中的钱比你的多几倍，你是不是也会后悔？一对经济学家夫妇还开玩笑说，即使退休金都赔光了，还可以领养老金呢。养老金是退休后收入低于一定水平的人的福利。目前，可见社会制度与人们的消费理财观念有很密切的关系。是啊！既然有政府保底，谁不想搏一搏呢？谁又愿意在消费上“委屈”自己呢？

加拿大人少有储蓄习惯，不仅一般性日常消费不加节制，刷信用卡旅游的人也不在少数。这在金融危机时不仅会增加社保系统负担，还容易形成个人或家庭的心理压力。政府为鼓励民众存款，从2009年1月起，规定每个人可以另立一个免利息税的账户，每年最高可存入5 000加元。

当然，加拿大不是一个鼓励人滥花钱、领福利的国家，尽管个人所得税很高，但高工资纳税后还是高收入。有一个朋友曾在银行和移民福利部门工作过，她告诉我，按她目前57岁的年龄和财产状况，最好把积蓄都花掉，以便在退休时领养老金，但从良心上她不能这么做。实际上，她参加了联邦政府文化遗产部门雇员的考试，在等待录取通知。

经济刺激与节能环保挂钩

加拿大人号称，他们的经济刺激计划比起中国政府基础建设的大手笔来，只能算是小打小闹，但我觉得二者不能以简单的数量相比，加拿大已不需要再进行大规模的基础建设，其经济困难程度也不需要更强的刺激，但一些刺激措施的思路还是很能给人以启发的，比如家庭节能维修补助项目。加拿大的很多老房子年久失修，门窗不严会造成能源浪费。如果房主找有关部门评估后搞家庭节能装修，那么凭装修发票，政府会提供一定的补助。类似的还有换锅炉、换马桶补助项目。加拿大的独立住房都有自己的供暖系统，锅炉使用一定年限后，供暖效能就会降低。如果经有关部门检验属于低效锅炉，那么房主更换锅炉时就可享受政府补贴。马桶节水计划也是如此。我遇见过一位开装修公司的个体户，他的生意好极了。

“三权”不分立与“一党执政”

我参观了萨斯喀彻温和不列颠哥伦比亚（以下简称“BC”）两省的议会大厦，而且还在BC省议会内旁听了一场会议。会议定于上午10点开始，但10点差5分才开始有人进场。10点5分，到场议员只有十几位，而全体议员应为85人。10点10分，议长宣布会议开始时才有20多位议员到场。议长威严地坐在会场前方，通常他的右侧是执政党议员，左侧是反对党议员，由于执政党议员过多，因此有几位也坐到了左侧。那天是一次情况通报会，议员们各自陈述自己的意见和建议，每人有五六分钟的时间，若超过时间，则议长就会说谢谢某某先生或女士，然后介绍下一位发言人。发言涉及内容很广泛：如何利用冬奥会的机遇、如何组织志愿者、准备工作还有哪些不足、是否提高每小时最低工资等。发言之间并没有提问或辩论，有时一人发言后，一侧的人鼓掌，而另一侧的人则无动于衷地看着。我拿起一份议员座位图，对照发言者的姓名和党派看着。这是该省的39届议会，执政的BC自由党占有49席；反对党是新民主党，占35席；另有1席是独立人士。我从议员名单上看到，从省长到各部部长全部在册，而且全部是自由党的。

这不就是“一党执政”，而且是行政权和立法权合一了吗？我有些诧异，翻出从萨斯喀彻温省议会拿到的小册子，那上面用示意图显示：在皇室下有三条线连着——行政、立法和司法，下面分别是省长、议长和首席法官，再下面是内阁、议员和法官，这三者之间并没有横线联系。我又上网查了萨斯喀彻温省议员名单，同BC省议会一样，省内阁成员全部是执政党党员，区别仅在于那里执政的是萨斯喀彻温党（38席），新民主党议员依然坐在左侧（20席）。我问BC省议会工作人员，为什么内阁成员都是自由党呢，难道就没有其他合适的人选吗？他说，这是由议员席位决定的，因为BC自由党取得了一定多数的席位，它就可以这么安排，如果没有足够的席位，它就必须安排反对党阁员。既然可以安排自己的人入阁，那么安排本党议员入阁更为有利，这样可以在议会更好地贯彻党的纲领。看来，加拿大的“三权分立”并不是绝对的，而且只要选票允许，也可以搞“一党执政”。当然，“一党执政”不是一党政治，更不是一党独裁。加拿大和美国的宪制从传统上都来自英国，而且美、加又都是联邦制，没想到它们的差别如此之大。这使我对西方民主的多元性有了新的认识和兴趣。

从疫苗风波看社会公平

甲型H1N1流感在北美蔓延后，由于加拿大的疫苗和接种点一时满足不了所有人的需要，因此各省政府只好确定最先接种的群体。如阿尔伯塔省规定：6个月以下儿童的父母、幼儿看护、怀孕妇女、儿童及有慢性病的成人先接种。一般加拿大人起初并没有打疫苗的热情，但一位13岁的少年冰球运动员染病死亡后，民众接种疫苗的意愿一下从40%上升为80%。这时，媒体爆出阿尔伯塔省卫生官员将疫苗发给卡尔加里市火焰冰球队队员及其家属接种的新闻，一时舆论大哗，各地媒体纷纷检查是否还有类似的现象。有人揭露多伦多一家医院在为医护人员接种疫苗的同时，也为董事会成员接种了疫苗。医院立即解释，董事会成员在医院的时间很长，经常要接触病人。对蒙特利尔一家医院为其主要捐助者接种疫苗的报道，该省卫生局局长马上表态，在疫苗接种上的插队现象是不可接受的，在该省不能有特权。火焰冰球队就违规接种疫苗一事公开道歉。阿尔伯塔省卫生局随即将两位批准超范围接种疫苗的“资深官员”解聘。与此同时，卫生局还表示，埃德蒙顿市警察局曾给他们写信要求为警察接种疫苗，理由是警员们也在防疫一线，但卫生局并没有理睬。记者调查了阿尔伯塔省 17 位部长和 3 个主要政党的负责人，他们中无一人接种疫苗。另外，还有一家疫苗厂商被批评优先为自己的雇员及家属接种疫苗。这种“近水楼台先得月”的行为也受到谴责。这些事反映出了加拿大社会的透明度和公平度。

重游加拿大的过程是愉快而短暂的，但带给我的回忆与思考却是长久的。

（原载《百年潮》，2010 年第 2 期）

加拿大医改呼声渐高

医疗不能满足需求

加拿大的医疗保障体系是以一种国家税收为资金来源，由政府管理的全民医疗保险制度，被认为是世界上最好医保模式之一，是包括我国在内的很多国家效仿的对象，然而，加拿大医疗保险制度也有一些问题，20 多年来，呼吁其改革之声越来越高。

过去 20 年间，加车大医保费用的增长比 GDP 增长高两倍多；近 10 年间几乎是通货膨胀系数的四倍。萨斯喀彻温省 2008 年人均医疗费用为 5 393 加元，高于全国人均医疗费用（5 170 加元）。从 1996 年至今，医疗费用年均增长 7%，超过省年度预算的 40%。尽管投入增加，但医疗仍不能满足需求，而且医护质量也堪忧。不充分的医疗条件会增加疾病和死亡率。萨斯喀彻温省一年可避免的死亡人数为 300 ～ 600，或每天有一起不应发生的死亡事件。每年加拿大因不当治疗而死亡的人数在 10 000 以上。不列颠哥伦比亚省 2000 年以来，医疗费用增长 70%，从 97 亿加元增加到 2009 年的 157 亿加元，在 2012 年达到 175 亿加元。这意味着，在未来 3 年内，该省新增预算的 90% 都要用于医疗。30 年前，BC 省卫生局预算占省预算的 26%，20 年前占 32%，10 年前占 35%，现在占 44%。这种发展速度不能不令专家和政府感到忧虑。

医生和护士抱怨工作时间长、收入低。近年来，专科医生罢工事件屡见不鲜，在不列颠哥伦比亚、阿尔伯塔、纽芬兰、安大略、魁北克和马尼托巴等省都有，几乎所有事件都以加薪解决。其实，相比而言，医生的收入已经很可观了。如萨斯喀彻温省的家庭医生，平均年薪高达 20 万加元；至于专科医生，年薪为 50 万～ 60 万加元很平常。但相对于较长的工作时间、各种压力和责任，他们还是有抱怨的理由。

病人不满等候时间长。2009 年 5 月 31 日，在萨斯喀彻温省等候各种手术的有 2.7 万人，其中有 4 000 人（16%）已经等候一年以上了。McGill 大学的一项研究表明，如果病人要等 12 周以上才能手术，那么病情恶化的可能性很大。等候 CT 的时间，因地区不同，从 20 天到 190 天不等。等待核磁共振检查的时间在省会里贾纳为 150 天，在省人口最多的城市萨斯卡通竟为 390 天。2007—2008 年度，在 BC 省，各种手术的等候时间平均为 4.4 周。其中，白内障手术为 8.3 周，开胸手术为 9 周，换膝关节手术为 16.9 周，换股关节手术为 11 周。专家们在一次考察中还发现，在里贾纳一家医院有 45 名急诊病人，其中 11 人在走廊里没有得到治疗，有的病人已经等候了 2 天多。与此同时，还有 50 ～ 70 人等待住院。应该说明，急诊的就诊次序是按照病情的轻重缓急安排的，如果病人只因感冒而发烧，那么等 4 ～ 6 小时是很正常的，但病情恶化或有危及生命可能性的病人都能得到及时救治。

改革措施与思考

第一，医改定位。在各种医改文件中，2003 年联邦政府委托专家撰写的《罗曼诺夫报告》对后来的医改趋势影响最大。报告认为，加拿大医疗保障体系基本上能够满足人民的需要，但有改善的余地；医保制度改革仍要以普遍的公共资助为基础；对医保制度的某些负面报道言过其实，如每年有多少加拿大人死于医疗等候中、大批人不得不去美国去治疗等。与此同时，报告也认为，医疗制度需要改革，以适应新的社会情况和问题。2009年，萨斯喀彻温省提出，要将“病人第一”作为医疗制度改革的核心，不能仅将其作为一种标语口号；医疗制度要发挥社会凝聚力功能，要让国民因享有优越的医保体系而感到骄傲和自豪。目前，医疗体系整体是好的，但“好并不一定意味着足够好”，改革基调是“保留好的，改革其余的”。

第二，公有制问题。加拿大人从医疗保障体制建立之初就认为，医疗是一种特殊服务，不能任其市场化或私有化，即享受医疗服务只能根据病情的需要程度，不能根据社会地位或贫富。在很大程度上，加拿大做到了这一点。无论教授、官员还是工人、服务员一律按初诊先后排队，等候专家看病。能改变排队次序的原因只有一个，即病人在等候期间病情发生了变化。当然，这并不排除个别人“走后门”的现象，但在一般情况下，排队次序是很公平的，但公平的排队次序并不能缓解病人在等待中的痛苦和不满，所以，不断有人建议采取公私双轨制，满足那些希望得到及时诊疗又愿意多付费的病人，但这种呼吁目前并不能实现，因为它与大多数省内的医疗立法是矛盾的。2006年，阿尔伯塔省要试行“第三条道路”医改，即在公、私两条道路之间，走一种公私兼有的道路。其要点是允许医生在公、私两种制度下执业，病人可以付费以缩短等候时间，但民意调查显示，大多数人对此表示不理解或不满。反对者认为这将形成贫、富两个医疗系统。

第三，公费医疗问题。目前加拿大公费医疗范围包括：初诊费、专家诊断费、化验检查费、手术费、住院费。按照医疗费用近年来的增长趋势和速度，加拿大财政难以支持公费医疗只是时间早晚的问题。很多专家认为，医疗费用的增长与经济发展不协调，因此是不可持续的。减轻医疗领域的财政负担，一是要提高医疗单位的效率，各医院在公有条件下也可以开展竞争，如果改变目前的定额拨款制度，那么将拨款与医疗服务的数量和质量挂钩，让病人的选择与医院的效益结合起来，可以调动医院和医生的积极性；二是容许病人自费以获得更加及时和良好的服务。在医疗领域引入私有成分，并不必然使低收入者的医疗服务质量下降，因为医院可以用这部分增收扩大病房数量、增加医护人员，这会缩短其他病人的等候时间，只要有相应的政策将自费部分控制在一定的程度内即可。我参观的一家医院内有单人病房，但这种自费病房的数量也是有限的。有人做过医疗双轨制的数理模型，认为从长期看，这种制度是可行的，对低收入者也是有利的。目前，加拿大很多学校已要求国际学生自己购买医疗保险，而十几年前我上学时这笔钱则包含在注册费中。

第四，医生的自主权问题。主张限制的人认为，有些医生和医院滥用昂贵的设备，没有控制成本的内在动力。一位有影响的加拿大医疗经济学家甚至说，一个由专科医生来控制成本的医疗制度，不出现财政危机几乎是不可能的。相反的意见认为，医生需要更多的独立自主权，任何控制都在否定他们的职业宗旨，不能因为钱而限制他们的治疗方案。另外，如何在发挥医生的能动性的同时又限制其向不良方向发展的可能性，也是医改必须考虑的问题之一。

第五，如何看待等候现象。消除等候现象的唯一方法是保持过剩的医疗能力，但这会增加医疗成本，刺激不必要的医疗服务。加拿大医疗程序遵循按病情严重程度排序的原则，等候时间并不必然与不良后果相关。有的人没有什么病，却常去医院，这些人提高了医疗成本，降低了医疗效率。对这些人而言，等候时间似乎是医保制度的一种自我保护功能。同时，缩短等候时间一直是近年来医改的目标之一。2007 年哈珀总理与各省和地区政府达成协议，在 2010 年以前，对特殊病人的等候时间必须作出承诺，遵守这种承诺才能得到联邦的资助。确定优先的病症或项目有：癌症、换股和膝关节手术、心脏病、成像诊断、白内障手术和初诊，即医疗单位对这些病症或项目的等候时间要公示并需严格遵守承诺。加拿大政府也努力提供更多的医疗资源，如培养医生护士的教育培训机构要扩大招生名额和新建、扩建更多的医院等。

第六，医疗保障不等于健康，国民健康并不能用医疗保障来解决。研究显示，医保制度仅对15%人口的健康有益，决定健康的还有很多社会因素：贫穷、住房、教育、环境、社会地位悬殊、社会歧视等。医保针对的主要是疾病本身，但导致疾病的还有很多其他社会因素。医保只是社会政策的一环，要与其他社会政策协调发挥作用。若任何一环出现问题，则其他环节就要加重负担。目前，预防疾病和宣传科学健康的生活方式都成为医改系统工程的内容，由于医疗费用的上涨，因此立法增大了禁烟力度，所有公共场所禁止吸烟，私人汽车内有16岁以下孩子时也禁止吸烟。再如，至2010年，所有的饭馆和学校食品供应单位禁止提供含有反式脂肪的食品。

加拿大医改留给我们很多思考和启示：全民的高标准医保与医疗费用难以控制的上涨、效率降低、医护资源紧张究竟是一种什么关系？医疗保障是一种权利，还是一种特权？如果是权利，那么应如何定义医疗保障？如果容许人们付钱，以得到更快、更好的治疗，这对公费医疗制度有什么影响？我们正将医疗保障网覆盖全社会，这是一种历史性的社会进步，但它也必然会稀释城市里原本就紧张的医疗资源，对因此可能出现的问题，我们应有充分的准备。

（原载《中国卫生》，2010年第5期）

莱顿：多伦多的良心

2011年9月刚到多伦多，我就见到加拿大下半旗举国致哀。反对党领袖莱顿（Jack Layton，1950.7.18—2011.8.22）病逝，加拿大政府宣布为其举行国葬。按照加拿大传统，只有前任或现任联邦总督、总理、现任内阁成员才能享受国葬待遇，莱顿并没有担任过上述职务，却为何获此哀荣?

莱顿政绩骄人。2003年，莱顿出任联邦新民主党领袖，该党是加拿大政治谱系中的左翼，在20世纪60年代初由加拿大劳工大会与平民合作联盟合并组成。半个世纪以来，该党势力主要在加拿大中部，没有形成全国性的影响。在莱顿的领导下，该党在下议院的席位由2003年的14个猛增到2011年大选后的103个，首次成为联邦政府的官方反对党，即加拿大第二大党，超过了有多次执政经验的自由党。

莱顿并没有实际执政，他在其政治生涯中大多是议政。民众怀念他也不是因为他提出了什么与众不同的理念，而是尊敬他的为人和政治品格。一位政治家的去世能引发民众如此深切的哀痛和追思，这在加拿大历史上是罕见的。一位民意调查人员说，只有将多元文化定为国策的加拿大前总理特鲁多和英国戴安娜王妃去世时，民众才表现出过类似的情绪。人们认为，莱顿是没有就职的加拿大总理，要求为他塑像立碑，以他的名字命名街道、公园、图书馆、广场等。加拿大最高建筑CN塔（加拿大国家电视塔）的负责人在接到很多民众电话后，决定在国葬的当晚打出象征新民主党的橙黄色灯光以示哀悼。

多伦多前市长拉斯特曼（MelLastman）说，莱顿“不是以政客的态度去感受事物，对于一个政客，你永远不知道他是否真诚，而莱顿总是真诚的。莱顿是多伦多这座城市的良心，他给多伦多市政府的从政者带来了良心”。大学教授贝尔（Douglas Baer）认为，加拿大民众不仅是在哀悼一个人，也是在哀悼莱顿去世后再没有人能把自己的理想付诸实施。“民众潮涌般的哀思来自我们政治体制的今不如昔，民众担心现行政治体制不再能代表大多数选民的观点和愿望，而对一些人来说，莱顿原本是一道希望的曙光。”他说。

莱顿在生命的最后时刻对自己的后事作了安排，包括新民主党临时负责人选，留给加拿大人一封感人至深的遗书，甚至挑选出了自己葬礼上的曲目。他对牧师说，葬礼要歌颂生命，不要只顾他，要凝聚加拿大的多元化，对国民有所启发。参加莱顿国葬仪式的除了莱顿家属和 1 700 多位嘉宾外，还有 600 多个社会公众名额按排队的方式发放。有些人甚至提前一天去排队。国葬仪式在多伦多的罗伊汤姆森音乐厅举行，全部过程就像是一场歌颂生命的音乐会。加拿大几乎所有政要都出席了葬礼，而普通民众进入音乐厅时并没有安全检查。

莱顿有过两次婚姻，现任夫人是一位联邦下院议员，是来自中国香港的华裔后代。莱顿关心华裔事务，被称为“华裔的女婿”。实际上，他关心所有弱势群体，主张两性平等、环境保护。莱顿遗书上有这样的名句：“爱胜过愤怒，希望胜过恐惧，乐观胜过绝望。让我们怀着爱心、希望，抱着乐观态度，我们会改变世界。”莱顿虽然是一个理想主义者，但他身体力行，以生命的热情积极推进其理想的实现，因此，正是他真诚的博爱精神感动了民众。

（原载《中国社会科学报》，2011 年 12 月 15 日 16 版）

加拿大印象

2011 年，我有机会到加拿大多伦多大学做了 3 个月的访问学者，课题是加拿大工会的历史与现状，顺便也观察了当地的政治和社会生活，记下印象较深的几件事，与大家交流探讨。

独特的劳动节与工会

每年 9 月的第一个周一是加拿大劳动节，是全国法定休假日，连同周末两天一共休息 3 天。工会照例要组织游行演讲，纪念这个节日。我忽然注意到加拿大劳动节并非源自人们熟知的 1886 年美国芝加哥工人罢工争取 8 小时工作制，而是有自己的来源。1872 年，多伦多印刷工会发起 9 小时工作运动，并于 3 月 25 日罢工，4 月 14 日其他工人游行声援罢工。当时，工会仍属非法组织，警察逮捕了 24 位罢工委员会成员，此举激起更大的抗议。首相麦克唐纳许诺废除“野蛮的”《反工会法》。同年 6 月 14 日通过的《工会法》承认工会的合法地位。此后，工会每年春季都要游行庆祝这次历史性的胜利。1894 年，群众纪念活动得到联邦政府的认可，并将每年 9 月的第一个周一定为加拿大劳动节。

我浏览过一些讨论工会好坏的博客，里面说好说坏的人大致相当。说好的认为，工会使工作稳定，收入提高，劳动者买得起住房、汽车，增加了社会需求，有利于经济的发展，促进了中产阶级的兴起和普遍繁荣。说坏的则认为，工会的确为工人做了很多，但那是过去的事了。随着工会的强大，它似乎已经在帮着工人压榨雇主了。现在有最低工资标准和社会保障，工会可以退出历史舞台了。工会不断要求给工人涨工资，是很多企业外迁的主要原因。另外，罢工还造成很多社会问题。工会在全球化时代正在变得过时，无论喜欢与否，企业必须竞争。工会只对会员好，对经济不好。也有人说，工会就是个工具，无所谓好坏，看人们如何用了。

这次在多伦多大学听到一个真实的故事。有一个系的秘书工作很差劲，老师和学生都不满意，但由于她是工会会员，而解聘工会会员会涉及一系列令人头疼的法律问题，几任系主任都不敢惹麻烦。此事一拖 10 年，系里的工作受到严重影响，乃至最近一届系主任提出任职的条件之一是该秘书必须离职。系里和工会经过反复协商，终于以优惠条件为她办理了提前退休手续。这种事情在我们国内高校中是难以想象的。

加拿大工会的确好组织罢工，我去的这 3 个月就赶上好几起。9 月初开学时，安大略省 24 所学院 8 000 多名辅助人员罢工，令学生注册受到影响；接着是多伦多《明报》工人罢工。另外，加拿大航空公司也宣布罢工，因其影响面广，故在联邦政府的调停下取消了。10 月下旬，多伦多约克区公交司机和维修人员 500 多人罢工，影响数万民众出行。工会放风说："预计罢工要持续 2 个月。" 2011 年以来，声势最浩大的是 6 月全国几万名邮政工人的城市接力罢工，全国震撼，人们收不到信，学生收不到学校录取通知书，一时舆论怨声载道。更厉害的是清洁工人的罢工导致城市都变了味。现在的罢工者与 19 世纪的罢工者迥然不同，他们不是下层群体，而是工资不低、福利不错、工作稳定的政府雇员或白领。这令那些失业者或找不到稳定工作的人，尤其是新移民十分眼红和不满。在经济危机期间，失业率高达 7%，加拿大工会还有这样的力量的原因之一是工会有新民主党的支持。

邮政工人罢工 3 周后，国会中保守党要通过要求工人复工的法案，新民主党因席位少，无法用投票阻挡，便利用延长辩论拖延表决，争取拖到议会休会，再想通过该法案就要到秋季复会后了。这样可为工会争取时间。执政的保守党则表示，政府要为社会负责，不通过法案就不休会。新民主党反驳：不能开政府立法帮助资方的先例。用该党领袖莱顿的话说："如果雇主能在国会得到他们谈判桌上得不到的东西，他们还会认真对待谈判吗？"于是双方进入疲劳战，议员们靠比萨和矿泉水熬到深夜，两党都保留一定数量的议员在场，轮番发言。最终法案获得通过，邮政工人依法在罢工要求没有得到满足的情况下复工。看来政府对罢工也有撒手锏，只是一般情况不轻易使用。工会也是严格地依法行事。

安大略省选举

2011 年 10 月 6 日是安大略省省选日。这是观察加拿大地方政治的一个好机会，尤其因该省是加拿大华人最多的省份，这也是了解华人政治活动的一个机会。加拿大人参加的各类选举很多，但主要的有三种：联邦大选、省选和市选。

安大略省省选每四年一次，参加这次省选的共有 21 个政党、656 名候选人，竞争省议会的 107 个席位。有实力竞争的是自由党、保守党和新民主党。得席位最多的党筹办省领导班子，党领袖出任省长，但要取得半数以上（即 54 席）才能单独组阁，组成多数派政府，否则就算少数派政府，与其他政党联合组阁。

选举日一早，我去了附近的一个投票点。由于是上班时间，因此投票的人并不多，而且大多是老年人。他们拿着选民卡和身份证明（如驾照）。工作人员在本区选民名单上核对后，发给他们一张对折的选票。选民坐在旁边一个有纸箱遮挡的桌子旁画票，然后将选票放入票箱内，或看着工作人员代他放入箱内。整个过程也就2分钟，没有人议论喧哗，一切都在安静地进行。在这里，投票是很私人的事，主动问选民投了谁的票是很不合适的。我跟门口引导选民的两位志愿者聊了起来。她们中有一个是50多岁的华人，英语说得很流利，估计来这里很久了。她说，做志愿者先要报名，录取后还要培训，服务选举是有报酬的。我问她是否投票了，她说没投。我问为什么，她犹豫一会儿后说，她不是这个选区的，等下班后她家附近的投票点也关门了。我说墙上的投票规则说明她可以在这里投票，只需填一张表。她说也可能吧，但她还没想好。我又问了旁边的另一位志愿者，她说肯定投票，"你不投票就不要抱怨"。

加拿大华人的投票率一向很低，有统计显示平均为15% ~ 20%。这次选举中有8位华人竞选，与上届人数相同。其中有上届省议员、省政府厅长，也有前些年从中国大陆来的移民、20岁的大学学生，还有2位女性。他们或代表各自的政党，或作为独立候选人。

选举结果很快揭晓：自由党获53席，保守党获37席，新民主党获17席。表面上，自由党成功连任，但实际上损失很大。在上届议会中，这三党分别占70个、25个和10个席位。后两党新增的席位大都是原自由党的。更重要的是，自由党仅差1票没有取得多数席位，是一个少数政府。如果保守党和新民主党联手，自由党很难在议会有所作为。这次选举创下省选投票率的新低，只有49.2%，当选的自由党实际只获得了本省18.4%选民的支持。其中，有两位华人当选，他们都是自由党议员。

华人人口占安大略省总人口的约5.6%，但在有些城市和选区占1/3。如果华人能提高投票率，并有更多的华人愿意站出来竞选公职，那么他们一定会在这个多元文化环境中发挥更大的作用。但华人很少愿意走从政之路，他们鼓励子女上名校（尤其是美国名校），学一技之长，从事医生、律师、会计师等高薪职业。很多华人子女也很争气，在各个专业和学术领域都有他们光彩的身影，但唯独对政治退避三舍，因为从政是一个极不稳定的行业，试想隔几年选举一次，落选就失业，谁受得了？省总理、部长、议员下台后干什么的都有，没有终身制的部司级待遇。

第一条以中国人名字命名的街道

华人不喜欢数字“4”，电话号码、车牌号码、门牌号码、楼层数都避讳这个数字。加拿大万锦（Markham）市一位地方华人议员今年4月提议，当地有一条14街，因为很多华人忌讳，不愿在此买房。2011年是辛亥革命100周年，何妨借这个机会将14街改名为“孙中山街”，以纪念这位中国革命的先行者。这个提案得到一些华裔政界人士和一些市政府官员的响应，但也引起不小的社会争议。反对派的理由主要有：孙中山是中国名人，对中国社会有贡献，但这与在加拿大纪念他无关。能命名加拿大道路的人，首先应该是对加拿大社会有贡献的人，无论这个人是什么族裔。有很多加拿大人都可当此殊荣，为什么要找个外国人呢？另外，加拿大是多元文化社会，但多元文化的包容性并不意味着每种文化的每一种习惯都要在公共社会中体现出来。忌讳“4”主要是华裔或一些亚裔的习惯，如果见“4”就要改掉，那么多伦多地区的401、404、407等公路名是否都要改？改这些路名的麻烦和成本不论，如果其他族裔也提出自己不喜欢的数字，那么是否也要改？改数字后，如果还有人提出不喜欢的颜色、图案等，那么又怎么办？加拿大社会几乎囊括世界各种种族和宗教，这个问题可真不是小事。

14街是横贯万锦市的主要街道，涉及众多社区，万锦市政府不得不考虑各种民众情绪和利益关系，但万锦市是加拿大华人人口最多的城市之一，华人占全市人口的1/3，这么多选民也不能怠慢。9月11日，万锦市副市长和中国国务院侨办副主任共同主持了孙中山路路牌的命名仪式，宣布该路将是2011年在建或将建的一条新路，即路的位置还没有确定，但路牌先定好，既不耽误百年纪念，也没有改路名的各种麻烦。据说，这是加拿大第一条以中国人名字命名的街道。这真是万锦市政府一个聪明的决策。

鱼翅风波

在国内习惯了姚明保护鲨鱼，拒绝吃鱼翅的宣传广告，以为如同禁烟一样，保护野生动物是一种时尚潮流。不想在多伦多看到了华人商会反对禁售鱼翅的活动。原来有议员向多伦多市议会提出禁售鱼翅的提案，华人商会代表当地的华人酒楼和鱼翅商人向联邦多元文化部门请愿，请愿书上有 6 000 多个签名，并希望得到总理哈珀的支持。有意思的是，这些反对禁售鱼翅的人也声称保护鲨鱼，但认为这是一项国际性的事务，至少也应该由联邦政府来操作。目前，加拿大法律不禁止捕获和买卖鲨鱼，每年出口量达上千吨，不禁捕鲨，只禁售鱼翅，不合逻辑也有失公平。另外，并非所有种类的鲨鱼都属于濒危动物，科学捕捞并不会影响鲨鱼的繁殖。联邦议员中也有人支持这一活动，他们与商会代表共品鱼翅宴，表达自己反对禁售鱼翅的立场。

主张禁售鱼翅的也有不少华人，他们说绝大多数华人并没有吃过鱼翅，吃鱼翅只是少部分人的饮食嗜好，并非华人的饮食传统，应当杜绝杀鱼取翅这种残忍的、唯利是图的行为。显然，禁售鱼翅与维护多元文化没有关系。我曾看过一部名为《海洋》的纪录片，里面有令人惊悸的杀鱼取翅的镜头：被割掉背翅的鲨鱼被扔回海里，一路淌着血扭动着向海底沉去，在海底还在不停地扭动着……它在拷问着人类的灵魂。

多伦多市议会最终以 38∶4 的绝对优势通过禁售鱼翅的议案。该项法案于 2012 年 9 月 1 日生效，以为商家处理库存留出一段时间。多伦多市长投了反对票，但于事无补。禁令是严格的：对首次违反者罚款 5 000 加元，第二次违反罚款 2 万加元，第三次则罚款 10 万加元。商家们抗议称，这比私藏毒品的罚金要多 5 倍。加拿大每年鱼翅的贸易额约为 700 万加元，在全球 10 亿加元的鱼翅生意中比例虽不大，但若能从自身做起，则可以为世界树立榜样。多伦多市在加拿大举足轻重，华人也最多，如能作出表率，则对全国有很大影响。禁售鱼翅议案通过后，引起华人在网上激辩，反对者认为这是用双重标准欺负华人；支持者则反对将鱼翅与华人挂钩。安大略省有些小城市已经通过了禁售鱼翅的法令，但鱼翅风波在加拿大远没有结束。

（原载《百年潮》，2012 年第 1 期）

加拿大观察

2011年9—11月，在中国社会科学院世界历史研究所的资助下，我来到阔别一年的多伦多，虽是旧地重游，所见所闻却还有一些令人回味之处，因此愿意记下来与大家分享。

加拿大人对美国的态度

8月下旬，加拿大民意测验机构（Nanos Research）以“加拿大人对美国的态度”为题，对全国各地民众抽样调查。结果显示80%以上的受访者认为美国经济糟糕、不稳定、走下坡路、萧条、破产等。对“与美国贸易关系有利于加拿大”的问题，回答肯定的占52.9%；认为有利有弊的占26.5%；认为不利的占13.5%。对“美国对加拿大繁荣很关键”的问题，同意或部分同意的占62.4%，不同意或部分不同意的占28.4%，不确定的占9.1%。同意“与美国外交关系有利于加拿大”的有25.6%；认为利弊相当的占40%；认为不利的占22.3%。认同“与美国保持紧密关系有利于加拿大形象”的占9.9%，某种程度同意的占29%，某种程度不同意的占30%，不同意的占23.7%。

相信加拿大能长期保持繁荣的占85.7%。认为“加拿大的挣钱机会比美国多”的占 40.8%；认为与美国机会相同的占 28.1%；认为不如美国的占 21.3%，不确定的占 9.9%。毫无疑问，在这次经济危机中，加拿大没有受到美国的连累，这极大地增加了加拿大人的自信，而且这种经济上的自信开始转向政治领域。

一半以上的人认为美国政治有问题、糟糕、派性、腐败或不可信，认为美国政治好的或正在改善的占 16.4%，不清楚的占 13.7%。认为“加拿大政治家比美国的好”的占 53.3%，认为与美国类似的占 31.4%，认为不如美国的占 7.4%，不确定的占 7.9%。

不过，66.2% 的受访者认为“奥巴马干得很好”，17.3% 的人认为其是弱势总统，16.6% 的人表示不清楚。有人评论，数据显示加拿大人对美国的态度更加成熟。尽管奥巴马的一些政策目标没有实现，但他作为美国第一位黑人总统，拉近了加拿大人与美国的距离。加拿大人对奥巴马的评价显然高于美国人。同样在 8 月下旬，美国《华尔街日报》和全国广播公司的一项调查显示，51% 的美国人认为奥巴马不是一个合格的总统。

民意调查公司总裁 Nik Nanos 说：“大多数加拿大人长期有一种经济羡慕心理，认为如果他们在美国，会挣更多的钱，住更大的房子。我认为，我们在过去几个月看到的，正好与加拿大人过去五十年多来所相信的相反。”与此同时，如一位加拿大卡通画家和作家（J.J. McCullough）所言，加拿大人总是努力寻找理由，证明他们没有在美国是多么幸运。现在美国经济萧条和政治停滞问题，代替了加拿大普遍的医疗制度和低犯罪率，正成为加拿大人优越感的理由。对美国，现在很多加拿大人转而同情，甚至有些幸灾乐祸。有人说得更直白：“这下世界松了一口气，美国的全球支配地位正在削弱。”也有人提出，美国仍是世界上吸引企业家投资的好地方，加拿大人对美国的经济困境不应过于幸灾乐祸。总体而言，加拿大人对美国的看法仍是复杂的，如那位卡通作家所说：“美国仍是加拿大最好的朋友和贸易伙伴，但它有时也使我们尴尬。”

社会信任度高

有几件小事给我留下深刻的印象：

一、公共汽车上没有售票员，司机不收票，车上也没有刷卡器。按说这种规则设计，乘客只能由前门上车，由司机代为检票，但实际乘客从哪个门都可以上下，而且并不需要出示票，司机只管开车。每个车站上都有售票机，没有月票的乘客可以提前在机器上买票。或许，公交公司有抽查制度，但即使这样，这也体现了对乘客的高度信任，同时，也降低了公交公司的运营成本。

二、无条件退货制度。我借住在朋友家，为此朋友事先专门去宜家买了个沙发床，不过他觉得深绿色的沙发罩有些暗，想换成红色的。我跟他一起去换，店员什么都不问，用扫码器对了一下条形码，要过朋友的银行卡就把钱退回去了，根本没有打开那个装着沙发罩的塑料袋。我有些惊讶，这也未免太不负责了吧？至少应该打开检查一下退货是否干净无破损，其中是否还有两个小沙发坐垫和说明书。朋友笑了笑说："在这里不用担心那些事，彼此也少了很多麻烦。"我忽然意识到，原来我们的一些所谓责任是可以免除的。加拿大人习惯信用卡消费，很多家庭的固定消费（如汽车保险、手机费、物业费等）可以由服务商从消费者的信用卡中直接扣除。

我还没有看到或听到消费者投诉的新闻，倒是听到一些华人利用无条件退货制度的故事。如有人在天热时买一个电风扇，天气凉快时再把它退回商店；有人心情不好，买一个电子琴消遣，心情好时再退回去，丝毫不必担心商家不退款。

三、加拿大银行里没有隔离客户的厚玻璃、防盗门，银行员工与客户之间只有一米多高的柜台，彼此面对面交流，不必借助扩音器或趴在那个小玻璃窗口上说话。有的银行里的柜台如同教室里的讲台，一个职员的柜台只有一米多长，柜台之间是空地，职员或客户如果愿意的话，可以自由进出。另外加拿大的住宅没有防盗门窗，不仅公寓没有，独立房（国内称别墅）也没有。

不过，社会治安问题少，有人就打警察的主意。与西方其他国家一样，加拿大也面临财政赤字压力，这需要增加税收或减少社会福利和服务，但民意对这两种办法都不认可，政治家们左右为难。有人认为政府不应从民众身上想办法，而应立足自身“减肥”，可是哪个部门会同意裁员呢？哪个部门裁员后不影响大家生活呢？人们想起了警察：天下太平，用纳税钱养那么多警察干什么？让他们开交通罚单吗？后来，多伦多市长真的要求警察局减少年度预算 10%，约为 8 300 万加元。警察局长表示，目前警察局预算的 90% 是工资和福利，若削减预算，则必须减员；初步计划是，近两年不再招募新人，奖励退休，撤销一个副局长职位和大多数分局副局长职位，并逐步减少高薪的高级警司名额（年薪约为 13.5 万 ~ 15 万加元），对每年主动离职的减员（约 200 人）也不再补充。

其实，多伦多的警察很不错。多伦多的交通秩序很好，有时堵车但秩序井然。我听好几个人说：“在这里开车必须养成好习惯，否则吃罚单不说，还影响来年的保险费。”这里的警察很神奇，平时很少见到，但一有违规情况，他们就会现身。我见识了一次消防队的神奇。一天上午，屋里突然铃声大作，我判断是要求疏散的警报，但实际情况可能是谁家锅煳了，因此我不必立刻下楼。这时，外面响起警笛，我在阳台上见三辆消防车呼啸而至。这时距我最初听到铃声不到五分钟。我只好走到楼下，三辆消防车已掉头返回，原来是地下健身房内的桑拿室冒烟，引起一场虚惊，但那个小区的防火系统（如警铃一响，电梯自动停驶）和消防车的灵敏反应使我印象深刻。想起以前在加拿大萨斯喀彻温省念书时也曾遇到过类似的情况，消防车总是及时赶到，宁肯白跑也不迟到。

废除还是改革参议院？

加拿大参议院依据 1867 年宪法成立，参议员最初是终身制，1965 年改为可任职到 75 岁。2010 年，参议院有 105 个席位，由总理提名，总督从形式上批准，完全是政治分肥性质的。目前，保守党占 55 席、自由党占 45 席、进步保守党和独立人士各 2 位，有 1 位虚席。

新民主党一直主张废除参议院，今年春天大选该党成为反对党后，再掀废除风波。加拿大人普遍认为，参议员非选举产生，是政治分肥的产物，不符合民主潮流。根据安格斯列特公众意见（Angus Reid Public Opinion），今年 7 月民调显示，超过 1/3 的人认为，加拿大不需要参议院；超过 2/3 的人认为，应该通过全民公决解决此事。72% 的人认为，参议员应由直接选举产生。1/3 反对参议院，1/3 赞成，1/3 犹豫。

今年春天哈珀连任后，任命国务部长研究参议院改革方案。该方案中最主要的内容是，2008 年以后的新议员一律采用 8 年制，而不是 75 岁退休。另外，容许各省选出参议员候选名单，以供批准，但在参议院占据多数席位的保守党内，反对选举参议员和任期 8 ～ 9 年限制的力量很大。对此，自由党出身的安大略省长在与其他几位省长会谈后表示，最好的选择是干脆取消参议院。

参议员的基本年薪为 132 300 加元，若担任其他职务，则另有报酬，虽比众议员基本年薪（157 731 加元）要少，但责任和工作也比众议员少。参议员席位不是按人口，而是按地区设定，这也是人们反对和要求改革的原因之一。这被认为是制度上的不公。每年仅参议员工资支出就高达 1 400 万加元。专家估计，若废除参议院，则联邦政府每年可节省一亿加元。如果让目前的参议员都到 75 岁退休，累计 981 年，按现有基本工资计算，那么需要一亿三千万加元。即使能废除参议院，现有议员也有权要求补足他们到 75 岁的工资。加拿大人对参议院的意见由来已久，但在政治民主化潮流和削减财政负担的压力下，即使参议院不被废除，其实质性改革也已势在必行。

加拿大公民权利之间的差别

作为一个移民国家，加拿大入籍（及移民）政策向来是观察加拿大社会生活的一个重要窗口。一位负责加拿大移民事务的官员威廉·斯考特（William Scott）在1913年就曾指出："比训练陆军更重要，比建设海军更重要，比这个国家财政政策更重要的问题是，谁可以到加拿大来，成为加拿大人民的重要部分"。[①]

加拿大于2011年6月11日实施的《入籍法》（C-24 Act，全称为《强化加拿大公民资格法》）为我们观察加拿大移民入籍政策动向提供了一个例子。一年多前，加拿大公民和移民部长克里斯·亚历山大向国会提交这一提案时，曾引起社会的强烈反响，反对党、媒体，尤其是人权组织、律师协会更是反对声一片。我当时认为，这个议案不可能被国会通过，除非作出重大修改。因为加拿大一向以温和、稳健和保守著称，尽管美国社会长期存在种族歧视；尽管当代西欧各国出现排外情绪；尽管加拿大长期缺乏国家认同，对多元文化政策一直有非议，加拿大始终没有放弃多元文化政策，坚持在法制基础上灵活妥协，甚至迁就性地解决各族裔之间的问题，然而，新《入籍法》生效了。

① Valerie Knowles, Strangers at Our Gates: Canadian Immigration and Immigration Policy,1540—2006, revised edition,Dundurn Press,2007,p.9.

新《入籍法》的改变

新《入籍法》对入籍的要求更加严格，并强化了本土出生与国外出生公民、出生公民与归化公民、单一加拿大国籍与双重国籍公民的区别。

在入籍条件上：(1) 入籍所需的居住年限由五年中必须住满三年，改为六年中必须住满四年，而且这四年中每年不少于半年（183 天）；取消原法律中关于申请人成为永久居民之前在加拿大（留学或临时工作）的居住时间可以减半计算的规定。(2) 入籍申请人要提交四年的报税记录，而此前入籍没有报税要求。(3) 对入籍者的语言和文化测试的年龄范围扩大了，由原来的 18 ～ 54 岁改为 14 ～ 64 岁。(4) 新法律不允许任何有犯罪记录的人入籍，而以前只禁止在加拿大有犯罪记录的人入籍。

在入籍程序监管方面：(1) 加重处罚入籍申请中的欺诈行为，由原来罚款 1 000 加元或一年监禁，最高二者并罚，五年内不准重新申请改为罚款 10 万加元或五年监禁，最高二者并罚，十年内不准重新申请。(2) 成立加拿大移民顾问监管委员会（ICCRC），只有该委员会认可的律师和公证人才能代理入籍申请。以前对入籍代理人的资格没有规范，对弄虚作假的代理人也没有惩罚措施。(3) 赋予移民部长对公民资格的“终审权”，可以依法否决入籍申请、取消公民资格。此前，公民资格一经获得，无人可以取消，除非申请中有假即使有问题也要经过一套法庭听证程序后，由一位法官作出裁决。依据新法律，拒绝入籍申请甚至取消公民资格，均由移民官员决定，当事人没有辩护或听证的机会。

此外，入籍申请费由 100 加元提高到 300 加元。

新《入籍法》的影响

新《入籍法》生效后，新公民入籍前要在一份绿色的《公民法禁律》

表格上签名确认没有下列情况：四年内，处于被缓刑，假释状态或在拘留所、教养所、监狱服刑；在加拿大之外服刑；在加拿大之外因罪受到指控或审讯；被加拿大官员要求离境；现在因战争罪或反人类罪受到调查、指控或监禁；过去五年内，因申请资料问题被禁止授予公民资格或参加宣誓仪式；过去十年内，在公民申请中因欺骗或故意隐瞒而被取消公民资格；因恐怖活动、叛国、间谍或加入国外与加拿大为敌的军队或组织被取消公民资格；过去三年内，因违反加拿大公民法和其他法律而受到指控；过去四年内，在加拿大之外被定罪，无论该罪是否被原谅或赦免；在作为永久居民期间，在加拿大因恐怖活动、叛国、间谍罪等受到指控。在国外受到恐怖主义活动的指控；参与过与加拿大为敌的国外军队或武装组织；这张表格是以往入籍仪式中所没有的，所有新公民均被告知：如果有上述问题则不能参加入籍仪式，即使得到公民资格也会被取消。

对这些新变更的规定，几乎每一条都有反对和表示担忧的意见。例如，强调土生和归化公民的区别，等于将公民分为二等甚至四等：土生单一国籍、归化单一国籍、土生双重国籍和归化双重国籍。土生单一国籍的公民资格是有保障的，他们可以在国外无限期工作或生活，而国外出生或有双重国籍的公民必须表现出在加拿大生活的意愿。“居住意愿”条款明显地限制了公民的迁徙自由，有人认为，不久后，这一条款将被告上法庭，由最高法院裁定它是否违宪。还有人指出，双重国籍的情况有时并不很清楚，如加拿大公民与某些国家的人结婚，或有这些国家的家长，即使他没有申请，也自动成为这些国家的公民。还有，若将报税记录作为入籍的必要条件，报税资料复杂，如有差错和遗漏，会不会被认定为入籍欺诈？加拿大入籍案件积压严重，新法简化审理程序意在提高效率，但这些新规定本身难以把握，审理人员将更加不堪重负。让60多岁的人（多是与加拿大公民子女团聚的家长）考英语、法语及加拿大社会历史知识，让人感觉有些不近情理。另外，移民部长的“终审权”会不会被误用或滥用，也是一个令人担心的问题。加拿大律师协会曾提出20余项修改建议，但最终无一被采纳。

政府回应

克里斯·亚历山大在加拿大各地解释其提案的必要性和合理性：要禁止外国罪犯、恐怖主义者及危害国家安全的人申请入籍；要严厉打击入籍造假；要让移民更多地参与加拿大社会生活，必须增加居住时间和居住意愿的要求。加拿大公民不是权利，是一种特权，伴有责任。收紧入籍政策是让加拿大人明白，取得加拿大国籍不是拿到一本方便的护照，而是坚守一份对国家的承诺。他认为，不应该将新《入籍法》与政府过去的一些错误作比较，当时的确对某些族裔采取了歧视性政策，但现在对整个世界都保持开放。例如，2013年，加拿大为27万中国公民签发旅游签证，招收了2.9万中国留学生，批准了3.4万中国人的永久居民身份申请。中国这些年来一直是加拿大新移民和留学生数量最多的来源国。

历史回顾

1946年，加拿大颁布《公民法》，于1947年元旦生效。此前并无法律意义上的加拿大公民，所谓加拿大人无非是在北美的英国人。尽管1910年加拿大《移民法》中有加拿大公民身份概念，但在1914年《归化法》中，加拿大人指生于或归化于并生活于加拿大的人，与英国本土臣民有所区别。但无论在情感上还是在实际生活中，加拿大与英国人之间的界限经常是模糊的。直至1975年前，居住于加拿大的英国公民还可以参加加拿大联邦选举。1977年,《国籍法》代替了《公民法》，其中重要的修改是承认多重国籍，此前加拿大禁止多重国籍。2009年,《国籍法》修改为1977年前因多重国籍而放弃加拿大国籍的人，可以重新申请加拿大国籍。与此同时，加拿大国籍仅延伸至其公民在国外所生的第一代子女，海外出生公民的子女不能自动得到加拿大国籍，即本土公民和国外出生公民的子女身份已经有了区别。当时的公民、移民和多元文化部部长杰森·坎尼（Jason Kenney）解释说："我们要保持加拿大公民资格的价值，采取措施针对那些要贬低它的人，对国外出生公民第二代的入籍有所限制。"

一点感想

我曾写过一篇有关公民权与人权差别的文章（载于《史学理论研究》2009年第4期），认为公民权在西方自始就是一个区分共同体或群体内外的概念；或者说，公民权自始只是某种群体的特权。虽然在理论上，公民资格抹平了国民的各种差异（如阶级、种族、性别、宗教等，因为公民在法律面前一律平等），但实际上，不仅各国的公民权利是不相等的，就是一国内的公民权利也是不同的。人权是一种促进各国之间和一国之中公民权利差别的精神和道德的感召力量，是各国公民权利发展的理想和方向，因此，人权与公民权在理论和现实层面都是有差别的。

新《入籍法》既在意料之外，又在情理之中。意料之外是指加拿大作为世界上第一个将"多元文化"作为国策，在人权领域有世界性影响的国家，也会出台这样具有明显双重公民权利标准的法律；意料之中是指公民权利即使在21世纪全球化时代也没有失去其本质特性。

在21世纪的全球化时代，加拿大收紧入籍政策不是一个孤立的事件，在一定程度上反映出当代西方社会的一种普遍的倾向，值得关注。公民权利从哪里来？它在多大程度上是平等的？公民权利之间差别的原因何在？人人生而平等，法律面前一律平等，公民权利平等，这些西方18—19世纪的常识，今天竟成为遥远的历史回声，折射出现实的无奈。

美国妇女运动的摇篮

——塞尼卡瀑布镇雪中游记

塞尼卡瀑布镇是美国妇女运动的发源地，在美国历史上有重要位置，也是我一直向往的旅游地之一。学这段美国史时我就想："美国第一次妇女权利大会为什么要在那个小镇召开？那里真有个瀑布吗？"这次在多伦多访学期间，有机会跟友人去康奈尔大学，我十分高兴，因为这次会路过塞尼卡瀑布镇。由于时间很紧，我只能利用他们在路边商店购物、休息时独自前往。从购物点到塞尼卡瀑布镇有十几公里，那天的天气预报称有小雪，友人一再嘱咐我小心，在两小时内返回。在 GPS 的引导下，我顺利到达小镇中心。大约下午三点，街头的路灯都亮着，上面还挂着圣诞和新年的装饰，使人觉得很温馨。

塞尼卡瀑布镇位于美国纽约州中西部的五指湖地区，因这一地区的几个湖泊细长，南、北两端相距几十公里，东、西两端只有一两公里宽，状似人的手指而得名。五指湖是美东北部的著名旅游区，湖泊、峡谷、瀑布众多，其中的陶甘诺克瀑布（Taughannock Fall）落差约 70 米，比尼亚加拉瀑布还高。冬季，这一地区的公园都关闭。塞尼卡瀑布镇在卡尤加湖（Cayuga Lake）北端，湖的南端就是康奈尔大学的所在地伊萨卡。历史上这一地区是易洛魁人的居住地，很多地名与这些土著部落有关，塞尼卡（也称"塞内卡"）和卡尤加都是易洛魁部落的分支。塞尼卡是纽约州的县，塞尼卡瀑布是一个镇。与卡尤加湖并列的是塞尼卡湖。

我找到当年的会址，从外面看这是一栋两层的建筑，没有什么特别之处，大门紧锁。我转向旁边的游客接待处——一个两层小楼的博物馆，迎面有几组雕像，共有 20 个人物，其中 9 人有名字。他们是斯坦顿夫人（E.C.Stanton）、莫特夫妇（Lucretia and James Mott）、道格拉斯先生（F.Douglass）、玛莎·怀特夫人（M.Wright）、亨特夫妇（Jane and Richard Hunt）、麦克林托克夫妇（Mary Ann and Thomas M’Clintock）。斯坦顿、莫特、怀特、亨特、麦克林托克 5 位夫人被认为是会议的发起者和组织者，是“改变世界的 5 位女性”。我大致浏览了一遍展示的内容，大多是画像和文字介绍，也有会议记录和《情感宣言》的影印件，实物不多。两层的展厅里只有我和另一位访客。我独自一人看完了一部时长约 30 分钟的《平等的梦想》影片后问：“能不能去旁边的会址看看？”接待人员马上打电话让另一位工作人员陪我去。一开门，只见漫天飞雪，不足一小时，地面积雪已有三四寸厚，车窗全被雪覆盖。

不知何时何故，我认为加拿大的天气预报不准，经常虚报雨雪，有时一周全是阴雨天，看得人郁闷。后来才知道还要注意预报中雨雪概率的百分比，因为概率很小的雨雪也要预报，所以预报的雨雪远比实际的多。这次，我没在意小雪预报，不想却赶上了一场鹅毛大雪。

我们踏着积雪来到当年的会址，打开门，里面空荡荡的，只有十几排教堂用的长木椅。我问：“为什么不复原当年的陈设呢？”管理人员说：“因为没有当时可靠的画像和文字资料，与其靠想象复制，不如给游客留下一个沉思凭吊的空间。那些长椅是从一个收藏人那里买的，不是原来教堂的，但确是 19 世纪教堂中普遍使用的。”说明书上介绍，最初，这是一座建于 1843 年的卫斯理教堂，有很多不凡经历，如激进废奴派代表威廉·加里森和黑人运动领导人道格拉斯都曾在此演讲，但在 1872 年，随着该教会迁往他处，这座建筑成为公共礼堂，成为各类集会、交易和表演的场所。19 世纪末，它更名为约翰森歌剧院。20 世纪初，它曾是家具仓库、电影剧场、汽车修理车间和自助洗衣店。尽管这座建筑几经变更主人和用途，但当地人并没有忘记它与妇女权利运动的联系。20 世纪 30 年代，在这座建筑的街角处出现一个标牌，说明它的历史意义。1948 年，当地为纪念会议一百周年举行庆祝活动。1980 年，美国政府在此地建立妇女权利国家历史公园，购置了四处房产——卫斯理教堂，斯坦顿、亨特和 M' Clintock 故居，作为历史建筑供人参观。后两处在距此两三公里的滑铁卢。我问："附近是不是有一个塞尼卡瀑布，该镇因此而得名？"管理人员说："以前应该有一个塞尼卡瀑布，但现在并没有一个瀑布叫塞尼卡。"

对于美国第一次妇女权利大会的五位女性，国内读者比较熟悉的只是斯坦顿（1815—1902）。她是律师的女儿和律师的妻子，本人也受过良好的教育。1840 年，她与斯坦顿先生结婚，共同赴伦敦参加世界反奴隶制会议，作为蜜月旅行。在伦敦，斯坦顿见到了久仰的卢科西娅·莫特（Lucretia Mott,1793—1880）。不料，宗旨为争取种族平等的会议的第一个议程竟是讨论妇女代表资格的问题，经投票表决，妇女不能作为会议代表，被安排在会场外的走廊里听会。斯坦顿和莫特意识到，想为奴隶争取权利的妇女，自身也需要争取权利。

卢科西娅出生于贵格教派家庭，是一位船长的女儿，童年是在波士顿东南一个叫南塔基特岛（Nantucket Island）的小岛上度过的。贵格教派是美国有名的主张平等与自由的教派。1811 年，卢科西娅与詹姆斯·莫特结婚后定居费城。1833 年，莫特、Mary Ann M' Clintock 和其他三十多位妇女组建了费城妇女反奴隶制协会。她的家也成为逃奴的接待站。19 世纪 30 年代，很少有妇女在公开场合讲话，但莫特在各种会议上发言、演讲，宣传废除奴隶制的激进观点，因此，她是 1840 年参加伦敦召开的世界反奴隶制大会的少数几位美国代表之一。在塞尼卡瀑布镇的会议上，莫特致开幕和闭幕词，莫特先生主持会议，足见她们的重要作用。1866 年，莫特当选为美国平等协会主席，她一生致力于两大目标：废除奴隶制和争取妇女平等权利。学者们充分肯定了莫特在美国妇女运动初期的领导地位和作用。莫特的演讲、布道词和信件被编辑出版，是研究这一时期妇女运动和废奴运动的珍贵的一手资料，对莫特生平和社会作用的研究也有很多。①

玛莎·怀特（1806—1875）是莫特的妹妹。1833年，玛莎与莫特一起参加了美国反对奴隶制协会成立会议。她在纽约州奥本（Auburn）的家也是逃奴的地下联络站。她们姐妹都是黑人废奴女勇士哈丽雅特·塔布曼的好友。塞尼卡瀑布镇会议时，怀特正怀孕，所以展馆内她的雕像也如实地表现出这个特征。塞尼卡瀑布镇会议后，玛莎多次主持每年一次的全国妇女权利大会。有学者指出，长期以来，怀特对妇女运动和废奴运动的贡献被莫特、斯坦顿和苏珊·安东尼等人遮蔽了。②2007年10月，在M.C.怀特诞生200周年之际，美国众议院558号决议接纳她为全国妇女名人堂成员。

简·亨特（1812—1889）与亨特结婚后定居滑铁卢，是虔诚的贵格派信徒和社会慈善家，也是废奴和妇女权利运动的支持者。另外，其家庭也是塞尼卡瀑布镇最富有的家庭。滑铁卢与塞尼卡瀑布镇相距不远，亨特家经常接待这些社会改革者。1848年7月9日，莫特姐妹、斯坦顿和Mary Ann M'Clintock等人在亨特家中喝茶时商定了第一次妇女权利大会的具体日程，并立即发出会议通知与邀请信。有学者认为，没有这次茶会就没有塞尼卡瀑布镇会议。从她们那次茶会到正式会议召开只有十天时间，在当时的通信和交通条件下，准备时间很短，甚至可以说很仓促，但她们在思想中酝酿这个会议，从伦敦会议起已经有八年了。有时更重要也更需要的是行动。会议实现了它的目的，拉开了美国妇女争取权利运动的序幕。

---

① Lucretia Mott, Lucretia Mott, Her Complete Speeches and Sermons, E.Mellen Press,1980; Selected Letters of Lucretia Coffin Mott,University of Illinois Press, 2002;A.D.Hallowell, James and Lucretia Mott, Life and Letters, Mifflin and Co.,1884. M.H.Bacon, Valiant Friend: The Life of Lucretia Mott, Walker, 1980.

② S.H.Penncy and J.D.Livingston, A Very Dangerous Woman: Martha Wright and Women's Rights, University of Massachusetts Press,2004.

Mary Ann M'Clintock 和丈夫都是贵格教会中主张社会改革和废奴的领导者。1832 年，玛丽·安与莫特共同起草了妇女反对奴隶制的呼吁书。1836 年，玛丽一家迁到滑铁卢，租住亨特的房子。她们家遂成为妇女权利大会的筹备地点之一，1848 年 7 月 16 日（即会议前三天），著名的《情感宣言》在这里拟就。《情感宣言》在会议第一天提交与会者讨论修改，第二天获得通过。三百多名与会者中，有一百人在宣言上签名。妇女要求平等权利，在当时被视为过激的行为。因为无论根据法律还是文化和生活习俗，妇女都没有这样的权利。费城一家报纸会后评论，这些夫人牺牲其“妻子、美女、纯洁和母亲”的形象去争取平等权利的行为实在是愚蠢的，而且，也确有与会者事后取消了自己的签名。

1847 年，斯坦顿迁居塞尼卡瀑布镇，应该是妇女权利大会能在此地召开的一个重要原因。现在的斯坦顿故居（1847—1862）原是斯坦顿父亲的房产，由于斯坦顿的丈夫健康状况不佳，需要换个环境休养调整，因此斯坦顿的父亲提出让她们来此居住，并将房产权过户在女儿名下。斯坦顿搬到这里时已是三个孩子的母亲。在这里，她又生了四个孩子，直到 1862 年离开此地。除了斯坦顿外，这次会议的组织者都是贵格派人士，而斯坦顿是宗教怀疑论者，但这并没有妨碍她们之间的友谊与合作。

我想去斯坦顿故居看看。管理人员说：“那里不对外开放。天气好时，步行参观这几处地方不过一小时，但现在雪这么大，已无法步行了。”我想能开车转一圈也好，拿着一份示意图就出发了。虽然距离很近，但雪更大了，路牌已被雪遮挡，拐了两次就迷路了。我把车停在路边，将图上地址输入 GPS，不料竟没有反应。我只好决定在位于镇中心的历史遗址区转一圈，再看看雪中的小镇。一条由小湖和运河连成的水道穿过小镇，岸边耸立着教堂的钟楼，很多老建筑和古树显示出年代的沧桑。河边有一组三人雕像，据说这里是斯坦顿与 S.B. 安东尼第一次见面的地方，由此开始了她们二人四十多年的个人友谊与事业合作。安东尼后来也成为美国妇女运动的著名领袖。1981 年，她的头像被印在一美元硬币上。

街道上没有行人，雪中的小镇如披上洁白面纱的女神，在黄昏中如此静谧和圣洁。我漫步拍照，想象着当年会议组织者们在这里聚会的场景，任凭积雪灌进鞋里，飞雪飘入领口、袖口……离集合时间只有 15 分钟时，我才带着些许遗憾和不舍返回。

小镇里可看的地方还有国家妇女名人堂和镇博物馆。1969 年，塞尼卡瀑布镇居民希望建立一个全国妇女纪念堂来缅怀这些争取妇女权利的先驱。后来，他们筹到足够的钱买下了一处房产作为国家妇女名人堂。现在国家妇女名人堂里已有 247 名成员，既有故去的，也有在世的，都是在各行业做出了杰出贡献的美国女性。镇博物馆介绍的是小镇的社区和经济发展状况，并没有当地妇女运动史的专门介绍。接待人员得知我的来意后，建议我先去历史遗址，有时间再回来。

回程途中，我的心情久久不能平静：这些衣食无忧的中产阶级妇女，超越自身、家庭和时代的局限，克服种种难以想象的困难，献身于人类自由和平等的事业。她们的奋斗目标已成为今天日常生活内容，忙碌的人们对这些曾经来之不易的权利已经熟视无睹，但我们不能忘记这些推动历史进步的开拓者，更不能忘记她们伟大的献身精神与道德情怀。因为在人类社会的未来发展中，仍然需要这种精神与情怀。

塞尼卡瀑布镇，我会再来！

（原载《中国社会科学报》，2013 年 4 月 10 日 B04 版）

加拿大安大略省争取提高最低工资活动观察记

2013年9—12月，我在加拿大约克大学访学之余，考察了当地的劳工活动。身临现场，很有“纸上得来终觉浅”的感受：尽管人类已进入21世纪，社会生活中一些本质性的内容并没有改变，随岁月改变的只是一些形式。劳工史与当代劳工运动有很多相关性。

2013年3月21日，安大略省劳工部长的代表收到一个冰块，里面冻结着一张10加元的假钞。这个象征性行动揭开了安大略省要求增加最低工资运动的序幕。这个运动由很多工会、社区组织和社会团体组成的联盟所领导。2010年3月底，安大略省冻结最低工资（10.25加元/小时），至当时已三年整。

2003年，安大略省每小时最低工资为6.85加元，此前8年一直如此。2004—2010年，经几次增加，达到目前的10.25加元/小时。安大略省大约1/10的就业者依靠最低工资生活。53.4万低工资全日制劳动者的收入低于贫困线19%。2010—2012年，主要生活必需品的价格都在上涨：烘烤食品售价上涨11.9%，鸡蛋售价上涨21%，冷冻肉售价上涨16%，新鲜水果售价上涨7.6%，汽油售价上涨24%，公共交通价格上涨9.5%。这相当于最低工资降低了6.5%。挣低工资的人即使全日制（每周35小时）工作，收入仍低于省贫困标准线。若将每小时最低工资上调到14加元，则其年收入才高于贫困线 10%。

加拿大在 20 世纪初开始以法律规定最低工资标准，各省的时间和标准不一。1918 年，不列颠哥伦比亚省最早规定最低工资，当时最低工资标准仅限于女工，既防止雇主对女工的无限盘剥，也防止因男女工资差别过大，对男工不利。1925 年，该省出台了最早的男工最低工资法律。后来，有些省还指定有关部门每一年或两年必须根据经济变化以及生活必需品如房子、食品、衣物、交通、医疗等的价格变化，审查最低工资情况，虽然没有增加工资的硬性规定，但最低工资标准还是逐渐提高的。最低工资也被称作“公平工资”（Fair Wage）和“生活工资”（Living Wage），其中的道德意义不言而喻。

安大略省有工会会员 162 万人，占全省劳动力的 28%，平均小时工资为 28.6 加元，而非会员平均小时工资为 22.49 加元，这个 6.11 加元的差额，使全体工会会员每周多收入 3.51 亿加元。这些钱绝大部分被用于家庭消费。工会认为，这是从雇主方面争取来的，是对安大略省经济的巨大贡献。加拿大经济虽是外向型经济，但其 GDP 的 54% 是由家庭消费拉动的，因此，保持旺盛的家庭购买力是维持经济健康发展的基础。这就是劳工的经济学观点。①

这次加薪行动并非偶然。随着经济全球化，在加拿大经济转型、产业升级、企业重组的影响下，劳动市场发生了很大变化。从表面上看，虽然各种工作岗位有增有减，但总量还是在增加，但实际上，减少的大多是全日制、相对高工资的工作，增加的大多数是低收入的、不稳定的、非全日制的、合同的岗位。这是经济由以制造业为主向以服务业为主转型的结果。加拿大统计局资料显示，2003 年，最低工资收入者占全部劳动者的 4.3%；2011 年，这个比例上升到 9%，增加了一倍多。这个群体大多是年轻人、少数民族和新移民。

① http://www.canadianlabour.ca/about-clc/ontario.

多伦多和约克地区劳工委员会主席卡特怀特（John Cartwright）认为，不能让一个全日制工人在贫困线以下工作，“工作应该使人脱离贫困，不是让人陷于贫困”。他提出两个问题：一是工资要与通货膨胀和生产力的提高挂钩。随着科技的发展，很多行业的劳动效率都提高了，利润没有合理地分享。二是低收入工作主要集中在利润高的大零售服务企业，如沃尔玛、麦当劳等。有数据显示，自 1976 年以来，如果最低工资与劳动生产率同步上升，那么现在应该是每小时 16 加元。与人们通常想象的相反，只有不足 1/3 的最低工资劳动者在不足 20 人以下的小企业工作，54% 以上的在 100 人以上的大企业工作。这些大企业利润很高，如安大略省最大的比萨饼连锁店（Pizza Pizza）的利润比去年同期增加 37%。还有资料显示，20 世纪 80 年代以来，安大略省工资中位数一直停滞，而仅占劳动者人数 1% 的最高收入却增长了 71%。运动的组织者强调，增加最低工资不仅可以帮助低收入者，同时还可以使这些钱消费于生活必需品，刺激地方经济的复兴。在这个意义上，消费同样促进经济发展。

安大略省保守党政府成立了一个由六人组成的最低工资顾问委员会，由劳工、企业和学界代表组成。这一问题的调研结果将在 2014 年年初出具报告。

反对党新民主党认为，早就该加薪，所谓深入调研完全没有必要。一位该党省议员说：“我们坚决支持将最低工资标准，定在一个人们可以不依靠食品银行（一个非政府慈善组织）而生存的水平上。”

劳工史上，对增加最低工资或一般增加工资，从来都有反对之声，不仅来自企业，也来自经济学界。这次也不例外，因此组织者也做了充分的准备。针对工资上涨将减少工作岗位的说法，他们指出，近二十年来，加拿大各地最低工资的上涨并没有导致工作岗位的减少。尤其在 2007—2009 年经济危机期间，加拿大绝大多数省和地区都增加了最低工资，没有出现工作岗位的减少。2006—2012 年，安大略省最低工资由每小时 7.75 加元增加到每小时 10.25 加元。零售和服务业增加了 15 万个工作岗位，大多是最低工资的工作岗位。

运动的组织活动很有计划，内容多样。自运动开始，将每个月 14 日定为宣传日，活动者戴着印有“$14”的胸章，举着“$14”的牌子，在公园和其他公共场所征集支持者签名，有的还有乐队伴奏和表演来吸引人气。每个月宣传日的主要看点都不同。11 月的宣传日是给省长凯瑟琳·韦恩（Kathleen Wynne）和省议员们送 50 亿加元的大额“支票”，这意味着增加最低工资将给省经济注入 50 亿加元的投资。11 月 14 日，安大略省十几个城市的工会、学生团体和社区组织同时向当地的省议员送“支票”，一半以上的省议员当天都收到了“支票”，有的议员还欣然在“支票”前与民众合影。组织者还散发给韦恩的明信片，上面印着：“亲爱的凯瑟琳·韦恩省长：我们值得加一次薪。我支持把最低工资提高到 14 加元。14 加元将会把劳动者收入提高到贫困线以上 10%。这个要求并不高！我们的最低工资每年还应该根据生活费用而增加。增加最低工资是对安大略省劳动者的健康社区和好工作的投资。”支持者填上姓名、签名和地址，贴上邮票就可以寄出了。

组织者还举行社区会议。这是一种基层宣传动员会。我参加了一次这样的会议。会议借用某个中学当作会场，在晚上 7 点开始。会场外的桌子上有各种资料，服务人员根据与会者个人的情况分配座位，每人将名字写在胶片纸上，贴在胸前。会场里摆着一张张长桌。每张桌子两边的长凳可以坐十人，有两百多人出席。主席台上的几个人先后发言，有工会负责人、社区志愿者、低收入者，他们从各自的角度讲了这次运动的必要性。这些发言都很短，最长的也不超过 10 分钟。接着是各桌的讨论，每桌有一个主持人，我那桌的主持人是一位中学老师。他先发给每人一张纸，上面有讨论规则和题目，规则是：有人发言时不要交谈，自己发言要简短。每人自我介绍后，有三个讨论题：最低工资提高如何有利于你和家人？你认为提高最低工资会刺激当地经济吗？最低工资提高后，你的邻居和社区会有什么不同？这一阶段讨论持续 20 分钟。接着是三个关于行动的题目：如何确认政治家们知道我们要增加最低工资？谁还可以成为这次运动的同盟者？下周你将参加什么行动，带你的朋友和家人去吗？用时 25 分钟。

主持人问我态度如何，我说："支持加薪，但我也对这次能否达到每小时 14 加元表示担心。"因为我查过各省的最低工资标准，与安大略省有较多可比性的是不列颠哥伦比亚省和魁北克省，它们目前的最低工资大致相同，2013 年调整最低工资标准的四省中，只有马尼托巴多省比安大略省多 2 角加元。安大略省的最低工资标准是执行时间最长的，应该向上调整，这估计不是问题，问题是能不能达到每小时 14 加元。

十省名称（三个地区略）	最低工资标准/加元	执行时间
阿尔伯塔省	9.95	2013年9月1日
不列颠哥伦比亚省	10.25	2012年5月1日
马尼托巴省	10.45	2013年10月1日
新不伦瑞克省	10.00	2012年4月1日
纽芬兰省	10.00	2010年6月1日
新斯科舍省	10.30	2013年4月1日
安大略省	10.25	2010年3月31日
爱德华王子岛省	10,00	2012年4月1日
魁北克省	10.15	2013年5月1日

同桌的人（尤其是三位汽车工会的退休老工人）都充满信心，说不能降低要求，因为下面就是贫困线。我马上感觉到，这关系着劳动和劳动者的尊严，不禁肃然起敬。也有人解释说，安大略省最低工资标准与其他省无关。大家认为，学生和教会团体最可能成为这次运动的同盟者，应该与它们多联系。最后，大会组织者拿着话筒在各桌间巡回，问谁还有话说给大家听。此时，又有好几个人简短发言，鼓励大家一起努力。会场气氛一直很好。

会后，我征求约克大学全球劳工研究中心主任罗斯（Stephanie Ross）的意见。她说："争取提高最低工资是加拿大劳工史上的传统运动。近些年来，在各省也时有所闻，民众如不争取，最低工资就涨得慢。”但她也觉得，这次要达到每小时 14 加元很难。劳工史学家海恩（Craig Heron）认为，如果加薪到每小时 14 加元，利润丰厚的大企业还能应付，但很多利润不高甚至勉强经营的小企业就会感到压力很大，而它们应对的方式，无非是裁员或减少一些员工的工时，而这对于工人和企业都是不利的。海恩教授是左翼学者，一直支持乃至参与当地工会的活动，他平静的分析中多少有些无奈。

通过观察这次加薪运动，我对当代工人运动有了新的认识。我并非笼统地支持加薪，支持一切工会活动。工会会员大多数是各级政府或公共部门雇员，工作一般相对稳定，福利好，工资比同类的非会员要高些。一些公共部门会员的罢工与这次低工资收入者的活动在性质上有明显的区别。工会能参与甚至领导这些低收入、通常是非会员的弱势群体抗争，表现出工会的社会责任感，以及工会要振兴自身，恢复其社会影响的努力。这些低收入者都是潜在的会员。另外，加拿大为民众表达意愿保留了很大的余地，这些普通的劳动者、志愿者有条不紊地收集签名，向省长和议员请愿和游说，没有感到他们是在搞运动，整个社会生活也平静如常。这种举重若轻、驾轻就熟的社会活动经验包含着英国民众反抗的传统。我想起英国史学家 E.P. 汤普森关于 18 世纪英国乡村民众的道德经济学，以各种象征性活动（如用聚众示威、演奏嘈杂音乐等表示不满和要求）。送冰冻“钞票”和大额“支票”，显示出民众的幽默和智慧，将最低工资提升至每小时 14 加元的目标和将每月 14 日作为宣传日相联系，则表现出运动的组织性和持续性。这一运动不是单纯的劳资矛盾或阶级斗争，因为民众没有针对雇主，而是用公民权利和社会力量通过合法渠道向政府请愿；但是它也不同于一般自下而上的公民请愿活动，因为民众争取的不是政府的施舍，而是自己应得的利益和尊严，所以，他们是那样的坦然淡定，就像要回自己的东西一样，即使通过新的工资标准，也很难想象他们会感谢政府。

11 月底，运动还在继续，我的访学活动结束了。回国后，我仍关心这一事态的发展。最低工资顾问委员会进行了 10 场公众咨询会，听取了 400 多个社会组织和工商界的意见。根据委员会的建议，2014 年 1 月 30 日，安大略省长韦恩宣布，自 2014 年 6 月 1 日起，每小时最低工资提高到 11 加元。今后增加最低时薪要制度化，与每年的物价指数挂钩。社会各界对此反应不一，劳工团体表示不满，商会代表认为，将最低工资与物价指数挂钩，确保了工资不会大幅上升，方便企业规划劳动力成本。有经济学家表示，制定加薪政策不仅要考虑员工利益，而且也要看整体经济状况，加薪幅度过大，对各方都不利。提高低收入家庭的生活水平，政府还有其他的办法，如提高个人所得税的起征点，让低收入家庭留下更多的钱。安大略省目前个人所得税的豁免额为 9 670 加元，而有的省份是 15 378 加元或 17 787 加元。看来，关于最低时薪和如何实现社会公平的争议仍将继续。

这次 7% 的加薪幅度低于我的预期，因为我觉得会提升到 12 加元左右，但这却印证了我的一个认识：随着经济全球化的加速和新兴经济体国家的崛起，在全球市场经济的杠杆作用下，各国的工资差异将会逐渐缩小，西方劳动者可以轻松享受高工资、高福利的时代将成为历史。

（原载“中国世界史研究网”，2013 年 12 月 12 日）

历史与传奇：加拿大“地下铁路”运动与汤姆叔叔的小木屋

2014 年 9 月，我利用一个三天的长周末，访问了安大略省南部靠近美国边境几个小镇的博物馆和历史遗迹。这些博物馆都很小，有的只有几个房间，实物展品也有限，但它们却给我留下了很深的印象，尤其是黑人史中的一些见闻，值得与大家分享。

“地下铁路”运动

“地下铁路”（Underground Railway）运动是美国黑人史中的重要一章，甚至被认为是“美国第一次伟大的自由运动”。这场运动由很多白人和黑人共同参与，但由于其隐秘性而成为一段历史传奇。没有人能确切知道，到底有多少黑奴由此获得了自由。一般认为，19 世纪 40—60 年代是其运行高峰，尤其是 1850 年美国政府发布《逃奴法》后，因为依据这个法律，南方奴隶主可以到北方自由州抓捕逃奴，所以，黑奴必须到加拿大才安全。“地下铁路”运动的前提是逃奴有一个安全地区，这个地区先是美国一些北方州和加拿大，但北方州的安全有限，加拿大最终成为“地下铁路”运动的终点站。

1807 年，英国废除奴隶制。1833 年，加拿大和大英帝国的其他殖民地也废除了奴隶制。早在 1793 年，上加拿大省（今安大略省）曾颁布一项法令，“禁止在该省引进奴隶并限制契约奴的合同期限”。这个法令虽没有禁止奴隶制，但限制奴役的倾向是明确的。一些学者据此认为，这应作为“地下铁路”运动开始的标志。实际上，北上的逃亡通道在18世纪80年代就存在，始于贵格教派帮助奴隶逃亡。逃亡道路在19世纪30年代后才被称作“铁路”（美国此前没有铁路），并使用铁路上的术语作暗号。例如，股东：提供衣食和路费的人；站长：提供安全住宿的人；中介：联系要逃跑的奴隶，设计逃亡路线的人；售票员：引导逃奴从一个地方到另一个地方的人；自由列车或福音列车是指“地下铁路”；逃奴被叫作“乘客”或“货物”；各地承担转运任务的家庭或教会就是“车站”。各地“车站”都有自己的代号，如美国底特律的代号是“午夜”。作为美国和加拿大界河的底特律河被称作“约旦河”，因为过了午夜就是黎明；根据《圣经》的记载，过了约旦河就是希望之地。天堂或希望之地就是终点站：加拿大。

“地下铁路”不是一条或几条通道，而是一张通道网，从美国南部各州向北蜿蜒，最后越过今天美国水牛城和底特律之间的边界。这段边界上水道居多，而且都是大湖和大河，必须乘船。逃奴们经常昼伏夜出，以北极星为向导。这段加拿大境内的几个居民点，自然就成为“地下铁路”的终点站。进入加拿大的黑人散布于其境内各地，但很多人还是留在了安大略省南部。我参观的几个博物馆中保留了这段黑人的历史。

“地下铁路”运动产生了很多英雄人物，国内学界知名的是塔布曼（Harriet Tubman），但无论在加拿大还是美国，还有很多类似的人物。

巴克斯顿国家历史遗址和博物馆介绍的雪德（A.D.Shadd，1801—1882）就是其中一位。雪德生于美国特拉华州。他的爷爷是德国黑森士兵，被英国雇佣到北美参加与法国的战争，受伤后在一个自由黑人家里养伤并与这家的女儿结婚了。他们的一个儿子做了鞋匠，成为雪德的父亲。雪德生来是自由人，继承了能养家糊口的鞋匠手艺，但他决意反对奴隶制，解救黑人同胞。

19世纪20年代末，他成为总部在费城的反奴隶制协会成员，参加“地下铁路”运动，在家里为逃奴提供住处和衣食帮助。1833年，他当选为全国改善自由有色人大会主席。19世纪50年代初，雪德全家迁到加拿大安大略南部的巴克斯顿，与一些他曾经帮助过的逃到那里的黑人组成黑人社区，接应更多的逃奴。1859年，他成为当地镇政府的顾问，即加拿大第一位担任公职的黑人。1994年，北巴克斯顿镇的一条主路以他的名字命名；2009年，加拿大邮政局为他发行了一枚纪念邮票。

雪德的女儿玛丽（Mary Ann Shadd，1823—1893）继承了父亲的精神和事业，创办黑人学校，出版报纸支持黑人运动和妇女运动，是加拿大第一位黑人女出版人。南北战争期间，她到美国印第安纳州招募黑人参加联邦军队；南北战争后，她留在美国教书，并在60岁时获得哈佛大学法学博士学位，成为美国历史上第二位获得法学博士的黑人妇女。她写了很多文章，与E.C.斯坦顿和S.B.安东尼一起领导美国妇女选举权运动，并在美国众议院法律委员会上为妇女权利作证。

在巴克斯顿博物馆，我觉得向我介绍情况的那位黑人馆员的相貌与展板上的照片有些相似，就试探地问他跟展览中的人有没有什么关系。他指着其中一张照片说：“这是我爷爷的爷爷。”后来，他在带我参观一所只有一间房子的黑人学校时说：“我的父亲是这所学校的校长兼教师，墙上有我的父亲与其他老师和学生的合影。”在这间唯一的教室中，有大小和高矮不同的桌椅，因为几个年级的孩子都在一起上课。

威廉·金（William King，1812—？）牧师是当地“地下铁路”运动中的一位白人英雄，他出生于爱尔兰，毕业于格拉斯哥大学，随家庭移民美国路易斯安那州，在一所白人学校教书。他与一位富有的奴隶主的女儿结婚，新娘陪嫁中有两个奴隶。金看不惯奴隶制生活，返回苏格兰学习传教。妻子带着两个孩子离开了他，奴隶主岳父给他留下15个奴隶。金获得长老会传教资格后，带着他的奴隶来到加拿大，让他们过自由且自给自足的生活。他希望解救更多的奴隶。1849年，在长老会［尤其是加拿大省总督埃尔根伯爵（Earl of Elgin）］的帮助下（很多英国议员慷慨捐款），他组织了一个协会，购买了9 000英亩[①]靠近美国边境的土地，组建了黑人社区，以方便接纳来自“地下铁路”的逃奴。这个协会和社区都以埃尔根命名。他为黑人社区的发展制定了严格的计划，所有黑人及其子女都要接受教会学校的教育，学习生产技能，生活节俭勤奋。在这片土地上出现了面粉厂、伐木厂、砖厂、铁匠铺、食品厂、旅馆等，经济效益很好。最多时，他的社区有1 200多名黑人。至今还有一些当年逃奴的后代生活在这里，因此，这一地区的家族史协会也很活跃。

雷克索镇原来也有一个地下铁路博物馆，现在已残破不堪、荒草遍地，关门很久了。博物馆前有一个同真实车厢比例相同的木制列车尾部车厢，象征着这里曾是列车的最后一站，里面满是蜘蛛网。有一棵常青树前的木牌上写着：此树见证着罗莎·帕克斯女士与博物馆的友谊。原来那位在美国种族隔离时期拒绝在公共汽车上为白人让座而引发黑人民权运动的帕克斯女士，晚年曾多次来此博物馆参观交流。我为这个博物馆的倒闭而惋惜，因为它也有自己的英雄人物和事迹。公共历史资源应该如何维护，以使其更好地发挥作用，是一个值得考虑的问题。安大略省南部有很多这样的黑人居民点，都与“地下铁路”运动有着这样或那样的联系，如果都建博物馆，难免有重复之嫌。实际上，这些博物馆都从最初的三角奴隶贸易讲起。

对于“地下铁路”到底运送了多少人，这些博物馆的数据并不一致，从3万～7万人不等。巴克斯顿博物馆的一位女管理员告诉我，当地黑人社区在19世纪50年代平均每天接待30个逃奴。如此算来，仅该镇在18世纪50年代就接纳了10万余人。显然，这些地方史、口述史中有很多不实的成分，当时各地没有记载，加之后来很多黑人返回了美国，故具体数已不可

① 1英亩≈4 046.86平方米。

考。学界对此一般估计为 3 万人。

汤姆叔叔与汉森

德累斯顿镇有个汤姆叔叔的小屋历史遗址，引起了我的好奇：汤姆叔叔的小屋应该在美国南部，怎么会在这里？看了介绍我才知道：约西亚·汉森（Josiah Henson，1789—1883）被认为是美国作家斯托夫人的《汤姆叔叔的小屋》中主人公汤姆的原型。他出生于美国马里兰州的奴隶家庭，1830 年由“地下铁路”逃到今天加拿大安大略省南部的德累斯顿镇，以租种土地为生。1841 年，汉森得到废奴派教会和开明人士的资助，买下了 200 英亩（约 0.81 平方公里，当年地价是每英亩 4 加元）土地，与其他逃奴一起建立了自己的社区、教堂和技术学校，向美国和英国出口黑核桃木材及其制品，使黑人们能过上自给自足的生活，并接应北上的逃奴。之后，汉森又在邻地买了 200 英亩土地，扩大了黑人定居点的规模。

汉森于 1849 年出版了自传《约西亚·汉森讲述自己的生活：一个前奴隶，现在是加拿大居民》。斯托夫人的《汤姆叔叔的小屋》（以下简称《汤姆》）出版于 1852 年，引起英语世界的广泛反响。汉森将自己的自传扩充为《比小说更传奇的真实：汉森牧师的生活故事》，出版于 1858 年。随着汉森传奇经历和事迹影响的日益扩大，1876 年，汉森再次将自传延伸更新后出版，名为《生活中汤姆叔叔的故事：汉森牧师自传》。汉森和汤姆叔叔越来越密不可分，影响越来越大。1877 年，汉森受到英国维多利亚女王的接见，并获赠女王的签名照片。汉森晚年过着幸福的生活，享年 94 岁。原来，这里是汤姆叔叔解放后的木屋，现成为博物馆的一部分。汉森家族的墓地就在博物馆旁边。他的后代中还有人居住在附近。

我忽然想到，汉森和斯托夫人这两个同时代互有影响的名人见过面或有什么联系吗？管理员是一位中年黑人，名叫斯蒂夫·库克，他肯定地告诉我：没有！那又是谁最先认定汤姆叔叔的原型就是汉森呢？他笑着说："是汉森本人。"这使我觉得非常奇怪，干脆坐下来翻看汉森的自传和斯托夫人为回答各种对《汤姆叔叔的小屋》的质疑而于1854年出版的《汤姆叔叔的小屋注释》。在汉森最后一版自传的前言中，编者写道，汉森在马萨诸塞州安多弗镇见过斯托夫人，并向她讲述了自己的经历。而斯托夫人在《汤姆叔叔的小屋注释》中写到，作为一个北方人，为了写南方奴隶的生活，她采访过很多逃到北方的黑人，并列出当时的一些出版物，其中有汉森自传的第一版。我又去问斯蒂夫，他还是笑着问，他们在什么时间见面的？我再看，果然没有见面的时间。这么重要的证明事件，怎么能没有时间呢？如果说因年代久记不清具体日期，那么至少应该有个大致季节和时间，如春季、冬季、上午、傍晚之类的。更重要的，这是编者所言，而不是汉森自己说的。斯蒂夫甚至怀疑，斯托夫人出版《汤姆》前根本就没看过汉森的自传。这使我更为惊奇，但仔细想，这也是有可能的。因为最初的自传只有几十页，印数极少（至今仅剩两本），在美国的斯托夫人能看到在加拿大印刷的这本小册子吗？

那斯托夫人的小说只是凭空想象吗？也不是！《汤姆》出版后，赞扬声和质疑声都很大，很多奴隶制维护者认为此书污蔑奴隶制，没有事实依据。斯托夫人在巨大的社会压力之下（甚至收到过一只人耳朵），必须拿出令人信服的证据，但那些采访没有录音、录像，更不能公布当事人的真实姓名和身份，所以，她只好搜集该书出版前已有的相关文字性资料作为该书真实性的证明，而很可能在此时，她看到了汉森的自传。斯蒂夫还说，斯托夫人一生写的信件很多，但其中却没有提到汉森，所以很难说她当时是以汉森为原型写汤姆的，或者说，在奴隶制时代，到处都有悲惨的奴隶故事，到处都有拍卖和悬赏追捕逃奴的广告，斯托夫人并不需要一个汉森作为原型就能完成小说。退一步说，即使斯托夫人在《汤姆》之前看过汉森的自传，也很难断定她是以汉森为原型写《汤姆》，因为书中汤姆的性格和命运与汉森很不相似，甚至反差很大。汤姆没有呼吸到自由的空气就死在农场里。书中的哈里斯一家与汉森的经历有些类似，他们冒死跑到了加拿大。

但哈里斯没有汤姆的知名度高。人们宁愿相信汉森就是汤姆，他没有死，争取自由并过上了幸福的生活。其实,《汤姆》出版后，不仅汉森，很多黑人（奴隶或自由的）都从中看到了自己的影子，都觉得斯托夫人写的是自己的故事。这正是斯托夫人作为一个作家的成功之处。但《汤姆》毕竟是文学作品，汤姆实际是当时所有黑奴的化身，而汉森由于有一本自传在《汤姆》之前出版，又有不凡的经历在此之后，因此他理所当然地成了汤姆的替身。不仅他个人需要这样做，黑人需要一个榜样，而且，整个社会都需要这么一个自由的象征。汉森的确是黑人自由的榜样和象征，代表着黑人的历史与传奇。

我在这个博物馆逗留了两个多小时，期间约有五十多位观众，几乎都是黑人。其中有一大客车的黑人来自多伦多的一个黑人协会组织。这里不是游览景点，他们来这里是专程寻找自己的历史。斯蒂夫说，以前从美国来的黑人很多，自从“9・11”事件后，由于边界检查手续增加，博物馆客流减少了 40%。

加拿大的黑人史研究

如果就此认为，加拿大是黑人的自由之地，那么这又是一个历史传奇。因为居住在加拿大的黑人并非都来自美国。加拿大有自己的黑人奴隶史，尽管它比美国的短。1628 年，加拿大已有文件记载的黑人奴隶。1759 年，加拿大作为法属殖民地被英国夺取时，已有 3 000 多名黑人奴隶。美国革命时大约有 3 万黑人，以士兵、水手、劳工和伙夫身份为英军服务，英国殖民当局承诺，凡帮助英军的奴隶将给予人身自由。当英国战败已成定局时，英军曾将这些黑人效忠派（Black Loyalists）疏散到加拿大的新斯科舍和魁北克地区、英国、西印度群岛、德国和比利时。仅从纽约迁徙到新斯科舍地区的黑人就约有 3 000 名。约 10 年后，这些黑人中，约有 1 200 人不满当地的种族歧视和艰难生活，于 1792 年返回非洲，在塞拉利昂建立了一个新的殖民地。这是美洲黑人返回非洲的最早尝试。

加拿大的黑人奴隶一般是家庭仆役，也有干农活的，但由于气候条件所限，远没有美国南部种植园那样的规模，加之加拿大奴隶制时间相对较短，也没有造成美国内战那样的社会问题，因此，加拿大的奴隶制被美国奴隶制掩盖了。有加拿大黑人史学家曾感叹："奴隶制是加拿大保存得最好的秘密，被锁在国家的密室中。"

加拿大黑人忠实于加拿大。在 1812 年与美国的战争中，他们组成单独的作战单位保卫加拿大。1837 年，加拿大出现反抗英国的起义时，黑人又拿起武器维护秩序，平息"叛乱"。美国南北战争期间，很多加拿大黑人自愿加入北方军队作战，打击他们痛恨的南方奴隶制度。南北战争结束后，很多加拿大黑人留在美国南部，还有黑人陆续返回美国，那里有更适合他们的气候和生活环境，但他们面对的却是一个与其期望甚远的现实。进入现代以来，黑人继续为加拿大社会的发展和繁荣做出独特贡献。他们中有优秀的运动员、艺术家、军人，甚至总督，但只是近几十年，加拿大黑人史才逐渐进入人们的视野和史学界的边缘。

这些展览馆让我亲身领略了地方史、家族史、黑人史、公共史学的功能和意义，以及它们与国家史和全球史的联系，还有这些历史中的真实与传奇。

（原载"中国世界史研究网"，2014 年 9 月 10 日）

漫谈加拿大人的秩序

如果用一个词来概括我对加拿大的印象，我会选择什么？这是一次被要求在 15 分钟内陈述加拿大印象后，我给自己出的难题。经过一番回忆梳理，逐渐在头脑中清晰的一个词居然是“秩序”。我有些怀疑这个答案的准确性，为了弄清楚为什么我会对加拿大有这样的印象，我写出了下面的文字。

排队非常能表现出加拿大人对秩序的认可。无论在哪里办事，有两个人会根据先后次序，有三个人就要排队。一旦排队，他们不需要防备有人“加塞”，也不担心服务人员“走后门”，不管队有多长，他们都神态坦然。另外，神态坦然的还有服务人员，他们或许没有“为人民服务”的觉悟，但会认真接待每个人，不会因为排队而降低服务水平。有一次我去换手机卡，店里有三名员工分别在接待三个顾客，还有两个顾客在等，我就站在他们的后面。半个小时过去了，我前面的一个顾客都没少，后面还多了五六位。我无奈地左顾右盼，其他排队者淡定的神情使我深受触动。一个多小时后，我走出小店，竟然没有听到一句催促或抱怨的话。其实，这本是很正常的一件事，如果希望得到优质服务，那么你就得（用包括耐心在内的行为）主动维护秩序。

加拿大人在城里开车基本是鱼贯而行，如果是多车道，那么最右边的路基本是空的，留给右转车用。在信号灯前，直行车占右拐车道（双车道的右拐车道往往允许直行或右转）是极其罕见的。在没有信号灯的小十字路口，要按照先到先行的规则，同时到达的，右路车可先行。驾驶员手册中规定，遇有鸣笛的消防车和救护车，司机必须立即靠路边停车。遇有校车接送学生上下车时，车上会伸出一个红灯信号牌，双向行驶的司机都必须停车等候，直到校车收回信号牌才可以走。若不避让这几种车，则司机要受到类同闯红灯一般的严厉处罚，如果考驾照时这样操作，那么则算不及格。

记得考驾照时，教练要求我在开车时不能妨碍别人，但在行驶中发现，我们对“妨碍”的理解不一样。他的“妨碍”范围比我的要大很多，如停车让行人时，要保持让行人有安全感的距离；拐进一条车道时，如果会使后面车的减速，那么宁肯多等等。他说，多伦多的驾照制度是北美最严格的，考试的平均通过率为 3.8：1，很多在中国国内有多年驾龄的人，首次考试不能通过的原因，不是技术上的，而是“对人都没有感觉”。这句话我记得特别清楚。开车不仅要保证车辆和自身安全，而且还要为别人的安全感留有余地。加拿大的公路秩序就是这样维持的。

排队有时是无形的，购买廉价老年公寓要排队，进行医院的非急救性手术和 CT 之类检查要排队，有时要等上成年累月。加拿大人对此时有所怨，但我没有听到有人对“走后门”不满，更没有利用紧缺资源的“托儿”和号贩子。在医院急诊也要排队，但这时排队的标准不是先后次序，而是病情的轻重。总之，排队次序不会因权力、地位、贫富等原因而改变是加拿大人能坦然排长队的根本原因。有一位医学院华裔教授的妻子突然胃痛，立即回国做胃镜检查，我问教授为何舍近求远，他说排队的人很多，不好意思张口让别人为难。

回收垃圾也有秩序。我所住的多伦多地区万锦市那个小区，每户（住公寓内的除外）要自备三个垃圾桶，分别为绿、蓝、黑三色。厨余垃圾要装在塑料袋内，放在绿桶里；可回收的玻璃、塑料或纸制的饮料瓶，废报纸等放在蓝桶里；不可回收垃圾，如废墩布、破电器等放在黑桶里。此外，还有一种后院垃圾，如枯枝败叶、剪下的草等。每周三是收垃圾日，但不是每次都收所有的垃圾。如果这周三收所有的垃圾，那么下周三就只收绿、蓝桶中的垃圾，即黑桶中的垃圾和后院垃圾每两周收一次，后院垃圾每次仅限三袋，而且每年 11 月下旬的那个周三是全年最后一次收垃圾的日子，如果没在此前清理好院子，那么这种垃圾就要留到来年再收了。经常有被拒收的垃圾，要么是居民记错了日子，要么垃圾整理得不符合要求，如硬纸箱要拆折后捆在一起。市里为垃圾回收专门印有小册子，对危险品（如各类清洗剂、油漆、除草剂、杀虫剂等）、可回收物品、一般垃圾、捐献物品等的划分都有非常详细的说明，而且还专门有一天收用过的圣诞树。

我在加拿大留学两年，此后又多次去那里访学，各主要城市都去过，从没有看到过两个加拿大人吵架，更不要说打架了。一次，我亲眼看到两辆汽车碰在一起，几个人相互交换了联系方式后，默默地站在人行道上等着警察来处理。这种有序的生活不是从来就有的，而是一个逐渐的社会化过程。美国西部影片中那种一言不合便拔枪相向的场面，在加拿大历史中也不少见。个人生活小事是这样，群体矛盾大事也是如此。近年来，我研究的加拿大劳资关系从无序到有序，就是一个明显的例子。

加拿大社会秩序曾经受到劳资冲突的严重威胁，尤其在 19 世纪中期后，工人骚乱曾经是劳资矛盾的主要表现方式，当时工人的口号是“面包或流血”。资方和政府动用过私人侦探、警察甚至军队镇压工人的罢工，也出现过流血事件。不仅劳资冲突，不同族裔工人（甚至一国不同地区移民）之间为争夺工作和地盘也大打出手，动用包括枪支在内的各种凶器。后来，一些有识之士和政府逐渐意识到，维护某种程度的劳动力市场稳定，尤其劳资平衡是社会长期稳定的关键。一个多世纪以来，政府通过一系列立法，承认工会的合法地位和集体谈判权利，规定带薪休假、最低工资标准、失业保险、退休养老金等福利待遇，将劳资矛盾的解决纳入法制和有序的轨道。如 1945 年为保障工会的经费，政府提出，资方在付工资前，按人数将会费直接扣除后交给工会，非工会会员工人的工资也要扣缴会费，因为工会是一个工厂或劳动场所的所有工人的谈判代表，被集体合同覆盖的人，在实际上都享受着工会的服务。此举有利于工会的集体谈判权力和经费，有利于平衡劳资关系，稳定阶级关系。在福利制度以前，工作机会意味着饭碗，有时是一家人的生存希望，因此工人之间为争夺工作而火并的事并不少见，尤其在资方有意利用失业者对付罢工者的时候，但福利措施和劳工法出现后，劳动力雇佣、解聘、集体谈判、罢工都有一定程序，失业也没有原来那么可怕，这极大地缓解了劳动力市场内部的矛盾程度。

劳资双方原来用罢工和闭厂来维护各自的利益，现在谈判成为解决双方矛盾的主要形式，律师和专家顾问成为他们的代理人。劳工法在保障工人利益的同时，也约束着工人的过激行动。例如，集体谈判的结果——劳动合同一般为期三年。合同生效期间，资方按合同支付工资和加薪，工人不得罢工，既然不准罢工，那么工人的不满就要通过既定的途径和机构得以申诉和解决。按照法律，只有在合同到期而新合同还未签订之间，罢工才是合法的。换句话说，罢工只能是为了在新合同中争取更好的条件，而不能是为了其他的事。这样，不仅一个世纪前常见的声援性罢工、政治性罢工都是非法的，而且总罢工更不可能，除非各地区、各行业工人的合同都同时到期，所以,《工会法》《劳动法》不仅是保护工人的，而且有利于保护包括资方在内的整个社会，毕竟罢工和闭厂造成的工作日损失，归根结底是全社会的。

加拿大工人运动大致受三种思潮的影响：劳工主义（Labourism）、共产主义和社会民主主义，对其影响最大的是劳工主义和社会民主主义。劳工主义要求国家民主化，通过立法干预解决劳资问题，对彻底改造资本主义表示怀疑，不要求大范围的国有化，要求支持弱势群体（老弱病残等），同时，主张监督政府，寄希望于劳资之间以及劳资与其他社会组织的合作。

社会民主主义最初同共产主义一样，在道德上拒绝资本主义，要求以相当程度的国有化、计划经济、广泛的社会保障代替资本主义，但在1961年，新民主党成立后抛弃了国有化，希望以一系列改革措施使资本主义人性化，认为社会进步只能通过选举和议会来逐步实现。

共产主义认为，只有彻底推翻资本主义，才能解决工人问题。1917—1956年，共产主义一直以苏联模式作为理想的社会模式。现在，工运中只有极少数人仍坚持这种激进思想。可想而知，如果工人的问题不能通过投票、罢工、立法等合法途径得到解决，那么依靠暴力的思想必然有存在的社会基础。

现在加拿大仍不时有罢工，但整个罢工过程都是依法进行的。罢工首先要得到多数工人投票支持，而且罢工要提前通知，是否接受资方对罢工要求的回复，也要得到多数工人投票同意，工会谈判代表在法律上无权代替工人作出选择。罢工形式本身也是温和的，没有过激行为，甚至不需要呼喊口号，一些人拿着牌子站在那里，表示他们有意见就够了。

罢工对加拿大人的生活造成很大不便，如清洁、邮政、公交工人罢工，但人们对此表示出极大的宽容，能理解这是工人们在依法争取自身的权益，尽管很多人有理由认为，会员们的工资已经不少了。

加拿大的劳资问题是否能在法制的基础上有序地调解，取决于社会各方的明智立场。既然劳资有对话和谈判的渠道，双方就没有必要剑拔弩张；即便工会摆出罢工的架势，因为有媒体报道其诉求，也就不需要使用过激的行动和口号了。普通市民宽容罢工实际是尊重法律，尊重自己的公民权利。

任何社会都有各种矛盾，各种社会的区别仅在于如何对待和解决这些矛盾。人们只有在投诉无门或无效，无法可依或有法不依的情况下，才会诉诸暴力或铤而走险。加拿大人能在会议室和议会里，用谈判和投票的方式来处理这些矛盾和问题。加拿大人能将居民生活垃圾问题管理得井井有条，令人羡慕，更值得思考。加拿大的良好的社会秩序并非依靠公民的顺从、思想统一或对矛盾的掩盖，而是建立在国民公共素质、公正的法制和有效的社会协调的基础上的。

因此，加拿大人有序的生活与平和的心态，实质是社会公共生活组织合理化的一种表现。

（原载“中国世界史研究网”，2012 年 3 月 22 日）

加拿大失误点世界自然遗产及其发现者的故事

2016 年 7 月 17 日，联合国教科文组织宣布加拿大纽芬兰岛失误点（Mistaken Point）为世界自然遗产。当时，我刚定好 8 月下旬去纽芬兰岛旅游的行程，还来得及将失误点排进去。参观失误点要提前预约，每天只有一次参观机会，约有二十个名额。游客很快要慕名而至，这也算是捷足先登、先睹为快！

失误点生态保护区

失误点生态保护区位于纽芬兰岛上的阿维隆半岛东南端，在沿海 5.7 公里的狭长地带内。我们按时到达葡萄牙湾以南的一个讲解中心，在预约的名单上签名。有三位路过的游客想临时加入，被工作人员拒绝了。游客们被提前告之，整个参观过程需要三个半到四小时，路程中没有厕所和小卖部。两名导游和两名导游助理开车带路，游客们各自驾车在一条很窄的砂石路上跟进。大约半个小时后下车，约二十位游客分成两组，每组由一名导游及导游助理带队进入保护区。若没有工作人员带领，游客不可自行进入。即使在导游的带领下，游客也只能按规定的路线参观；实际对游客开放的只是其中一部分。保护区内不准进入任何车辆，工作人员的越野车也不能进入。那天天气很好，我们在起伏的草地上走了半个多小时，越过几条小溪，见到海边的石崖。我们这组的导游是一位五十多岁的生物学专业人员，身着环境部的制服，途中几次停下来讲解当地的生态环境和植物，非常认真敬业。

失误点的地名来自此地多发的海难事故。因为在有雾或阴雨天气，船员很容易误以为它就是附近东面的开普雷斯角（Cape Race），而将船向北转向，以便进入开普雷斯港，这个失误往往导致船只触礁，失误点由此得名。据说，那里有名的沉船就有五十多艘。来到海边，见到被风吹雨浸浪蚀而裸露的石崖，我们才明白刚走过的草地和低矮的灌木丛只是附在岩石上一薄层植被的表皮，下面没有多少土壤。海边裸露的岩石层都朝向大西洋倾斜，有些大石块已落入水中，成为一块块礁石。面对这一宏大的景观，我不由联想，整个纽芬兰岛就是这样在大自然的作用下，从加拿大本土大陆上断裂、分离的吧?

我们来到一块巨大的石层面前，有人尖叫："化石！"这时，导游让大家脱下鞋，换上之前发给大家的厚毡袜套，因为鞋底会磨损带有化石的石面。导游助理是一位生物系的学生，她发给每人一份化石类型的示意图，让大家对照岩面上的化石。以往都是在博物馆里见到化石，这次见到原生态化石，我有些兴奋，还担心地问导游："看这些岩石的走向，有一天它们会再次沉入海底的吧？"导游说："这会是一个很缓慢的过程，究竟需要多少时间，也是我们目前研究的内容之一。"有的游客掏出自带的放大镜，趴在地上仔细地观摩化石。有个小学生指着一个几寸长的化石印问导游："它活着时有多长呢？"导游回答："有三四十厘米长吧。""哇！"大家都惊叹不已。

现场看到的化石近照

失误点的化石样本属于埃迪卡拉生物群，是生活在距今七亿至五亿多年前的海底生物，那时世界上的生物都生活在大海中。1947 年，澳大利亚埃迪卡拉沿海首次发现了这一时期的古生物化石，并以其发现地命名之。在失误点的化石中，有二十多种样本是以往未见的，而且进化程度更为高级。另外，失误点的化石被火山灰保存完整，年代分明。通常状态下，海洋生物死后，只有骨头、贝壳等硬质部分有可能作为化石保留下来。失误点的化石则是在火山爆发的瞬间，活的生物被烙制在石板上所形成的。一次次火山爆发，使不同时期的生物形成化石。这里的化石都被几毫米至两厘米厚的火山灰石块包裹着。火山灰中含有金属锆成分，可以让科学家准确地定位不同石层中化石形成的年代。虽然澳大利亚和俄罗斯也有类似的古老化石，但其所反映的生物的复杂和多样化形态远不如失误点的化石丰富。正是这种化石的丰富多样性，决定了它在世界上唯一的地位。这里的古生物就像古罗马庞贝城那样被埋在火山灰之中，所以失误点又有"古生物的庞贝城"之称。

失误点化石的发现将人们对生命起源的认识提前了很多，为相对原始的前寒武纪生命形式和后来地球上生存的生物群之间增加了一个联系环节。尽管当今学者们对这些古生物的了解和认识还很有限，如对它们的繁殖方式和灭绝原因至今仍莫衷一是，但可以肯定的是：复杂生物的历史比人们原来认识的要早很多。1984 年，纽芬兰省政府在失误点筹建保护区；1987 年，保护区正式建立；2009 年，其扩建为现在的规模。接待点每周开放七天，工作人员轮休。我们的那位导游说，自己每周要带团进入保护区四五次，很是辛苦。参观活动是免费的，游客可以自愿捐款。与加拿大很多景点类似，失误点冬季不对外开放。保护区的专业化和生态化接待、免费、对接待名额的严格限制等措施，给我留下了深刻的印象，然而，我的好奇心并没有到此为止。

化石发现者米斯拉

参观简介和导游都简短地提到，化石发现于 1967 年，发现者是纽芬兰纪念大学的一位印度硕士留学生，叫米斯拉（Shiva Balak Misra）。他是怎样发现化石的？后来又怎样了呢？我上网查阅相关信息，阅读了他的自传《追逐梦想》（Dream Chacing,2011），看到了一个与发现化石同样精彩的故事。

1939 年，米斯拉出生在印度北方邦一个名叫代奥拉（Deora）的偏远贫穷的村子，他幼时的求学过程十分艰难。因村里没有学校，他经常要走很远去邻村上学。小学六年级时，他每天要在乡间土路上往返 24 公里。那时，他常想，为什么近处没有学校？将来自己一定要在村里建一所学校。这桩心愿始终萦绕心头，最终成为他的人生目标。他完成在印度的高等教育后，在一所学院当老师。1966 年，他得到了加拿大纽芬兰纪念大学地质系的奖学金，成为硕士研究生。

1967 年夏季，地质系要绘制当地的地质构造图，分配研究生们去实地勘绘。失误点恰在米斯拉负责的地段。四十多年后，米斯拉对六月那个傍晚的情景仍记忆犹新：工作了一天，他有些累，也饿了，坐在一块石头上，边吃三明治，边欣赏一望无际的大海。天色有些暗了，他站起来转了几步，忽然注意到刚坐过的石头上有一些像叶子的印迹。“它们很像化石”，却不像他以往看过的任何动物化石。尽管它们像叶子，却不可能是植物，因为这些石头来自很深的海底，那里没有阳光，植物因不能进行光合作用而无法生存。那会是动物吗？怎么可能有这样的动物！他很清楚这些岩石是前寒武纪的，至少在五亿多年以前，那时的生物都是很原始的，如三叶虫。他想看得更仔细些，但光线更暗了，于是只得做好记号，以备明晨再来。接下来的几天，米斯拉发现了一个化石世界，他不停地做笔记、拍照，直到太阳落山，完全看不清楚，才心有不甘地返回住所。他初步确认这些是生物化石。这些生物曾在五亿多年前生活过，但不确定它们究竟是植物还是动物，因为没有任何资料可供他参考。他将发现化石的情况告诉了系里的教授们。1968 年，《自然》杂志首次报道了失误点化石的发现情况，引起了相关学界的极大重视。1969 年，米斯拉在《美国地质学会通报》（*Bulletin of the Geological Society of America*）和硕士论文中更为系统和详细地描述了当地岩石演化及其中生物化石形成的历史。他将这些化石依形状分为五组——纺锤状、叶状、圆叶状、树枝状和扩展状，每组还有一些子类和生物相似性。我们在参观现场看到的化石示意图就是这样分类的。

1969 年 5 月，米斯拉顺利获得硕士学位。因为纽芬兰纪念大学当时没有博士学位，所以老师们建议他去其他大学读博士学位。他也想继续深造，并收到了好几所北美大学的邀请，最终他选择了位于渥太华的卡尔顿大学。米斯拉的学术前景一片光明，然而，他在读博士期间，心情却很不平静。小时候艰难的求学经历不时浮现在他的脑海中，这么多年过去了，虽然环境变了，小时候的那个梦想却还在，并时时地召唤他。在一次印度留学生的聚会上，他表示了回家乡创办一所学校的愿望。一个同学问他："为什么在你的家乡呢？"他说："那是一个非常落后的地方。"那个同学说："国内有很多落后的地方，我们要选择更值得的地方。"他说："如果你去了我的家乡后认为还有更落后的地方，我们就交换。"1970 年 8 月，米斯拉毅然中断了博士学业，回到家乡。后来，那个同学真的去了米斯拉的家乡，验证了他的话。

白手起家创办学校很不容易，米斯拉很快用光了积蓄。为了筹集资金，他甚至办起了养鸡场。1972 年，他幸运地与纳玛拉（Nirmala）结婚。妻子不仅是他志同道合的生活伴侣，还成为他实现梦想的创业者和合作者。同年，他们在家乡附近创办了学校，成为学校最早的两位教师，新婚家具也被搬进了校舍，纳玛拉担任校长。附近的孩子再也不用走那么远去上学了。米斯拉在附近的勒克瑙大学任地质系教授，但他经常回来给乡村学校的学生讲课。学校从创办至今已有四十多年的历史，现有上千名学生。毫不夸张地说，学校是他们爱情的结晶。米斯拉夫妇有两个儿子，都非常出色，一个是记者、作家；另一个是电脑工程师。退休后的米斯拉教授有更多的时间照顾他们的乡村小学了。

米斯拉夫妇

2007 年，在失误点化石被发现四十年后，加拿大地质学界宣布以米斯拉的名字命名他发现的化石（Fractofusus Misrai）。这是国际学界对他发现化石及所做贡献的正式认可。他听到这个消息后很高兴，说："我知道我的发现很重要，但从来没想过有一天这个发现用我的名字命名。"他还对慕名而来印度媒体说："最初这项工作被分配给另一位印度同学，可是他拒绝了。系里问我是否愿意接受这项挑战，我答应了。成功就落在我的头上了。"谈到乡村学校，他强调，妻子纳玛拉才是真正的英雄。

米斯拉的人生美满，令人羡慕：有突出的科学成就，有对家乡的杰出贡献，还有患难与共的妻子和美满的家庭。如果说发现化石是一种传奇；那么在学业和名誉高峰时能甘于寂寞，四十多年如一日地奉献于一所乡村学校，更是一种平凡而伟大的传奇。

（原载"中国世界史研究网"，2016 年 11 月 25 日）

纽芬兰鳕鱼杂记

小渔村

纽芬兰岛在加拿大领土最东端，面积为十万多平方公里，约有两个半中国台湾岛大，与其西北部贝尔岛海峡对面的拉布拉多一起，组成纽芬兰和拉布拉多省。全省人口为五十多万，92% 以上居住在纽芬兰岛。

我对纽芬兰岛早有所闻，作为世界四大著名渔场之一，它是中学地理课本中的内容。没有想到有一天我自己能踏上这片土地，实际感受这里的风土人情。

8 月 23 日，在纽芬兰旅游旺季接近尾声之时，我们从多伦多飞往省会城市圣约翰斯，开始了八天横跨纽芬兰岛的自驾游之行。其中五天分别住在不同地方的家庭旅馆，以便更多地与当地人交流。

纽芬兰岛能有今天，在很大程度上源于鳕鱼之故。过去和现在，这里都是世界上鳕鱼最多的水域。1497 年，意大利水手卡伯特（John Cabot）在给英王的报告中写道："这片海域里的鳕鱼很多，不仅可以用网捕，把篮子放下去就能捞到鳕鱼。"1600 年，一位英国船长这样形容鳕鱼之多："我们要费力才能从它们中间把船划过去。"因为具有鳕鱼资源以及作为欧洲人进入美洲的前站位置，纽芬兰引起英国、法国、西班牙和葡萄牙的争夺，最终这里成为英国的殖民地。目前，纽芬兰岛上约 99% 的居民讲英语，纽芬兰岛是加拿大英语最普及的地区，虽然法国人、西班牙人和葡萄牙人也留下了他们各自的痕迹。

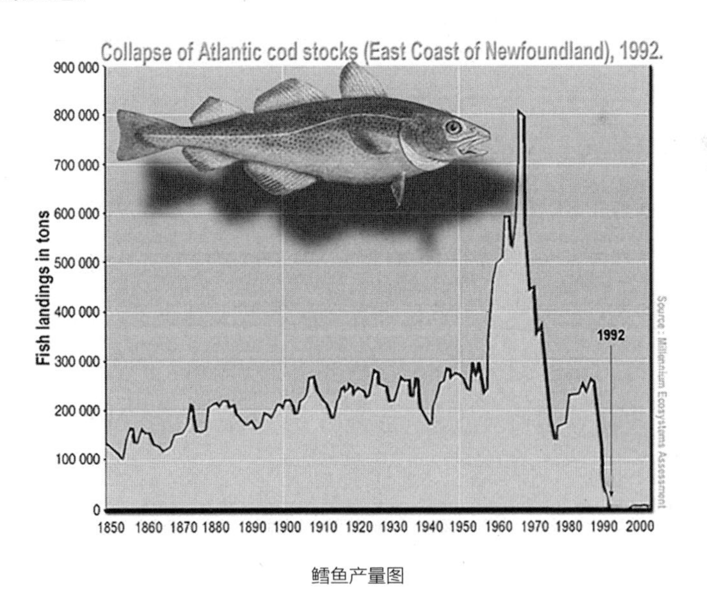

鳕鱼产量图

家庭旅馆的女主人告诉我们，她爷爷的爷爷来自爱尔兰。她爷爷说："如果没有鳕鱼，他们家绝不会在这里。"当年，很多爱尔兰人为了鳕鱼来这里谋生，尤其19世纪中期爱尔兰马铃薯灾荒后，移民过来的人更多了。由于当地的土地不适合农业，唯鳕鱼资源丰富，因此很多农民就成为渔民。在这些爱尔兰移民看来，鳕鱼就像海洋里生长的马铃薯。她特别强调："螃蟹、龙虾的商品化捕捞要比鳕鱼晚几百年。"纽芬兰的鱼主要是鳕鱼，当地人谈到鱼（fish）一般泛指鳕鱼，因为他们对其他鱼和虾蟹会直呼其名。鳕鱼不仅肉质雪白细嫩，营养丰富，其鱼肝油在更现代的多种维生素片出现前，曾是当地人补充维生素A的重要来源。鳕鱼对当地人来说，几乎是生活的全部来源。当地的一句谚语是："鳕鱼就是钱"。卖掉鳕鱼才有钱买其他生活用品，否则只能以鳕鱼为食。我们此次由东向西，驱车2 000多公里，几乎没有见到农场和农作物，只见到一个很小的牧场上有着不多的羊群。可见，这里工业化时代之前的漫长生活是多么的单调。

最初人们是用鱼竿钓鳕鱼，把钓到的鳕鱼收拾（去掉鱼头和内脏）好，腌制晾干后运回欧洲出售。后来人们用网捕鱼，第二次世界大战后（尤其20世纪五六十年代）大型远洋拖网渔船出现，纽芬兰的鱼产量直线上升，在20世纪60年代后期达到最高峰。之后，鳕鱼急剧减少，产量逐年下降。曾经捕捞不尽的鳕鱼终于消失了。有统计显示：1850年纽芬兰岛南部大浅滩的捕捞量只有十多万吨，至1960年年末，猛增到80万吨。至20世纪90年代初，纽芬兰鳕鱼年产量只有20世纪60年代的1%。1992年，加拿大政府被迫在纽芬兰全面禁渔。世代以捕鱼为生的渔民失业了，他们领取救济金或到岛外谋生。十几年过去了，海洋生态的恢复远比人们估计的慢。很多研究甚至断言，这个世界级大渔场已成为历史。这是大自然对人类贪婪行为的报复。直到21世纪头十年后，人们才逐渐发现鳕鱼群正在悄然回归。

一位在纽芬兰纪念大学当教授的朋友请我们到海边的餐馆吃饭。饭馆旁边就是他经常钓鱼的地方。我站在一块石头上向下一看，岸边一米多深的水下，约两平方米的地方，有几十条尺把长的鱼在晃动，跟国内的养鱼池差不多。朋友介绍说："所谓钓鱼，实际是钩鱼。将几个鱼钩绑在一起，做成锚

鳕鱼邮票（一）

钩的样子，放在水底后就往上拉，根本就不用鱼饵。当然，拉上来的鱼被钩在什么部位的都有。”由于鱼太多了，也容易得到，他只用鱼煮汤喝。汤的味道很鲜美，他不吃鱼肉。可惜那天他没带钓具，没能给我们演示。

海边有这么多鱼，水深处的鱼一定更多更大。这激起了我们海钓的兴趣。纽芬兰岛东部和北部的海岸蜿蜒曲折，散落着很多小渔村。车行至纽芬兰岛北部小镇特威灵盖特（Twillingate）附近的一个渔村时，我们见到了一个带游客海钓的广告。电话打过去，对方说：“现在下雨还有风，能不能出海要看下午天气再定。”午后雨停了，风小了些，可以出海了，我们很高兴。渔船有四五米长，没有棚子，有六七个游客。船长说：“我们这只船可能是今天海上唯一的钓鱼船，因为遇到这种天气一般船主不出海。”船至深海，海风很大，蓝色的海浪上带着白色的浪花，小船左右摇摆得很厉害。忽然，船长把发电机停了，说：“可以下钩了。”钓具很简单，没有渔竿、鱼漂，只有一个类似放风筝用的线板，上面绕着较粗的尼龙线，线顶端有一块钢坠和一个钩，加钢坠是为了鱼钩能沉入海底。鱼饵放在一个小桶里，是切好的鱿鱼块。把鱿鱼块挂在鱼钩上，扔进水里，开始放线。等感到线不往下沉就是到海底了。这时，用手拽着线，像放风筝那样，轻轻地一拉一放，

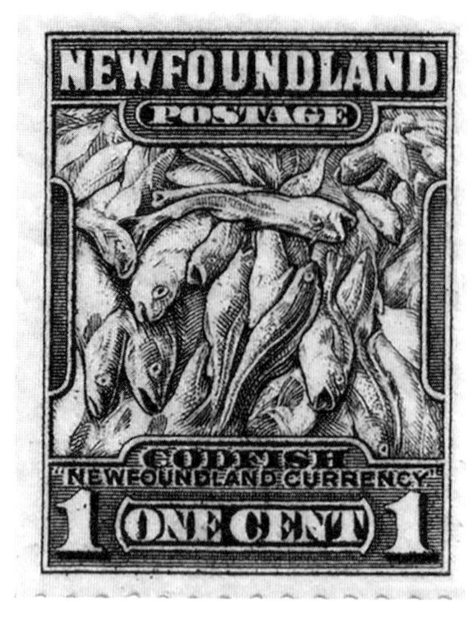

鳕鱼邮票（二）

让鱼饵在水下动起来。我很快就感到手里的渔线有反应了，使劲一拉，鱼就上钩了。然后我不停地收线，直到把鱼拽出水面。一个蓝色塑料箱很快就有了半箱鱼，几乎全是清一色的三斤左右的鳕鱼，只有两三条杂鱼。其中，有一条鳕鱼没有咬钩，却也被钩着鳃拉上来了。开始，大家还为钓到鱼而欢呼、拍照，但几分钟钓一条的速度，很快让大家的兴奋不再。这鱼钓得也太容易了！怎么有这么多鱼？

原来船上装着一个小方盒子，比汽车上的GPS显示屏稍大一些，是探测鱼群的声呐。船长就是根据上面显示的水深和鱼群活动状况确定下钩地点的。想起朋友提到的在岸边钩鱼的情景，可以想象在这二十多米深的水下徘徊的密集的鱼群！在科技方法的指导下钓鱼，效率提高了，但同时也减少了很多在自然垂钓中才有的乐趣。显然，鳕鱼回来了！纽芬兰渔场已经重现生机。回到岸上后，船长把鳕鱼收拾好，分给大家。我们把鳕鱼拿到附近的饭馆，厨师用带有胡椒面和盐的面糊包着鱼肉，放在油锅里。一会儿，一盘外表淡黄，里面雪白的海鲜就摆在我们面前了。那口感、那味道真是好极了！

用鳕鱼纪念生日

大约是因为鳕鱼对纽芬兰岛发展的巨大贡献，

纽芬兰邮票上多次出现鳕鱼的形象（在 1949 年加入加拿大联邦以前，纽芬兰是与加拿大地位相当的政体，可以独自发行邮票）。现代纽芬兰岛的经济已呈现多元发展趋势，即使在渔业中，鳕鱼也早已不再独占鳌头，但纽芬兰人对鳕鱼仍有很深的感情。至今，岛上还保留着以亲吻鳕鱼的形式欢迎岛外人的传统仪式。岛民们认为，只有亲吻了鳕鱼，才能成为纽芬兰人。我们在小镇上见到一所房子外挂着很多鳕鱼干，但又不像以晾晒为目的，因其中夹杂着不少彩色气球。一问才知，这家主人为了庆祝他父亲的七十岁生日，特意将七十条干鳕鱼挂在房前。我问："你的父亲是渔民？"他说："不是，是医生。"可见，鳕鱼作为当地传统文化的一部分，已沉淀在当地人的生活中。

鳕鱼的故事及纽芬兰渔场的沉浮再一次显示：大自然既是慷慨、仁慈的，也是有底线的。对此，人类应铭记、应珍惜啊！

（原载"中国世界史研究网"，2016 年 11 月 16 日）

寻访加拿大联邦总理金的墓地

金的墓地

2016 年 11 月下旬，多伦多初冬，已下过两场雪。我抓紧难得的晴日，去芒特普利森特公墓（Mount Pleasant Cemetery），寻访加拿大第十任联邦总理金（W.L.M.King，1874—1950）的墓地。这是在 1873 年由民间集资而建的多伦多第一个不分教派的公共墓地，位于当时城外十几英里[①]的一片丘

① 1 英里 =1 609.34 米。

陵和水塘中。此前，只有英国国教徒和天主教徒可以安葬在各自教派的墓地内。这些墓地通常在城内他们各自的教堂或社区旁，其他人只能到城外寻找葬身之所。随着多伦多市的发展，这片墓地早已处于城市的核心区域，四周环绕着民居。2000 年，该公墓被选定为国家历史遗址。这意味着它不会被拆迁了。

西方人对墓地并不忌讳，只是为了交通方便，开辟了一条南北贯通的路，将墓区分为东、西两部分。东区内以数字划分不同的位置，西区内则用字母划分。金的墓地在西区 L 地段内（这是我在电话咨询中得知的），标志是旁边有一面国旗。公墓内地势略有起伏，林木茂密，草地还是绿的，上面落满了枯黄的树叶。墓区内有车行道，偶尔可见凭吊的人，但跑步和遛狗的人似乎更多些。

很多原因使我对金感兴趣：他是加拿大任期最长的联邦总理（1921—1926、1926—1930、1935—1948），任期先后达 22 年之久；他是学位最多、学历最高的联邦总理，先后获得五个高等教育学位：多伦多大学文学学士、法学学士和文学硕士，哈佛大学政治经济学硕士和博士。到目前为止，金仍是加拿大唯一拥有博士学位的联邦总理，其博士论文的题目是《来加拿大的东方移民》。金有一位非常有争议的姥爷麦肯齐（W.L.Mackenzie），他是多伦多首任市长，1837 年，他是加拿大省（今安大略省）起义的领导者。金还是一个终身未婚的人。

1911 年，风华正茂的劳工部部长金及其父母

最初，我是在加拿大劳工史研究中关注金的。1900 年，为了解决工业化带来的前所未有的劳资冲突问题，加拿大创建劳工部。金被任

命为劳工部副部长、新筹建的《劳工报》主编，时年 26 岁。他了解社会下层的苦难，同情工人运动。1907 年 7 月 6 日，加拿大最大的报纸《全球》整版介绍他的事迹，称之为“加拿大劳资和谐的调解人”。1909 年，金升任劳工部部长。

金是长老会派的忠实信徒，自信担负着《圣经》所赋予的建立地上天国的使命。他在日记中写道：“我很确信的一件事是，在现存情况下，伴随着财富积累而被认可的惯例，全部是错误的，我生活的一部分必须沿此方向彻底地揭示这种错误，以利于改变劳资关系，确保工人得到更多的公平。”1918 年，金出版了《工业与人性：一项基于工业重建原则的研究》（*Industry and Humanity: A Study in the Principles Underlying Industrial Reconstruction*）。这本书表现出金的政治思想和解决劳资纠纷实践中的理想。他认为，劳资不是彼此的敌人，而是自然盟友，政府所代表的社会在劳资纠纷中要成为中立的、决定性的第三方。金在劳工部以及后来担任联邦首相期间，扩大了工会的权利，奠定了今日劳资关系和社会福利制度的基础。

1943 年 8 月，金在魁北克会议中

金任首相期间恰逢大危机和第二次世界大战的动荡年代。他谨慎地应对国内外各种矛盾，精心维系加拿大的团结，经受了战火的考验，为战胜法西斯做出了贡献。与此同时，他在外交上进一步独立于英国，改善了与美国传统上不信任的关系，奠定了加拿大延续至今的外交关系格局和世界中等强国的地位。1946 年，加拿大议会通过了《加拿大公民法》，产生了加拿大公民身份。金领到了第一号公民证书，成为加拿大第一位公民。他说："没有公民身份，其他的都没有意义。"此前，加拿大人认为他们不过是居住在加拿大的英国人。

1950 年 7 月 22 日晚 9 点 42 分，金因心脏病逝世于金斯梅尔（Kingsmere，距渥太华市中心十几公里）的家中。在场的人回忆说："那天晚上天气很好，但他去世的那一时刻，毫无前兆地电闪雷鸣，下起瓢泼大雨。很多人都注意到，这场暴雨只降在金斯梅尔，连渥太华都没有雨。"国葬仪式后，金的棺木被运回多伦多，葬在芒特普利森特公墓，与他的父母和其他家人安息在一起。

金的母亲在九泉下会感到欣慰，她在 1917 年去世，生前已看到儿子进入内阁，仕途一片光明。老麦肯齐高兴之余会有困惑：外孙实现了他的政治改革夙愿，他的"反叛者"的帽子应该摘掉啊？但是，今天加拿大人仍用"rebellion"称呼他在 1837 年的活动。这个词究竟是反叛者还是反抗者？一字之差，天壤之别，但加拿大人并不急于甄别。在老麦肯齐博物馆里，我忍不住问讲解员："你用这个词究竟是哪种意思？"她说："两种都有，看你从哪个角度看，从要改革、争自由的角度看，是反抗者；从

金的母亲

武装暴动、破坏法制的角度看，就是反叛者。”

可惜，历史不能假设。老麦肯齐暴动要是成功了，他就是加拿大的华盛顿，哪里还有后来的国父麦克唐纳（J.S.Macdonald）！但加拿大不是美国，美国人“不自由，毋宁死”！加拿大人要自由，也要秩序。老麦肯齐不管这些，他凭着一份报纸就向他认为的一切黑暗宣战。他领导的加拿大历史上最重要的那次起义，据某种观点，甚至持续了不足半个小时。可见，不是起义准备不足，也不是没有党的坚强领导和没有充分发动群众，而是加拿大人根本就不赞成以暴力方式变革社会秩序。从这个方面看，金充分吸取了姥爷的教训，对加拿大国情有透彻的理解，在政治上则以调和协商为主。

1997 年，25 位加拿大政治史领域的学者应邀按贡献的伟大程度为加拿大联邦总理排名时，金脱颖而出，排名第一。2011 年《麦克林》杂志公布学界评选加拿大联邦总理的排名结果：金位于劳里尔（W.Laurier）和麦克唐纳（J.S.Macdonald）之后，名列第三。评价政治家的一个尺度是看他的事业和理想是不是得到后世的认可和继承。从这一角度看，金的很多内政和外交政策都被其后继者所延续。他的继任者劳伦特（Louis St. Laurent）顺利地使自由党连续执政八年。

金的政绩令一些研究者困惑：他没有吸引人的外貌，不善演说，缺乏个人魅力；没有麦克唐纳的热情和活力，没有劳里尔的亲和力和技巧，没有老特鲁多的魅力和才智，也没有当时他所尊崇的英美首脑丘吉尔和罗斯福所具有的领袖风范。他给人的印象只是一个举止温和、总在妥协的工作狂。善于妥协正是他的长处，他必须在不同的族裔之间、劳资之间、不同的政治和宗教力量之间妥协。他的口头禅是“议会将决定”，但没有什么人会质疑他取得了前所未有的政治成就。有史学家（Paul Roazen）认为：“金支配了加拿大政治几乎长达三十年之久，以致想到加拿大就不能不想到金的贡献”“将加拿大与金分离是不可想象的”。

金一生未婚与他母亲的影响有关。金的母亲饱尝其父老麦肯齐政治声誉不清和生活动荡的痛楚，寄厚望于长子挽回家族声望，很早就将老麦肯齐的全名、政治抱负及得失经验传给金。金崇敬母亲，并以其作为选择女友的样板，但与金同龄的女友很难在精神上与之匹配。他不乏择偶的机会，但终身伴侣首先必须是能与之精神相通的。最终，金与一位比他年长五岁的红颜知己保持了三十多年的友谊。他没有后代，但遗嘱中有长长的名单，从亲友到身边的每位工作人员，每人都得到了 500 ～ 10 000 美元的赠予。他将两处房产都捐给政府。其中一套来自前任总理劳里尔夫人的赠予，作为他担任自由党领袖和联邦首相的办公场所，因为当时加拿大政府不为联邦总理提供住房。另一套是金的私人住宅及其周围几百英亩的土地，被作为公共休闲场所使用，金还留下一笔专用维护资金。其余的财产则作为大学研究生的访学补助金。

我在金的墓地前伫立良久，思绪如飘零的落叶。金的墓地是这么普通！如果旁边没有国旗，即使在 L 区内，人们也很难找到它。环望四周，墓地里有不少显赫的建筑：有的占地面积大，如一座阴宅；有的很高，像一座塔碑；有的造型奇特，似艺术雕塑。与之相比，金的墓地可说是最普通的。不过，金的墓地显然又是独特的：它以国旗为伴，还有一块带肖像的展板和一个加拿大历史名人特有的深棕色的铭牌。加拿大历史名人要经过联邦政府的一个专门的委员会评选，铭牌由联邦公园署负责安置和维护。加拿大人还以其他方式纪念金：他的肖像被印在 50 元加币上，一些车站、桥梁、学校和街道也以他的名字命名。墓地是了解历史、观察人生的一个独特的窗口，但衡量历史人物的尺度，不在于其墓地的等级和规模，而在于其在民心中的分量。古今中外，这一点大约都是相同或相通的。

（原载《东方早报·上海书评》，2016 年 12 月 18 日）

加拿大政府以历史资源促进国家认同

加拿大历史发展平稳，从殖民地到独立国家，没有革命或内战的曲折和惨痛经历。但作为一个移民国家，两种语言、多民族、多元文化、地方主义等因素内在地削弱了加拿大的国家和民族认同。很多史学家和政治家都表示过对维持加拿大统一的担忧。

对此，史学家库克（Ramsay Cook）解释说：“与其不断地寻找我们缺乏认同的原因，我们不如尝试去理解和解释我们现有的地区、族裔和阶级认同。情况很可能是，在这些有限的认同中找到‘加拿大特性’（Canadianism），而除了那些过于狂热的国家主义知识分子，加拿大人对这种有限认同是颇为满意的。”自此，加拿大国家认同的有限性被当作一种常态和加拿大特性。史学家 C. 博格也指出：“加拿大人的民族感情从来不是整体的和单一的，因其包含两种次级民族形式。”地方主义与族裔认同是造成加拿大国家认同有限性的两大主因。魁北克问题只是其中的突出问题而已。有学者说，不仅存在着英语和法语两个加拿大，英语加拿大也有好几个。

加拿大向来地方主义势力雄厚，这是地理、经济资源和联邦制等政治原因导致的。“一些史学家像他们的省总理那样，将省的历史当作国家的历史”。在加拿大没有得到普遍认可的历史叙述，英语与法语史学之间的对话与交流很有限，加之对多元文化政策的误解和滥用，“人人皆为历史学家”。

每个社区都要有自己的“部落记忆”，使加拿大共同的历史成为难点和各界关注的焦点。1998 年，J.L. 格拉纳斯坦出版了《谁杀死了加拿大的历史？》一书，集中反映了对新史学过分强调族裔及其文化多元化的不满和质疑。作者认为，国家建立在公民个人之上，不是建立在族群之上；文化认同不能与国家认同矛盾。

出于各种原因，联邦政府对地方主义和族裔政治一直持妥协立场。加拿大至今还没有一个国家级历史博物馆，就是这种无奈状况的一种表现，因为很难展出令加拿大人都满意的历史内容。

2017 年是加拿大建国 150 周年纪念年，联邦政府决定借此机会以历史资源促进国家认同，扭转在这个问题上的被动局面。2012年，联邦政府宣布，将加拿大文明博物馆改、扩建为加拿大历史博物馆，以纪念加拿大建国 150 周年。加拿大遗产和官方语言部部长 J. 莫尔在宣布这一决定时说，没有一个加拿大历史博物馆，如何展示加拿大的历史进程？不仅是改名，这个国家级历史博物馆还要承担起保存并整合加拿大历史的责任，在 2017 年新馆落成时展示出加拿大历史的整体和全貌。该馆的重要任务之一是协调各地历史博物馆，使它们成为这个新馆的合作者，共同讲述加拿大的历史。为此，加拿大政府一次性投资 2 500 万加元。

加拿大政府自宣布要隆重纪念建国 150 周年以来，陆续出台了一系列措施，以普及加拿大历史，纪念加拿大的重要历史人物与事件。J. 莫尔说，“加拿大人需要更多地了解我们的历史，这些措施会使我们的历史更接近所有加拿大人，特别是年轻人”“2017 年为我们提供了一个庆祝我们历史和成就的前所未有的机会，正是这些历史成就产生了我们今天所知的团结、强大和自由的加拿大”。

这些措施包括：

（一）设立加拿大历史政府奖（Government of Canada History Awards），奖励对庆祝加拿大历史有兴趣的学生和老师。一个独立的全国性专业组织负责该奖的评选。2013—2014 年度，加拿大历史基金会拨款 430 万加元，在全国 10、11 年级（相当于我国的高一和高二）学生范围内选出 225 名学生以及 30 名中学老师，奖金分别为 1 000 和 2 000 加元。参选的学生要在规定的时间里，根据五个命题之一提交一篇文章。这些命题都是有关国家建设的历史事件与人物。评选活动由《加拿大历史》杂志负责。该杂志是加拿大历史协会的双月刊。

历史老师要提交的是一份不超过 10 页的课程设计，内容围绕筹建联邦会议、第一次世界大战或土著历史三个主题之一。设计要包括选题的意义，学生完成课程所需的信息；发给学生的讲义，对学生要做的作业的概括；学生作业的评判标准；完成课程所需的资料和参考书目。

（二）2012—2017 年，联邦政府与一个历史专业的非政府组织（Historica-Dominion Institute）每年选出若干历史事件纪念。例如，2012 年是 1812 年战争 200 周年、英国女王伊丽莎白女王即位 60 周年和红河协定 200 周年纪念年。2013 年是加拿大人北极探险 100 周年、Medak Pocket Battle20 周年纪念年。1993 年，作为联合国维和部队的加拿大第二步兵营在克罗地亚境内执行克罗地亚和塞尔维亚之间的停火任务时，遭到克罗地亚军队袭击，加拿大军人勇敢坚定地执行任务，受到联合国的表彰。加拿大人很看重北极探险和对当代国际事务的参与。

2014 年有四个历史纪念主题：乔治 - 艾蒂安·卡地亚（Sir George-Etienne Cartier，1814—1873）诞生 200 周年、夏洛特敦和魁北克会议 150 周年、第一次世界大战爆发 100 周年、第二次世界大战爆发 75 周年。卡地亚是法裔政治家，在筹建联邦的几次重要会议（包括夏洛特敦和魁北克会议）中发挥了重要作用，是加拿大联邦创始人之一。

2015 年是约翰·A. 麦克唐纳诞辰 200 周年和加拿大国旗诞生 50 周年纪念年。麦克唐纳是加拿大开国元勋、加拿大第一位首相。加拿大现在使用的国旗在 1965 年首次飘扬在议会大厦上空。此前，代表加拿大这个地方的旗帜都有法国和英国的痕迹。1996 年，加拿大政府宣布，每年的 2 月 15 日为加拿大国旗日。

2016 年的纪念主题有六项：（1）1841 年罗伯特·鲍德温（Robert Baldwin）和 Louis-Hippolyte Lafontaine 并列为加拿大责任政府的总理。这标志着加拿大自治的开端。此事至 2016 年已有 175 年。（2）加拿大第一位法裔联邦总理劳里埃（Welfrid Laurier，1841—1919）诞辰 175 周年。（3）粉碎芬尼党人袭击 150 周年。芬尼党人是爱尔兰民族主义者。他们移居到美国后，希望以占领英国殖民地加拿大的方式，反击英国对爱尔兰的占领。芬尼党人在美加边界的进攻被加拿大人击退了，这一胜利和来自美国的威胁，极大地唤起了加拿大人的民族意识，促进了联邦的诞生。（4）妇女获得选举权 100 周年。1916 年，马尼托巴、萨斯喀彻温和阿尔伯塔三省给予妇女选举权，成为加拿大妇女争取平等权利的第一步。（5）在第一次世界大战中，加拿大军队在索姆河和 Beaumont-Hamel 战斗 100 周年。（6）在第二次世界大战中，加拿大军队在中国香港战斗 75 周年。

2017 年的纪念主题有五项：（1）加拿大联邦政府成立 150 周年。（2）第一次世界大战中，加拿大军队进行维米岭和帕斯尚尔战斗 100 周年。（3）斯坦利杯举行 125 周年和国家冰球联盟成立 100 周年。（4）第二次世界大战中，1942 年加拿大军队在法国迪耶普战斗 75 周年。（5）加拿大运动会 50 周年。1967 年，在加拿大庆祝联邦 100 周年的氛围中，首届加拿大运动会召开，主题词是"通过体育团结起来"，来自 10 个省和两个地区的 1 800 名运动员参加了运动会。

（三）加大对原有的与加拿大历史传统有关项目的支持力度，如地方博物馆、社区组织和青年团体有兴趣研究加拿大历史。原有的项目有五个：（1）加拿大交流项目，每年经费为 360 万加元，帮助年轻人参加历史主题的各种活动，如不同地区的人相互交流彼此地区的历史，参加各地的纪念活动等。（2）加拿大图书基金，每年经费为 20 万加元，鼓励加拿大人参与阅读探讨有关加拿大历史书籍的集体活动，使他们通过读书来增进对加拿大历史的了解。（3）加拿大期刊基金，每年经费为 37.5 万加元，鼓励加拿大人阅读历史杂志，了解历史知识，扩大新的历史兴趣等。（4）博物馆补助项目，2014 年和 2015 年每年经费各 100 万加元，帮助有条件的博物馆去各地展出，地方博物馆向大博物馆借展品。（5）对互联网上的加拿大博物馆投入 50 万加元，在 2017 年展示加拿大的主要历史进程，并更新其有关教师授课的内容。

（四）从 2013 年起，每年 7 月 1—7 日为“加拿大历史周”，使全体国民有机会参与学习和了解加拿大的历史。7 月 1 日是加拿大国庆节，“加拿大历史周”始于这一天的意义不言而喻。这些在原有项目上增加的投入，每年约 1 200 万加元。此外，不断出版和修订的《加拿大人传记》丛书和《加拿大人百科全书》将分别得到 225 万和 261 万加元拨款。

联邦政府此次以历史资源促进国家认同的措施力度空前。这既是相对临时性的 150 周年庆典的前奏，也是加拿大政府针对长期以来国家认同有限性的一种长期性政策调整的开始。当然，其社会效果如何，还有待时间的检验。

加拿大建国一百五十周年：源自建国时代的政治传统

2017 年是加拿大联邦（1867—2017）成立一百五十周年大庆，加拿大各地有各种纪念活动。联邦政府要发行纪念邮票、纸币和多种硬币；国家公园全部免费开放。一百五十年对一个国家的历史来说并不长，但加拿大以其政局和社会发展平稳、科技发达、人文和自然环境宜人而享誉世界。饮水思源，追忆加拿大建国者及其对加拿大政治传统的影响，对我们深入了解加拿大是有益的。

国父是一个政治条件宽松的超党派群体

麦克唐纳是联邦政府首位总理，加拿大国父非他莫属，但加拿大人认为，国父或联邦之父（Fathers of Confederation）是一个群体，用复数表示。加拿大国父有两种定义，一种是狭义的，即建国前参加三次联邦筹备会议的三十六人。这些人包括了 1864 年 9 月夏洛特敦会议的二十三位代表、1864 年 10 月魁北克会议的三十三位代表、1866—1867 年伦敦会议的十六位代表。出席其中任何一次会议即有国父资格，而不再考量他们投身联邦运动的时间先后和贡献大小。这三十六人中，出席全部会议的有十一人，出席两次会议的有十四人，另十一人只出席过一次会议。另一种标准是广义的，即这三十六人外，还包括联邦成立后，那些带领自己所在省或地区陆续加入联邦的政治家。后一种标准的国父数量更多，但前一种观点是主流。国父们来自六个殖民地：其中安大略七人、魁北克六人、新斯科舍六人、新布伦瑞克八人、爱德华王子岛七人、纽芬兰和拉布拉多两人。最终创建联邦的只有四个殖民地，爱德华王子岛、纽芬兰和拉布拉多则分别于1873年和1949年加入联邦，但这并不妨碍所有这些殖民地的会议代表都是国父。

加拿大的国父们

国父并非都是要建立加拿大联邦的人

国父中有些人只希望将沿海几个小殖民地联合起来，组建一个小联邦。还有些人反对任何联邦，为此他们组建反联邦党。各殖民地都有强弱不等的反联邦派，他们或认为组建联邦是对英国的背叛，或认为小殖民地的权利在联邦中无法保证。国父帕尔莫（Edward Palmer）是爱德华王子岛总理、首次联邦筹备会议的召集人，但他认为，爱德华王子岛不应该加入大联邦，连小联邦也不要加入。那些同意联合所有殖民地的国父，在联邦与省权限的划分上也有很大分歧，如国父莫厄特（Oliver Mowat）也被称为“省权之父”

（the father of provincial rights）。将这些政治观点迥异的人统称为国父，显示出加拿大政治文化的包容特征。

帕尔莫

国父们为了联邦大局，甚至还心照不宣地利用了政治的模糊性。实际上英、法裔对联邦的理解迥异。英裔认为，建立联邦就是建立一个国家，而法裔认为，加入联邦是在一个国家中建立一个国家或一种民族自治。英、法裔之间在组成联邦时，没有文字性约定，他们凭借的是麦克唐纳和法裔国父卡蒂尔（George-étienne Cartier）之间的一种相互信任。正是这种善意的相互忽视或各有期待才导致了联邦的建立。这种信任已作为联邦基因保存下来。卡蒂尔在 1865 年指出："问题已简约成：我们必须要么成为一个英国北美联邦，要么被吞并到美国联邦。"（Richard Gwyn,The Man Who Made Us:The Life and Times of A.Macdonald, Vol. One:1815—1867, Random House Canada,2007. p.430.）这种同呼吸、共命运的大局观，使法裔选择了加拿大联邦。反之，如果英、法裔在"联邦"和"自治"概念的含义上相互盘问，建立联邦是不可能的。

但法裔选择联邦并非意味着他们接受一个英裔领导的国家。虽然法裔对 1763 年英国夺取魁北克后，没有将他们作为被征服民族，保留了他们的全部制度而心存感激，并在 1812 年美国入侵加拿大时同英裔一起抗击美军，但法裔的行动既是回报英国和英裔，也是捍卫他们的自治权利。法裔认为，既然在英裔人口占多数的北美建立一个法裔国家不合实际，最便捷可行的方式是保持自己原有的制度在联邦内实行自治。不仅法裔，各沿海殖民地也不同意"一个法律的联合"，即一个中央联邦政府的国家，它们加入联邦所看重的也是自治。麦克唐纳深知这些情况。他的策略是先联合，一切问题在联邦内解决。英裔满意于联邦的建立，而法裔在联邦内成为魁北克的主人，实现了双赢。联邦虽然没有消除英、法裔矛盾的根源，但为缓冲这种矛盾提供了更大的余地。当然，从另一个角度看，这也为日后英、法裔的摩擦留下了隐患。

麦克唐纳没有谋求加拿大独立

麦克唐纳

这似乎难以置信，但无论是他对英国的感情、对英国政治制度的信赖，还是利用英国制衡美国的考虑，都不允许他呼吁加拿大独立。相反，他多次表示，自己“生为英国臣民，死亦英国臣民”。在他看来，成立加拿大联邦不是要从英国独立，而是与英国保持更紧密的平等关系，就像孩子长大后与父母的关系那样。加拿大出于各种原因，必须与英国保持良好的关系。独立于英国会增加被美国兼并的风险。当时，加拿大人口不足美国的十分之一，如果美国执意要侵略的话，那么凭加拿大自身的力量是无法抵抗的，所以，麦克唐纳将加英关系比喻成“金链子”。他筹建的联邦既是加拿大联邦，也是英联邦。他的实际意思是，加拿大必须保持英国的法制体系，这包括一个人的房子就是他的城堡、免于任意的逮捕、陪审团审判、法律面前一律平等。麦克唐纳毕生忠于英国的最终原因是他始终坚信，英国的法律远优于其他国家（包括美国）。他的这种信念不仅来自书本知识，更来自他当律师的实践。他毕竟是从法律走向政治的。

国父的职业背景有助于政治斗争在法制的基础上运行

加拿大联邦成立前，各殖民地的分裂和混乱状况是令人绝望的。它们各自有宪法、关税、邮政和货币，还容许外币流通。在新斯科舍，秘鲁、墨西哥、哥伦比亚的钱都是合法使用的，爱德华王子岛使用的外币种类更多。各殖民地内部也一盘散沙。英、美媒体和政界，很少有人看好加拿大联邦。

好在国父们的职业背景非常相近，在三十六人中有二十一人有法律工作（律师、法官或法学家）经历，另外有十位商人、三位报人或记者、两位医生、一位军人（有少校军衔且有律师经历）。国父中多律师的特点可以解释，加拿大是在各种辩论中，而不是在战场较量中诞生的。当时的律师，包括麦克唐纳，都没有法学院的学历。律师作为一种职业，同面包师、铁匠差不多，要从拜师学徒开始，直到获得律师从业资格。国父们基本没有大学学历，在魁北克会议的三十三位代表中，只有塔伯（Charles Tupper）一人曾在爱丁堡大学受过高等教育，不过他学的是医学。律师和商人支配政治领域相比靠血缘和门第垄断政治是一种历史进步。这些有法律工作背景的政治家，在很大程度上为政治斗争能够依法运行提供了一种可能性。建国后，这一传统得以延续，到目前为止，在出任联邦总理的二十三人中竟有十八人有法律工作背景。这是加拿大政治和社会发展稳定的一个重要条件。

成立联邦有几方面的需要。政治上，英、法裔意识到，虽然它们不能和睦相处，但加入更大的联合体会稀释它们的矛盾，并减少被美国兼并的风险。经济上，这些殖民地都需要扩大商品市场，避免相互的关税壁垒。安全上，美国独立后成为北美最大的国家，不断蚕食周围的领土，对英属殖民地形成威胁。英国虽与美国有矛盾，但无力为殖民地提供军事保护。唯一可行的办法是让殖民地联合自保，实现抵制美国、巩固英国在北美的势力范围的目标。英国的支持是加拿大联邦成立的最关键因素。加拿大联邦是在两股力量的作用下形成的，即加拿大人对英国的忠心和对美国的戒心。麦克唐纳巧妙地利用了时势和民众的心理，完成了一项本不可能的伟业。

英加关系很难用宗主国与殖民地关系来理解

关于加拿大国母也有两种观点。一种观点认为加拿大国母是国父们的夫人和女儿，因为她们在联邦筹备会议的宴会和舞会上增进了代表间彼此的交流和信任；另一种观点认为加拿大国母是英国的维多利亚女王。前一种观点不无道理，但后一种观点更有说服力。没有英国的大力支持（如赠送鲁柏特土地），加拿大能否成立联邦，能有多大的领土面积都是问题。另外，加拿大的首都渥太华也是维多利亚女王钦点的。当时，英、法裔为首都选址问题争论不休，提出四个备选城市——金斯顿、多伦多、蒙特利尔和魁北克城，请女王表态。女王却意外地选中了渥太华。女王一生没有去过加拿大，但从地图上可以看出，渥太华是安大略省与魁北克省边境之间最有规模的居民点，尽管它只是一个两万人口的木材加工小镇，无法同上述四个城市相比。女王的选择主要从英、法裔和谐的高度出发，不偏袒任何一方。至今渥太华在行政上仍受安大略和魁北克两省管辖，这在世界上都是罕见的。英、法裔争斗了几百年，从欧洲打到美洲，能共处在加拿大联邦中，英国发挥了关键作用。1763 年，英国获得魁北克后没有对法裔实行强制同化政策，为英、法裔在加拿大共处奠定了基础。

1867 年，美国以七百二十万美元的价格从俄国购得阿拉斯加一百五十多万平方公里的土地；得知英国胡德逊湾公司要出卖鲁柏特领地后，又开出一千万美元的高价。英国政府指令胡德逊湾公司，这片土地只能卖给加拿大。1869 年，英国政府以三十万英镑的价格收回鲁柏特领地后，以同样的价格转让给加拿大。鲁柏特领地辽阔，多达三百九十万平方公里，约占今天加拿大领土面积的百分之四十。英国认为，只有一个在领土资源上能与美国相匹的加拿大，才有可能吸引并安置足够多的移民来抗衡美国，由此可见英国的长远战略和对加拿大的呵护之心。

19 世纪中期，英国已完成工业革命，确立了其世界工厂的地位。英国一批政治家认为，英国可以凭价廉物美的商品进入世界各地，不再需要政治、军事等强制手段，不需要领土扩张。殖民地已成为英国的负担，让它们越早独立越好。联邦成立后，英国很快撤军。至 1871 年 11 月，除了在哈利法克斯尚有一些英国水手协防军港外，加拿大已没有英军了（Richard Gwyn,Nation Maker: Sir John A. Macdonald: His Life, Our Times, Vol. Two:1867—1891, Random House Canada,2011. p.85.）。英国没有拖延从加拿大撤离的意图，倒是加拿大将英国的存在视为一种稳定因素。女王作为英国的象征，至今在加拿大享有崇高威望。加拿大人对英国的感情是很难被高估的。加拿大建立联邦很久后，最大的节日不是国庆节，而是女王的生日（5 月 24 日）。从国籍的法律意义讲，即便联邦成立后，加拿大人仍是英国臣民。1947 年，在加拿大《公民法》出台前，加拿大人没有加拿大公民的概念。这次加拿大建国一百五十周年庆典中，最尊贵的两位嘉宾是英国的查尔斯王子和他的夫人，而不是其他外国的首脑政要，就像一次家庭盛会。

加拿大国旗

加拿大两大政党、两大族裔的相互尊重、信任和妥协是联邦建立及其后平稳发展的重要基础。麦克唐纳说："在这个国家里，没有更优越的种族。我们都是英国臣民。在这个意义上，那些非英国人也是英国臣民。"（同上书，550页）从这里可以看出，后来加拿大的多元文化政策是顺理成章之事。

加拿大日（7月1日）夜幕降临。在缤纷礼花的映衬下，我注意到欢庆人群中有一位女子，她身穿红色衣裙、红鞋红袜，手执一面小国旗。我猛然意识到，原来红色是加拿大的一种国色，它不仅来自枫叶，更来自这个国家对英国的感情：英国皇家卫队和加拿大皇家骑警的服装都是红色。加拿大的另一种国色是白色，也是国旗的颜色。白色或许与法裔有关，因为魁北克省旗是蓝、白两色，而白色作为纯洁的象征，始终为天主教所珍爱。加拿大国旗或许揭示了加拿大建国及其后政治和社会平稳发展的秘密。

（原载《东方早报·上海书评》，2017年7月18日）

珍惜生命，放下钓竿

——加拿大生活侧记

不知哪位高人将华人在加拿大的生活概括为“好山、好水、好寂寞”。其意是加拿大虽然自然环境好，但华人仍不免孤独寂寞。这种感觉来自原有生活方式的变化和对异国生活的陌生。大家以各种方式打发时间，我的一位大学校友每天都提着一个长焦相机在湖边散步，拍摄各种鸟类。拍到鸟后，他会去一个互联网上的鸟站，对照拍到的鸟，找到它的英文名，接着再查出它的中文名后发在微信群里。日积月累，他已经传给我几十种鸟的照片了。我很惊奇，我们周围竟有这么多种漂亮的鸟。我建议他办一个当地鸟类摄影展，配上中文说明，普及鸟类知识。我佩服校友自强不息的执着精神，但内心仍不免有些戚戚然。他是学哲学的，该是在电视前纵论上帝、宇宙和人生啊！在加拿大，我借以消遣的地方有两处，一是社区图书馆，在那里可以借到专业的英文书，还有一些中文报刊；二是球场（打乒乓球和羽毛球）。虽然每天都有事做，仍觉得日子过得有些单调：看书、运动、做饭，好像又回到了二十多年前的加拿大留学生生活。校友日复一日的拍照给我很大的启迪和激励：即使身陷孤独寂寞之时，也不辜负生命与生活，也要发出自己微弱的光和热。

当然，也不是所有人都寂寞，我的邻居 Y 先生就不寂寞。他有三个儿子、一个女儿，都结婚了，还有两个孙辈，一家十几口住在一所房子里。可以想见，每天吃晚饭时他的家里有多热闹。对此我非常羡慕。Y先生大约看出我太闲了，跟我说："有空时，我们一起去钓鱼吧！"太好了！我一直很想钓鱼，只是不熟悉当地的鱼情，不知如何着手。微信群里，不时有人晒出大鱼，动辄十几斤、几十斤重，看得我眼热手痒。Y先生带我到一家华人开的渔具店，跟老板娘说："这是我的邻居，想学钓鱼，先买鱼票和一套渔具。"鱼票是钓鱼的许可证。钓鱼时必须随身携带，无证钓鱼是非法的，要被罚款。不料老板娘问："为什么要学钓鱼？"我说："退休了，休闲呗。""退休了也可以发光发热，别把时间花在钓鱼上。过几年再学吧。""钓鱼有什么不好？你不是还开渔具店吗？""我开店是为了生活，为了吃饭。你钓鱼为了什么？"我只好说："我想试着丰富一下生活，如果感觉不好就少钓或不钓。"

球场旁边有一个湖，叫苇尔考克斯湖（Wilcox Lake）。在加拿大众多的湖泊中，它一点都不显眼，但我觉得它很美。打球时，透过落地窗就可以看到它的淡蓝色的湖面。如果在秋季，湖边的景色更加多彩迷人。常有人在那里钓鱼。我路过时会去看一会儿，观摩取经。一般钓鱼用的鱼饵是蚯蚓，可以在渔具店买，5加元一盒，每盒有二十多只。加拿大的蚯蚓个大，有筷子那么粗。先要用剪刀把它剪断，才能挂在鱼钩上。剪断的蚯蚓仍是活的，甚至被挂在鱼钩上还在蠕动。心慈手软的人做不了这个活。在渔具店，我看到两位中国大妈买蚯蚓，惊奇地问："你们也是要钓鱼？""是啊，不然买蚯蚓干什么？"后来，我看到过华裔女性钓鱼，不过，女性钓鱼的画面在我印象里总有些不协调，好像哪里不对劲。也许是巧了，我还没有看到过西方女性钓鱼。一次我看到一个华裔女生戴着手术用橡皮手套在处理蚯蚓。她从一个工具盒里取出一把镊子，拽出一条蚯蚓，再用另一只手握着剪刀，凌空剪掉一截蚯蚓，然后再用镊子夹住那段蚯蚓，慢慢地串在鱼钩上。她手指灵活，操作敏捷，就像在做手术。"真敢下手，是医学院的学生吧！真可惜了那双纤巧的手。"我这样想着，悻悻地离开了。

还有一次，我见到一个西方人用假饵（塑料小鱼）钓上了一条半尺长的狗鱼。钓鱼人不愿钓到狗鱼，一是因为它吃食猛，常把鱼钩吞到喉咙深处，不好摘钩；二是它的鱼鳍上有刺，容易扎人。我对假饵很感兴趣。用它至少不用往鱼钩上挂活蚯蚓了。另外，假饵比真饵结实，不会轻易地被鱼叼走。用真饵钓鱼时，总要判断钩上的蚯蚓是不是还在。如果不在了，你就要换一个新饵。这样查饵换饵会耽误很多时间。我跟那个西方人聊："这鱼太傻了，还是太饿了？连真假鱼饵都不辨？"他说："我不断地用滑轮缓慢地收线，让假鱼饵在水下游起来，跟真鱼没什么区别。"我有些兴奋地问："如果一条鱼追逐着假饵，又见到了真饵，它会先咬哪个？""这我说不好，应该是真饵吧。不过假饵的味道也很好。"他打开一个装假饵的小瓶让我闻，里面散发出鱼罐头的味道，原来假饵也是有味道的。我忽然想到，如果同时用真饵和假饵呢？鱼吃食的选择多了，钓上鱼的机会也会多。我问过好几位在湖边钓鱼的人，他们都没钓到，也没有看见别人钓到大鱼。"这么大的湖中怎么会没有大鱼呢？"我继续跟那位西方人聊。他说："大鱼都是从小鱼长起来的，如果小鱼没长大就被抓走了，哪里还有大鱼呢？一些小鱼太小了，做不了菜，人们还是把它们带回家煮汤。人们喜欢喝鱼汤，大鱼就没了。"我对他的解释将信将疑，还有些奇怪，他怎么知道喝鱼汤的事？正想着，旁边来了一位华裔大妈，她的一番话刚好给西方人的观点提供了依据。大妈好心地对我说："别在这儿钓了，这里很久没见大鱼了。我就在旁边住，以前常在这里钓鱼。我们邻居有五姐妹，除了周末，每天都来钓鱼。每人分走一天所有钓上来的鱼。"她不无怀念地说，"那些日子真没少吃鱼。早上在湖边遛弯，经常会捡到鸭蛋、鹅蛋。"原来是这样！看来加拿大的生态环境也在慢慢退化，只是不为人注意而已。加拿大对钓鱼有很多规定，如一定尺寸以下的鱼不准带走，有的鱼一次只能带走几条，违者罚款。钓鱼人只好带着尺子，把那些不够尺寸的鱼放回水里。

渔具齐了，我和Y先生就到附近的一个苇塘去试钓。很快我们就开张了。看着一条条鱼被拉出水面，在草地上跳跃，有颜色的鳞片在阳光下闪闪发光，我似乎找到了以前在国内野钓的感觉。Y先生高兴地说："今天开张，我们要钓半桶。"以我在国内有限的钓鱼经验，鱼饵大致有两种，分别是面（面粉或玉米粉）做的和肉类的。喜欢吃肉食的鱼一般动作生猛，往往一口吞下鱼饵。加拿大的鱼就是这样，要摘下它们吞下的鱼钩可不容易，因为鱼钩经常扎在嘴里很深的地方。渔具店推荐我买了一把长柄镊子，可以伸到鱼嘴深处，夹住鱼钩后把它摘出来，但不知是我手笨，还是钩扎得太深，每次摘下鱼钩时，鱼嘴部已是血色一片。虽然我喜欢钓鱼，但挂蚯蚓和摘鱼钩两个环节使我不快，甚至还有种负罪感。

我们去钓鱼很方便，步行几分钟就有一个苇塘。那里鱼很多，只是没有大鱼。没有大鱼，我们也不气馁。我们觉得这个池塘太小了，里面原本就没有大鱼。如果我们去湖里钓，情况自然会不同。我们都不愿意把这些小鱼带回家，因为收拾起来太麻烦，就把它们倒回池塘里了。我问Y先生它们能活吗？意思是它们可都是受过伤的。Y先生说："放心，没问题！"一次，我们钓了二三十条鱼，Y先生非要我拿回家煮汤，我说没有耐心收拾小鱼，不料他一本正经地说："钓鱼人也要学着做鱼，不然我们的辛苦都白费了。"我只好把水桶拿回家。女儿见到后高兴地说："我们把它们养起来吧！"我说："它们受过伤，自来水养不活。"女儿一听就急了："养不活？那你拿回来干吗？还不赶快倒回去！它们不都是生命吗？"我无话可说，拎起水桶往外走。天已经黑了，苇塘那里更暗。我深一脚、浅一脚地找到白天钓鱼的地方，连鱼带水倒了下去。水桶轻了，好像心理负担也轻了些。回到家，我仰身坐在沙发上时还想着那些小鱼，它们也回家了吗？受伤的地方怎么样了？真的不影响它们再生吗？怎么会不影响呢？那么大的伤口！Y先生说没事，无非是想宽慰我，他怎么会知道有事没事？想到这些，我心里又沉重起来。前几天，女儿手上扎了个小刺，刺小到我摘了眼镜都看不见，她还哼唧了好几天呢。鱼的伤可重多了！

我决定换假饵钓鱼，就去渔具店，请一位男售货员为我装一套假饵的钩和线。他说："你新学钓鱼还是用蚯蚓吧，等有经验了再用假的。"我说："用蚯蚓太麻烦，假饵也可以钓鱼嘛。"售货员说："假饵的鱼钩、鱼漂以及钓鱼的手法都与真饵不同，人家能用假饵钓上鱼，你未必也能用假饵钓上鱼。""钓不着没关系，我只是想试一下嘛。"我告诉他，我想同时用两种饵。他眼睛瞪得大大的看着我，好像以前没见过那样，接着脑袋摇得像个拨浪鼓："没有这样钓的，没有这样钓的！"我说："你卖东西就是了，钓不上鱼与你没关系。我说了，我钓鱼也不是为了钓到鱼。""钓鱼不是为了钓到鱼，你过的是啥日子嘛？"老板娘不知在哪里插了一句，把我问住了，我说："我也不知道我过的算个啥日子。噢，就是一天 24 小时的日子呗。"他们最后也没给我拿假饵，还说："你刚学钓鱼就想省事，怎么能学好钓鱼？如果连挂蚯蚓都嫌麻烦，就不要学钓鱼了。"这小店真有意思，宁可不做生意，也要推销它的"人生指南"。没买到假饵，我也没在意。他们无非在坚持一种专业精神而已，而且还透露着为我着想的热心。在商业化对社会的影响如此之大时，能听到这样的肺腑之言也不容易呢！后来，我又问了 Y 先生和别的钓鱼人，他们都认为可以同时用两种饵，至少可以试试！至今想起小店的教条刻板，我就惋惜不已。要不是他们阻挠，说不定我都钓到大鱼了！

女儿对于生命的看法与我相差很大，我们时有争论。她几次说要跟我去钓鱼，我都没敢安排。怕她见到血腥后不再吃鱼，甚至不吃我做的饭了。她已经抱怨："一想起冰箱里有一盒蚯蚓就恶心。"家里飞进一只苍蝇，我的反应是找苍蝇拍，而她的反应是打开窗户，把苍蝇轰出去。走在街上，她的眼睛不放过任何一只动物，无论是野兔、松鼠，还是猫、狗等宠物。她看见动物那种两眼放光的冲动让我担忧，万一哪天遇上一只熊，她也会不顾一切地冲上去招呼，在加拿大遇到熊可算不上新闻。生命都是宝贵的，动物都是无辜的。这是加拿大教育的一种理念。加拿大人也是这么做的。不久，女儿在家人之间建立了一个微信群，我一看微信群的名称竟是“动物园”。“动物园”里有三只动物，一只棕熊是她自己，一只老虎是她妈妈，一只大象是我。这或许是她的动物观的反映。

不久前，我们邻里生活遭到浣熊骚扰。有人发现浣熊晚上在屋顶上乱跑，影响人们的睡眠，还在天花板上留下尿迹。院子里一棵梨树上的果实也被浣熊吃了不少。一位邻居还总结了浣熊吃梨的两个特点：一是挑大的、成熟的吃；二是每个梨只咬一口。看着树下一地碎梨，大家义愤填膺，纷纷表示要尽早将浣熊绳之以法。后来我才知道，所谓的“绳之以法”就是大家出钱让浣熊逃之夭夭。

门铃响了，按铃的是一位华裔小伙。他说：“我是浣熊公司的。”我大吃一惊：“浣熊都成立公司了？”小伙笑了，可能笑我被浣熊闹晕了。“我是浣熊治理公司的。你的邻居让我们来处理浣熊。”“好啊！你们就赶快动手吧！”小伙说：“我们刚看了一下，在这排联体房屋中，有两家房檐下有浣熊洞。这证明浣熊就是从这两个洞进入其他住宅里的。”我说：“浣熊从哪儿进来不重要，重要的是赶快处理它们！”小伙说：“没有人可以抓捕和伤害浣熊，法律对此有规定。”“你们不是处理浣熊的专业人员吗？”“我们是专业公司，有处理动物的执照。为了得到这个执照，我还学过动物行为学呢，但我们所能做的就是把它们赶走。”“什么？只是赶走？赶到哪儿去？赶到别人家去？”我有些生气，这也太不负责了！小伙不紧不慢地说：“弄清浣熊从哪儿进来也很重要，这次处理浣熊的费用将由这两家分担。”我更气了：“你是说我要分担处理浣熊的费用吗？这是什么道理呢？”“你可以将此理解为，由于你没有关好栅栏，浣熊由此进入并侵害了邻居的利益。”我看了看屋檐下的洞，它们距地面三米多高，那是浣熊用其尖牙和利爪掏开的，哪里是我疏于防范导致的？加拿大房顶上用的那些建材——木版、塑料板、沥青瓦，根本挡不住浣熊。没地方讲理！我说：“既然你们有法律、有规定，就执行好了。”小伙说：“总费用是660加元，你们两家各付330加元。我们免费维护一年，如果一年内浣熊回来了，我们免费驱赶。”“驱赶！还是驱赶！你们怎么驱赶？”小伙拿出一个像透明塑料的装置：“这是一个单向门，它只能朝一个方向开。一会儿我们把它装在洞口上，浣熊只能出，不能进。一旦浣熊出来了，我们就拆掉这门，把洞口用铁丝网封死，就像在墙板上打个补丁一样。”“你怎么知道浣熊一定会出来呢？”我有些好奇地问。“根据浣熊的生活习性，它不可能在48小时内不吃不喝，因此两天内它一定会出来觅食，两天后我们确认它已出去时，就补好漏洞。它就进不来了。”小伙回答道。

我不由悟道，加拿大人真能包容！什么是包容？包容不是宽容和善待你的家人、朋友以及你喜欢的宠物，而是宽容和善待与你不同的、你不认可的，甚至那些伤害过你的人或其他生物。这意味着宁可自我委屈，也不伤害生命，打破自然生物圈的秩序。没有这种宽大的胸怀，什么多元文化的社会和谐、多元物种的自然和谐，都是不可能的。付费时，我忽发奇想：“谁说浣熊不干好事！人家这不创造了就业机会嘛！”

就浣熊对建筑的攻击能力而言，它可以进入任何连体和单独的住房，或许只有新的高层公寓可以阻止它。加拿大人与浣熊关系未来会像澳大利亚人与袋鼠那样发生冲突。加拿大人为了减少浣熊数量，曾把避孕药拌在小肉块里，从直升机上向下投洒。显然，浣熊在居民区生活会产生许多矛盾和问题。加拿大人工作一天，回到家里来，可不愿意先看到不速客浣熊吊在厨房的水管子上欢迎他。如果人被浣熊指甲划伤了，要打破伤风针，更麻烦。显然，浣熊是不宜在居民区生活的。

所以，也不能小看一根钓竿对自然生物链的影响。千里之堤，毁于蚁穴。像我这样的新手，一个小时可以钓上十几条鱼，如果时间更长，钓鱼的人更多呢？常在水边走，不时会见到鸭、鹅在水中嬉戏觅食。那些小鱼就是它们的美餐。如果小鱼大量减少，就会影响水禽的生活环境，导致整个生物链的更大失衡。不能因为加拿大自然环境好，就可以掉以轻心，轻视其他物种的生存权利。休闲娱乐、亲近自然有很多方式，何必非要钓鱼呢？我为钓鱼花了两百多加元，至今连口鱼汤也没喝到。要是去超市买鱼，习来的鱼可以放满半个冰箱了。看来不能再钓鱼了，准确地说，不能再钓小鱼了。但那些八斤或十斤以上的大鱼都在哪儿呢？什么时候也让我撞上一次？还是超市好，可以挑大鱼买！售货员还替你把鱼收拾得干干净净，多方便啊。

人们在羡慕或享受加拿大“好山、好水”之时，有没有想过加拿大人坚忍的包容精神？为了“好山、好水”常在，请认真地想一想吧，趁一切还来得及。经常旅行的人会注意到，那些最适宜人居的地方，通常也是最适宜植物和动物生长的地方，反过来也一样。这说明，生命的需求是有共性的。人类即使从自私的角度出发，也需要维护其他生命的生存环境。从这个意义上可以说，加拿大人保护鱼类、浣熊等生物，实际就是保护人类自己。

虽然我钓上来的鱼很少、很小，但从中得到的启示却很多、很有益。

（原载“中国世界史研究网”，2017 年 12 月 19 日）

欧洲行记

荷兰归来话荷兰

荷兰杂想

我在荷兰莱顿大学访学虽只有一个月，但所见所闻使我感受很多。概括地说，至少相对荷兰对我们的认识而言，我们对荷兰的了解还很不够，无论历史还是现状。举个例子，在中国国家图书馆的书目搜索中，用中文“荷兰”可以找到214条书目，其中有很多是外文翻译的。但在莱顿大学汉学院图书馆可以找到30多万本中文书，图书管理人员说，有关中国的西文书也有约5万册，其中约有1/10是荷兰文的。这种差距无疑是值得重视的。

有一次我在莱顿火车站买票，还没开口，就听到一句相当标准的普通话：“去哪里？”几乎吓了我一跳。原来眼前这位普通的售票员曾在莱顿大学学了5年汉语。我对他说：“你的汉语这么好，可以找一个更好的可以发挥专长的工作。”他却说：“这里有很多中国人呀。”接着他用中文告诉我，铁路公司正推出一种周末双人的日票，35欧元可以在荷兰境内任意乘火车，很便宜且方便。我在周末果然以这种方式旅行了一次。如果他不说，我们很难得知这个信息，因为广告上全是荷兰文。

荷兰国土面积为4万多平方公里，人口为1 500多万；仅比中国台湾岛（3.6万平方公里）大一些，比中国台湾省人口（2 100多万）还少很多，但荷兰对近代以来世界文明的影响，却是很难被高估的，至少我国史学界对此认识不足。例如，在美国殖民地和独立战争史研究中，一般只提英、法的影响，很少提及荷兰的影响，甚至很少有人知道纽约（新约克）的前身曾叫新尼德兰。荷兰是近代欧洲宗教改革和资产阶级革命的发源地，美国政治传统的很多因素可以追溯到荷兰。现代荷兰依然在很多领域走在世界前列，荷兰是世界第三大农产品出口国，排名仅在美国与法国后，其中蔬菜与花卉的出口占世界第一位，而荷兰的纬度相当于我国的黑龙江省。在科技方面，先后有15位荷兰人获得诺贝尔奖。在社会科学领域，2002年美国科技情报所编辑的《社会科学引文索引》（SSCI），选自世界四十多个国家和地区的期刊，其中美国的期刊占第一位（1 003种）、英国的期刊占第二位（386种）、荷兰的期刊占第三位（99种）。荷 兰在社会生活方面也敢为天下先：不仅开同性恋、安乐死，甚至吸毒的先例，连红灯区也与众不同，但在这些现象背后发生作用的，是被称为“荷兰模式”的文化传统特征。

莱顿节

莱顿大学是荷兰最古老的大学，是争取自由的产物。1572年，尼德兰北部爆发反抗西班牙统治的起义，遭到西班牙军队的残酷镇压。1574年，莱顿被西班牙军队围困了近一年，城内弹尽粮绝，死伤近半，面对西班牙军队的诱降，起义军民坚决不屈服。直到奥伦治亲王（沉默者威廉）率军从北部增援，西班牙军队才撤围。1574年10月3日，奥伦治进入莱顿，被莱顿人为自由奋战的艰苦卓绝的精神所感动。有人建议免莱顿的税，奥伦治则提出送莱顿一所大学，他说只有大学才能永葆自由之精神。很快，联省议会批准了这一建议，1575年，莱顿大学正式成立，至今已有430年。莱顿大学的座右铭就是“自由的堡垒”。此后，每年10月3日遂成为莱顿传统的庆祝日，人们在圣彼得教堂门前载歌载舞，欢庆自由，吃白面包加鲱鱼，那是当年奥伦治援军带来的食品。后来，莱顿市立法使这一天成为法定“莱顿节”，全市放假一天。我正好赶上今年的莱顿节，由于10月3日连上了周末，庆祝也就提前开始了。市中心的一些街道被改为游乐场，禁行机动车，荷兰其他地方的人也来凑热闹，那喧闹的场面只有我们的春节游园会能与之相比。我挤过很多食品摊子，才找到那种特殊意义的食品。这是一种普通的条形白面包，里面夹着两段似乎是熏过的鲱鱼，还有一些生洋葱粒。我环视周围，游人吃什么的都有，似乎没有人特别在意这种传统食品，但我却细细地品尝了其味道。有人认为，这种欢庆自由的方式，在北美殖民地加进了庆丰收的内容，就成了感恩节。

宗教自由传统与“五月花”号

17世纪的莱顿几乎是一个宗教避难所，云集了欧洲各地的宗教受难者。有来自西班牙、葡萄牙的犹太教徒，有来自英国的清教徒，还有法国胡格诺派的信徒。有统计显示，1609年，莱顿4万人口中的1/3是在国外出生的。乘坐“五月花”号帆船去北美建立普利茅斯殖民地的一百多名英国清教徒就是从莱顿起航的，此前他们在莱顿生活了十多年。英国驻荷兰官员曾要求莱顿驱逐异端分子，莱顿官员说，他们没有理由驱逐任何遵守法律、正直生活的人。这些清教徒当年的住房和教堂，现在作为自由莱顿的象征，已成为旅游点。莱顿有美国移民博物馆，里面虽没有什么实物，但有很多书籍和电子资料，对了解移民去北美前的生活思想状况很有帮助。莱顿市里有以“五月花”命名的旅店，还有美国殖民者后代联谊会。《五月花号公约》被认为是美国历史上的第一个政治契约，在美国政治史上具有重要地位；也是宗教契约转换成政治和社会契约的历史证明。这种宗教契约正是这些新教徒在荷兰生活的一部分。当时，新教教堂的牧师是选举出来的，那时候莱顿的市政官员也是选举产生的。

中世纪欧洲人的婚礼首先是一种宗教仪式和契约，而且只有在正统教堂举行的婚礼才是合法的，但荷兰人首创了为宗教少数派在市政厅登记结婚甚至举行婚礼的先例。因为虽然荷兰大多数人是新教徒，但仍有很多天主教徒，不可能强迫他们去新教教堂结婚，也不能禁止他们结婚，所以，莱顿索性规定只有世俗婚礼是合法的，至于新人在世俗婚礼后去什么教堂是他们自己的事。一般新人结婚前要准备三套通知，除了给亲友外，还要给市政厅和教堂。这一世俗婚姻模式也被殖民者带到了大洋彼岸。学术界很多人认为，西方的宗教宽容起源于英国 1689 年的《宗教宽容法令》，而政教分离则是美国《宪法》的首创，其实这些在荷兰，尤其在莱顿早已在某种程度上成为现实了。一般认为，西方近代教育源于教会，公立教育始于美国，但也有人指出，荷兰的公立教育比美国更早。还有的史书中写到，比起欧洲其他地区，联省共和国的文盲是很少的，至 1645 年，荷兰就已经有 6 所大学了。

近代联邦制和共和国

荷兰是近代联邦制和共和政体的诞生地。1581 年，荷兰北方各省就组成了联省共和国，比洛克在《政府论》中驳斥菲尔麦君权神授的保皇观念早了一百多年。在欧洲各国乃至世界除了皇帝女王，人们不知还有其他政权形式的时候，荷兰共和国犹如黑暗中的一颗明星。17 世纪的荷兰不仅在政治体制上，而且在经济（如织染、钻石加工、造船）、法律、哲学、科技、航海、水利、绘画、园艺等方面都走在欧洲前列，共和国的鼎盛时期也是荷兰的黄金时代，这不是偶然的；荷兰的这两种政治体制都被新生的美国所继承，这也不是偶然的。北美各殖民地联合反英的独立战争，几乎就是当年弱小的荷兰各省联合起来反对强大的西班牙专制的翻版。美国建国者们对荷兰的这段历史非常熟悉，他们也多次提到荷兰的经验。同样，美国独立战争得到了荷兰人的支持，虽然这种支持不乏功利考虑，但在大多数荷兰人看来，美国人摆脱英国统治，就好像他们以前反对西班牙人。荷兰人对美国建国及其以后历程的影响究竟有多大？这应是一个值得研究的问题。我在莱顿看到的资料显示，至少有三位美国总统是荷兰人的后裔，他们是 U. S. 格兰特、F. D. 罗斯福和布什。20 世纪初甚至有史学家说，美国的母国不是英国，而是荷兰；新生的美国哪里像英国？英国不仅戴着君主制的帽子，还有贵族制的实体。至于后来的学者为什么忽视荷兰对美国早期发展的影响，我想语言限制可能是其原因之一，因为大多数研究美国的学者不懂荷兰文。

浮地模式

大家都熟悉"上帝造海，荷兰人造陆"的说法。荷兰人自己说，"上帝创造了世界，荷兰人创造了荷兰"。后面这句话虽有些逻辑不通，却有半句实话。但"造陆"对荷兰人的性格和社会发展产生了什么影响，则很少有人探讨。直到近二十年来，荷兰产业关系逐渐为世界瞩目，人们才将"浮地模式"经验总结出来。"浮地"指将一块低于海平面的土地四周用堤坝围起来，掏干里面的水后形成的土地。荷兰约 40% 的土地低于海平面。在浮地上生活的人必须相互协助，齐心协力，随时防备堤外的水患。这意味着，人们必须相互包容，将主要注意力放在与自然或外部威胁的斗争上，而不是人与人之间的斗争上。人们发现，在当代西方各国中，荷兰人的劳资关系最和谐，罢工次数最少，罢工造成的损失也最少。在欧盟其他国家的失业率在 9% 左右徘徊时，荷兰的失业率仅有 4%，于是各国纷纷到荷兰取经，总结出"浮地模式"。这一模式也被称为"郁金香模式"或"荷兰模式"，是继美国模式（泰勒标准模式）、日本模式（年功序列终身制）之后的第三大产业关系模式。在这一模式中，工会联盟和企业联盟被称为"社会伙伴"，所有相关的社会决策都要经过工会联盟、企业联盟和独立专家组成的三方委员会反复协商后推出。浮地模式的本质是平等协商，即不管各方有多大分歧，最终都要相互让步妥协并达成协议。长期艰苦恶劣的浮地生存环境使荷兰人形成了善于宽容、协商、妥协、共存的文化传统特征。这种特征不仅表现在劳资关系中，也反映在荷兰的政治、社会、文化的各个领域。荷兰人说，他们现在正处于全球化浪潮的“浮地”中，只有团结协助，才能继续保持经济和社会发展的活力。1999 年，在英国权威经济研究机构的全球国际竞争力排名中，荷兰名列第一。2000 年荷兰人均国内生产总值为 2 万美元。

有人认为，浮地模式将成为 21 世纪全球经济社会发展模式；也有人认为，浮地模式是荷兰地理历史文化的特殊产物，不能照搬到其他国家。我认为，浮地模式的确不能照搬，但它对各国发展仍有启示作用。难道人们非要在“浮地”上才能宽容协商、互助协作、同甘共苦吗？如果能在“实地”上这么做不是更好吗？

（原载《当代世界》，2006 年第 4 期）

俄罗斯游观感

2006年8月中旬休假时，我去俄罗斯旅游，游览了莫斯科和圣彼得堡的主要名胜古迹，领略了俄罗斯的风土人情，感受颇多。记下其中印象较深的几件事，希望能加深大家对当代俄罗斯社会的了解。

市场繁荣、物价很高

近年来，俄罗斯经济得益于国际石油价格暴涨，老百姓的生活水平有很大提高。有统计显示，1999—2005年，俄罗斯工资平均增幅为77%。目前莫斯科平均工资为21 000卢布（当时，3卢布约合人民币1元）。2006年，莫斯科“荣登”全球消费水平最高的城市，超过东京、伦敦、中国香港等。一下飞机，我就亲身体会到莫斯科物价之高，一小瓶500 ~ 600毫升的饮用水售价为35卢布，西红柿售价为每公斤35卢布，桃、梨等售价为每公斤50多卢布，好的葡萄每公斤要100卢布。不过，俄罗斯人的看家菜还相对便宜，土豆和洋葱售价为每公斤18卢布，胡萝卜售价为每公斤25卢布，圆白菜售价为每公斤16卢布。还要说明，8月是一年中蔬菜、水果价格最低的时期。在莫斯科和圣彼得堡，最便宜的餐厅是肯德基和麦当劳，俄式正餐每人每顿至少得花费几十美元。正因如此，我们的正餐一路都被安排在中餐馆。在我们的一再要求下，旅行社才答应让我们见识一下“俄式大餐”。俄餐馆装饰比较考究，导游提前告诉我们，俄餐上菜慢，每一道菜要慢慢享用。第一道是一小堆用空心粉、土豆泥和蔬菜拌成的沙拉，外加一杯饮料、两块面包；第二道是圆白菜、土豆和洋葱做的清汤；第三道是主菜，盘中是一小块牛排，上面摊着薄薄的一层鸡蛋和芝士糊，旁边是一点炒米饭；第四道是红茶。饭间有人问，是否可加些面包和水，答曰：“可以，但要另付费。”这顿饭总算满足了大家的好奇心，但没有人对哪一道菜有正面评价。

城市街头到处是世界著名企业和名牌的广告，各类名牌店中的商品应有尽有，只是价格比北京、上海的要高。夜晚，各色霓虹灯闪烁，宣示着城市的繁华。

百姓生活安闲从容

俄罗斯人似乎并没有太在意过高的物价。从我们所见俄罗斯人的神情举止上可以初步推断出，俄罗斯政治变革和经济危机引发的日常生活的急剧动荡时期已经过去，社会生活秩序正趋于平稳。俄罗斯人生活节奏较慢，行人步履从容，没有东京、中国香港等现代都市中熙攘的人群和匆匆的脚步，没有前些年商品短缺所造成的排队现象。俄罗斯人衣着整洁，有的服装相当时髦。人们充分享受着一年之中难得的阳光季节，8 月的圣彼得堡，早上 4 点天就亮了，晚上 10 点夕阳才落。晚上 9 点，街心公园里还有下国际象棋的人。与我国人们街头下棋的一个不同之处是，这些下棋的人一律用我们比赛时才用的计时器。用计时器不仅可以避免对弈者之间一些不必要的争端，由于双方走子速度快，也提高了旁观者的兴趣。

导游介绍说，莫斯科和圣彼得堡的绝大多数家庭在郊外有别墅，周末一家人在郊外度过。别墅周围通常种些果树和土豆之类的作物，周末时人们以此调剂生活。虽然圣彼得堡正好在北极圈上，8 月应该不算热，但那里的人们依然要避暑。没有别墅的人也要到郊外的公园纳凉。周末的郊区公路上挤满了车辆，比平常还堵车。

百姓生活的悠闲之处还体现在喝酒中，年轻人聊天时喜欢拿着一个啤酒瓶子。城市街头经常见到空啤酒瓶和易拉罐。酗酒是俄罗斯社会的老问题，普京总统在 2005 年的一次讲话中提到，全国每年有 4 万人死于酒精中毒。为此，他要求联邦政府采取措施。实际上，每年还有很多酗酒间接致死者，如酒后车祸、酒后犯罪或醉卧街头而冻死。在各级政府的努力下，2006 年 1—5 月，全国酒精中毒致死者比去年同期减少 1 800 人。希望这是一个好的开端。

特殊身份的导游

在圣彼得堡接待我们的俄罗斯小伙子曾在南开大学进修过两年，讲一口流利的汉语。他导游规范，还不时地介绍俄罗斯人的社会生活习俗，幽默风趣之处令全车中笑声一片。更让大家惊奇的是，此人竟是现役陆军上尉，导游只是他的周末兼职。俄罗斯法律规定，年满 18 周岁的公民都要服两年兵役，如果上大学可以推迟服役。大学生如果选修军事课程，毕业后可以中尉军衔起服一年“官役”。他说，“官役”比兵役好多了，一般在城市，而且有工资，如果部队需要你的专业，你也愿意的话，可以延长服役期。他服“官役”近两年了，被升为上尉。做导游一天工资是 80 美元，还有小费。这些“外快”收入不上税。俄罗斯人的实际收入很难统计，因为没有人能搞清楚这些“灰色收入”。今天，俄罗斯人的思想已经多元化了，如果说有什么统一的行为，那么全民逃税运动算得上一个。只要同长官搞好关系，甚至不是周末他也能出来赚外快。近年来，俄罗斯物价上涨得很快，加之他下个月就要结婚，需要钱的地方很多。他最不满意的是房价上涨太快，1998 年彼得堡的房价是每平方米 300 美元，现在已涨到每平方米 2 000 美元；莫斯科的房价就更高了，目前已没有每平方米 2 500 美元以下的房子了。

另一位俄罗斯导游是一位姑娘。她曾在长春学习过中文，硕士期间主修中国近现代史。她刚刚被中国台湾地区一所大学的国际关系系录取为博士生，利用开学前的时间挣些外快并练习中文。她的讲解是超水平的，不仅讲解俄国历史，还将彼得大帝与康熙皇帝进行对比，她的中国历史知识令不少中国游客自叹不如。这令我想到彼得与康熙的一个不同：前者可以放下皇帝的身份，化名去西方学习；而后者要求前来拜见的西方使者“三跪九叩”并拒绝其通商往来的请求。她还这样总结俄国历史经验：俄国人所有的自卫战争不管多困难，最后都胜利了；而到外边去打仗都失败了，即使一时胜利，最后也失败了。这位女导游还有西方人的执着：一位女游客将吃剩的冰激凌扔进灌木丛中，她马上说这是不对的，女游客说对不起。她仍坚持应将废弃物清除，女游客的丈夫钻进树丛，拣出了那件垃圾。女游客很委屈地说：“有这样的导游吗？说‘对不起’了还不行！”

的确，这样的导游在中国恐怕是很少见的。

不正之风与缺乏服务意识

短短的几天时间足以使人有这种印象，实际上一进海关就有这种感受了。海关官员脸上没有一点表情，从查验文件到放行，没有一句话。有的海关管理人员甚至身穿便服指挥出入境人员，我们只是凭其脖子上挂着的工作牌才知道其身份。火车乘务员着装不统一，有的人不穿制服；乘客下车时，乘务员要么不站在车门下，即使站在车门下，也毫无表情，不会搀扶那些需要帮助的乘客。俄罗斯导游告诉我们，这里一切问题都可以用美元解决。违反交规可以同交警私了，如酒后开车要处 500 美元以上罚款，但私了通常打五折，而且没有违法记录。有的交警一晚就有 1 000 美元灰色收入，其他警种也被认为是有外快的好职业。在参观列宁墓时，因排队的人太多，开放时间有限，大家很着急。导游说，只要拿钱给维持秩序的军人，可以从另一条路进去，他经常这么做。

另外，在莫斯科和圣彼得堡这样的国际化大都市，街名和路标上都没有外文，在机场、宾馆、饭店和重要景点的工作人员很多竟不会英语，而且他们对此并不在意，那神情分明在说，你们怎么都不懂俄语？相比之下，离2008年奥运会还有好几年，北京市民包括胡同里的老太太、小学生都开始学英文，反差实在太大了，而莫斯科在1980年就主办过奥运会了。类似的情况还有，从圣彼得堡到莫斯科的火车站，高大的候车大厅里竟没有一把公共坐椅，乘客要么在两侧的饮食店中（当然要买一点东西）找座位等候，要么就得坐在地上。

相比之下，一些兜售纪念品的小贩倒操着各种外语主动招呼游客。在冬宫外面，各国游客排着长队缓缓前行，临近入口处有几个穿古装的人用铜管乐器和军鼓在不停地演奏着乐曲。当我们一群人走近时，突然响起了嘹亮的《义勇军进行曲》，大家神情一振，接着又是一曲《五星红旗迎风飘扬》，我们颇受感动，不少人慷慨解囊。导游笑着解释说，近年来中国游客来得多了，他们也能分辨出来了，以前他们常对着中国人演奏日本乐曲，场面很尴尬，当然更得不到钱了。俄罗斯出版社还印制了很多中文版的博物馆和城市景点的精美画册，说明中国旅游市场已受到俄方的重视，尽管类似的外文出版物比中文的要多。的确，在各主要景点都可见到大群的中国游客。

圣彼得堡的意义

2003年，普京总统邀请各国政要齐聚涅瓦河畔，纪念圣彼得堡建立300周年。当时，中央电视台还进行了直播。我在观看电视时生出一个问题：为一个仅300年历史的城市搞如此规模的纪念活动，其意义何在？莫说全世界，仅在欧洲有 600 年、900 年以上历史的城市也比比皆是，就是莫斯科建城也不止 600 年了，为什么要为圣彼得堡庆祝？说圣彼得堡是普京的家乡，俄罗斯借思古之幽情提高国际声誉，这些都不是令人满意的解释，倒有些“敝帚自珍”的味道。通过此次俄罗斯之行，我似乎寻到了一些答案。

圣彼得堡之名并非仅来自其创建者——彼得大帝。圣彼得是耶稣的使徒之一，圣彼得堡不仅与彼得大帝同名，更意味着它承继着古罗马和基督教文明的传统；“堡”在德语或荷兰语中意为城市，说明这座城市与德国和荷兰文化有一定的关联。17 世纪是荷兰的黄金时代，彼得十分崇拜“海上马车夫”，亲自到荷兰学习航海和造船技术。彼得堡郊外的夏宫中的荷兰宫是彼得最喜欢居住的地方，推开窗户，辽阔的芬兰湾迎面可见。这是彼得梦寐以求的出海口。有趣的是，“彼得”在希腊语中是“石头”的意思，而圣彼得堡恰恰是用石头在沼泽和海滩上堆出来的。当年，彼得大帝曾下令，凡进入圣彼得堡的船只、马车和骑马者必须携带数量不等的石头，否则不得入内。所以今天的彼得堡有来自俄罗斯乃至世界各地的石头，因此，圣彼得堡的字面含义应是：彼得大帝创建的、继承了古罗马和基督教传统的石头城。

圣彼得堡的文化含义就更丰富了。它是俄罗斯了解西方的窗口、俄罗斯现代化的象征，在俄罗斯文化中占有特殊位置。如俄罗斯国徽中面向东西的双头鹰所象征的，俄罗斯处于东西文明之间，在近代以来俄罗斯现代化发展方向上，历来有西方派和俄罗斯派之争。而迁都圣彼得堡既是彼得西式改革的一种象征，也可以理解为俄罗斯现代化的起点。当年彼得大帝认为，改革国家要从改变人开始，改变人要从转变人的观念和习俗开始，他下令从贵族开始剃须，以西式短衣代替传统长袍，愿留胡须者必须交纳胡须税。有的贵族被强行剃掉胡子后号啕大哭，认为无脸见人了。迁都、剃须割袍等激进的改革措施，遭到包括太子在内的很多贵族的反对，但彼得不惜处死他唯一的儿子，也不动摇改革的决心。彼得引进的西方生活方式还有交际舞、刷牙、抽烟，等等。有人说，彼得大帝是以野蛮的方式推行文明。

伏尔泰曾说："圣彼得堡集欧洲所有城市的精妙于一身。"在联合国教科文组织的一次"世界上最受欢迎的城市"的调查中，圣彼得堡名列第八，而莫斯科则排在第300位。的确，一般游客有更多的理由喜欢圣彼得堡。至今还有一个关于彼得堡人与莫斯科人区别的笑话：在莫斯科的公交车上，有一个年轻人为一个老太太让座，老太太说："小伙子，你是圣彼得堡人吧！"小伙子答道："您是莫斯科人吧！"双方都惊奇对方猜对了，并希望知道对方的依据。老太太解释说："莫斯科人从不让座。"年轻人则回答："您坐下后还没有说谢谢呢。"

1712年，彼得大帝将首都从莫斯科迁往圣彼得堡；1918年，布尔什维克政权又将首都改为莫斯科。1924年，圣彼得堡易名为列宁格勒，1991年又恢复了历史名称——圣彼得堡。这一来一往的丰富含义决非这篇小文所能承载。一些联邦杜马议员建议，在2018年，也就是莫斯科替代圣彼得堡成为首都的一百年后，使圣彼得堡重新成为俄罗斯的首都。很多俄罗斯人认为，再次迁都圣彼得堡只是时间问题。实际上，一些联邦政府机构已经在圣彼得堡办公了。只有亲眼看到今天圣彼得堡的美丽与繁荣，你才能理解当代俄罗斯人对彼得大帝的敬仰之情，体会到普京总统与彼得大帝之间的文化渊源。

在俄罗斯游历的时间是愉快而短暂的，但其引发的一些思考却是深沉而持久的。

（原载《中国社会科学报》，2007年1月2日、9日）

瑞典见闻与感受

2009年5月初至6月初，我有机会去瑞典斯德哥尔摩大学访问，行前我看了不少有关瑞典的资料，然而，那里的一些实际见闻仍使我感到新奇，引起我的思考，因此，我觉得有必要写下来与大家分享。

物价高昂　房价低廉

与国内物价相比，瑞典的物价一般要高5倍到10倍。买一瓶600毫升的饮用水要十八九克朗（1元人民币大约换1.1克朗），一次买两瓶需30克朗。1公斤普通西红柿的价格为24克朗（瑞典以公斤标价），1公斤黄瓜的价格为22克朗，1公斤生菜的价格为37克朗，1公斤大土豆的价格为20克朗，1公斤洋葱的价格为17克朗，1公斤扁豆的价格为99克朗，1公斤猪肉的价格为60克朗，一般的苹果、梨和香蕉都要20多克朗每公斤，一袋2.5公斤的糙米的价格为50克朗。在学校里买一个汉堡包要60克朗至80克朗，在外面餐馆里点一份普通的荤菜，也要100克朗以上。男士理发需200多克朗，在市中心收费厕所方便需10克朗。乘公交车买8次优惠联票，平均每次也要20多克朗。

访问学者每天的生活补助是200克朗，相当于用人民币40元在北京生活一天，但用这点儿钱要想在那里维持与国内相等的生活水平，还想尽可能地了解瑞典社会（一般博物馆收费都在 80 克朗至 100 克朗）很不容易。瑞典人工资高，一般每月最低也有 1.7 万克朗左右，但交个人所得税后（瑞典个人所得税分地方和国家两种，地方税各地不同，一般为 29% 至 34%；月薪在 31 600 克朗以上的还要纳 20% 的国家税，月薪在 44 900 克朗以上的要纳 25% 的国家税），再经这种物价洗劫，已所剩无几了。在吃的东西中，唯奶制品比国内便宜。国内纸盒装的 950 毫升牛奶要 10 元至 16 元，而瑞典同样分量的牛奶只要 10 克朗，奶酪也如此，而且这里奶制品质量应该是有保障的。

相比而言，真正便宜的或许要属瑞典的房子。我去过一个小镇，距市区 30 多公里，在机场和市区之间，旁边是一个大湖，风景非常优美。镇上的房子大多是别墅，也有少量的两三层楼房。根据当地中介的卖房广告，两类房子每平方米大约都在 1.5 万克朗上下。如果考虑到这里卖房子都是按使用面积，而且还是精装修，房价对比北京可就低多了，所以，一般中国留学生在瑞典找到工作后，在一年内买房是很正常的。就是在读的博士生供一套房子也是没问题的，如斯德哥尔摩大学经济系博士生每月津贴为 1.8 万克朗（税后）。靠近大学和市中心的地方，也有 4 万到 6 万克朗一平方米的高价房，但相对那里的工资水平，房价仍是低的。按照瑞典社民党的观点，住房是一项社会权利，每个人都有以合理的花费安全居住的权利。这意味着，住房问题不能完全以市场的方式解决，尤其对年轻人、老人，政府采取了一些优惠的政策和措施。

热爱运动　享受生活

瑞典人的劳动生产率在 20 世纪 60 年代曾居世界第三位，虽然近年来排名有所下降，但仍算工作效率高的。可是观察他们的生活，却似乎与效率无关。周末或傍晚天气好的时候，他们成群地躺在草地上晒太阳，女士们也不怕阳光，只穿比基尼泳装。我曾想，都这么躺着晒太阳，这个国家的效率和财富从何而来呢？瑞典地下可没有黄金或石油啊。那里晚上10点多太阳才落山，早晨两三点天已大亮。据说冬季这里白天最短时只有两小时，而且，这两小时若赶上阴天还是灰蒙蒙的。一个星期不见阳光是很常见的。只有经过漫长黑暗的冬季的人，才能如此珍惜阳光。想想看，在漫长的冬季里，他们有的是时间看书、工作，现在趁着阳光还是及时休闲为好。林间小路上到处可见跑步健身者的身影，还有不少自行车运动爱好者，水上也有人划独木舟。他们对运动有种特别的嗜好，不仅是一般地活动一下身体。有时，你询问去某地坐什么车，他们的回答后往往加一句“你也可以走着去”。

6月初，瑞典中小学开始放为期10周的暑假。对高中毕业生而言，这个学期的结束更有特别意义，18岁的他们步入成人期了。他们乘坐高大的敞篷卡车，在闹市转悠，个个兴高采烈，高喊着“自由！自由！”之类的口号。司机则鸣笛与他们呼应。这些卡车在平时是不载人的，而司机通常也不会鸣笛，但6月初的这几天例外。很多路人也被这些年轻人的欢乐情绪所感染，向他们招手致意。这就是瑞典特色的成人节。它没有什么固定的组织形式，没有政府、老师或家长希望的主题，有的只是感情的尽情宣泄，如此简单而自然。

上班族也很轻松。学校行政人员晚来早走是常事，周末工作可能被视为不正常，甚至贪婪。如有的系规定周末实验室不开放，若有特殊需要要提前说明，并需有另外一人相伴。中国学生周末都只好在家里用功。

瑞典人的假期很多，一年有法定假日13个，年假35天，周五下午基本不工作已成为他们的习惯，而且，凡法定假日与周末隔一天的，该天即被连带休假。算一算，除去这些假日和周末，他们每年还有多少个工作日？那么效率之高就是显然的了。

文化保护　语言障碍

对我而言，迷路和物价高都不是问题。唯独使我感觉不爽的是：这里没有一份英文报纸，没有一家英文电视台或一个英文电视频道，尽管有时电视播一些英文节目；所有公共场所和商品包装上都没有英文。这对我这样一个很想通过各种渠道了解瑞典的人来说，无疑是一种极大的遗憾和损失。其原因是明显的和可以理解的：保护瑞典文字。只是在重要景点的说明书上，才可以找到英文甚至中文说明。还有就是在涉及危险的地方有英文说明，如电梯里有英文提示：如果你被关在里面，应该如何如何……也就是说，除非在万不得已的情况下，是不提供英文的。

一位中国留学生听了我的抱怨后说，外国人到中国还不是一样？我觉得是不一样的。首先，我们有固定的英文广播和电视频道，有专门的英文报纸，而且最近还开设了其他文种的频道和节目。其次，更重要的是，我们没有人为地设置外文障碍，尽管中国人的英文水平远比不上瑞典人。尤其在2008年北京奥运会时出现“全民学英语热”，重要街道名称都标有英文，交通工具中也有英文广播。在用外语对外交流和宣传上，我们实际是心有余而力不足。如我国的街头标志和一些商品上的英文就经常闹笑话。相反，瑞典人几乎人人都能讲流利的英语，小学三年级就开英文课。显然，在这个问题上，他们是能而不为。

我也同瑞典人谈过这个话题，他们笑笑说，这还不是为了促进你学习瑞典语吗？或许我的确应该准备一本“英文－瑞典文词典”，否则我生活都有问题。一位中国留学生推荐我买一种包装如牙膏状的鱼肉酱，挤在面包上挺好吃。我吃完后到那个地方，拿了另一种颜色的“牙膏”，心想换一种口味。谁想挤出来的竟是类似炼乳的东西，还带些巧克力的味道，非常甜，至今我也不知道那里面究竟是什么。类似的例子还有不少，但我的遗憾显然不是指这类事情。

我觉得，我为此损失了很多了解瑞典社会和文化的机会。不仅我，每年来瑞典旅游的外国人有上千万，他们大部分都不会瑞典语，如果能让他们以各自方便的语言了解瑞典文化，那将对瑞典多么有利！对世界多么有益！瑞典这个国家对世界文明的贡献，远大于其人口在世界人口中的比例。这样保护瑞典文化，是不是也造成了瑞典文化的某种损失呢？从历史上看，一种语言的发展状况取决于社会生活对其需要的程度。这不是短期政策保护力所能及的。瑞典融入欧盟、融入全球的过程不可避免，瑞典人在这个过程中表现出很强的竞争力和自信心。以外语方式向国外更多地展示自己的文化，对瑞典恐怕是利大于弊的事。

经济危机　劳资谈判

我就全球性经济危机对瑞典的影响问题问过瑞典的经济学教授们，他们说，影响主要在私有部门的一些行业中，对公有部门雇员如老师则没有什么影响，甚至由于某些减税和物价降低，他们还得到了实惠。有的行业所受影响并没有预计的那样差。如旅游业由于克朗贬值，入境旅游人数大增，2008年的收入比 2007 年还增加了 4%。很多外国人认为，瑞典物价不像以往那么高了。有 65% 涉及旅游业的公司对今年旅游业的前景表示乐观，悲观的只有 8%。

瑞典统计局最新公布的今年 4 月的失业率为 8.3%。这个数字背后是工会和雇主协会的激烈角逐。我去瑞典调研的课题就是劳资关系。为此，我要求约见劳资双方，但不知为什么，斯德哥尔摩大学只为我约见了工会人员。瑞典工会之强大世界闻名，瑞典人的工资就是根据工会与雇主协会的协定制定的，协定为期 3 年。现有的协定明年 3 月到期。依据这个协定，工人工资在协议期内要提高 10%，也就是每年要涨 3% 左右。但如今经济危机的情况下，雇主协会认为，企业面临困难，不仅今年很难涨工资，明年也不可能涨，而且还要允许一些地方企业减工资，或在协议工资底限以下雇人。工会的大致意见是：今年加薪可以推迟，但不能取消；不能在协议工资外雇人，也不准减薪。因瑞典有三大工会联盟，分别代表蓝领、私企白领和政府雇员，因此，不仅它们各自的立场略有不同，而且每个工会联盟内部的各行业工会也意见不一。劳资双方谈判几次都无果而终。

与我见面的工会官员是私企工会联盟的，我问他：经济形势难以预料，为什么合同中不留有余地？如根据经济增长多少，加薪多少，出现负增长，工人也要承担部分责任，停止加薪甚至减薪。这样是不是对双方更公平？我这是借用一位瑞典学者的建议。他说，他就是谈判代表，这些年来，协定从来都是涨薪，还没有签过减薪协议。不过，这个问题今后要考虑。他承认，目前工会处境困难，会员人数有所下降，从占全体雇员的80%多下降为目前的70%多，但相比其他西方国家，瑞典的工会组织率仍是最高的，如美国才不到20%。我问："既然工会的协议对所有工人都生效，为什么工人要加入工会？会费不也是一笔支出吗？我知道，搭便车心态是造成西方工会人数下降的一个重要原因。"他回答："大致有三个原因：一是瑞典有工会传统，一个人的父兄都是会员，他就容易成为会员。二是保障，瑞典人生活中要有各种保险，工会就是一种工作保险。三是政治考虑，想想如果没有工会，工人生活会是个什么样子？工人有这个意识和觉悟。目前，工会会员费每月约为400克朗，依个人工资高低略有不同，其中含200多克朗的失业保险费用。"

我问，在欧盟化和全球化的压力下，即使没有经济危机，资本显然比劳工的灵活性更强，因而更具优势，如果工会人数继续下降会有什么后果？他相信，就像经济危机触底要反弹那样，工会势力下降到一定程度，也必然会重新崛起，工会发展史已经说明了这一点。他向我简述了瑞典工会近百年的发展史，这段历史可分为三个阶段：第一阶段是从19世纪末到20世纪30年代，是劳资冲突激烈时期；第二阶段是从20世纪30年代中期社民党执政到20世纪70年代中期，是瑞典模式形成时期、劳资关系相对稳定和谐时期；第三阶段是从20世纪80年代到目前，是瑞典模式的调整时期，旧的劳资关系已经不适应形势，新的关系还在调试中。他认为，第二阶段和谐关系的破裂与工会过于强大有关。当时，工会凭借社民党控制着议会，已经不屑于再同雇主在谈判桌上讨价还价了，而是直接在议会通过有利于工会的立法，这样失去了谈判合作的基础。我听后有些吃惊，还追问了一句："你认为工会打破了劳资平衡？"他说："也可以这样认为。劳资是谈判对手，也是经济伙伴，哪一方强大导致劳资关系失衡，都不利于社会经济发展，也必然会引发双方关系的重新调整。"我想，他的这番话来自实践经验。后来，我还向一位瑞典工运史教授求证这种看法。教授也同意这种观点。

见到国王一家

我回国的机票日期是6月7日，然而6月5日我才得知，6月6日是瑞典国庆节。这个疏忽事出有因，因行前我还查过这段时间瑞典有什么节日。很难相信，瑞典在1983年以前还没有国庆节，6月6日是国旗节，但全国不放假。1983年，瑞典将国旗节改为国庆节后，仍不放假，所以，它没有引起瑞典人的特别重视。一个不放假的节日能怎么庆祝或热闹呢？想安排个集会庆典也得等大家都下班以后。于是议会再决议，从2005年起，国庆节为法定假日，所以，国内早于2005年出版的著述不可能有此记载。

按照国旗节的传统惯例，国王一家要在傍晚19点来到斯德哥尔摩市西部的斯坎森公园参加一个授旗仪式。那个公园实际是一个露天的古建筑博物馆，有山坡，有溪水，有从各地移来的很多民居、商店、教堂、城堡等建筑，还有水磨坊、里程碑之类古迹被恰到好处地安放其间，所以，该公园可称作一个缩微的瑞典。

我在公园里转了一圈后来到会场，这是一个开放的露天场所，没有墙，没有门，也没有警戒线。会场前方有一个高一米多、面积为几十平方米的舞台，上面没有旗帜，没有标语，也没设主席台。舞台下面摆放着一些临时座椅，靠前面的几排座椅围着绳子，表示为来宾预留，其余的地方可以随意坐，椅子之后的人就站着。舞台左侧有一条约 50 米长的红地毯，一些军政要员陆续通过这段红地毯，坐到预留的座位上。

快 19 点了，我在想，国王马上就到，就这种安保措施？想起前些年瑞典首相和前首相遇害的事，我不禁有些担心。这时，走来一队皇家警卫，约 40 人，在秀了几招队列表演后，在红地毯两边拉起绳子，并分列在地毯两旁。一辆警车缓慢驶来，停在一旁。接着是几名骑着高头大马的礼兵，其中还有一名女兵，后面是两辆马车，前一辆马车中坐着国王和皇后，国王威严地举手致意，皇后则慈祥地招手致意；后一辆马车中坐着王子和两位公主，王子背对着马，与他的姐妹面对面，他们都笑容满面。国王一家在舞台前下车，坐在台下前排的座椅上。这时，那些警卫们收起绳子撤岗了！我随着人群也走上红地毯，站在离舞台十几米远的地方。我估计会场里约有 4 000 人，其中有不少是外国游客。

仪式开始，如同一个歌星演唱会，先后有六七位演员演唱，期间也有军乐队演奏。接着，国王上台，接过一面面国旗，并转交给身边的青年人，然后，他讲了几句话并扬臂高呼口号，下面的人也跟着喊，似乎是“光荣！光荣！”，我听不懂，着急地问身边的人，谁知他们也跟我一样。20 点，仪式结束。国王一家分乘两辆轿车缓缓离开会场。皇后隔着轿车玻璃还向大家打招呼。一国首脑能如此近距离地接触民众，一场国庆仪式在如此简朴而轻松的气氛下进行，为我留下很多值得回味的地方。

31 天的访学生活是短暂的，但它所引发的我对瑞典的兴趣和思考是长久的。

（原载《中国社会科学报》，2009 年 7 月 9 日、16 日）

从历史和文化的角度透视希腊病

希腊的主权债务危机引发其社会危机和全球股市震荡，成为近期国际新闻焦点。它不是单纯的金融危机，甚至不是一个国家甚或欧盟地区的问题，而是一种生活观念和社会制度在经济全球化加速后出现的普遍问题。透过这个焦点，我们可以得到很多有益的启示。

希腊与古希腊有多远?

现代希腊人是自信和骄傲的。他们居住在那个伟大文明的废墟上，讲着希腊语，很少有人质疑他们是梭伦和伯里克利的后裔，想到他们与古代希腊人之间的差异，以及今天希腊文化中的古罗马、拜占庭、东正教、奥斯曼帝国和西欧的元素。诗人雪莱曾深情地说："我们都是希腊人。"虽然诗人指的是古希腊，但很少有人将古、今希腊相区别。到图书馆查阅一下希腊的书目就知道，众多题目是希腊文化、希腊艺术、希腊精神的书，写的都是古希腊。这种状况有时会使人忽视一些重要的区别。虽然古希腊是西方民主的发源地，但光复古希腊文明的文艺复兴运动不是在希腊发生的，现代希腊的民主观念和制度实际上是从西方引进的，与其老祖宗的直接民主相去甚远。正因为民主不是本土的，或出口后返销的，希腊独立后的政治现代化之路一波三折，至 20 世纪六七十年代还出现过军人政府，至今社会矛盾还要靠罢工这样社会成本很高的街头政治来解决。

从古至今，希腊人都信奉“人是万物的尺度”，而神灵和来世的观念在他们的日常生活中没有重大的影响。如同古希腊众神都有凡人一样的七情六欲，现代希腊人也很懂得享受生活。这里的区别在于：“人”在古希腊是“我们”，古希腊人眼中只有集体（城邦）而没有个人；现代希腊的“人”主要是指个体，加入组织或政府主要是为了个人生活得更好。这些古今差异都是理解希腊今天困局的内在线索。

国民性格决定国家命运

在希腊的外国人都知道，不要在午休时间打扰东道主，所谓午休时间在冬季是下午 2 点到 5 点，在夏季是下午 1 点到 5 点。很多商店下午 4、5 点就关门了，周末不营业。希腊人喜欢夜生活，很多人的晚餐从晚上 10 点开始，一般人到凌晨两点才睡觉，次日的工作精神状态可想而知。希腊人很喜欢酒，在中、晚餐都要喝酒，其吸烟量在西方各国也是最高的。他们每年的节假休息日远多于工作日，却享有 14 个月的工资。希腊人珍惜个人和家庭拥有的闲暇，他们热情浪漫、悠闲随意。相比其他西方人，希腊人倾向于集体主义、自然和感性的享乐主义；相比东方人，希腊人更崇尚个人主义和自由主义。希腊人的这种生活观念与强调个人理性逐利的资本主义新教伦理相去甚远。正因如此，希腊社会左翼势力有相当影响，希腊共产党作为正统的马克思主义政党，2009 年在议会中还能保持 7% 的议席，希腊工会在全球工会活动退潮的环境下，仍能组织全国绝大部分工薪者罢工，这在西方乃至世界各国都是罕见的。

地理环境对人的体质、气质、性格和思想有深刻的影响；或者说一方水土养一方人。南欧的西班牙、葡萄牙和意大利的民情与希腊类似，除意大利外，其余三国的主权信用最近都被降级。人们将这四个国家英文名称的首字母凑成“pigs”（一群猪），嘲讽之情不言而喻。希腊经济部长也承认：“我们不断失去国际市场的份额，因为我们在技术创新、知识和生产方面落后。”最近，德国媒体上曾出现一封致希腊总理的公开信，建议希腊人早起床，多干活。尽管默克尔顾全欧盟大局，为希腊忍痛解囊，德国媒体对资助希腊却是一片反对声。他们认为，如果希腊人不改变自己的生活方式，进行制度性变革，那么外援再多也填不满这个无底洞。

希腊病是一种富贵综合征

本来以希腊的经济实力是没有资格加入欧元区的，但经过高盛等美国投行的包装，希腊居然进入了这个富人俱乐部。希腊作为老欧盟 15 国中最落后的国家，每年都享受欧盟上亿欧元的补贴，但富人得有富人的样子，希腊在福利和劳工保护政策上必须向欧盟标准看齐。这个标准让希腊染上富贵病，可是在劳动生产率等一系列经济指标上，希腊人又达不到欧盟的平均标准，只好靠发国债、借外债过日子。时间一长，主权信用危机就出来了。如同一辆最高设计时速仅为 80 公里的汽车进入高速公路，司机的尴尬是必然的。欧盟近年来屡次要求希腊退还因统计错误（或瞒报）领取的不当补贴。

希腊人享有世界上最慷慨的养老金体系，退休金是退休前收入的 96%，公务员的未婚或离婚女儿可以在父母死后继续领取他们的退休金。因此希腊的老龄化负担约占 GDP 的 15.9%。难怪希腊人抗议延长退休年龄，这与中国人千方百计推迟退休形成鲜明的对比。约有 70% 的希腊人反对政府的财政紧缩政策，近期的几次大罢工皆因反对改革养老制度绝非偶然，但如果希腊现有养老金制度维持不变，它的资金缺口将在十年内累积至 4 000 亿欧元，这几乎是希腊国民生产总值的两倍。要不要改革在经济上难以为继的、以养老金为核心的福利制度，已经不是什么“主义”之争，而是一个简单的算术问题。其实不单是希腊，整个西方福利制度都需要改革，只是因国情和民情不同，各国的改革迫切程度和进展不同罢了。

为什么希腊人不顾“大局”，在危机关头还与政府对着干呢？因为政府有问题，缺乏公信力！世界经济论坛发布的《2009—2010 年全球竞争力报告》对全球 133 个国家的竞争力进行了排名，其中希腊排名第 71 位。报告认为，希腊政府官僚低效、腐败是希腊最严重的问题，公众对政客不信任和公共支出浪费是影响竞争力的不利因素，在对政府立法尊重的单项排名中，希腊竟然排名第 125 位。2009 年，透明国际对世界 180 个国家的腐败情况排名中，希腊位列 71，在欧盟中垫底。由于社会腐败，人们贿赂官员、逃税成风，在政府征收的个人所得税中，有 95% 来自年收入不足 3 万欧元的工薪群体。由于税收很少，为了偿还举办 2004 年奥运会 30 亿欧元的债务，政府竟要求公民提前交纳次年的所得税。截至 2010 年 2 月，希腊的债务高达 2 940 亿欧元，按希腊人口 1 100 万左右计算，人均负债达 2.67 万欧元左右，而希腊的 GDP 仅有 2 400 亿欧元。从理论上讲，入不抵债，希腊政府已经破产了。

仅凭高福利并不必然导致经济或社会危机。同样，高福利的瑞典还有高税收和高劳动效率保驾，即使如此，近年来瑞典在福利和劳工保障方面也有所收缩，只是由于社民党和工会能理智对待，劳资关系基本稳定，但雅典不是瑞典，由于资本主义还不够发达，劳动者中农业户、城镇个体户和中小企业工薪者居多，加之公务员队伍庞大，希腊的社会矛盾更多地表现为公民与政府的矛盾。劳资矛盾激化后，还可以由政府出面调解，公民与政府的矛盾一旦激化则直接导致社会动荡、政权更迭。

总之，一方面，希腊是西方阵营里的发展中国家，直到 21 世纪，农业人口仍占全国劳动力的 20%，制造业在 GDP 中的比例还在增长，没有支撑高福利的高效率和高税收；另一方面，希腊人又以自由民主的传人自居，希腊国旗上的九道蓝白格代表着一句格言——“不自由，毋宁死”，希腊人极力阻止政府实现福利改革和削减财政赤字的任何努力。

主权信用危机后，希腊政府国内外借债困难，融资成本增高，能够继续支撑高福利的，目前只有街头民主了，但民主毕竟不能还债，不能当工资和福利，即使它能促进政治开明，政治改革也是远水不解近渴。如果希腊不愿意退出或被开除出欧盟，那么接受欧盟的意见，学着过紧日子，恐怕是不得已的选择。从长期看，消除政治腐败、提高经济竞争力、扩大就业、增加税收、逐步削减财政赤字，也是重新使希腊经济回归正常，并且可持续发展的“治本”之路，不过，这显然是一个包括改造国民性在内的高难度的“马拉松”工程。

欧盟正如我国过去农村的互助组，欧元区就像个合作社，它代表着一种人类走向大同的理想和探索，但却充满了个体与集体、个体与个体间的各种矛盾。它能走向世界大同吗？欧盟的援助固然能延迟和缓解希腊或其他成员国的债务危机，但各国由文化传统、生活观念、行为方式导致的社会和经济差异很难协调。在这个意义上，欧盟真是任重而道远啊！

希腊危机的影响和启示

（1）欧盟一体化进程会延缓、停滞甚至倒退；（2）一个国家的制度建设应依据自己的国情和民情特点，过快或过慢的制度变革都会引起社会动荡，福利性制度的任何收缩尤其如此；（3）民主在民主制度的发源地的作用值得深思，福利和工会曾是稳定西方社会的两项制度性建设，但发展过度也会适得其反；（4）政府只有在平时有公信力，在危急时刻才有号召力。

（原载《新京报》，2010 年 5 月 29 日 B04 版）

亚洲行记

越南、柬埔寨两国见闻

越南和柬埔寨是我一直想去的国家。20 世纪 50 年代出生的人，对越南的很多地名都很熟悉，在持续 10 年的抗美援越战争中，我们的报纸几乎每天都有越南各地消灭了多少美军、伪军，击落、击伤多少美机的详细报道。我曾为越南终于赶走美帝、实现民族统一而兴奋，也为近十几年来中越关系改善而欣慰。就这样，越南一直吸引着我。中国和越南没有明显区别，从意识形态、政治制度到社会习俗有很多相似之处。如果问世界上哪个国家最像中国，恐怕就是越南了。柬埔寨更是一个神秘的国度，那位挂着“高棉微笑”的西哈努克亲王一直是中国的嘉宾。

2010 年春节前一周，我随国内旅行团去了越南和柬埔寨，主要游览了三个城市：胡志明市、河内和暹粒（吴哥遗址所在地）。有些见闻与感受，愿与大家分享。

因越柬两国相对贫穷，行前我对当地旅游的接待条件期望不高，只希望饮食住宿卫生，能吃饱，能洗澡。但实际情况比我想象的要好得多，尤其是在暹粒的住宿和伙食非常好。可见，他们在旅游服务上是下了功夫的。全部旅程乘坐的都是越南航空公司的飞机，机上的服务很不错。

越南：虽不富裕，但人们能安然地享受生活

河内机场的效率不高，我们去胡志明市要在此转机，通常转机是不需要取行李的。但在这里，我们要先取行李，再重新托运和安检。后来我们在此出关时，速度也非常慢。在河内的导游是位越南人，他介绍说，现在越南人用的东西，有 70% 来自中国。最重要的是，中国改革开放的成功给了越南人很多经验和信心，因为中国人能做到的，他们也能做到，越南的改革开放只比中国晚了10年，现在落后中国大约25年。我问,25年是如何算出来的?他回答说，根据专家们的各种研究结果。

胡志明市街头到处悬挂着越南国旗和越南共产党党旗，提醒人们注意：2 月 3 日是越南共产党建党 80 周年纪念日。夜晚的河内，一道道装饰着镰刀斧头党徽的红色霓虹灯横跨在主要街道上，与道路两边各种商业性霓虹灯相映生辉，象征着越共在这个国家中的地位。也许是白天太热，越南人喜欢夜生活，城市的夜晚灯火通明，街头小巷有很多小吃店、小吃摊，还有世界各地游客聚集的酒吧。红河边、还剑湖畔微风习习，树影婆娑，河内的夜景很有情调。

胡志明市是越南最大的城市，1976 年以前叫作西贡，其地位相当于中国的上海。这个城市给我的最初印象是马路上咆哮奔驰的摩托车群，越南被称作世界摩托车大国，真是名不虚传。越南有 8 000 多万人口，有 2 000 多万辆摩托车，在城市中，几乎每两人就有一辆摩托车。越南的摩托车绝对是一道奇特的风景，有的车上坐着全家三五口人，有的骑手怀里坐着一个小孩子，车上驮什么的都有，很多骑手戴着头盔、墨镜和口罩。

我们的旅馆位于市中心，旅馆门前的马路只有 8 至 9 米宽，但过往车辆之多、车速之快令人惊讶，而且车辆是绝不会让行人的。旅馆专门安排人协助游客过马路，他们分别在游客的两边，挥舞着指挥棒，阻止过往车辆。过马路成为一种高度紧张的活动。走在便道上的感觉也让人不舒服，不仅马达

声和鸣笛声使人心烦，而且空气中弥漫的车辆尾气呛鼻刺眼。难怪街上很多行人也都戴着口罩。摩托车尾气比汽车尾气有害得多！噪声和尾气这两种污染不仅使逛街的悠闲和轻松大打折扣，甚至有些煞风景。

导游说，由于临近春节，很多农民工都回家了，因此街上的车比平时要少很多。如果在正常的上下班时间，摩托车群会更加壮观。在这里开摩托车，技术好是必须的，但还不是最重要的，最重要的是胆量大。约有 40% 的摩托车手没有驾驶证，对无照驾驶的罚款相当于 100 元人民币，约是当地 10 碗牛肉面的价格。摩托车基本都是日本产的，价格从 1 000 美元至 2 500 美元不等，中国的摩托车价格为 400 美元至 700 美元，但现在几乎无人问津。中国摩托车前些年曾有很好的销路，当时河内街头大多是重庆嘉陵摩托车，但由于质量和售后服务差，很快就失去了市场。

越南的私人汽车比较少，因为汽车价格高，与一般越南人的消费水平尚有差距；但更主要的是在城市里开汽车很不方便：汽车行驶每公里需 5 至 8 分钟；城里的道路比较窄；很多路边不准停车，准许停车的地方收费也很高，所以，拥有私人汽车是富人的标志。导游讲了一个他亲身经历的、有些滑稽的故事：他的一个朋友买了一辆汽车，按照习惯，他要请好友吃饭来“喜车”。他开着新车接朋友们来到饭店，朋友们下车后，他去停车场停车，但最近的停车场很远，所以他停好车后要乘坐一辆三轮“嘟嘟车”回来。吃完饭，他又得打“嘟嘟车”去取车，再回来接朋友。

越南人均 GDP 刚过 1 000 美元，但贫富分化严重，城里人相对富裕些。从城里房子的外观看，贫富差别就很明显，有的地区法式风格的房子很漂亮，有的地区可以称作贫民窟，屋顶上是铁皮和石棉瓦。尽管越南的物价和工资水平比中国低，这里的商品房价格却和中国的一样高。河内一套 60 平方米的房子要 25 万美元，河内人一般月工资合一两千元人民币。即使夫妇两人月工资合计折合 4 000 元人民币，不吃不喝，也要等 30 多年后才能凑够房钱。2009 年，越南经济危机前，房价曾达到每平方米 4 000 美元。越南也有“情义屋”，类似于我们的廉租房，但数量非常少，只有为国家做出贡献的人，如伤残荣誉军人才能得到。旧房的拆迁补偿差额巨大，要想用补偿款在原地购新房，需要再加两三倍的钱。有人问：“拆迁户不愿搬怎么办？”导游说：“先做耐心的说服工作，然后也许会再多给些补偿，但到最后的期限时房子就会被强制拆除。”

最令我惊讶的是，越南的义务教育发展比较落后，2000 年才基本实现小学五年的普及教育。越南政府提出要在 2010 年实现普及九年义务教育的目标。实际上，无论上中小学都收费。这甚至不如比它穷得多的柬埔寨。导游的两个孩子分别在读小学和高中，国立小学每月学费合 80 元至 100 元人民币，高中每月学费约合 120 元人民币。我问：“为什么学费要按月交，按学期或年付不是更省事吗？”他说：“那样恐怕有的家庭交不起学费。不仅学费要自费，连教室的扫把、墩布和粉笔等的费用都要学生分摊，更不要说书本费、习题复印费了。”

越南人虽不富裕，但他们能安然地享受生活。我有两个较深的印象，一是他们很爱花，买各种花卉是置办春节年货的一项重要内容。春节前，满载花卉的车辆和船只向城市集结，花市上人山人海，胡志明市还布置花街，各种盆景、花卉争奇斗艳。各种花卉的价格不同，有的一盆要几千元人民币，也有几元人民币一盆的，适合不同的消费需求。二是他们晚上有逛街的习惯。我们逛街一般是散步或购物，他们是真正的逛街，骑着摩托携家带口在街道上游荡，一直到晚上 11 点半，摩托车队依然川流不息。次日清晨才 6 点多，街头的摩托车声就已经响成一片。不知疲倦的越南人使整个社会生活显得生机勃勃。越南人过春节也有放爆竹焰火的传统，因容易导致火灾，从 1994 年起，政府开始禁放爆竹焰火。近期曾有舆论要求解禁，但政府还没有同意。

有些遗憾的是，我们的行程中没有安排参观胡志明纪念堂。我们在河内只住一晚，入住酒店后已经晚上 9 点多了，我放下行李，独自步行 20 分钟来到巴亭广场，想在胡志明纪念堂前静待一会儿，不料警卫人员恰在这时开始清场，所有人都要退出广场。据导游讲，早在胡志明去世前两年身体状况不好时，越南党的其他领导人已决定在他去世后保留遗体，并秘密派人到苏联和埃及学习保存遗体的经验。尽管胡志明在遗嘱中表示："在我去世之后，千万不要举行盛大的吊唁仪式，以免浪费人民的时间和金钱。"但当时的越南领导人认为，保存胡志明遗体是越南人民的愿望。的确，胡志明主席在越南人心目中的地位很高，旅游团中有一位曾在20世纪90年代初访问过河内的中国学者，他说，当年接待他的越南人谈到"胡伯伯"时仍会眼泪汪汪的。但我们也能感到越南南方人对胡志明的态度有些不同。胡志明市内很多商店仍用西贡作商号，如西贡旅店、西贡饭馆等。河内的导游说，他对南方一些导游的介绍很不满，如果南方的导游跟我们说过对胡志明不尊敬的话，他请我们不要相信，他们（尤其是一些北方的老人们）是不同意那些话的。

柬埔寨：曾创造出辉煌历史的发展中国家

柬埔寨的特点之一是政府的功能很少，原因是政府的税收很少，提供不了什么社会服务，因此社会生活很不规范，或者说那里的人民没有政府来管理。比如，柬埔寨至今还没有驾照，谁都可以开车，什么车都可以开。想想司机们都没有起码的资质认证，马路上是不是很可怕？好在柬埔寨的汽车并不多，摩托车也比越南少得多。前几年连车牌照都没有，现在买车时一次性上好牌照，以后就再没有税了。柬埔寨人上牌照也喜欢尾号是吉利数字，如168或9，或者尾号的总和是9，他们尤其喜欢9，因为9是阳数中最高的数字。

柬埔寨是世界上最穷困的国家之一，人均GDP为600美元至700美元。旅游宾馆服务员的月收入只有80美元至100美元，每月生活费要用去一半。银行高管的收入从200美元至1 000美元不等。导游没有底薪，每带一个团，根据工作量获得一次性报酬，各种福利保险等一概没有。暹粒和金边的房价差不多，主要马路上的一套 64 平方米的房子要 5 万美元，次要马路上同样的房子也要 2 万美元，这对于一般月薪 100 多美元的工薪族而言是太高了。我问导游最担心的是什么，是买不起房子吗？他说，房子太贵了，他根本不去想，租房就是了。他最担心的是得病，一旦身体不好，不仅没有收入，还可能付不起医疗费。

柬埔寨 75% 以上的人口是农民，我们看到农村的住房基本是就地取材用植物搭建的高脚屋，区别是富人的高脚柱高一些，屋子大一些。木柱子是四方形的，可以避免蛇爬上去，屋顶和墙皮是用竹子和芭蕉叶或椰子树叶绑扎起来的。中午热，人们就在屋下柱子间的吊床上睡觉，晚上凉爽些了，再回到屋里睡。

柬埔寨社会的腐败现象较多，据导游说，吴哥遗址乃至整个柬埔寨的旅游业务都承包给一个人，他每年上缴国库一定的收入。从 2008 年起，法律规定骑摩托车者要戴头盔，违者罚 5 000 瑞尔（柬埔寨货币单位，4 400 瑞尔约合 10 元人民币），但如果你不要警察开票，交 3 000 瑞尔就行。在这里"关系"很重要，导游说，你有"关系"就没关系了。也就是说，有"关系"什么事都能摆平。

柬埔寨实行九年义务教育，小学和初中免学费，但由于国家没有多少钱对教育拨款，所有中小学都实行上午 7 点至 11 点的半日制教育。不仅中小学是半日制，高中和大学也都是半日制。中小学虽然免学费，但校服费、书本费、粉笔费等还是要交钱的。中小学教师不是一个令人羡慕的职业，月工资只有 60 美元，为弥补收入的不足，老师们就在课堂上卖糖果之类的食品，有些老师下午出去兼职。这种情况在金边、暹粒很普遍，教育质量可想而知。义务教育中没有英语课，学生在高中才能学英文，但有钱人可以将孩子送到一些课外辅导班学外文。柬埔寨的文盲率和辍学率很高，文化水平与就业收入并不成正比，人们接受教育是为了好找工作，一旦有活干，人们宁可辍学，想上大学或者说能上大学的人很少。

柬埔寨的婚俗很有意思，男子婚后一定要住在女方家。即使新婚夫妇有条件买房过独立生活，也必须先与女方父母一起住几年。柬埔寨人重女轻男，因为女孩婚前要收彩礼，婚后把丈夫娶进门，成为家庭劳动力。有的地方从订婚后，男方就到女方家干活，如果女方对男方的表现不满意，还可以取消婚约。看来农业社会也不一定都是重男轻女，传统习俗的作用很重要。婚礼上，亲朋好友照例要喝喜酒、送红包，但与我们不同的是，红包是饭后送的，而且礼金的多少取决于饭店的档次和婚宴的质量，但最少也要15美元。

对吴哥遗址的赞美和溢美之词太多了，我不想再锦上添花。吴哥留给我最深的思考是：1 000多年前创造出如此文明的国度，为什么现在是世界上最贫困的国家之一？吴哥的全部遗址均由砖、石两种建材构成，石材还分两种，一种是从附近荔枝山上开采的纹理很细的石材，一种是当地褐色的、有空洞的火山岩。绝大部分吴哥建筑不是为人修筑的，其作用首先是供奉印度教的神和佛教的佛，也就是作为神庙；其次是作为王陵，用以存放王室成员的骨灰。在当地的气候条件下，也只有这种建筑才能遗留至今。当时人居住的建筑都是用各种植物修建的，自然无法保留下来。重神和王而轻人曾是所有文明的共同特征，西方的古老建筑中有许多是教堂，世界著名遗址中有很多是皇陵。这说明在古代人看来，神比人重要，死后比生前重要。历史总是社会上层的历史，原因之一是只有上层人物才能留下历史遗迹，供史学家去研究。现代最好的建筑一定是歌剧院、体育馆、议会大厦等，教堂的尖顶已被淹没在高耸的写字楼和公寓楼之中。这是一种历史的进步。我想，当时的吴哥城如果是普通人的家园，或许它也不会那么容易被攻陷。

我感兴趣的是两处有社会功能的吴哥遗址：古代医院（又称涅槃宫或龙盘宫）和法院。古代医院的建筑布局体现了一种柬埔寨传统的医学理论，与我们的阴阳五行不同，它是土、风、火、水“四行”，依此在医院主建筑的东、西、南、北方向各有一个延伸的附属建筑，每个附属建筑依次用人、马、狮、象的雕像来代表，像四个医院的科室。据说当年病人看病后，分别在人、马、狮、象的雕像嘴中接熬好的药汁。我看见有游人往象的雕像体内倒矿泉水，果然水从象嘴里流出。这个医院是给什么人看病的，以及是如何看病的，可惜已没人能说清楚了。

古代法院是建在土坡上的一座神像台，犯罪嫌疑人在神像前接受指控，他如果不认罪，将被关押到旁边的 12 座生肖塔中与他属相相同的那个塔内。三天三夜不许吃喝后被放出来，如该人仍健康正常则被释放；如其有病态或异常，则判断其有罪，断其一指，送寺庙接受教育；再犯罪者，砍掉其余九指，驱逐出吴哥城。这种自然审判法与欧洲中世纪的水火审判法类似，属于依靠证据判案以前的原始审判方式。这比起差不多同时代的包公审案可真差多了!

在这里还可以见到战争的后遗症，吴哥遗址旁有很多下肢伤残的人用柬埔寨的民族乐器在演奏，他们身边的牌子上用多国文字写着“地雷受害者”，请游客们施舍。导游说，柬埔寨境内的地雷曾比人口还多，战后在联合国的帮助下，已清理了绝大部分地雷，但不排除个别地雷还没有被清除。他还以此“吓唬”我们不要随意进入丛林中。

在越、柬两国旅游，到处都可以使用人民币，在当地根据实际需要换钱也很方便，完全不用在国内先换成美元。虽然中国与这两国的关系密切，去两国旅游的中国人也不少，但旅游景点没有中文介绍，除本国文字外，还有英文、法文、日文。法国和美国对这两国的影响自不必说，日本因其产品信誉高、投资多、捐赠多，颇得当地人好感。我所接触的三个当地导游都有这样的看法。

越南、柬埔寨都是很值得一去的国家。这两国人民的生活水平分别大约相当于我们的 20 世纪 80 年代中期和 20 世纪 70 年代中期的水平。旅游后，我最深的感受是：为饱经战火苦难的越南、柬埔寨两国人民终于能享受和平生活而欣慰；为我们走上改革开放之路而庆幸!

（原载《百年潮》，2010 年第 12 期）

丝绸之路杂想

2011年5月15至21日，所工会组织考察甘肃境内的古丝绸之路——敦煌、酒泉、武威，一路遐想联翩。在兰州机场候机时，草就如下杂感：

敦煌莫窟飞天，
几度梦里萦牵：
壁观千年万象，
惊叹先人非凡。

边关绿洲酒泉，
汉武恩威遗篇：
昔日狼烟不见，
“神舟”[1]探月九天。

湖泊幻成大漠，
土丘原是雄关：

① 指酒泉航天发射中心的“神舟”号飞船。

尘沙深掩铁骑，
武威红柳依然。

寻古探幽揽胜，
西域雄浑苍茫：
丝路驼铃声寂，
大地处处“敦煌”[1]。

① 敦煌之名很有意味“敦者，大也，隍者，盛也”。

甘肃肃北县调研体会

对自然，我们要有一份敬畏之心；对权力的界限，我们应始终保持一份清醒。

2012年8月4日到13日，世界历史所国情考察组以“生态环境的开发与发展”为题，对甘肃省肃南、肃北两县进行考察。虽然在短短9天时间里，对这片幅员广阔、地貌多样、多民族聚居的土地的观察和了解非常有限，但它给了我很强烈的视觉冲击和思想启发。各方面的收获很多，但一些思考也是沉重的，其中既有对荒原、大漠、湿地、冰川自然之美的感叹，也有对它们未来命运的担忧。总之，我的心情很复杂。这里只谈最主要的几点：

一、人们或许高估了影响气候变化的人为因素，尤其是牧业和农业对自然植被的影响。

这两个县都地广人稀，每平方公里人口不足一人。显然，如此浩瀚的干旱地或沙漠不是农牧民或牛羊造成的。

虽然全球气候变暖是一个不争的事实，考察中，我们也见到了雪线上升、冰川融化、河流干涸、荒漠扩大的现象，但这些现象更多的是全球气候周期规律，还是人为影响的结果，在学界并没有定论。考察前有一条新闻：2012年7月24日，美国航空航天局宣布，7月8日到12日，仅4天内格陵兰岛冰盖表层的融化面积从整个表层的40%突增到97%。很多媒体惊呼，这种罕见的气候现象是“史无前例的”，而当地长期观察的科学家却认为，这种气候发生频率为80万至250万年一次，即这是罕见但非反常的，民众无须为此担忧。

敦煌雅丹地貌的形成，或许是气候规律影响当地环境的另一个例子。构成雅丹地貌的沙砾岩形成于距今约70万年的中更新世，为河湖相的砂泥质沉积物，颜色为灰色、灰绿色和土黄色。沙砾岩层次迭累分明，局部还保存着很多鹅卵石、蛤蜊片和虫迹化石，显示这里曾是古代的河流和湖泊。在极干涸的湖底中，淤泥因干缩裂开，风沿着这些裂隙吹蚀，裂隙越来越大，原本平坦的地面逐渐发育成许多不规则的垄脊和宽浅沟槽。这种支离破碎的地貌就成为我们今天所见的雅丹地貌。换句话说，70万年间，湖泊变荒原，其间没有多少生物的影响。

肃南县面积为2.38万平方公里，年降水300至400毫米，但年出境水量为71亿立方米。肃北县所在的酒泉地区是甘肃省乃至全国沙漠化最严重的地区之一，其年均降水量约为36至176毫米，而蒸发量则高达2 005毫米，降水量远远跟不上蒸发量。显然，这两个县水量明显入不敷出，其干旱趋势化是显然和必然的。现在的水源无非是山上常年累计的冰川融化水，而这些冰储量是有限的，这一地区作为水源地能持续多久，只是一道简单的数字计算题。

大自然气候规律的影响是缓慢的，在个人的有生之年几乎感觉不到，如我们感觉不到地球的自转一样，我们看到的只是羊吃草、人砍树，就把牧林或牧林矛盾认定为影响生态环境的主要问题，但这只是影响人们认识环境问题的表面障碍，深层原因还在于不同的经济利益。

二、除了农牧业，影响环境的开发活动还有很多。

这些活动如工矿业、旅游、水电和城市建设等，但县里谈到“保护与发展的矛盾突出”时认为，县里“退牧还草、退耕还林”“控制了资源开发，牺牲了发展机会和经济利益，影响了农牧民收入和地方经济发展，下游地区无偿利用上游提供的生态资源而得到了快速发展，却不承担生态保护成本，保护者精疲力竭，受益者却无偿使用，导致生态保护成本分担机制的实际不公平和权利与义务的不对等，影响了生态保护的积极性”。

也就是说，县里谈到影响环境的因素时，一方面，强调林牧矛盾突出，“退牧还草、退耕还林”都需要生态补偿；另一方面，在谈到森林、水利和矿产资源开发的影响时，多强调居民致富愿望与地方经济发展与上级政策限制的矛盾。县里在要求农牧民“退牧还草、退耕还林”以及招商引资发展工矿业方面都是积极的。

在水源地和干旱地区搞“工业强县”战略是值得重新考虑的，因为这个地区的植被太脆弱了。远看一片绿色，近看只是一层很薄的草皮，如果恰在山坡上，一场雨就可能导致滑坡，露出黄沙土。我们在两个县境内看到的都是一些规模很小的水电站和设备简陋的小矿。另外，还存在无证盗矿的现象。以煤矿业为例，根据肃北县提供的资料，该县有煤矿 10 个，共年产煤 100 万吨，其中有的矿年产煤仅 9 万吨，最多的年产煤 30 万吨。虽然其中 4 个煤矿将被整合在一个企业下，但实质仍是 4 个小煤矿。这与近年来国家三令五申要求关停年产煤 30 万吨乃至 45 万吨以下的小煤矿的精神明显不符。近些年来，两县的工业（几乎全部是矿业）产值增速保持在 20% 左右，工业增加值增速更高，而且，肃北县还计划在马鬃山工业园区内“以煤炭开采、加工、利用为主线，积极发展火力发电、煤化工、洗煤、建材、冶金等高耗能产业”。

相比工矿业，旅游项目开发对环境的影响较小，但一些旅游项目重复或过度开发也会破坏环境。如果一片丹霞地貌、一座冰川地处不同的行政单位，可以从不同方位游览，就有可能出现过度和重复开发现象。大家争揽游客，从不同的角度看同一道风景。这些“开发”活动无疑都会破坏这一地区的生态环境。

应该承认，牧民要增加牲畜饲养头数、扩展草场面积，县里要开矿和开展林业加工，增加就业岗位和居民收入的愿望都是无可厚非的。在这种情况下，单纯地要求县里不开发或严格按计划开发这些工矿、旅游和水电项目，恐怕很难奏效。不仅官员需要政绩，而且庞大的行政班子和非农业人口都需要开支。目前，县财政预算只够发基本工资，其他的经费来源只能靠工矿业的税收。退一步说，即使国家按照东部或中部地区的生活标准补助这一地区，也未必能让这些没有规模的、影响生态环境的小矿井、小水电站停下来，而且，还会让国家长期背上补贴的负担。

三、中央和省政府对此应该有一个更加合理的统筹规划和利益再分配机制。

这里只提一个属于长远性规划的建议：通过减少县建制来维护生态和提高当地居民的生活水平。

可以考虑逐步取消一些人口少的县建制，县政府是地方利益的最大维护者，这是它们的职能所在。所有的县政府都会争上项目，争要上级政府补助。但在人少和自然生态脆弱地区，这种积极的工作结果就会成为当地居民和上级政府的负担。想想一万多人口也要有五套班子，它们都要发挥作用，一年经费就不少。

肃北县总人口为 13 000 人，根据网上资料，其人口排名在全国县中倒数第 13 位，[①] 人数最少的县是西藏的札达县，只有 5 000 多人。人口不足两万人的小县，全国竟有 30 多个，大多在边疆和少数民族居住区。当年这些小县的设立有许多是出于政治和民族关系的考虑，半个多世纪以来，情况已发生了很大变化。应该根据新形势重新规划这些行政区域，在充分考虑政治稳定和民族和谐的前提下，在不仅不减少其原有的财政预算数额，还要增

① 中国人数最少的县排名：札达县 6 384、日土县 7 175、普兰县 7 919、阿克塞哈萨克族自治县 8 891、岗巴县 9 201、墨脱县 9 699、玛多县 10 890、萨嘎县 11 947、亚东县 12 038、措勤县 12 083、吉隆县 12 174、革吉县 12 826、肃北蒙古族自治县 13 046。

加各方面投入的情况下，逐步稳妥地将一些民族自治县改为自治镇。如采取自然减员即退休不补的方式逐渐缩减县政府班子，直至改县为镇或乡，减少县政府部门和官员的数量以及不必要的财政负担，而将各种经费直接发放到“退牧还草、退耕还林”的农牧民手里，以及城镇各类公共服务者如教师、医生、警察手中。

根据网上资料，依据我国历史上政府官员与民众的比例，现在是官员最多的时期。[①] 虽说现代政府的职责比前现代政府扩大了很多，政府官员增加是世界性的趋势，但“精兵简政”始终是需要注意的。“精兵简政”不是省几个钱，我们的财政也不是养不起这些县政府部门，而是无法有效地规范这些部门权力代表的地方利益。

最后，需要特别说明的两点是：（1）国家对这一地区的基础建设投入巨大，收效明显，两县干部群众在环境保护和资源开发方面做了大量有意义的工作，给我留下了深刻印象，但这里没有专门表达。（2）建议合并生态脆弱地区人口少的小县，并非是因为那里的干部不得力，而纯粹是从维护生态的角度提出。正是地方干部兢兢业业的工作精神唤起了我的责任感。他们不辞劳苦、诚恳待人，将协助我们完成考察任务作为他们自己的重要职责，因此，我不能不写出我的真实感受。尽管我知道，限于时间、学识和经验，这些感受或建议很可能是不成熟的，甚至是错误的。

---

① 中国历史上的官民比例：汉朝 1∶7 000、唐朝 1∶3 000、明朝 1∶2 000、清朝 1∶900；中华人民共和国：1978 年：1∶48、2011 年：1∶18。

人物访谈

专访诺贝尔经济学奖评委会前主席 阿瑟·林德贝克

有人说“诺贝尔经济学奖评委会在评奖时，好像有一只‘看不见的手’在控制一样”，而这只“看不见的手”就是阿瑟·林德贝克。阿瑟·林德贝克教授不仅对西方福利与就业、经济效率、社会道德等问题有系统的思考，还关注发展中国家的福利问题，尤其近年来发表了不少对中国经济发展和福利建设的意见。

日前，中国社科院刘军研究员在斯德哥尔摩大学专访了著名经济学家阿瑟·林德贝克教授。尽管阿瑟·林德贝克教授已 79 岁高龄，但身体非常健康，采访中思路清晰而敏捷，说话快而简洁。

人们误以为瑞典保持了大公共部门的同时，也保持了经济的快速增长

刘：有人说，长期以来诺贝尔经济学奖评审背后有一只“看不见的手”在支配，这是指您在评奖中的巨大影响。您怎么看这种说法?

林：我只能说，我从设立诺贝尔经济学奖开始做了 24 年该奖的评委，其中 2014 年还担任评委会主席，评委会有五人，每人一票，我也只有一票。互联网上的说法不是真的。

刘：诺贝尔经济学奖最初是不是您建议的？您与这个奖的设立有什么关系？

林：不是我建议的，是瑞典中央银行行长最初提出的。他找我商量，我建议他去找瑞典皇家科学院，他去了并把奖设立了。诺贝尔奖网站上有我的一篇文章，专门谈该奖建立时的情况。

刘：好，我们进入正题，您认为，在欧盟化和全球化的影响下，瑞典模式的可持续性如何？我所谓的瑞典模式主要指：经济高增长、强大的工会组织和高福利并存。

林：我曾提出，瑞典在不同时期有三个模式：

一是1870—1970年，这一时期没有多少公共部门的成分，政府规模小，社会开支也少，至少不比美国多，福利也不比其他国家高，经济增长很快。

二是20世纪70—90年代，这时公共部门扩大，政府扩大，福利发展很快，经济发展明显放缓。瑞典从20世纪70年代位列世界最富国家第三名，1995年降为第十八名。

三是1995年至今，这是经济自由化时期，减少了某些过于慷慨的福利，经济增速又快了，瑞典劳动生产率的世界排名也有所上升。那种认为瑞典在保持一个大公共部门的同时还保持了经济的快速增长，是一种误解。大政府时期是在第二阶段，经济发展很慢。

刘：您的意思是瑞典模式始终是在变化的，第二次世界大战后到20世纪70年代以前的那个传统的瑞典模式已经不存在了，已经变化了？

林：是的，20世纪70年代以前我们的政府规模有限，经济发展很快。此后政府不断扩大，经济发展缓慢。我们从20世纪90年代开始就向反宏观调控的方向转变了。

但在这三个时期，贸易始终是自由的，我们从未管制贸易，即使在政府扩大时期也没有规范贸易。对一个小国而言，自由参与国际贸易十分重要。

三个世界上最健康的国家却有着最高的病假率，这不是建立病假福利的初衷

刘：您提到第二次世界大战前后西方国家中有利于发展福利制度的那些因素或环境已经或正在消失，这是否意味着福利制度必须紧缩？

林：我在一些文章中提到过有关福利制度内外因素的变化，如人口结构老龄化、工资水平、经济全球化、社会道德规范等，这些变化已经导致了福利制度的紧缩。如过去请病假可以拿 100% 的工资，现在则只有 80%。

刘：这种紧缩是一种临时性的如经济下滑或危机时的应急措施，还是在未来相当长的时间内必须保持的趋势？

林：这很难讲，但这种紧缩的幅度很大，20 世纪 90 年代瑞典公共支出曾占到 GDP 的 70%，现在只有 50%。我想，政治家要小心地维持现有水平或使之向下，不要再回到 70%，但向上的可能性也是有的，因为人们总是希望更多的福利，他们问，请病假为什么才得到 80% 的工资，而不是 100%？

政治家面临福利困境，他们应该维持现有的福利状况，但一些社会性福利的成本增加很快，如教育、医疗、老年护理，这些都建立在税收的基础上，而靠不断地增加税收来维持这些福利是非常困难的。

刘：您对福利政策与工作动机和社会规范的关系做了很多研究，最终结论是什么？社会规范是文化传统的一部分，在福利制度出现以前，不同的国家对劳动有不同的态度。就瑞典而言，福利政策是否损害或减弱了人们的工作动机呢？

林：原则上是这样，如果你不工作仍可以领 100% 的工资，时间长了，你就会觉得，当你疲倦、家里有事、对老板有意见或对工作不满意时，你都可以请病假待在家里，尽管实际上你没有病。

关于人们利用或滥用病假福利的态度问题，我们曾做过调查，很多人认为这没什么，这不是问题，所以，有一个时期瑞典的病假率为全世界最高，

而瑞典人实际是世界上最健康的。不仅瑞典，荷兰和挪威也有类似的问题，这三个国家的人都是世界上最健康的，但这三个国家却同时有着最高的病假率。这不是建立病假福利的初衷。

现在病假福利没有那么多了，对福利的管理也严格了，近年来，病假率也明显下降了，所以，我们的病假福利不会退回到 100% 工资的时代。

我是赞成福利制度的。在很多场合，我称之为“现代文明的一项主要成就”，也正因此，我非常担心它的前途，尤其在我看到它在经济上不可持续之后。我们不能让过于慷慨的福利措施和过于松弛的福利管理毁掉它，就像我们在 20 世纪 80 年代曾经做的那样。

如果削减那些过于慷慨的福利，严格审理福利资格，我们就能挽救这个制度。我们曾经有 23% 的劳动力依赖各种福利——病假福利、伤残福利和失业福利，这个比例很高啊！

对福利最大的威胁有两个，一是道德危害，二是鲍莫尔病

刘：据我所知，瑞典也有些学者认为，滥用福利的现象的确存在，但没有那么严重。对福利制度最大的威胁，是依赖比例（Dependent Ratio，即养老金领取者与就业者的比例）的增长快于劳动力的增长，造成养老金储备难以为继。

林：这不是我的观点，我认为人口老龄化对福利的影响是可以解决的，如延长退休时间，如果人们的健康状况越来越好，完全可以延长工作年限。实际上已经有国家这么做了，如丹麦将退休年龄与人口平均寿命自动挂钩，人均寿命延长一岁，退休年龄就延长一年。

刘：您还是认为道德危害对福利制度的威胁更大？

林：是的，道德危害对福利制度的威胁更严重。在我看来对福利最大的威胁有两个，一个是道德危害，一个是鲍莫尔病（Baumol’s Cost Disease），

即劳动力密集型的社会服务业如养老、托幼人员工资成本会不断上涨，但他们的生产率却不会如制造业那样提高，因此只能靠增加税收来维持。

老龄化问题对福利制度有影响，但是相对容易解决。国际化问题也对福利制度有不利影响，如劳动力市场国际化，当别的国家征收 50% 所得税时，你不可能征 80% 所得税。

我们谈到四个问题：道德危害、鲍莫尔病、人口结构和国际化，前两个问题更难解决。我不是低估人口问题，但相比而言，瑞典的人口问题并没有那么突出和严重。瑞典的生育率是 1.8 ～ 1.9，德国、意大利只有 1.3，而维持现有人口数量则需要 2.1 的生育率。日本和中国也有人口问题，尤其是中国，因独生子女政策在 2030 年将面临严重的人口问题。

刘：您似乎对西方福利社会的前景很悲观？

林：不，不是的。

刘：您是担心目前西方福利制度如不改革将会瓦解，试图挽救它？

林：是的。20 世纪七八十年代时，福利制度是不稳定的，此后的一些改革使之好多了，但现在我们仍需要更多的改革。特别是鲍莫尔病决定了我们要开辟更多的渠道来支持福利服务，医疗、教育、养老、托幼的费用会越来越高，你不能完全依靠税收来支持福利。福利可以以税收为主，但需要有其他私人保险、收费服务等多元综合措施。

中国福利起步时雄心不要过高，标准宁可低些，但要让大多数人受益

刘：近些年来，您投入很大精力研究中国经济问题，为什么？

林：是的，这些是我为世界银行做的。2006 年 11 月我写过一个报告。我主要感兴趣的是经济和社会的发展方向，在很多方面瑞典走在前面，在福利上也许走过头了，中国落在后面很远。

中国经济发展很快，但这是代价很高的增长。如 45% ～ 50% 的 GDP 被用于投资，储蓄率高达 50%，这些数字都很高，这意味着只有非常少的 GDP 被国民消费。要保持经济增长，应扩大消费在 GDP 中的份额。

国内的高额投资也严重忽视了长期投资对经济增长的影响，如环境和水，这方面的投资很缺乏，而未来对污染的治理费用将很高。此外，地方官员在建筑、土地出租等问题上存在腐败行为，社会政策的很多方面有待改进。如城市中的少数人口享受条件优越的医疗保障，1.5 亿的农村流动人口的生活很尴尬。

我知道，自 1978 年以来，中国经济的增长一直很快，成绩很明显，人均收入增长了 8 倍，但社会问题也越来越明显。大多数人会同意，投资要更多地转向解决这些社会问题。中国也越来越多地意识到这些问题。

刘：您如何看待中国的福利制度建设，中国社会中的老年比例在增加，这不利于福利制度的基础建设，因为中国还没有真正富起来就要进入老龄化社会了。

林：75 年前，瑞典也很穷，人们没有养老金可依赖，当时只有适度的社会安全网，为那些生活在这一标准之下的人提供有限的帮助。这是一百年前我们的福利制度起步时的情况。普遍上，养老金是 20 世纪 60 年代的事。20 世纪前，我们只有七年初级普及义务教育、简单的安全网、初步的健康保障，而没有发达的医疗保障。

中国福利起步时，雄心不要过高，标准宁可低些，但要让大多数人受益。不要对福利定位过高，搞先进的医疗保险制度，却只能使少数人受益。基本的教育和医保应该面向所有人，而不是少数人。这是我的希望。现在中国社会是一种双重社会，城市社会里有中产阶级，而在欠发达的农村，那里有中国 60% 的人口。

经济运行已经见底，但较高的失业率可能还要持续一年多

刘：最后一个问题，您认为目前的金融危机与以前的经济危机，如 1929 年大萧条，有什么不同？

林：很相似，基本上没什么不同，都是过度的金融投机导致金融风险加大。如果说这次有什么特点的话，一是经济全球化使危机也全球化，各国都受到影响；二是金融危机与经济实体危机相连。

两年前，没有人意识到各国金融投资的杠杆效应中蕴藏着这么大风险，我也不知道。如 2002 年，有些美国投资银行容许人们将实有资本数量放大 40 倍投资，而此前只能放大 14 倍。好在危机现在已经见底，也许经济不久将恢复，我指的是生产领域的恢复，但目前的失业率可能还要持续一年多。

刘：您认为经济运行已经见底，就要反弹了？最坏的情况已经过去了？

林：经济运行已经触底反弹了，至于整个经济恢复将有多快，没有人知道。

备注：阿瑟·林德贝克（Assar Lindbeck）

世界著名经济学家，瑞典斯德哥尔摩大学国际经济研究所教授，自 1968 年诺贝尔经济学奖创立以来即担任该奖评委，1980—1994 年担任评委会主席；长期为瑞典政府、世界银行、国际货币基金组织、经合组织等担任经济顾问，在国际经济学界有广泛的威望和影响。

（原载《新京报》，2009 年 7 月 25 日 B5 版）

史学理论、后现代主义和多元文化政策

——访加拿大史学家肯特

克里斯托夫·安德鲁·肯特（Christopher Andrew Kent，1940—）是加拿大萨斯喀彻温大学（University of Saskatchewan）历史系教授，曾任该系主任、《加拿大历史杂志》（*Canadian Journal of History*）主编、西加拿大维多利亚研究协会主席、《维多利亚研究》《维多利亚评论》《反思历史：理论与实践杂志》等多家杂志的编委或评委，主要研究领域是19世纪英国社会史、史学理论与史学史。

2009年11月21日，笔者在加拿大访学期间采访了肯特教授，请他谈论了史学理论教学和研究中的若干问题。以下内容根据采访录音整理而成。

刘军：中国社会科学院世界历史研究所研究员。2009年11月21日，刘军在加拿大访学期间采访了肯特教授，请他谈论了史学理论教学和研究中的若干问题。

过去与现实之间的平衡与妥协

刘：我很高兴在毕业16年后再次回到母校，见到老师们，特别是看到您的身体很好。

肯：我也很高兴与你重逢，时间过得真是太快了！明年初我就要退休了，虽说退休后还可以搞研究，但不能教学了，可我喜欢教学，一想到要告别教室和同学们，我就有些失落。

刘：没关系！您现在就可以再给我上一课。我曾读过您的一篇书评，题为“史学史和现代主义”（Historiography and Postmodernism）①，里面点评了20本20世纪90年代出版的史学理论新著，我以前还没看过这样规模的书评。您如何看待史学理论？

肯：在英国乃至欧洲，理论总是和哲学这样宏大的观念相联系的。大多数史学家更愿意研究贴近事实的具体事件，他们面对理论总有些不自在，觉得它们太大、太模糊了。然而，对于史学家来说，他们对现在的理解决定着他们对历史的认识。史学家不能装作对未来一无所知的样子看待历史，似乎过去就是过去，与现在没有关系。比如，我们研究 18 世纪 60 年代的北美殖民地，不能像当时的人那样没有意识到革命的必然性。当时，殖民地发展的最大可能性不是革命，王室对民众很重要，但让历史学家不用后来的眼光研究那个时代是很困难的。尽管也有历史学家认为，革命不一定是不可避免的，但殖民地发展还有其他可能性，只是这些可能性都没有实际发生。

每个史学家都要在过去和现在之间保持一种平衡或妥协的立场。在过去与现在之间的位置问题是史学家们不可避免的一种理论问题。一般而言，研究大的问题，如美国革命，史学家的眼光会更靠近现在；若研究一些小的和具体的问题，史学家受现在的影响小一些，与过去更近一些。两百年前人们认为重要的事件，现在可能不重要了；现代人认为重要的，过去人可能都没有意识到。与此同时，由于历史学家们的位置不同，这个人认为重要的问题，那个人可能认为不重要。以上这些问题都是史学理论问题。

刘：史学家的观念很重要，选择大题目或小题目，靠近现在或过去，有

---

① C.A.Kent, Historiogrphy and Postmodernism, Canadian Journal of History, No.34,1999,pp.385-415.

时就取决于这种观念。但无论如何，这种选择应该对现在有益处或有用；否则，我们为什么要耗费精力做没用的事呢?

肯：这又是一个有意思的问题。史学家一直在争论，我们究竟为了谁在写作？是为我们的同行，还是为更广泛的读者？我的第一本书是在我的博士论文的基础上完成的，[1]是写给史学家看的，没有考虑其他读者。它奠定了我在这个学术圈里的地位，证明我可以从事史学研究工作。现在我写的这本书则是给更多的人看的。我们历史系有的人更愿意做专业研究，有的则愿意写作给更多的人看。当然，我也承认，所有历史作品或多或少都会对当代人有影响。

史学史渐受重视

刘：在加拿大如何讲史学理论课？它是必修课吗？您为何对这门课感兴趣呢?

肯：近十多年，史学理论课比以前多了。四十多年前，我读研究生时就对史学理论问题有兴趣，最初是想解决我自己学习和研究中的一些困惑，但当时的学校没有这门课，也没有多少史学家对理论感兴趣，这方面的书也很匮乏。二十年前，我开始在研究生中开设史学理论讨论课；五六年前，我也开始为高年级本科生讲授史学理论，很受欢迎。史学理论课在本科阶段不是必修课，我们只是希望学生能了解一些最基本的知识。在硕士研究生阶段，它是必修课，学生对史学理论主要内容和发展过程都需要了解。相应地，我们系里的老一代史学家，大多对理论不感兴趣，我可能是极少数的例外；年轻一代对史学理论大多有兴趣，区别只是兴趣有大有小，史学家逐渐重视理论的趋势很明显。

---

① C.A.Kent, Brains and Numbers : Comtism,Elitism and Democracy in Mid-Victorian England, University of Toronto Press,1978.

刘：您在史学理论课中讲史学史（historiography）吗?

肯：我没有讲你说的那种史学著作史，但讲不同时代人们对史学的不同认识。以前人们认为史学是一种科学，一种关于社会进步的科学，科学就不太需要科学史。如化学，人们认为现在的化学研究肯定比两百年前要先进，谁还会对过去的研究感兴趣呢？ 20世纪60年代，一项对美国史学界的调查显示，只有1%的史学家认为史学史是他们的第一或第二研究领域。一些人认为，研究史学史有寄生性之嫌，如同文学评论之于文学，似乎研究历史比研究历史是如何研究的要强一些。有人认为，史学史就是回答什么是历史的问题。什么是史学史呢？这是本体论（什么是现实）和认识论（什么是真实）的内容，这些问题应该由哲学家去考虑。

近几十年来，这种观念不再流行，因为史学家们逐渐意识到他们的历史研究并不比前人优越。相反，不同时代的史学家面对史学问题时有很多相似之处，因此，他们开始重视过去史学家的经验，尊重他们的研究成果，变得虚心多了。在这样的情况下，史学家才可能讲授史学著作史。

刘：在史学理论课上，您最希望学生了解些什么?

肯：我经常强调的一点是，史学家不能因其职业而垄断历史，认为他们最了解历史，最有权讲述历史。实际上，历史的内容远比史学家理解的要多，每个人都有自己熟悉的领域，有着对这一领域的独特理解和感受，所以每个人都能讲述他自己及其所处时代的历史。

我在课上讲到史学的用处时，会谈到其政治功能，如民族认同——我们是什么人，从哪里来，现在面临什么问题等。例如，在南斯拉夫分裂后形成的一些国家里，史学有很强的一种排外的民族主义特征。你可能会说这是一种不好的史学。但在那些地区，这种史学很重要，也是一种强有力的史学。最近我讲这种史学时，引用的是一位加拿大女史学家的著作《史学的用处与滥用》（Margaret Macmillanv，*The Uses and Abuses of History*,2008）。加拿大反对党领导人、自由党领袖伊格纳季耶夫（Michael Ignatieff）是一位著名的历史学家，有历史学博士学位。他在加拿大多所大学和英国剑桥大学教过很多年历史，出版过 17 本书。今年最新的一本是《真正爱国者的爱》(*True Patriot Love*)，该书通过他的母亲一家四代人的经历反映加拿大的历史。很少有人知道，英国首相布朗是爱丁堡大学历史学博士，他的博士论文写的是一个苏格兰劳工活动政治家詹姆斯·麦克斯通（James Maxton）与苏格兰工党在 19 世纪 20 年代的活动情况。历史对个人成长以及对社会发展的潜在影响是很大的。

刘：中国国内近年来翻译了不少西方史学理论著作，大多是英国、法国、德国和美国的，我还没有见到加拿大人写的，是不是整体比较而言，加拿大史学界不太重视史学理论?

肯：好像不是，加拿大的史学环境和发展趋势同西方其他国家是一样的，但加拿大没有特别出名的史学家，尤其在史学理论方面。这可能与加拿大有英语区和法语区两部分有关。加拿大历史在英语区和法语区的讲述是不同的，史学家们因此也有很多争论，难有一致的认同。研究加拿大历史一定要懂英语、法语才行。法语区的史学家至少要可以读英文；同样，讲英语的史学家也最好能看懂法文，这样才能了解加拿大史学研究状况。加拿大史学家协会很谨慎地对待这些争论，每年轮流安排英语区和法语区的史学家担任协会主席。

史学中的两种后现代主义

刘：近十几年来，后现代思潮对史学的影响很大，您怎么看后现代主义史学思潮?或者它根本不能称为一种思潮，只是很多相关观点的集合。

肯：后现代主义这个概念是有些问题。人们一般认为，现代是从法国大革命开始的，后现代应该在它之后，可是现代是在什么时候结束的呢?为什么结束呢?它结束了吗?没有人能说清楚。有一种说法是，现代结束于苏联解体和苏联式马克思主义的终结。因为马克思主义是最具现代性的，即最信奉科学、进步的一种观念。这是一种带有意识形态色彩的解释，可是却不那么有说服力。苏联和东欧的一些社会主义政权是解体了，马克思主义意识形态也被淡化了，但马克思主义是一种进步观念，它就等同于社会进步的观念瓦解了吗？进步观念就是现代的吗？这些都不清楚。另一种是意识形态色彩较少的观点，史学界感受的后现代主义是更少科学性的、更多艺术和文学化的史学观念，强调史学应更开放，史学家应有更大的自由。这使一些严肃的史学家感到不快，他们强调史学和文学的界限。强调史学家自由的程度，即他们在多大限度内可以超越史料去解释历史。即使史学不是严格的科学，如化学和物理学，没有那么严格的规律，但史学毕竟是与事实相联系的，它不能脱离事实。

刘：我也觉得，仅将马克思主义与现代观念或思潮关联在一起有些牵强，马克思主义是一种现代思潮，但它又超越一般的现代思潮，在对很多现代社会现象的批判上，也带有某些后现代的特征。如果将马克思主义视为一种现代批判理论，甚至社会革命理论，后现代主义则是一种单纯的观念变革，或思想领域的一种革命。现在马克思主义与后现代主义的关系已经成为一个研究领域，中国国内也发表了不少这方面的文章，还召开过国际研讨会，您怎样看待这两者的关系呢？

肯：这两种“主义”都有很强烈的现实批判性，但实际有很多不同。我认为，马克思主义在提供一种对人类社会过去与未来的科学理解的意义上，可以被看作一种最终的现代主义观念。它认为的真实是在现代科学认为真实的意义基础上，并基于这样的科学规律提供可以证明的社会发展规律和预言。马克思主义也可以被看作启蒙主义思潮的一种最终版本。启蒙主义关于人类进步的观念最初在18世纪得到较为清楚的理论阐述，并在法国大革命中见证了其最初不完全的实践。

后现代主义则认为，启蒙主义的进步发展并不一定是一种不可避免的结果，关于社会发展的主叙事也不一定是一种不可避免的进步。现代主义相信历史会有终结，马克思主义认为它提供了实现这种理想社会的最短途径。

我认为，接受后现代主义观念就包括在某种意义上承认，启蒙主义关于不可避免的进步观念失败了，而失败的主要征兆是苏联、东欧马克思主义政权的解体。如果苏、东马克思主义的失败代表着现代主义的失败，那就应该问："在现代主义之后还有些什么？"这就是后现代主义。在我看来，后现代主义是一种理论热情，尤其在那些用历史性"失败"剥夺了马克思主义的人中。

当然，需要说明，我对马克思主义的理解很粗略，甚至有不对的地方。加拿大现在没有很多马克思主义史学家，老一辈史学家中有一些。他们会否认马克思主义已经死亡并被后现代主义取代了，因为后现代主义没有论及马克思主义意义上的"现实"，也没有提供什么（尤其是社会分析的）方法。也可以说马克思主义没有在世界上失败，举个例子，中国认为自己是一个马克思主义国家，如果是这样，那它就是一个很成功的马克思主义国家，也是一种现代主义没有结束的证明。我不知道西方马克思主义如何看待中国，但我认为他们面对中国版的马克思主义时一定有很多问题。

刘：请您接着谈另一种意识形态色彩较少的后现代主义，这与专业史学家的关系更密切些。

肯：这种后现代主义或许出自一些人对那种不仅能解释过去，也能预测未来的一种宏大叙述的觉悟。我重视的是这种负责任的后现代主义，它的批判性是值得认真对待的。大多数史学家对福柯都有些看法，我仔细看过他的著述后，觉得福柯首先是一个严肃的历史学家，也许他还是最伟大的后现代主义思想家，我现在还想不出其他人可与之相比。为什么很多史学家不愿接纳他，是一个有趣的问题。我觉得他不是一个破坏者，而是一个建设者。

海登·怀特也是一个被很多史学家反感的人，人们认为他破坏了史学与文学的界限。我读过他的绝大部分著作，他没有破坏史学与小说的界限，他最多是模糊了这种界限，而这种界限本来就不是很清楚。他认为，史学与文学不是完全不同的两回事，这二者的关系比大多数史学家认为的要接近，但它们不是一回事，还是有区别的。有些人指责他将两者混为一谈，或许他们没有仔细地读他的书。如果说史学与文学是一回事，那么确实是很危险的，但海登·怀特不是那样的。

刘：中国有句老话——“文史不分家”，但后现代主义似乎也是对近年来史学界讲故事趋势的一种讽刺，人人都是自己的史学家，大家都在讲自己的故事，史学还有什么可信性呢?

肯：史学向文学靠拢本不是什么坏事，看看十多年前的那些历史著作的可读性多么糟糕，史学在高中生和大学生中多么令人生厌。1994—1997 年，加拿大大学历史系的注册人数减少了 22%，历史在 47 个专业中排名第 43 位。美国很多高中生也表示最不喜欢历史课。这样你就能理解史学界为什么要讲故事。但后现代主义风行不单是因为故事讲多了，还与史学潮流转换有关。就像 20 世纪六七十年代，社会史取代政治史；20 世纪 90 年代前后，思想史又占据了社会史当年的位置。有人注意到，后现代主义阐述者大多是思想史学家，与经常去档案馆的传统史学家不同，他们去的是图书馆，接触的是二手资料，其中有经典文献。这些文本解释还有很大余地。他们嘲笑那些因接触原始资料而自命不凡的史学家的天真，殊不知这些一手资料也有人为的痕迹，有些更不靠谱。

刘：后现代主义确实通过揭露史学的一些盲区，打击了史学的过分自负。您如何评论您所谓的负责任的后现代主义?

肯：我不是后现代主义者，但我认为，虽然后现代的一些观点很尖锐，让我们不舒服，但却值得我们思考。如一方面，有人无情地揭示，没有中立客观的历史解释，没有无倾向的社会调查，没有无立场的立场，历史总是现实中某些人的历史。史学家不过是高等教育中的工薪者，但另一方面，史学家应该成为在史学不可避免的功利化和意识形态化趋势下的守门员。这听上去有些矛盾，但其中有一种责任感，所以，某些后现代主义对学历史的人有益处，也不必然是危险的。

多元文化政策妨碍加拿大民族认同感

刘：您如何看待阶级、阶级分析问题，这些年，阶级分析的史学研究似乎正在减少。

肯：的确是这样，近年来，阶级问题相对性别问题、种族问题，没有像以前那样受关注。尤其在加拿大这样的多元文化的移民国家中，种族意识一直比较突出。史学家在很长时间内都在讨论加拿大的民族认同问题，在这里教加拿大史很困难。如果你讲欧洲白人或盎格鲁－撒克逊人的历史，那些土著人、非洲裔、魁北克法裔等就会认为，这是你们的历史，不是我们的历史。如何讲述各个种族都能认同的加拿大历史以及如何形成加拿大民族的凝聚力，是加拿大史学家的一个重要任务，所以，这种国情特点就决定了阶级问题没有种族问题更明显、更受关注。当然，因各自的研究题目不同，有的史学家重视阶级，有的不重视，但总的说来，阶级问题不如二十年前那样受重视。

刘：您的意思是说，研究加拿大的史学家不太重视阶级，研究其他国家历史的可能会重视。

肯：是这样。在我的研究领域，对于19世纪英国社会史，阶级就是一个非常有用的概念，那个社会很小，没有什么移民。富人和穷人、不同等级的人的区别非常明显。当然，直到20世纪，阶级仍然是一种重要的政治力量，受到学者和政治家的关注。

刘：您刚才提到，加拿大历史被碎化为各种族的历史，这不利于加拿大民族精神凝聚与发展，这与多元文化政策有什么关系吗?

肯：20世纪六七十年代以前，加拿大历史主要是英国人和法国人的开拓和发展史。其后，土著人和其他少数民族的历史研究才逐渐出现，政府也鼓励多元文化，但有人认为，这也是造成民族认同缺乏的一个原因。有一本书《谁消灭了加拿大历史》（Jack Granatstein, *Who Killed Canadian History*, 1998），就是这种观点的代表作。作者认为，每个族裔、每个教派都有权讲述自己的历史，但谁来讲述加拿大的历史？政府根据多元文化政策，用纳税人的钱来鼓励这些文化，不仅是浪费，更是培养分裂情绪。加拿大人总强调自己是“马赛克”文化，以示与美国的“熔炉”文化不同，其实加拿大的“熔炉”一点都不比美国差，只是由于各种原因，加拿大始终没有发展出一种加拿大人的民族认同，近几十年多元文化政策更妨碍了这种认同的形成。我觉得，如何对待少数民族的历史，尤其是过去少数民族带着伤痕的历史，如何着眼于现在、面向未来，史学家们有着不同的观点，也有很多工作可以做。

刘：您刚才说，您现在正写一本书，是什么题目呢？

肯：我现在写的这本书，讲的是维多利亚时期一个在英国和美国很活跃的通俗艺术家（Matthew Somerville Morganv,1837—1890）的传记。这个人专门为杂志画插图、讽刺性漫画，讽刺对象是包括英国女王在内的很多社会上层人物，到去世时，他几乎是美国最有名的通俗漫画家。我通过这个人的丰富经历使读者了解那个时代通俗艺术的社会影响和人们在这方面的审美娱乐情趣。这本书不是那种严肃的专业著作，感兴趣的读者可能比较多，已经快写完了，我在找一家能制作很多插图的出版社，然后，我还要写一本有关伦敦 1815—1914 年绅士俱乐部（The Gentlemen's Clubs）的书，这也是个社会史的题目，我已经考虑了好几年，资料都收集好了。

刘：很高兴与您谈话，希望您身体健康，多出成果。

采访后记：

2010 年 1 月 20 日，我收到了萨斯喀彻温大学历史系发来的电子邀请信，庆祝肯特教授退休的仪式将在 2 月 4 日下午 3 : 30—5 : 30 举行。我已答复不能出席，谨希望以这篇文章表示我在这位前辈学者光荣退休之际对他的尊敬之情。

（原载《中国社会科学报》，2010 年 1 月 28 日第 5 版）

加拿大的华人移民、种族政策和社会问题

——访加拿大皇家学院院士李胜生教授

2009 年 11 月，我在加拿大做访问学者期间，得知李胜生（Peter S. Li）教授新近当选为加拿大皇家学院（the Royal Society of Canada）院士后，对他进行了专访。本文根据采访录音整理。

李胜生教授是加拿大著名的华裔社会学家、加拿大民族和华人移民问题专家，任教于加拿大萨斯喀彻温大学社会学系。1989 年以来，他长期担任联邦政府的顾问，在人口、移民、种族关系等方面提供政策咨询。他曾当选为加拿大社会学与人类学协会主席、国际海外华人研究会副主席，被加拿大外交部聘为加拿大国际人权和民主发展中心理事，2009 年 10 月当选为加拿大皇家学院院士。他出版个人专著七部，发表专业论文七十余篇。

刘军：中国社会科学院世界历史所研究员。

刘：首先祝贺您当选为加拿大皇家学院院士，您能先简单介绍一下这个机构的情况吗？

李：加拿大皇家学院建立于 1883 年，主要责任是引领国内学术发展，为政府提供咨询和促进加拿大文化的国际交流；分为艺术和人文科学、社会科学和自然科学三大部分，每部分内还分若干学科；每年大约选出 75 位学者，学院现有 1 961 位院士，自然科学领域的院士占一半以上。

刘：能谈谈您最初得知这一消息时的感受吗？

李：我接到通知时很高兴，因为这是同行院士根据学术成就投票评选的，被学术界视为一项荣誉。这是对我学术工作的一种肯定，也是对我长期参与社会政策研究的一种奖励。

刘：目前华裔院士多不多?

李：自然科学领域的华裔院士有几位，社会科学领域的华裔院士并不多。

刘：您的学术成果很多，研究领域也很广，您的学术经历大致是怎样的?

李：我很小就离开了中国香港，到美国求学，在那里获得了学士、硕士和博士学位，在1975年来到加拿大萨斯喀彻温大学任教，在1985年成为教授。其实我的研究范围不算广，大致有三个领域。我的博士论文是关于美国华人移民的，来加拿大后我对种族、民族问题特别感兴趣，看了很多加拿大华人的原始资料和前人研究成果。我觉得过去研究的重点是华人本身，是从文化角度入手的，如研究华人会所、会党、同乡会，看华人作为少数民族的生活是如何的。这些会所对华人移民生活的确很重要，但仅研究这些也是有局限的，似乎华人移民的历史就是会所的历史。我觉得华人是为谋生才来到北美，首先是作为劳工存在的，如开矿山、修铁路，他们的历史首先是劳工的历史，应该从这个角度去了解他们。另外，华人的历史不能被单独地研究，而应将他们与主流民族的关系一起研究，从中你就看出里面有压迫剥削，有歧视和不平等。我先后出版了《加拿大的种族压迫》（*Racial Oppression in Canada*，1985）、《阶级社会中的民族不平等》（*Ethnic Inequality in a Class Society*，1988）、《加拿大华人与华人社会》（*The Chinese in Canada*，1988）等著作，强调重视少数民族和主流民族的关系，尤其是不平等的关系。这种不平等对华人的家庭和经济生活有什么影响？这是我与以往研究的一个不同之处和研究重点。这是我的第一个研究领域。

大约从20世纪80年代后期开始，我逐渐对加拿大移民政策感兴趣，并从华人移民种族关系的经验性研究转向种族和移民的理论研究，这算是我的第二个研究领域。当时，包括我在内的一些社会学家认识到，种族不是一个本质性（生理性）的概念，如肤色、毛发等，种族本身不是原因，而是一种社会化的结果。我们用种族化（racialization）来表示这个意思，即只有经过了不同族群的社会交往，才有种族概念。制度性种族主义是与特定历史时期的经济、政治和意识形态因素相关的。这种对种族的认识，产生于对不平等的种族关系的研究，又对后来的种族研究产生很大的影响。

刘：这个说法有意思。我觉得，种族是一种对人类的生物学分类，有其外在的生理性特征，但没有高低优劣之分；而种族主义则将种族的外在特征社会化或意识形态化的错误观念和理论，不过，我理解您的意思。西方女性主义也有女性不是天生的，而是社会化的产物的观点；还有，阶级也不可能单独存在，而是在与其他群体的社会关系中形成的。请您接着谈有关移民研究的理论问题。

李：20 世纪 60 年代后，由于加拿大移民政策改用分数标准，而不是用地区和种族标准接纳移民，非欧洲裔移民的数量增长很快，加拿大也逐渐由英、法为主流民族的国家，变成多元民族国家。现在每年有 25 万~ 30 万移民来到加拿大，60% ~ 70% 来自亚非地区，亚洲移民又多于非洲移民。过去评价移民主要是看他们对加拿大经济有什么贡献，移民政策也是据此制定的，这是一种很功利的标准。我提出，这是一种短视的利益关系，我们没有用长远眼光看待移民的价值。移民是一种投资，投资国家的未来。如同养一个孩子，不是看几年内有什么回报。衡量移民的贡献，也不能只看经济价值，还要看文化上的价值。如加拿大语言和文化多元化有助于它对世界的理解和联系。我写了一本书，名为“定居加拿大：关于移民的争论与问题”（*Destination Canada: Immigration Debates and Issues*，2003）。这本书不仅对政府的移民政策持一种强烈的批判态度，也批评了学术界看待移民的狭隘观点。不是移民在经济以外的领域没有贡献，而是由于我们没有统计这些贡献的方法和手段，这些贡献被忽视了，这是需要学界予以重视的。

我的第三个研究领域是社会学自身的理论。2004—2005年，我担任加拿大社会学协会会长，有机会考虑加拿大社会学整体的研究状况。社会学内各个研究领域分工很细，对某个研究领域的了解很细致，如对医疗保险、对教育，但这些研究很分散，缺乏一种对社会发展的总的和深入的理解。我在《第二次世界大战后加拿大的构成》（*The Making of Post-War Canada*，1996）一书中，从经济和科技的变化入手，将个人、家庭和社会的发展联系起来——婚姻家庭生活发生变化，妇女参与社会工作，移民融合，企业由分散走向集中，随着经济变迁职业结构发生变化等，将人与社会的发展从整体联系起来。

刘：在国内的加拿大研究中，多元文化政策是一个重点，学者们基本是赞成和欣赏这一政策的。您在研究中却经常批评这个政策，这是什么原因呢？

李：第二次世界大战后加拿大比较强调个人权利，在这个基础上，华人才有争取平等的机会。这是民主社会发展的一部分，但这也是有局限性的。1971年，加拿大推出多元文化政策，这一政策在世界上很受重视，因为这是西方国家中最早的有关文化平等的政策，但对这一政策的背景和内容，很多人并不清楚。最初多元文化理论主要针对20世纪60年代后期魁北克独立运动，意在强调加拿大不是英、法人的加拿大，在英、法民族以外，还存在很多少数民族和多元文化，它们都需要被平等对待，以此压抑法裔对自己权利的过分要求。一些法裔怀疑政府在多元文化上的诚意，所以1969年，政府宣布英、法语为官方语言；1971年，正式宣布多元文化政策，但这一政策只表示每个少数民族都有选择的自由，并没有实质性内容和特别的意义。因为在一个自由民主的社会，大家原本就有选择的自由。政府专设了多元文化机构，但最初也不知道该怎么做，只是支持发展少数民族文化，如唱歌、跳舞、学中文，很零散的，被我们称作“博物馆文化”，即一种保持过去的文化、表面的文化、死的文化。比如，华人不需要政府支持学汉语，他们需要学英文，这样才好找工作。他们不需要特别扶持，需要的是种族平等，消除就业歧视。

我们现在施行多元文化政策已几十年了，但不能说有多元文化的权利。法语在法律上作为官方语言是有语言权利的，但多元文化政策并没有落实在具体的权利上，还是比较虚的、宏观的概念，政策上的实质性内容很少。虽然我们有多元文化政策，但少数民族的语言并没有给少数民族带来好处。会少数民族语言对工作和收入没有帮助，会英、法语才可能有高收入。劳动市场是一个大熔炉，只有学官方语言才能维持生活，社会并没有支持少数民族语言的环境。个人权利很发达，但少数民族作为集体没有权利，而在现实社会中，个人往往被视为群体的一员。这表明个人权利与集体权利是有关系的，甚至是矛盾的，所以，我一直沿着这些思路批评多元文化政策。

刘：加拿大对印第安人是有特殊优惠政策的，如印第安人可以免费上大学，但其他人是要交费的，这是不是一种集体权利呢?

李：印第安人是有一些集体权利，但我们讲的多元文化政策是不包括印第安人的。加拿大有三大种族矛盾，一是以土著与英、法为主的欧洲人的矛盾，英、法裔自称建国民族，土著人不承认，认为自己是原住民、第一民族。加拿大政府为缓解这一矛盾，为改善土著人的生活做了很多工作，但仍无法将这个民族纳入加拿大社会中。世界其他地方的一些土著人与后来移民也有这样的矛盾。二是英、法裔之间的矛盾，法裔要求与英裔的平等权利甚至特权，否则就要独立。三是以英、法为代表的主流民族与其他移民少数民族的矛盾，多元文化主要针对后两种矛盾，特别是第三种矛盾。加拿大只有两种集体权利，法语的权利和印第安人的权利，多元文化所代表的移民少数民族争取平等的权利，还没有实质性的集体权利。

刘：社会学分析经常要用社会阶层和阶级理论，您觉得它们有什么区别吗?

李：阶级主要是根据生产关系来区分的，是一种很有用的分析方法，但在20世纪中期以后，西方进入中产阶级，用阶级方法就比较困难了。中产阶级怎么分？股份制公司的老板怎么确定？知识分子怎么分？这些问题都有很多争议。我没有专门研究这些问题，在我的研究领域，主要用社会分层理论，不平等的种族关系就构成不同的社会阶层。我觉得种族、民族问题与阶级是有关系的，但它们还不是一回事，还不能说阶级问题解决了，种族、民族问题也就解决了，很多事实表明，有些种族或民族问题是独立于阶级问题的，尤其在加拿大这种世界性移民国家，种族和民族问题更为突出，阶级问题相对模糊。

刘：您的研究单位是种族和民族，因为它们本身就决定了这个群体在经济和社会生活中的地位，构成了特定的社会阶层。华人在加拿大的历史是一个由受歧视压迫，到被平等对待乃至顺利发展的过程。如萨斯喀彻温大学在18年前我念书时，只有3 ~ 4位华裔教授，多数来自香港，现在有40多位了，绝大多数来自中国大陆。这是一种多大的变化啊！您在这方面一定更有体会。

李：现在中国大陆出身的学者成为加拿大华裔学者中的主流是有历史原因的。自1858年华人到加拿大后，他们遭受的种族歧视是与经济、社会不平等相联系的。如欧洲移民可以买地定居，但华人不可以。黑奴制度被终结了，但华人苦工实际是这种制度的一种变相的延续。完全可以说，直到第二次世界大战前，华人移民始终是“二等公民”，遭受压迫和歧视，过的是妻离子散的日子，因为加拿大不准华人的妻子探亲。虽然第二次世界大战后华人有了投票权（1947年），但冷战观念又继续使华人受到压制，因为华人与共产党有关。因为怕共产党渗透，加拿大只接受中国香港、中国台湾地区的华人。1967年改变移民政策后，华人移民中才逐渐开始出现知识分子。20世纪70年代是华人中产阶级成长的时期。不过，直到20世纪80年代，一般华人不愿学文科，一是有语言问题，工作不好找；二是有意识形态的顾虑。直到20世纪80年代前，加拿大华人基本来自中国香港和中国台湾。中国改革开放后，才陆续有中国大陆学生和移民来到加拿大。20 世纪 90 年代中期以后，中国香港移民人数下降，中国大陆移民人数上升。现在每年约有 4 万华人移民来加拿大，基本都是中国大陆的。而且，中国大陆移民的受教育程度也在迅速提高，1995 年，有大学文凭的中国大陆移民只有 27%；到 2000 年，已接近 50%；而中国香港移民中的大学毕业生在 2001 年前仍不足 20%。应该说明，自 20 世纪 90 年代中期以来，来加拿大的各地区移民的文化水平都有所提高，因为加拿大更加注重移民的经济技术含量，但中国大陆移民中有大学文凭人数比例的增长，在各地区移民中是最快的，所以，现在有很多中国大陆出身的教授，他们已经在加拿大学习生活十几年了，不过他们只是中国大陆移民的一部分，而且是比较有成就的一部分，也不是中国大陆移民都能如此。

刘：华人现在加拿大的经济地位、社会地位确实是今非昔比了，当医生、教授、律师的很多，年收入有几十万加元、上百万加元的也不少，但似乎政治地位还差一些，愿意参政或已经参政的华人似乎与华人群体数量不成比例。您觉得呢?

李：历史上，有华人会馆组织华人维护权利的活动，也有华人工会为反抗压迫和歧视而罢工的记录，但华人移民中长期没有知识分子，没有人为他们向社会呼吁。当然，长期受压迫歧视，华人容易有胆小怕事的习惯，也有“各人自扫门前雪，莫管他人瓦上霜”的传统意识。1979 年，多伦多一家电视台宣传中国人抢了加拿大人的工作。有人发现，该节目拍摄的所谓工作地点有的竟是中国同学会，那里当然华人多，还有一些工作场所的所谓华人是亚洲其他国家的移民。这引起华人抗议，多伦多市有几千人游行，其他城市也有响应，最后电视台道歉了。这一事件改变了华人的权利意识，他们成立了加拿大华人平权会（Chinese Canadian National Council）。这个组织一直延续至今。这个组织领导华人要求加拿大政府就历史上向华人征收“人头税”进行赔偿和道歉，我为此做义务顾问，“人头税”的很多数据是以我的一些研究为基础统计出来的，作为证据提交到最高法院。这样争取了十几年。2006年，联邦议会正式就此道歉。另外，虽然华人移民的历史不短，但他们在加拿大本土的第二代出现很晚，在加拿大出生的第二代是在1967年以后才大批出现的。此前很长时期，华人移民中的男女比例大约为10/1, 这怎么可能有第二代？第二次世界大战后华人移民有第二代的只有20%, 大多数华人移民的妻子和孩子留在中国。第二代对华人移民群体的全面发展很重要，尤其就政治参与而言，因为这需要受过加拿大教育的华人知识分子。还有，移民少数民族的政治参与还需要有社会认同的环境，需要有自由平等的社会氛围。这些方面条件的积累需要一个过程。目前，这些条件逐渐具备。这些年，在多伦多、温哥华地区，华人参选人数越来越多。我们能看到华人的政治参与意识在缓慢改变。我自己也有类似的经历。2004年，加拿大社会学协会会长换届时，我没有竞选的想法，后来有人跟我说，还没有华人教授当会长呢，我立刻就决定试一试。

刘：您就政府的社会政策经常发表意见，也担任过一些政府部门的咨询人员。您认为，联邦政府是否重视学者们的意见？

李：政府很重视专家意见，它知道政策的制定和改变需要科学论证。政府在决策前会听取专家意见，但专家往往没有一致的意见，实际上，专家对每项社会政策的见解都是有分歧的。政府在这方面是很聪明的，它不是专门听取某派专家的意见，而是听取各种观点，然后，政府从中选出其认为最可行的意见。实际上，政府在利用专家的意见，也利用专家的分歧。学者很愿意为政府服务，因为政府咨询你是承认你的研究成果。另外，政府也会给你报酬，但我不会因此失去学者的立场，我一定说出我的意见，不管政府的意图是什么，想听到什么。我明确跟政府官员说：“我能说出你们不敢说的、没想到的、没看到的，这才是我的价值所在、一个学者的社会价值所在，你们付我钱才是值得的。如果政府想听什么，我就说什么，这样有什么意义和价值呢？”

刘：近年来，中加学界交流广泛，我见到很多同学一年要回国几次。您也常在国内开会讲学，就您熟悉的领域，对国内社会学的发展和研究状况有什么看法吗？

李：中国社会学发展曾遭受挫折，费孝通等一批学者被打成右派，社会学一度被取消，直到20世纪70年代末改革开放才恢复学科发展。1982年，中国社会科学院首次请中外学者在武汉华中工学院举办社会学讲座，国内学者有费孝通等人授课，有二百多人听课，讲课的有4名外国专家，1名美国的、3名加拿大的，我也在其中。中国社会学的恢复与社会的百废待兴联系在一起，学者们的任务很重，压力也很大，因为政府马上要知道社会发展的答案，所以，中国社会学发展有这样的特点：一、受政府影响很大。政府政策就是社会学的研究课题，如政府要搞“四个现代化”，社会学就研究“四个现代化”；政府提出“和谐社会”，社会学就论证“和谐社会”。这既有推进社会学研究的益处，也有局限性，如政府政策的出发点不能被质疑、被批评。中国社会学发展不能脱离政府政策的现状若长期延续下去，就会有问题，学者必须发挥评价、衡量、审查乃至批评政策的作用，当然，这要用科学的方法和充分的事实依据，不能空发议论。二、学科的功利性很强，似乎社会学就是替政府解决问题的学问，如青少年犯罪、农民贫困、医疗保障等问题。社会学是能够解释或解决社会问题的，但它不只是为了解决社会问题存在的，它还是一门独立的学科，有其自身发展的需要，如理解人类社会发展的问题，这些可以是很理论的，并不一定有具体的用处。中国社会学这方面的环境似乎还不够宽松。三、理论、方法、研究课题都受外国影响，这既有好处，也有局限。好处是别人的理论方法可以很快拿过来用，局限是跟着外国研究跑，人家讲社会分层、人力资本、社会资本，我们也这样讲，没有以中国社会为本的社会学。费老不是这么做的，他从国外学了理论方法，研究的是自己的东西。老实说，中国社会学这些年的进步还是很大的。如20世纪80年代我来中国开会，国内学者在发言的最后总要说，中国情况整体上是好的，究竟哪里好？好到什么程度？都没有说。现在这样的空话、官话少了，实证研究比较多了，学者自己的语言也比较多了。

刘：中国的学术发展需要与国外学界广泛交流，如有机会与中国学者合作，您有兴趣吗？如研究农民工问题。

李：有兴趣！中国的题目新鲜，挑战性高，不论什么课题拿到中国来，因为人口多，复杂性立即提高了很多。我希望看到，中国社会学不光为政府服务，也能影响政府政策。社会学在这方面可以做很多事情，如取消户口制，代价有多大？好处如何？现在国内的医疗保障制度和政策头绪很多，有些杂乱无章，如果建立国家支持的统一的医疗保障，政府的负担会有多重？好处有哪些？在很多方面，中国社会政策的发展与社会学研究看起来密切，但社会学研究与社会实际又有些脱轨。

刘：您似乎是说，国内的社会政策发展和社会学研究在某些方面还没有满足社会发展的需求。您是如何了解中国的？

李：我对中国的情况有兴趣，但了解还比较少，毕竟我的研究重点在加拿大。你也许有些奇怪，我一辈子在国外学习和工作，天天讲英语，可是我并不喜欢英语，英语对我只是一种工作语言。我喜欢中国的传统文化，如觉得中国的诗词很美，几十年来，我凭着兴趣自学了中国古典文学，闲时就学着填词，觉得很有意思。过一会儿，我还要去教一些师生练太极拳。这也是一件很有意思的事。

刘：谢谢您接受我的采访。

采访后记：

采访结束后，李教授很有兴致地送给我几首他最近填的词。我选了一首最短的作为这篇采访的结尾，从中我们可以感受到他那颗宁静淡雅的赤子之心。这首词是 2009 年 5 月李教授访问西安时所填：

梧桐淡白绿满枝，

荫径舒怀仲夏时。

小鸟怜人来报讯，

一园静寂落荷池。

（原载《中国社会科学报》，2010 年 1 月 7 日 3 版）

权力资源理论视野下的瑞典模式

——沃特·科比教授访谈录

2009年5—6月，中国社会科学院世界历史研究所研究员刘军在瑞典斯德哥尔摩大学访问期间，两次采访了瑞典社会研究所（The Swedish Institute for Social Research）教授沃特·科比（Walter Korpi，1934— ）。科比曾任瑞典社会学协会主席（1980—1985），瑞典国际社会学协会“贫困、社会福利和社会政策”委员会主席（1987—1994），社会研究所所长（1978—1981，1984—1986），长期参与瑞典很多社会政策制定的研究工作，在专业领域有广泛的影响。

刘：看了您的履历后有这样的印象，您一生基本从事大学的教学和科研，主要研究领域是劳资关系。您是如何选择并坚持这个研究方向的？

科：大学毕业后我先在军队的一个心理研究所工作了5年，调查军人的各种心理问题，但那时的调研成果并没有发表。后来发生一次金属工人的野猫式罢工，就是没有经过工会批准的罢工，金属工会要了解这次罢工的背景，委托我去调查罢工的原因。这次调查使我走进了劳资关系研究领域，一直延续到今天。那次调研的资料，有一些就收入我的《福利资本主义中的工人阶级：瑞典的工作、工会和政治》（*The Working Class in Welfare Capitalism: Work, Unions and Politics in Sweden*, 1978）一书中。我上大学时就对各种社会问题，尤其是政治问题感兴趣。我认为，社会发展，包括一些制度性建设，都是人们对生活中各种问题的反应的结果，而在各种问题中，工作或劳动对人们生活水平和质量的影响至关重要，而这又与劳资关系密切相关。

刘：我在北京的图书馆里见到您的两本著作，一本是《福利资本主义中的工人阶级：瑞典的工作、工会和政治》，另一本是《民主的阶级斗争：比较视野中的瑞典政治》（*The Democratic Class Struggle: Swedish Politics in a Comparative Perspective*，1983）。在这两本书中，您都强调用权力资源方法研究劳资关系的重要意义。您能概括地谈谈这种方法吗？

科：权力资源指一种被个人或群体控制的，可以奖励或惩罚他人的资源。这类资源在不同领域有不同的存在形式。如在劳资市场上有两种基本资源，一种是劳动力资源，一种是经济资源。这两种资源的一个主要区别是，经济资源比劳动力资源更容易集中，因为它们掌握在少数人手里，而资源（无论是经济资源还是劳动力资源）的集中使用会产生更高的效率，因此，雇员比雇主更需要采取集体行动，否则劳动力价值只能取决于资本的需要。社会公民权利因此可以看作雇员们要求政府保障他们生活的风险，也是分配资源斗争的结果，然而，这种斗争不是要用政治反对或取代市场，它本身是一种市场政治，它要用政治方法修正市场化分配方式。

权力资源方法与马克思的观点很接近，即社会结构的变化是通过人们的合作或斗争，寻求对重大社会问题的解决的结果。这些社会问题的提出和解决不是客观给定的，而是不同群体之间运用权力资源斗争的结果。作为社会经济的阶级构成了各种社会群体分类中的重要一种，其他还有宗教、种族、职业和行业等。围绕这些分类，人们可以被动员起来进行争取资源分配的斗争。社会动员的程度取决于一种整体的结构性因素。权力资源方法的一个出发点是，作为社会经济的阶级更多地形成风险和资源分配的差异状况，如在老年、疾病、工伤、失业、贫困、抚养后代等方面。

不同阶级的人占有的权力资源不同，承担的生活风险也不一样，风险与资源成反比。不同阶级必然要借助各自的权力资源进行有利于自己的社会资源分配。这就是社会冲突、阶级斗争的原因。只是这种斗争不是街头暴力式的，而是在政治领域的民主的阶级斗争。

西方社会在物质资源方面的不平等，在很大程度上都可以看作分配资源斗争的结果，然而，资源如何分配，没有一个自然给定的规则或程序。因此，权力资源在决定资源分配的斗争中举足重轻。这就是出现工会和工人政党的自然原因。因为工人一方承担着更大的生活风险，而只拥有较少的资源，所以他们需要争取更多的资源来抵御风险。任何工人个体无法改变人力资源的在市场中的劣势，这种情况产生了阶级背景的集体行动。代表劳动者的政党往往要求福利改革，以扭转市场分配对劳动者不利的局面。

很多学者将福利国家发展视为工业化或现代化的逻辑发展，我将福利国家发展视为与阶级相关的权力资源分配斗争和政党政治的反映和结果，因此，我对福利国家的关注点在劳动力市场中资源的基本差异所引起的分配斗争上。

刘：您似乎受到马克思理论的影响。您怎么看待阶级和阶级斗争及其在社会变革中的作用？

科：在了解马克思之前，我成长的社会环境中有很多政治活动，有包括共产党在内的各种政党竞争，有工会和雇主的斗争，这些都是阶级和阶级斗争现象。我在了解马克思之前就关注这些现象了。20 世纪 60 年代后期，学术界才逐渐受到马克思主义的影响。我看过一些马克思的书，包括德文版的《资本论》（科比可以阅读英文、德文和北欧各国文字），但我从来不自称我是马克思主义者。马克思认为，人们的阶级关系主要是由人们的生产关系决定的。生产领域存在一种不平等的权力关系，无权的工人可以组织的方式改善他们弱势的权力地位，最后取代那些强权者。

在西方社会学中，阶级就是一种分类方法，是按照人们在劳动力市场和雇佣关系中的地位进行分类的一个概念。阶级是描述劳动力市场中资源和风险分布情况的一种非常有用的工具。工人阶级曾经主要指蓝领工人，但随着蓝领工人数量的减少，中产阶级数量的增加，社会向后工业时代转变，尤其自20世纪90年代以来，学界认为阶级和以阶级为基础的政治斗争的重要性在减弱，有的人甚至认为阶级已经死亡了！我的著作就是强调，阶级和阶级斗争依然重要，尽管它们的形式和内容发生了很大的变化。如同不能根据沙特阿拉伯没有妇女运动，就认为那里没有社会性别差异和相应的社会文化结构，也不能根据当前西方社会没有19世纪那样大规模的阶级斗争，就认为阶级和阶级斗争不存在或不重要。

虽然很多社会学家认为，随着资本主义的发展，阶级的重要性在逐渐降低，但在瑞典和其他西方国家，按照阶级基础投票的现象仍然很突出。再如，劳资集体谈判所代表的是阶级差别，而不是宗教或种族差别。

刘：您一直对政治感兴趣，参与过什么政治活动和组织吗？

科：我没有参与什么政治活动，不过我是社会民主党的老党员了，只是始终没有担任什么职务。

刘：在资本主义国家中，瑞典工人阶级有着最强大的工会和政党，社民党连续执政长达44年（1932—1976）之久，在此环境下出现了瑞典模式，即经济快速发展、劳资关系和谐、社会福利完善的三位一体。这很符合您的观点，即工人阶级掌握了一定的权力资源后，可以缩小他们在劳动力市场上与雇主阶级的力量差距，从而逐步改善他们的社会状况，但为什么瑞典可以这样？或瑞典有什么独特之处？

科：瑞典劳资关系出现和谐是工人利用权力资源争取的，在20世纪的前30年，相对于劳动力规模而言，瑞典因工业冲突如闭厂和罢工而损失的工作日，在世界上名列前茅。在大危机期间的1932年大选中，社民党提出扩大政府开支，增加公共工程来增加就业和刺激消费的政策，首次获得执政的机会，并在议会下院中获得多数和得到农民党的支持，情况由此出现转变。工资劳动者掌握了政治资源，而资方控制着经济资源，形成了劳资双方

“历史性的妥协”。这种妥协稳固了社民党长期执政的地位，极大地改善了工人在权力资源方面的不利地位。这种妥协使劳资在雇佣市场上的斗争，转变为政治上的竞争。这一转变使瑞典因在战后出现劳资关系平稳的局面而为世界瞩目，由此开始了瑞典模式。由于工人的权力资源有所改善，工会的合法地位和集体谈判制度都得以确立，同时，工会承认雇主的企业管理权并承诺在集体协议有效期内不举行罢工。以前劳资冲突的零和状况才逐渐变为互利的正和局面。工人和企业都从这次妥协中显著受益。对工人而言，最重要的或许是充分就业政策；企业利益则表现为，最有效率和利润的企业得到了最佳的投资和扩展的机会。

瑞典工人凭借工会和政党的权力资源，与资方取得一种相对平衡的地位（依旧是弱势）可能有这么几个原因：第一，封建传统势力不是很强大，瑞典农村里小自耕农比较多，有自由传统。第二，瑞典工业化起步较晚，但发展很快，传统的行会势力很快被工会取代，不像英国那样有强大的工联主义影响。第三，工人的民族成分比较单一，不像美国工人阶级由各类移民所组成，相对容易团结。第四，瑞典的宗教势力相对较弱，而西方宗教势力基本是抗衡和分裂社会主义工运的，如德国和荷兰，新教和天主教的冲突都造成了工人阶级的分裂。第五，工运中改革社会主义始终占优势，工运内部分歧较小。这些情况在很大程度上解释了为什么瑞典乃至北欧国家的工人运动不同于欧洲大陆和美国。

但瑞典模式的基础在20世纪70年代中期已经崩溃了。随着社民党在1976年大选中失利，劳资双方在权力资源上的相对平衡被打破，社会福利也被削减。这又从反面证明了权力资源对工资劳动者的重要。

刘：您也用权力资源理论研究瑞典福利社会的形成，关于福利制的形成，学界有很多争论，您如何看待这些争论？

科：我在1974年提出权力资源分析的基本构想，后在1978年《福利资本主义中的工人阶级：瑞典的工作、工会和政治》一书中，具体运用权力资源方法分析了瑞典的工人运动。在我看来，福利国家反映出的是与阶级相关的社会资源的分配斗争和政党政治。由于工人依靠工会和政党改善了自己的权力资源，因此他们提高了自己的生活水平和抵御生活中各种风险的能力。一些学者也用这个方法研究劳资关系和福利问题。

20 世纪 90 年代以来，权力资源方法陆续受到一些学者质疑，其中有些学者将瑞典作为劳资合作型市场经济的典范，其中雇主阶级推进了福利国家的发展。如有人认为，这种方法忽视了雇主在福利国家发展中的作用，福利非但不是阶级冲突的结果，很多福利计划就是雇主倡导的，尤其是在同一个行业与雇员的跨阶级联盟中的雇主。另一些指责可以被概括为“资本主义多样性”方法。一些人认为，公司是资本主义经济中的重要因素，在那些需要特殊技术的公司，技术工人跳槽会使公司损失，因为技术工人的离去不仅使其生产受损，还会加强其竞争对手的力量，因此，需要特殊技术的工厂往往设法稳定工人队伍，提供企业福利就是一种方式，但这种福利毕竟有限，因此，这类企业主往往希望国家提供一些稳定工人的福利措施。而在需要一般技术的工厂，雇主则没有这种需求。

讨论阶级利益和政党与福利国家的关系，不能脱离历史背景。欧洲首个社会保险法是政治家们针对“工人问题”的一种回应，这个问题即工人阶级和第一个社会主义政党的出现威胁到了当时的社会秩序。19 世纪 80 年代，俾斯麦在德国推行的首个社会保险法就是国家合作主义政策的原型，这个计划根据不同的职业，在劳资双方合作的基础上，规定不同的福利和工作条件标准。当时形成了很多不同的商会（chambers），如 1897 年，成立有独立倾向的手工业者商会的目的之一就是抑制高涨的工人运动。

这里特别需要理解宗教型政党的作用。如当时的天主教谨慎地对待早期资本主义的发展，支持在当时被称为“合作主义”的思想。这种思想鼓吹通过创立劳资双方合作的社会组织，把工人阶级分成不同的职业社群，每个社群大致相同，但与其他社群的资源和风险程度又有区别，以此分裂整个工人阶级团结的基础，从而抵消社会主义运动的威胁。这样，劳、资两大阶级的斗争就会演化为不同职业基础上的利益集团之争，整个社会就会因内部的相互压力而被缝在一起。

欧洲很多有宗教背景的政党和工会都是跨阶级的，对抗以阶级为基础的社会主义运动，强调以宗教信仰作为社会动员的基础。一些国家的宗教政党内，工人、独立手工艺人和雇主在一个分支组织内。这些宗教政党在宣传劳资合作，稳定社会的同时，为了吸引工人的选票，也会限制雇主的选择，在左、右派政治中间持一种中间立场。

从时间上看，欧洲国家最初社会主义政党的建立明显早于最初的社会保险法，早于那些宗教政党和宗教工会联盟的建立。这表明，后者的出现是对工人问题和社会主义政党组织的一种反应。

刘：您认为哪些阶级、阶层或政治力量对形成福利制度影响较大?

科：讨论福利国家发展时必须懂得，无论雇主组织还是工会都没直接参与福利政策的立法活动。相反，他们的利益在不同的政党中被代表。

根据对福利的态度，可以分三类：提倡者——提出扩大社会公民权利的政策，并成为福利国家发展的规划者；同意者——随后参与制定福利政策的人；反对者——反对发展福利的人。有的人开始反对，但考虑到选民的态度，担心福利提案被否决导致选民反对，转而支持；有的人要限制福利提案，因其希望有限的福利，会同意某种修正案。

很多经验研究表明，资方很少是福利的首创者。瑞典的福利制度大多是社民党建立的，如同美国的福利制度多是由民主党提议的。权力资源理论认为，利润是资本主义经济的最高选择。直到20世纪50年代瑞典保守党的主要经济来源和自由党的相当部分经费都来自企业界。1960年，保守党在议会选举中提出要削减福利，但遭到惨败，这次失败也证明了社民党是福利制度的维护者。雇主阶级通常会拒绝来自市场之外的因素干预原有的分配模式，只有当政治力量在一定程度上限制了他们的市场选择并开启了新的选择之后，他们才可能同意福利政策。但一个同意别人建议的人，不能被认为是首倡者。

刘：瑞典社民党与资产阶级政党的主要区别在哪里？

科：简单地讲，瑞典社民党在理论上不满足于公民之间的机会平等，还要追求社会资源分配结果的平等，试图逐渐地用一种民主的方式控制或规范生产资料的私有制。资产阶级政党则以机会平等来维护生产资料私有制，实际上却扩大了公民之间的不平等。

刘：2006年大选中，以社民党为主的红绿联盟，以微弱票数败给以温和党为首的中右联盟。明年是大选年，您觉得社民党有可能上台吗？

科：选举结果很难预测，不过，目前政府的支持率很高。

刘：瑞典劳资关系是观察西方劳资关系发展的一个理想的窗口，您关于瑞典工人运动研究的结论是什么？

科：瑞典经验表明，工人组织在改变社会权力结构方面发挥了关键作用，在发达的工业社会中，资本的统治只有通过团结各种力量的工人阶级组织才能被抑制。只要工人阶级内部团结，资本主义的基础就会被削弱，但是，尽管组织起来的工人能够对资本主义构成挑战，但资本主义发展产生的社会问题，不能在资本主义的框架内得到根本解决。

刘：近年来，关于瑞典福利制度与经济增长的关系问题，您与一些经济学家在争论，他们认为福利制度导致了人们工作积极性的下降，甚至道德危机，延缓了瑞典经济的发展，20世纪70年代以来这种趋势很明显，而您认为不是这样。

科：不仅在瑞典，20世纪70年代，弗里德曼（Milton Friedman）提出高税收有害经济发展以来，西方各国都有一些经济学家认为，税收和社会福利的增加是以经济增长为代价的。以林德贝克（Assar Lindbeck）为代表的一些瑞典经济学家认为，自20世纪70年代以来，福利制度产生了一种瑞典僵化症（Swedosclerosis），使瑞典GDP的平均增长率低于其他经合组织国家。我指出，同一时期，有这种经济放缓情况的不只是瑞典，20 世纪 70 年代以前 GDP 增速高的国家，如瑞士、丹麦、荷兰、德国、英国和法国，都有经济增长缓慢的现象。我的观点是：这些国家都有经济放缓现象，而它们税收和福利制度各不相同，因此，将福利制度看成是瑞典僵化症或经济减速的原因就是值得置疑的。

瑞典经济与经合组织经济平均增长率相比，1973—1979 年是 -0.4，1979—1989 年是 -0.3。另外，我还指出，在更早的时期，1950—1960 年、1960—1968 年，瑞典经济与经合组织经济平均增长率相比也为 -0.3，1968—1973 年，相比超过 -0.4。如此说来，所谓瑞典经济僵化症应该提前到 1950 年。比较不同国家经济发展速度要看其起点，起点低的国家容易发展快，瑞典应该和那些与其起点类似的国家比。如同是 10 个单位的增长，以 100 为基点的国家增长 10%，对以 200 为基点的国家只是增长 5%。经合组织后来增加了一些较穷的国家，如土耳其、希腊、西班牙和葡萄牙等，它们的经济起点比较低。

刘：一些经济学家认为，过于慷慨的福利政策被很多人滥用，造成社会道德危害。您怎么看?

科：总会有钻各种政策空子的人，福利政策也不例外，但这些人的比例究竟有多少，还需要更详细的调查研究。我觉得大多数人没有滥用福利政策的行为。目前为止，我没有看到什么明显的证据证明福利政策普遍地或在很大程度上对经济增长有负面影响。福利政策对经济发展究竟起到负面作用、中性作用还是积极作用，需要所有社会工作者关注和研究。

我不同意一些经济学家只将高税收下的福利国家和公共部门看成经济发展的负担，似乎它们和一般公民的生活无关。我认为，一般公民从福利制度中得到了被他们视为珍贵的回报，增加了他们生活过程中的稳定性。

刘：一些人谈到西方民主时，一般指政治民主，他们不清楚西方在经济民主方面也进行了很多理论探索和实践尝试。瑞典在这方面走在西方各国的前列，也必然会面临很多前所未有的困难和问题。正因此，我们非常关注瑞典的经验。在经济民主方面，我们通常认为，生产资料所有权是关键，不改变生产资料所有权就无法实现经济民主，就没有经济民主，用您引用列宁的话来说，“政治民主也就成了一个空壳”。

科：没有这个空壳，就没有社民党、左翼党和工会的活动基础和空间。这个空壳还是有保护作用的，工人们可以用它来实现一些目标。我的研究目的就是揭示劳工运动及其政党通过这种民主的阶级斗争，将资本主义民主转向一种经济民主的可能性，我认为这种可能性是存在的。

刘：我觉得，1983 年瑞典议会批准建立的工薪者基金，是你们在经济民主化过程中走得最远的一步，但这种探索最终还是失败了。您怎么看这个问题?

科：建立这个基金是想逐渐改变所有权被少数人控制的局面，但遭到雇主们的激烈反对，他们举行抗议游行。大批资本家上街示威游行，这在西方是绝无仅有的，引起社会震荡。由于这种尝试是前所未有的，因此一般人并不了解其中的意义和基金的运作情况。基金最终被取消了。

刘：一些人认为，企业股东因亲身利益所在对企业发展有更强烈的责任感。另外，企业决策需要追求效率，而经济民主不是一种有效率的经营管理方法，不适合经济领域。

科：是啊！当年工人们争取普选权的时候，也有人这么说。（笑）

刘：您觉得以后还会有这种尝试吗?

科：这只能由未来回答了，但在目前可见的情况下，没有这种可能。

刘：您的那两本书的出版距今已有 20 多年了，您的哪些观点发生了变化? 如您在《福利资本主义中的工人阶级：瑞典的工作、工会和政治》一书中关于工人阶级是资本主义掘墓人的思考。

科：那两本书是在当时的社会政治环境下写的，与当代西方，包括现在的瑞典有很大的不同。对于掘墓人的问题，我只能说，在不远的未来没有这种可能。但关于分配问题的“民主的阶级斗争”，自20世纪80年代以来，左翼政党、工会和工人们捍卫自己权利的活动始终在进行。

刘：我感觉，您是瑞典模式的忠实捍卫者，或许您认为20世纪70年代初期以前的30年是瑞典的黄金时期？

科：（笑）在某种意义上可以说是黄金时期，那时基本实现了充分就业，平均失业率在3%以下。后来的失业率波动很大，有时高达两位数。就业对人民生活和社会发展太重要了。

刘：您研究过几乎所有西方国家的劳资关系和福利制度，对非西方国家的劳资关系您了解多少？

科：非常少。

刘：您去过中国吗？对中国的情况了解多少？

科：我没有去过中国，但我对那里发生的情况感兴趣，若有机会也想去中国。

刘：谢谢您接受我的采访，希望不久在北京再见到您。

（原载《经济社会史评论》第5辑，2012年）

加拿大劳工史专家B. D. 帕尔默访谈录

本文是2012年10—12月我在加拿大特伦特大学加拿大研究中心做访问学者期间，根据与B. D. 帕尔默教授多次面谈和电子邮件交流的记录整理而成的。B. D. 帕尔默（B. D. Palmer）教授是加拿大研究中心主任、《劳工》杂志主编，研究方向是社会抵抗运动，包括左派、学生和工人运动，其著述很多，除文中提及的外，主要有：*Canada's 1960s: The Ironies of I-dentity in a Rebellious Era*（2009）；*Labouring Canada: Class, Gender, and Race in Canadian Working-Class History*（2008）；*James P. Cannon and the Origins of the American Revolutionary Left, 1890—1928*（2007）；*Dreaming of What Might Be: The Knights of Labour in Ontario, 1880—1900*（with G.S.Kealey, 2004）；*Labouring the Millennium: Writings on Work and Workers, History and Historiography*（2000）；*Work and Unions in Canada*（1989）；*The Character of Class Struggle: Essays in Canadian Working-Class History, 1850—1985*（1986）；*A Culture of Conflict: Stilled Workers and Industrial Capitalism in Hamilton, Ontario, 1860—1914*（1979）。

帕：欢迎您来特伦特大学加拿大研究中心做访问学者，我记得1992年去中国时，还访问过你们所。

刘：那时我在加拿大萨斯喀彻温大学历史系读研究生，毕业论文是

《E. P. 汤普森的史学思想》，老师只介绍了一本入门参考书，就是您的《E. P. 汤普森的形成》（*The Making of E. P. Thompson: Marxism, Humanism, and History*, 1981），所以，虽未见面，我认识您很久了。这次来主要想了解加拿大劳工史研究状况。加拿大劳工史著述之多，给我印象很深。加拿大究竟有多少劳工史或工人阶级史学家？

帕：这个问题很难准确地回答。大多数加拿大史学家对其专业的分类相当宽泛。例如，一方面，有社会史学家、文化史学家；另一方面，有政治史学家、经济史学家。在这宽泛的框架内，史学家再缩小他们的关注点，在这些领域中可能有劳工或工人阶级、军事、性别（不仅是女性，有时也包括男性）或妇女、家庭、土著、儿童、男女同性恋、地区（加拿大西部、太平洋地区和魁北克）等，很多很多，所以有无数类史学家。

如果将问题转变为：有多少史学家，严格地和特指地将自己定位于劳工史学家或工人阶级史学家？这里先不考虑那些老观念，即劳工史学家研究组织和政治，而工人阶级史学家研究文化、社会抗议和日常生活。回答是：加拿大没有多少史学家认为他们自己首先、主要和肯定是劳工史学家。确实没有多少人这样，甚至我也不把自己放在这个领域。当然，我是工人阶级史学家，但我还是社会抗议、左翼政治和社会动员领域的史学家，还是某些时代的史学家（19 世纪和 20 世纪，特别是 19 世纪 30 年代和 20 世纪 60 年代），还是社会边缘群体的史学家，等等。基利（G. S. Kealey）是劳工史学家，但他也是警探刑侦方面的史学家。赫伦（Craig Heron）是劳工史学家，但他也是公共史学家，热心参与博物馆和历史遗产问题等社会事务。内勒（James Naylor）是工人阶级史学家，也是政治和国家史学家。桑斯特（Joan Sangster）是劳工史学家，主要研究女工、女孩和土著妇女，她又是妇女史学家。海依（Steven High）是工人阶级史学家，但逐渐更多地关注“去工业化”（deindustrialization）和环境问题。还有史学方法，如口述史学或计量史学都可能关注工人问题。

可以下期《劳工》杂志为例，进一步说明这个问题。杂志上有比肖夫（Peter Bischoff）关于魁北克劳工骑士团的内容，明显是劳工史的文章。作者既是劳工史学家，也是魁北克史学家。另一篇文章是关于 1913 年犹太学校学生罢课的，作者（Roderick Macleod and MaryPoutenan）详细叙述了蒙特利尔的孩子们抵抗反犹主义的活动。他们认为，这篇文章属于劳工史范围，但也属于教育史、族裔史和儿童史范围。还有一篇关于 1949 年魁北克阿斯贝斯托斯罢工的文章，作者（Jessica van Horssen）被认为是一位环境史学家。她是从工作场所安全和健康的角度研究的。

在加拿大，谁是劳工史学家，取决于你如何看待问题，从不同的视角会得到非常不同的答案。这个国家中对劳工史有兴趣、教授过某些相关内容、发表过或研究过可以被广义地称作劳工史或工人史领域的内容的学者有二百多人，但其中也许只有 10 ～ 15 人实际认可自己是“劳工史学家”，所以，您的问题不能在任何简单意义上回答。

刘：加拿大史学会下面有一个加拿大劳工史学委员会（Committee of Canadian Labour History，CCLH），它是不是劳工史学家的组织呢?

帕：简单地说，不是。不过，更好些的回答也更复杂。CCLH 是《劳工》杂志读者群体组织，只有订阅杂志才能成为其成员，才能出席其每年一次的会议。每次参加年会的有 20 ～ 40 人，但这没有反映出对劳工史和劳工研究有兴趣的人数，劳工研究是一个更广泛的课题，包括劳工政治经济学家、地理学家、社会学家、文学家等。如果你要估计有多少加拿大史学家和其他学者对劳工史和劳工问题感兴趣，那么这个人数与订阅杂志的读者数大致相当，有几百人。《劳工》每年秋季刊会刊登年会记录，其中有与会者名单。虽然每年与会者身份和人数都不尽相同，但还是能看出一些相关的信息。

至于加拿大劳工史学家每年发表多少作品，很难统计。你可以看《加拿大历史评论》（*Canadian Historical Review*），每期都有史学各领域的研究成果，但严格意义上的劳工史文章和书的数量并不多。不过，如果算上那些主题包括劳工与其他内容交织的著述，数量就很多了。纪念大学的朗纳多（Michael Lonardo ）和斯威尼（Robert Sweeney）曾连续多年编辑每年发表的有关劳工研究的成果，刊登在《劳工》每年秋季刊上。2007 年，这个目录长达十页，有一百多项成果，包括著作、文章和学位论文，但大约在 2009 年，他们没有延续这项工作，这又涉及刚才的问题：如何定义劳工史的范围。您可以查看 2004—2008 年《劳工》和《加拿大历史评论》上有关劳工的研究成果统计，尤其是莫顿（Desmond Morton）在 2000 年《劳工》秋季刊上的加拿大劳工史学综述评论文章，概览当代加拿大劳工史学的研究状况。

加拿大劳工史学尽管很活跃，但作为一个研究领域，它不如从前活跃了。这一领域现在的影响更广泛了，因为有更多的人将工人及其生活看作历史的一部分，但同时很多研究的题目变窄了或更小了，如与 20 世纪 70 或 80 年代相比。这一领域取得更大的社会影响也会掩盖其中一些领域还缺乏研究的问题。加拿大劳工史学无疑会发展壮大，但其目前在高校开设的课程比 15 或 20 年前要少，而同时，加拿大史学的所有课程中，涉及劳工或工人阶级生活的内容却比以前增加了。

情况似乎有些复杂：相比前些年，直接研究劳工的作品少了，自认为是劳工史学家的人少了，直接要求有劳工研究背景的工作招聘广告少了，但与劳工问题相关的，如族裔、性别、种族等的作品和工作岗位却更多了。

刘：劳工或工人阶级史学家在专业上、政治倾向上有什么特别之处吗？例如，他们是不是比较关注现实社会或政治问题，似乎他们是为现在而研究过去，或直接研究现在。比如您在 1987 年出版的《团结》（*Solidarity*：*The Rise and Fall of an Opposition in British Columbia*，1987）一书研究的就是 1983 年的一次罢工。

帕：这个问题很难回答，因为加拿大劳工史学家是一个混合群体，看上去是一个整体，但实际并不是。有些人赞成激进的甚至革命的主张，认为自己是明显的左派，一种特殊的马克思主义者。有些人属于主流偏左，比较温和的社会民主派。也有劳工史学家在政治倾向上相对保守或传统，拥护自由党或保守党，所以，劳工史学家群体内有无限的渐变，这取决于他们的方法——口述还是依赖档案？哪个时期？用后现代观点还是其他理论？传统主题（工会、罢工）还是交叉内容（阶级、种族、性别和文化）？这么多的变量还取决于史学家对究竟什么是劳工史的理解，和主流对这类史学的定位。有些人认为，史学要对社会未来发展有用；而另一些人则认为，未来发展不需要听从过去的研究，史学可以按照史学自身需要去写。在我的印象里，劳工史学家比其他史学家更容易在政治上“左倾”，但这不是绝对的。劳工史学家之间有多少不同，劳工史学家和其他史学家如政治或文化史学家之间也有多少不同。劳工史学家与政治经济学家和社会学家之间的关系，要比他们与其他史学家的关系更密切。劳工史学家不是唯一拥戴公民自由的史学家，也不是所有的劳工史学家都捍卫公民自由，尽管很多人这样做。

至于劳工史学家是否为现在写作或直接写现在，同样很难绝对地回答。大多数劳工史学家在不同程度上相信其在改变社会相关性的基础上为现在的问题而写作，但很多其他史学家也是如此。我不认为这里有什么很大的区别。女性主义史学家用她们的知识揭示现在的性别压迫，民族史学家解释种族压迫，劳工史学家也如此。当然，有些人比其他人做得多些。我不仅是作为一名史学家，而且是作为团结运动的参加者写的《团结》那本书。

刘：您亲身参加了那次运动？

帕：是的！我当时在西蒙·弗雷泽大学教书，作为当地团结运动的代表，参加了全部的游行示威活动，当运动发展到我们大学时，我同其他老师一起罢课。我为团结运动的报纸《团结时代》写了一系列文章，介绍加拿大劳工斗争，例如总罢工的历史。广播和电视台经常采访，要我提供有关工人暴动的历史经验。当运动期待的总罢工受到其上层领导釜底抽薪的制约时，我写文章公开指责这些领导，与运动领导人麦克·克莱默（Mike Kramer）在西蒙·弗雷泽大学正式辩论。

刘：这件事给您的印象很深。但或许那次罢工的结局不是偶然的，因为不仅加拿大，20 世纪 80 年代初几乎整个西方工人运动都开始转入低潮。[①]您刚才说的主流（mainstream）指什么？

帕：主流指所有社会的、政治的和学术的主流。现在加拿大很少有史学家在主流之外冒险。我的意思是说，他们遵从惯例，不能进行思想创新和批判，只是主张那些能被接受的。主流经常是"进步的"，但它对那些简单的答案很少进行创新或批判。我认为，加拿大很少有杂志敢置身于这种学术主流外，包括《劳工》杂志。

刘：您认为，作为劳工史学家最重要的是什么？

帕：如果是指劳工史学家要做的最重要的事，那么这是一个非常主观的问题。所有加拿大史学家包括劳工史学家的回答都是因人而异的。就我自己而言，最重要的是集中精力于自己的研究领域，以专业规范及想象力处理资料，将研究的主题置于其丰富的历史背景中，但将它们与思考现在联系起来，但这不同于将它们与现在联系起来。以这样的方式写历史是优雅的、令人振奋的。我相信史学既是艺术，也是"科学"。我想，这个问题还可以从反面提出：什么是一个加拿大劳工史学家能做的最糟的事？我的回答是：史学作品最大的罪过是枯燥、琐碎、杂乱无章和平庸。很多史学枯燥琐碎。我宁愿冒着犯错误的风险，选择一些解释的机会，为有意义的事业作些铺垫，

---

① 《团结》认为，工会上层的妥协甚至背叛，是运动失败的一个主要原因。我认为，当时无论经济形势，还是社会舆论对工人运动都很不利。1981 年，美国机场空管人员罢工和 1984 年英国煤矿工人罢工均以失败告终（近两万空管人员被解聘，矿工在坚持一年多后无条件复工），这可以看作第二次世界大战后西方工人运动发展的转折点。罢工能否胜利，虽然取决于很多因素，但首先与经济形势好坏成正比，与失业率高低成反比。工人的组织程度、工运的政治方向、工会领导者的作用固然重要，但我们过去还是程度不同地夸大了这些作用，而对经济和社会因素的作用重视不够。英国煤矿工会的组织性和战斗性，以及美国空管人员专业技术的不易替代性，都是罢工的有利因素，但这些都没有改变斗争的结局。将工人运动失利归结于上层妥协，与关于工人贵族或工会官僚集团的传统观点有相似之处，但这个问题很复杂，已经成为一个专门的研究领域，故当时没有深入讨论。一次午餐时聊到这个话题，我忍不住说："即使那次工人们坚持下去，也不一定能胜利。" B. D. 帕尔默教授马上说："那可说不准，没有坚持，怎么知道就一定失败？我宁愿坚持到失败，也不愿半途而废。" 这鲜明地反映出 B. D. 帕尔默教授的立场和性格。

也不愿陷在乏味的再现一个真实的过去之中，所以，我也认为，史学家承担一些分析的风险是重要的，当然，这首先需要细心和负责地对待史料。

刘：我赞同您关于史学家要承担社会责任和研究风险的观点，不过，只要研究领域是开放的，史学家个人为其作品所承担的风险就不会转化为社会风险，甚至会减少社会风险。只是我觉得，枯燥琐碎还算不上最糟的史学。最糟的史学是先有结论，然后到历史中找资料证明其结论，而不顾与其结论相左的资料。这等于取消了史学。中国1966—1976年的“文化大革命”中就有很多这样的史学。您说的史学要与思考现在联系起来，但不同于与现在联系起来，它们之间有什么区别吗？

帕：研究过去总是与对现在的思考有关，这不可能被忽视，但减少史学对现实的需求依赖，并非是指去写好的史学或以面向现在的启蒙观点写历史。如果一种管理体制让所有的史学都从属于它的议事日程，将史学变为巩固政体的意识形态工程，这确实是最糟的。它只会产生机械的、呆板的史学，但我上面说的一个前提是：史学必须在负责任地使用资料的前提条件下发展。西方文化与非西方文化的一个不同是，它的霸权（hegemony）更多的是葛兰西式的，而不是斯大林式的。这不是说西方没有霸权。我认为，最好的史学以其可行的和有深刻见解的方式，在与传统观点和权力运行的摩擦中出现，但是，必须总是精心地对待史料。我刚才说最坏的史学时，我知道还有更坏的，如伪造史料、拒绝理解甚至考虑可选择的解释、屏蔽真实、将现代观念强加于过去，等等。它们确实是更坏的，但在西方，我们很少见到特别机械的、片面的史学，但我们确实有很多真实的、枯燥乏味的、冗长的、杂乱无章的史学。我在某些场合抨击这种倾向。无疑，我有些夸张，但这种夸张触及了加拿大史学界暴露的神经。

刘：有些加拿大劳工史学者以20世纪70年代作为划分新、旧劳工史的界限，它们之间有什么主要区别？

帕：这可以从史学撰写方面来回答。1970年以前，劳工史研究倾向于关注制度，如工会和政党；之后是主题爆炸，几乎任何问题都可以合理地研究，只要它在阶级分析的基础上。文化问题变得更加重要，史学观念和研究的范围极大地扩展了。性别和种族成为重要的考虑，与阶级分析交织在一起。

刘：无论新、旧劳工史，工会仍是其研究的重要内容之一。您对工会的历史作用如何评价？工会在历史中的变化很大，最初工人组织工会是对付私人雇主，现在最大的雇主是政府，现在的会员基本不是无产者，19 世纪的阶级斗争也不同于 20 世纪，现代工人运动是否认为只有解放全人类才能最后解放自己，如马克思当年所期待的？或在改革社会的同时改善自己？或改善自己就是改革社会？

帕：有些工会会员是无产者。汽车工人、钢铁工人是无产者。这跟他们拿回家多少钱没有关系。只要他们在为工资劳动，在生产领域受到剥削，他们就是无产者。大学教员们是无产者吗？他们也是工会会员，但不是无产者；但那里的电脑技术员是无产者，无论他们是否是会员。您的问题涉及现代工人阶级意识问题，这与马克思理解的工人阶级意识不同，但有关系。这是一个很大的问题，实在不是在这里或电子邮件里能回答清楚的。19 世纪 80 年代的阶级斗争当然不同于 20 世纪 80 年代的，但是它们在特殊的时间段里有相似性和一致性。过去和现在阶级形成的关系也是一个很大的问题。现在的阶级形成与以前不同，然而，在某些发展的类型方面有相似之处。

刘：我觉得很难将当代加拿大工会会员看成无产者。他们工作基本稳定，绝大部分有房、有车，即使失业也有社会保险，与 19 世纪贫困且无依无靠的无产者非常不同。正是由于这些不同，当代工会对社会制度的不满程度大大降低。您对无产者是如何定义的？

帕：这是个复杂的问题，涉及阶级地位、阶级意识以及两者的关系。工人可能是无产者，却没有意识到他们的资产阶级对立面；可能被剥削却认为他们是有特权的，从历史上和相对而言；与 19 世纪 30 年代的工人相比，与世界其他地方的人相比，那一时期和那些地方的无产者意味着没有保障、依赖他人、被贫穷和匮乏所支配，但资本主义剥削关系及其决定的阶级地位却存在着，无论工人是否有及有多少可支配收入，是否有带薪休假和相对富裕的生活。阶级是一个生产方式的结构性关系，也是一种有着多种主观因素的社会现象，但是，被剥削并不一定意味着这个人意识到他被剥削，并愿意抵抗和反对这种剥削，将阶级斗争视为改变资本主义的关键和日常生活的基础。一个无产者有可能生活在幻觉中，即他是自由的、富裕的和有特权的。总之，一个社会中的阶级地位问题，是与对这种阶级地位的意识分开的。这不意味着对阶级地位的意识不值得研究，但它却意味着，某些人因经济上舒适而否认他们的无产者身份，并不一定是对的。这与革命或改革的问题有关，但这不是说，因为有些人倾向改革超过革命，因为工人否认他们每天被剥削，就不存在工人，就不能定义无产者。相反，工人是无产者。这样的分类不能因为其意识的水平而改变，因意识可能否认现实的某些方面。

刘：魁北克劳工史很有特点，它的工会最初有很多是由天主教会建立的，比安大略或其他省，更少激进的或阶级斗争传统，可能法裔与英裔的矛盾淡化了他们的工人阶级意识，如魁北克省工人的平均工资长期比安大略省低，魁北克省内，法裔工人的平均工资比做同样工作的英裔工人低。您怎么看?

帕：魁北克工会是一个非常有争议的问题。魁北克一位有争议的出色的史学家鲁亚尔（Jacques Rouillard）认为，[①] 在天主教工会传统内发展起来的工人运动并不一定保守，其中有很多激进派别在组织工人时，将民族的和阶级的问题联系起来。有些人则认为，早期天主教工会受天主教会及其观念的控制，对待雇主的方式确实谨慎，由于它们谴责明显的“无神论物质主义”（Godless Materialism），即曾促进美国劳联行业工会发展的观念，但这种争

① Rouillard，Jacques，Guide d’histoire du Québec：du régime français à nos jours：bibliographie commentée，1991；Histoire dusyndicalisme au Québec：des origines à nos jours，1989.

议是有时限的，即从1907年到20世纪40年代末，以阿斯贝斯托（Asbestos）罢工[①]为突破点进入20世纪50年代。20世纪中期后，天主教工会逐渐更少地被宗教教义所束缚，更少地被教会的保守因素所控制。它们逐渐激进，甚至参与工会的牧师们被一种天主教社会正义观念所激励，也更倾向于激进策略。到20世纪60年代中期，魁北克省的天主教工会已经是加拿大最激进的工会之一了，它们创造性地扩大了阶级斗争的范围。我在《工人阶级经验》（*Working-Class Experience：Rethinking the History of Canadian Labour*，1800—1991，1992）一书中有对魁北克工会这一时期历史转变的叙述。

刘：什么促使您开始劳工史学家生涯？是家庭影响、个人经历，还是老师的引导？

帕：我更多地受20世纪60年代激进社会环境的影响，而不是家庭或大学教育。我的父母是传统的小资产阶级，他们既不支持也不反对工会。我在某种意义上是家庭教育的反叛者。20世纪60年代中期的年轻人不仅质疑战争、种族主义、传统教育理念，也反对传统的郊区生活方式和其他类似的文化。我在大学上过观点激进的教授的课，但我总觉得自己比他们还激进，于是一年后我辍学去了纽约，赶上了新左派运动的尾巴。我接触了各种左翼团体，参加“选择大学”（Alternate University）[②]的课程活动。我们安排有影响的左派人物讲课，这类课程有美国奴隶制、俄国十月革命等，总是引起热烈的讨论。回到大学读博士时，劳工史就是我喜欢的几个研究方向之一。那时，我对左翼史学的阅读与讨论已经有相当丰富的经验，远多于我在常规大学课程中得到的知识。

---

① 阿斯贝斯托是加拿大蒙特利尔以东100多英里处的小镇，其因富含石棉（asbestos）矿而得名。1949年，当地5 000多名矿工罢工，要求增加工资、改善劳动环境、由工会管理社会保障基金等，罢工者与矿主雇用的罢工破坏者发生激烈冲突，警察逮捕大批罢工者。这次罢工虽以工会妥协而结束，但其引发了深刻的社会矛盾，成为走向魁北克现代化开端——“寂静革命”的推动力之一。

② “选择大学”不是正规大学或其他能授予学位的高等教育机构，而是新左派运动中的一种相互教育形式。B. D. 帕尔默教授解释，讲课者是各种左翼思想流派、各学科领域的代表人物，富于激情且讲课内容丰富，“选择大学”是他经历过的最好的教育方式。

刘：还有一个我有些犹豫要不要提的问题：有些劳工史学家不愿意涉及劳工的负面活动，我理解这些学者是想强调，工人们在当时属于弱势群体，他们的历史作用被长期忽视，不应该再增添他们的负面形象，但是，当我看到，1886 年加拿大第一个全国性工会——行业和劳工大会（Trade and Labour Congress）宪章中有一条明确规定——“排除中国人”时，我意识到，加拿大（美国也如此）工人运动中的这种排外情绪不是个别的、局部的现象；而且，排斥非主流民族的移民工人，也不仅是种族主义观念作祟，而是有切身利益关系。因此，在种族主义几乎销声匿迹的今天，西方工会团体仍抵制与第三世界国家的自由贸易，反对接纳更多的移民、外国投资或向外国投资，以保护它们的会员利益。这毕竟也是工会的活动，是我们要面对的事实。[①] 您怎么看这个问题?

帕：关于这个问题，在过去 30 年情况有明显变化。那时，我刚开始劳工史学家生涯，确实，我们中很多人回避工人阶级内部或通过工会活动表现出来的种族主义。我们知道劳工骑士团、早期加拿大行业和劳工大会排斥东方人，铁路兄弟会中的行业工会有纯白种人（lilywhite）条款，还有其他种族主义表现，但这些都没有直接反映在我们的作品中。最近几十年，这种情况有了引人注目的转变。现在，大多数劳工史学家会承认种族主义是工人及其工会的一个值得注意的，甚至令人遗憾的特征，而且，一些年轻学者已经在强调这个问题，甚至对工人阶级生活中种族主义内容或许有过分强调的倾向。当然，劳工骑士团确实对中国人持种族主义态度，特别表现在 19 世纪 80 年代以维多利亚为中心的一些西海岸出版的报纸上。严重的种族主义！但同样需要注意的是，白人工人呼吁排斥中国人，针对的是这么一种情况，即在鼓励中国移民的同时，任由中国劳工处于最恶劣的环境下。如修建

---

① 笔者此次访学期间，留意到几则相关的新闻：加拿大某工会向法院申请禁令，要求禁止中国矿工入境；二十多家公司则表示支持中国矿工入境；联邦法院驳回工会申请；中国矿工向加拿大人权委员会投诉，不列颠哥伦比亚省一家工会的宣传单上有歧视华人的内容，如“对中国煤矿说不”“不列颠哥伦比亚省不要中国人开矿”。不由感到：虽然历史不重复自己，但有时却惊人的相似。

跨大陆铁路，中国劳工的工作环境非常恶劣，很多人死于危险的工作，他们的死亡很少被注意。当然，这种攻击不应针对中国人，不应以反对中国“苦力劳工”的方式表现。攻击应该直接指向政府和雇主。这些白人劳工群体既以其行为培植种族主义，又从中获益。当一些年轻学者关注排斥中国人的情况时，他们只集中于工人的种族主义，而忽视了种族主义是由资本和政府煽动起来的。最近有很多关于主流工会运动中排外活动的研究。可以看戈特尔（David Goutor）的书。[①] 我觉得，还有其他很多方式的研究，工人中的种族主义现在确实被正视了。更加细致的分析将延续这种研究，但需要注意两点：（1）这种倾向的例外。工人运动中有远见的激进者和其他一些人反对种族主义，宣传对待有色人种的进步观点，在工人阶级的不同族裔和种族之间搭建桥梁。（2）直接针对国家和资本在培植和扩大工人中种族仇恨的作用。更多关于种族主义与工人的一般论述，可以参考我在《工人阶级经验》一书中的观点，特别是 1991 年第二版。

刘：您希望学生或读者从您的研究中得到什么？

帕：最重要的是了解我的研究中的一种可供选择的世界观，把握历史能够阐明的阶级剥削和各种形式的压迫。历史有关斗争和连续的斗争，尽管经常以不同的方式，当然并不总是以胜利的方式，但它并不证实一种观念，即我们必须接受自己的命运。历史也会使我们的观点和理解变得复杂，使一些原本稳定的观念变得不稳定。这是好事。我还希望传递给学生一种原创思想、勤勉的研究和有激情与判断力的写作方式。在我最初的教育中，我觉得历史枯燥乏味，因为那些写历史的人机械地写，在运用史料和探索过去时缺乏想象力。在我的写作中，我试图不枯燥，有立场、有观点，即选择那些有意思、有兴趣且能引起新的解释的材料，即使在大家熟悉的材料中，也争取一些新的解释的机会。这样做的一个中心特征是让历史中的冲突——经常是

① David Goutor，Guarding the Gates：the Canadian Labour Movement and Imrnigration，2008.

暗中的斗争，自己显示出来，即使这个冲突过程本身不时地被遮蔽。在很多情况下，能找到阶级性质的紧张状况。例如，在文化领域，在人们对通俗歌曲、电视节目、体育和宗教活动意义的感受和解读中，我有兴趣将这些解读放在历史分析的中心，渗透在那些阶级斗争已被遗忘和埋没的各领域中，而不是让它们沉到社会关系的表面之下。总之，我坚持在争议和冲突中观察历史。

刘：您对美国、英国、澳大利亚等国的劳工史也有深入的研究，并与加拿大进行过比较。您关注过中国劳工史吗？中国有世界上最多的劳工群体，并且是当今世界最大的工场。

帕：我可能是加拿大劳工史学者中比较重视跨国研究的，我尽可能地涉猎世界各国的劳工史，因为语言限制，我的关注点主要在英语国家，如加拿大、美国、英国、澳大利亚等，但我还是读了一些被翻译成英文的著作，经常觉得来自非洲、拉美和亚洲国家的一些阶级经验很有启发。我也读过有关中国劳工史的著作，如切斯尼伍克斯（Jean Chesneaux）关于1919—1927年中国工人运动史的研究就很经典。[①] 中国无产者的经验在未来几十年内将非常重要，因为中国产品在世界经济中非常重要。对中国保持关注是令人着迷的和政治上必要的，因为中国的崛起和中国工人阶级的特殊背景。全世界都在关注中国工人，看他们面对压力如何反应。全球劳工史也是劳工史中的一种发展趋势，现在已相当重要，在某些方面正在取代那些更小的、地方的和国别的分析单位。越来越多的研究会重视全球背景和工人的视角。这很好，但我们还是要防止仅通过普遍的阶级关系的社会学，去了解那些特殊的和特异的社会史。将地方性特殊研究与更宽阔的分析角度结合起来，全球性分析向来都是一种挑战。

刘：最近有计划去中国吗？

---

① Jean Chesneaux，The Chinese Labor Movement，1919—1927，Stanford University Press，1980.

帕：最近没有去中国的计划，但我在 20 世纪 90 年代初的那次访问很愉快，很想有机会再去。我觉得国际性联系和讨论是激励创造性作品的最好方式之一。我作为加拿大劳工史学家，总是很享受与其他国家学者的交往过程。随着各地工人阶级越来越多地被置身于一个全球环境中，劳工史学家也应该花费更多精力去关注世界经济及不可避免地由其引发的阶级斗争。

（原载《史学理论研究》，2013 年第 2 期）

劳工法：加拿大劳工史研究的新视阈

——埃里克·塔克教授访谈录

埃里克·塔克（Eric Tucker）是加拿大约克大学奥斯古德法学院（Osgoode HallLaw School）教授，主要著述有《法律面前的劳工：加拿大工人的集体行动：1900—1948》[①]《管理劳动场所的危险：安大略省行业卫生与安全规定的法律和政治：1850—1914》[②]及数十篇学术论文。2014年9—10月，笔者作为加拿大约克大学的访问学者，就加拿大劳工法律史问题与塔克教授多次交谈。回国后，我们继续以邮件的方式进行交流。本文即根据谈话和邮件内容整理而成。

刘：学习加拿大劳工史时，我有个突出的感受，即劳工法对劳工史的影响很大，甚至决定着劳工史的分期，但搞历史的人又很少受到专业法律史的训练，不了解劳工法史的发展过程，这在很大程度上影响他们对劳工史的理解，因此，我对您有关加拿大劳工法史的研究非常有兴趣。您能不能介绍一下加拿大劳工法史的定义、内容和研究状况？比如，研究和讲授劳工法史的学者有多少？有没有专门的学术研究团体和专业杂志？

塔克：一般而言，我用"劳工法"一词指规范集体和个人雇佣关系的

---

① Eric Tucker, Labour before the Law:The Regulation of Workers' Collective Action in Canada, 1900—1948, Toronto: University of Toronto Press, 2004.

② Eric Tucker, Administering Danger in the Workplace: the Law and Politics of Occupational Health and Safety Regulation in Ontario, 1850—1914, Toronto: University of Toronto Press, 1990.

法律，但在历史上，劳工法专指集体谈判法。加拿大劳工法律史，包括管理集体谈判合同和个人雇佣合同的法律史的研究状况，至少在英语加拿大是一个非常小的领域。先说明一下，我的研究不包括魁北克，那里的情况我不熟悉。这是加拿大两种不同的法律体系的一个例证。这个领域处于加拿大法律史和劳工史的交汇处，但两者的重叠处比较小。

随着法律史研究的开展，1981 年以来，出版了一套法律史丛书，其中劳工法律史只占一个很小的比例。在丛书的近百本法律史著作中，有关劳工法史的只有三本。[①] 有关加拿大法律史的论文也不多。

劳工史学家对劳工法史表现出更多的兴趣，开始于集体谈判法。这源于他们对工会历史的兴趣，因为工会与集体谈判的法律是密切相关的。后来，更年轻的社会史学家的视野更为开阔，包括了劳工的历史，特别是妇女、儿童和那些经常处于工会运动边缘的群体的劳动，他们的关注点转向有关雇佣的法律，如《健康和安全法》《工人赔偿法》《最低工资法》和《反歧视法》。加拿大有一本主要关注劳工史的杂志——《劳工》(Labour)，其上刊登的劳工法史的文章可能比其他杂志要多些。没有一本杂志或一套丛书是专门关于加拿大劳工法史的，也没有一个劳工法史学家的学术组织。由于缺乏任何专业组织，因此很难知道究竟有多少学者可以被大致确认为劳工法史学家。确实，我不清楚在加拿大有谁（包括我自己）会声称自己主要是研究劳工法史的。那些加拿大劳工史学家经常要研究劳工法史，以作为他们更大的研究规划中的一部分。那些写劳工法史的学者，更愿意认同他们主要的研究领域是劳工法、雇佣法、劳工史或产业关系。经济学家对这一领域的贡献不大。总之，目前这一领域学者的数量很少，我想不会超过 12 人。

---

① Laurel Sefton Macdowell, Renegade Lawyer, The Life of J. L. Cohen, Toronto: University of Toronto Press and Osgoode Society for Canadian Legal History, 2001; Judy Fudge and Eric Tucker, Labour Before the Law: The Regulation of Workers' Collective Action in Canada, 1900—1948, Toronto: Oxford University Press and Osgoode Society for Canadian Legal History, 2001; Judy Fudge and Eric Tucker, eds., Work on Trial: Canadian Labour Law Struggles, Toronto: Irwin and Osgoode Society for Canadian Legal History, 2010.

因此，毫不奇怪，关于劳工法史的课程也很少。确实，我甚至想冒昧地提出，目前有没有这样的课程，或是否曾经有过这样的课程的问题。事实上，劳工法史更多的是作为劳工史或劳工法课程或讨论班上的一个或系列话题而出现的。就我所知，还没有人做过这方面的调查和研究，考虑到这一领域从没有任何有意义的学术组织。

这个领域也没有教材。作为更大研究领域的一部分，对劳工法史的研讨主要见于劳工史的著作，如帕尔莫的《工人阶级经验》[①]和劳工法及产业关系的教材，不过，这一领域倒是有一些探讨某个具体的法律或特定时期的专著和论文。很显然，研究生很少愿意进入这一领域。

刘：的确，研究劳工史不能离开劳工法史。劳资尤其是加拿大劳资之间的斗争，很大程度上是沿着劳工法的界限展开的。不能笼统地讲阶级斗争，阶级斗争有合法的，有非法的，加拿大工人阶级斗争绝大部分是在法律范围内进行的，尤其是工会获得合法地位后。采取合法斗争是工会的斗争策略，容易得到社会和媒体的理解和支持，更容易迫使政府和资方作出让步。您如何看待劳工法史的学术地位及其对劳工史、法律史的影响?

塔克：由于劳工法史处于加拿大法律史和劳工史之间的边缘地带，因此很难评估其对更大的研究领域的影响。先说法律史，我不得不说，劳工法史研究对法律史没有什么影响。也许关注其对劳工法的影响更有意义。很难说加拿大劳工法史对此有很大影响，劳工法的方向主要是被更广泛的政治经济学的发展所推动的。例如，当集体谈判法在第二次世界大战后占主导地位时，劳工律师们愿意将加拿大劳工法的历史表述为一种进步，而当代制度是其发展的高峰。对这种史观的批评认为，它忽视了这一过程中的阶级冲突和大多数劳动者的历史作用。只有当更多的批评得到支持，更多的兴趣转向《雇佣法》的历史，工会的会员人数减少，人们更多地依赖《雇佣法》制度

---

① Bryan D. Palmer, Working-Class Experience: The Rise and Reconstruction of Canadian Labour, 1800—1980, Toronto: Butterworth & Co., Ltd., 1983. p. 347.

下的个人合同时,《雇佣法》才发挥更大的作用，集体谈判制度才开始动摇。

我不是在评论加拿大劳工法史如何在更广泛的意义上影响着加拿大劳工史。我的意思是，它们是一体的，只是加拿大劳工史学家有更为细致的观察。值得注意的是，有一种情况的发展使加拿大劳工史学在劳工法的实践中获得了更大的声誉。有一个重要案例，[①]事关《加拿大权利和自由宪章》中的结社自由的意义。加拿大最高法院认为，对其引用的解释必须考虑加拿大劳工法的历史。在这个案例中，法院提供了一份劳工法从其开始到当代发展的概况以及很多著名劳工史学家的观点。当然，如果深入法院所讲述的劳工法史的细节，那么里面有很多谬误，我曾在一篇文章中指出过其中的问题，[②]然而，这个案例的一个影响是：加拿大劳工法的历史忽然有了宪法意义，在法院裁决结社自由是否保护罢工自由的问题上，需要了解罢工权利的历史才能审理。当然，法院是想得到历史的指引，还是只想利用历史来论证这个问题，并不清楚，但这种情况毕竟给人一种印象，即劳工法史能够产生当代影响。

刘：劳工法史包括哪些内容?

塔克：加拿大劳工法领域的内容与形成是一个发展演变的过程。对任何研究领域的界定都有些武断。一种宽泛的法的领域，可以各种方式和在不同程度上形塑这一领域中心的那些关系。劳工法也是如此，它有自己的中心即规范劳工市场，尤其是规范为了换取报酬而提供服务的人与获得并控制服务的人之间的关系。理解一个领域是如何形成的，基本是一种历史建构，尽管其也有社会实践的根基。劳工法的核心有三个组成部分，它们是在不同时期发展出来的，在很大程度上又是相互独立的。

首先，在英属殖民地时代，劳工法并不是一个容易识别的范畴。有一些

---

① Health Services, 2007SCC27。这是 2007 年不列颠哥伦比亚省有关劳工与就业问题的一个案例。

② 可参见 Eric Tucker, "The Constitutional Right to Bargain Collectively: The Ironies of History in the Supreme Court of Canada", Labour / Le Travail, Vol. 61, 2008, p. 151.

不相关联的法，只是后来被看作或多或少互相连贯的法律领域。早期劳工法中，首先和最重要的成分是《主仆法》，它发展于英国近代早期，规范雇主及其体力雇工之间的关系，这些雇工包括家仆、农工和学徒工。这是一种成文法，规定了进入这种合同关系范围内的条件和状况。至加拿大殖民地时期，它关于工资和工时的规定，在英国处于被废弃的状态，也从未被应用于英属北美，可是它却规定了雇工违反合同是犯罪行为，违规的工人要受到治安法官审判，如果他没有听从其雇主的合理命令，会被判监禁；而雇主违反合同，如没有付工资，则属于民事而不是刑事问题。当然，该法也为工人们向雇主讨薪提供了一些方便的和不那么正式的程序。

《主仆法》的边缘是《合同法》，其中规范雇主与一些地位相对高的、没有被《主仆法》包括在内的雇员之间的合同关系，如合同还没有到期，雇主想终止雇佣关系等。这是判例的习惯法。最后，还有刑法，针对工人的集体行动。原则上，工人们要求改善雇佣条件和环境的集体行动，都被看作违法密谋。

这三类法律构成了现代劳工法和雇佣法的基础，《主仆法》在加拿大持续到18世纪末，直到其刑事特征基本上被废除，然而，它的保护工资的措施仍有效，直到19世纪中后期出台了更有效的保护工人的立法，包括运用扣押法（Lien Law）保护工人工资、健康和安全。这类法在20世纪扩展后，包括工人工伤赔偿、女工的最低工资。保护工人法律的最后的伸展，发生在第二次世界大战后，出现了普遍的雇佣标准立法，规范最低工资、工时、休假等，同时，这一时期的法律还首次禁止雇佣中的诸如种族、性别等方面的歧视行为。

其次，有关地位较高雇员雇佣合同的习惯法也持续至20世纪。不少雇员投诉雇主没有按照习惯法的要求去做，将他们无理解聘或辞退，而没有合理的提前通知。习惯法对社会地位低的雇员没有解聘条件的规定，工人被解聘前有资格得到通知的时间长短，部分地取决于他们的地位，因此，对低级雇员而言，习惯法更多的是一种惩罚性而不是保护性法律，雇主可以很少的成本或无偿地解聘他们。

最后，有关劳工集体的法律，其来源于刑法，发展为一种兼有压制和调适措施的法律。要说明的是，那种违法密谋的法律指控，从来没有在其严格意义上在加拿大实行过。没有记载表明，工人们只是因为以改善雇佣条件为目的而结社就被起诉。这个法律只是被用来限制工人进一步推进他们联合的目的。19 世纪后期，法律在形式上不再限制工人组织工会，但同时，对工人们试图推进其集体目标的行为又加以更严厉的限制。至 20 世纪初，罢工浪潮迫使政府寻求减少劳资冲突的措施。这时，法律的作用主要是镇压，出台新的民事侵权行为规定，使工会及其成员承担更多的民事责任，并使法院通过禁令等措施，更有能力地干预劳资关系，禁止或限制工人的集体活动，然而，政府采取的方式是很谨慎的，出台鼓励不采用罢工或闭厂行动而通过强制调解的方式解决劳资纠纷的法律。第二次世界大战期间和战后的罢工浪潮，迫使政府采用当代集体谈判法的方式，即用限制工会的自由罢工来换取工会作为工人集体谈判的正式代表，雇主必须承认且必须以诚意对待工会谈判，对集体合同的解释和执行中的争议，要通过有约束力的仲裁来解决。

后来对集体劳工法领域又有补充，这是宪法赋予的劳工权利。在 1982 年《权利与自由宪章》之前，宪法存在于《劳工法》的边缘，主要是判定联邦政府或省政府的法律是否超越了劳工法的某些规定。《权利与自由宪章》给予了使劳工法在某些方面宪法化的机会，因为它保障结社自由和平等权利。平等权利在这方面没有多大作用，但在劳工环境下仔细考察结社自由就不一样了。法院在近些年来判定，结社自由在一定条件下保护集体谈判权利和罢工的权利。这些判决的主要影响是限制政府不要干预正常的集体谈判方式的运行，如以前法律所示范的那样，而不是要求改变现存的劳工法，然而，对我们的目的而言，宪法也成为劳工法的一种重要组成资源。

在加拿大，社会福利法领域与劳工市场联系密切，因为加拿大人的劳动参与程度经常与其获益水平相关联。劳动报偿中包括失业补偿、退休金和残疾补助（包括政府和雇主的退休计划）以及雇主额外提供的一些健康福利，但是，管理这些应得权益的法律很少被视为《劳工法》。

另一个领域的法，过去认为与劳工法无关的，即移民法却对劳工市场的管理和运行逐渐重要起来。当然，移民法是控制人口进入加拿大的，即谁可以合法地工作，在这个意义上它始终与劳工法有关。过去，它的作用多样，从积极地促进移民到这个国家定居，屯集市场所需的劳动力，到限制那些不适合群体，或在高失业时期限制移民，如在19世纪末和20世纪初，中国人就在不受欢迎的名单中。移民法以这种方式成为劳工法的基础，因其批准进来的人，作为永久居民，一般可以很快进入劳动力市场。20世纪60年代中期以来，特别是21世纪以来，有很多临时工计划，这些工人不仅身份是临时的，而且只限于为特定的雇主工作，因此，这些外国临时工不能自由地进入劳动力市场。这影响了劳动力市场，成为劳工法需要解决的问题。例如，最低标准法禁止收取招工费和其他剥削行为。

刘：听您这样概括性地讲述后，我有了一个大致印象，即集体谈判法和个人雇佣法是劳工法的核心内容，宪法的有关规定是劳工法的基础，社会福利法和移民法等是劳工法的外围。那么，劳工法史又是怎样分期的呢？

塔克：劳工法的内容决定了劳工法史领域如何划定。劳工法史学家一般研究那些传统上被认为是劳工法的内容，但一些被认为是劳工法史学家的人有时也越界，研究社会福利法和移民法史对劳工的影响。需要注意的是，劳工法被认可为法律是相当近的事。一方面，是因劳工法发展的时间性；另一方面，则是由于它被视为要么不是法，要么是其他的法，如合同法或刑法，而不是一个单独的领域。确实，这种情况直到最近才改变。法学院在20世纪四五十年代才陆续开始讲授劳工法。那时，这些课程一律被认为是集体谈判法。个人雇佣法涉及普通法和最低标准法，更要晚几十年，而且是在一些不相干的课程内，如“个人雇佣关系”课程。那种认为集体谈判法和个人雇佣法应该作为一个单独的领域（如劳工和雇佣法）的观念，直到20世纪80年代才出现，而且，出于实用的和历史的原因，加拿大大多数法学院也没有将其设为一门单独的课程。

刘：加拿大学界重视法律而不注意法律史，这个问题我也有感受。有一篇文章提到，1970年以前，加拿大的法学院基本没有法律史课程。在1945年以前，大学里只有英国中世纪法律史。那时有些法律史著述，大多是律师和法官所著，而不是大学里的学者。[1]加拿大重视的是法律的实践，因此，讲法律的学者和用法律的律师多，而研究法律史的少。这种情况在其他学科里也有，例如，包括北美在内的医学院并没有医疗史、疾病史课程，但这些课的内容是医学院教授或大夫职业所需要的，目前有不少学者在研究，甚至也有一些相关的课程（大多不在医学院），但还没有形成成熟的学科分支。

塔克：劳工法的范围决定着劳工法史的范围及其分期，或者说，劳工法史学者有责任为劳工法发展分期。这个问题等一会儿再说。上面我大致地叙述了劳工法和个人雇佣法的个别部分的发展，但也可以整体地观察它们，形成一个劳工规定的制度。当然，这样叙述劳工法需要更高一些的抽象，以一种鸟瞰的方式进行观察还是有帮助的，不过，你要理解，越靠近地面，实际情况就越混乱。

《主仆法》是加拿大第一个阶段。我刚才说过其主要特征了，就是工人违反合同是犯罪，同时，它对工人工资提供某些保障。这一制度可以追溯到英国人殖民之初，以各种形式存在于北美英属殖民地中。其中心观念是仆人作为一种身份，虽然是由契约设定的，但并没有假定主仆身份在法律上是平等的。尽管在加拿大文本中，工人可以就雇佣的大多数条件和情况谈判，契约条款代替了以法律或行政方式的工作条件，但保留工人违反契约是犯罪的条款，也就是强调这种劳资关系的准公共（Quasi-Public）特征，以及工人

---

① 可参见 Philip Girard, "Who's Afraid of Canadian Legal History?", The University of Toronto Law Journal, Vol. 57, No. 4（Fall, 2007）, pp. 727–753.

从属性的法律地位。最后，对工人集体活动的限制反映了这么一种观念，即工人没有充分的结社自由。

第二个制度可以称为“自由自愿主义”（Liberal Voluntarism），开始于19世纪中期，形成于19世纪末，是一种基于市场关系的制度。它的特点是工人违反合同不再被刑事化，这意味着雇佣是一种纯契约关系，违反合同会被诉诸民事损害赔偿，而不再是监禁。雇佣条款和条件的约定取决于市场情况，没有什么保护性立法，除非有关保护工资的法律，使工人能够得到他们应得的工资。最后，工人在法律上被认可自由结社，进行集体谈判，但同时，雇主也享有契约自由，这意味着雇主可以不雇佣工会会员，或因工人入会而解雇他们。简言之，这是一个有法律自由但没有法律权利的时代。工人可以自由地加入工会，但没有法律保障他们这样做而不受到雇主的报复，而且，在保护商业自由的名义下，国家仍严格限制工人采取的更有效的联合行动。

第三个制度是“工业自愿主义”（Industrial Voluntarism），出现在“自由自愿主义”的全盛时期。它的发展为K. 波兰尼概括市场社会特征的“双重运动”的著名假说提供了一个很好的范例。当劳力、土地和钱被视为纯粹的商品时，社会再生产受到了威胁，机制失调的结果是引发了对无约束市场力量的抵抗。在加拿大，这种情况发生在第一次工业革命时期。最初的职业卫生和安全法的发展表明，社会不能接受无约束的资本主义生产关系所导致的疾病、伤残和死亡状况。尤其当时还有一种观点认为，童工和女工劳动会损害儿童发育、危及女性的再生产能力，使她们不能履行其社会职能。然而，这种保护劳工的力量被另一种观念冲抵了，即政府管控不能过严，不能让加拿大雇主失去竞争力和利润。因此，保护作用只发挥于市场的边缘，而不是取代市场。类似地，对于工人们的集体行动，越来越多的人意识到，“工业自愿主义”之下的劳资冲突不仅伤害双方，也对更广泛的经济产生负面影响。因此，国家进行某些干预以减少这种损失就成为必须。一方面，以强制措施迫使双方进入调解程序，促进问题的解决；另一方面，对更为激进的、批判和挑战资本主义生产关系的工人采取压制措施。然而，再一次，“工业自愿主义”制度的核心基本上没有被触动。

第四个制度是“工业多元主义”（Industrial Pluralism），出现在第二次世界大战进行和结束时期。其核心是承认劳工市场规定应该依据多元性价值规范来驱动，由多元化机构来组织。换句话说，市场化管理依旧是制度的核心，但诸如平等、结社自由和社会保护等价值观发挥出更大的影响力。由政府部门、官员和中介机构执行的保护性立法，无论是行政性的或是强制性的，均得到了更多的认可，从而能发挥合法的作用，产生与市场完全自由化情况下不同的结果。最低标准制度的发展，无论就其涉及的问题范围，还是其涉及人数的广度而言，都是这方面的一个例子。另外，产生了集体谈判的法律制度。它促进了工会化，但抑制了劳资冲突。最后，尤其在近二十年，普通法承认雇佣是一种等级的和不平等的关系，如果它想公正地发挥作用，那么工人需要得到保护，因此，法院公平地解释保护性的劳工法，以更符合工人利益的方式重新解读普通法。

这种劳工法制度在21世纪的前10年仍很普遍，但也承受着压力。私营部门集体谈判法已不再能促进工会化，私企的工会率在下降。公共部门工会仍旧强大，但经常要面对政府财政紧缩，政府对公共部门谈判的宽容度在减弱，经常使用一些例外的措施限制公共部门工会的谈判力量。最后，最低标准法的方向在很大程度上依赖执政党的政治倾向。总之，作为一种观念和政治行为的新自由主义的兴起，是对这种劳工法制度的主要挑战。我不清楚，在很近的和稍远些的未来，将如何解决当前的困局。

刘：这四个阶段基本可以作为加拿大劳工史的分期，或至少作为划分劳工史的重要依据。这说明，劳工法史对劳工史的重要意义。您一定也很关心劳工法对劳工或劳资关系的影响吧？

塔克：加拿大劳工史的撰写是相当近期的事，20世纪60年代以前的著述很少。早期写劳工法史的人不是史学家，而是产业关系的研究者在梳理自己领域的历史。他们经常受产业多元主义观念的影响，叙述的结构是一系列的从镇压到容忍，再到促进的故事，以集体谈判法的出现而胜利结束。职业史学家也写了一些这类历史，他们主要关心的不是劳工法史，而是加拿大工会组织史、加拿大政治史或加拿大主要政治家的传记。

新一代的劳工史或工人阶级史和劳工法的学者们出现于20世纪70年代。他们有着不同的关注点和思想倾向。① 这些作者或许在职业上都没有置身于当时劳工法的管辖中，如同以前的学者，但他们批判地看待现存的制度，经常通过马克思主义视角将其视为一种调节机制，为一些地位较高的工人提供一点经济保障和较高的生活水平，以此换取限制工人挑战劳动场所的权威和雇主的自由，逐渐地损害着工人利益。值得注意的是，这种批判正好出现在政府和雇主开始逐渐显示出不愿意与"工业多元主义"妥协，开始构建一种新自由主义，使市场力量发挥更大的作用，让雇主有更大的灵活性，降低劳动力成本的时刻。

在这一代史学家中，有一些人对劳工法和个人雇佣法有很大的兴趣，而且，他们的兴趣不限于集体谈判法，而是延伸到最低标准的发展，包括健康、安全法和最低工资。劳工史逐渐与社会史汇合，其关注劳动者经历的广泛领域，而不仅是工会。这些领域或多或少涉及劳工法，包括社会福利措施都受到关注，甚至一些没有被认为是劳工法的内容也受到关注。出现如此广泛的研究领域还由于，人们逐渐承认，仅用阶级视角观察工人阶级是不充分

① I. Abella & D. Millar, eds., The Canadian Worker in the Twenties Century, Oxford: Oxford University Press, 1978; B. D.Palmer, A Culture in Conflict: Skilled Workers and Industrial Capitalism in Hamilton, Ontario, 1860–1914, Montreal:McGill-Queen's University Press, 1979; G. S. Kealey & P. Warrian, ed., Essays in Canadian Working Class History, Toronto: McCelland and Stewart, 1979; W. J. C. Cherwinski & G. S. Kealey, ed., Lectures in Canadian Labour and Working-Class History, New Hogtown Press, 1985; Bryan D. Palmer, ed., The Character of Class Struggle, Toronto: McCelland and Stewart, 1986; Craig Heron, The Canadian Labour Movement: A Short History, Toronto: James Lorimer & Company Ltd, 1989; G. S. Kealey, Workers and Canadian History, Montreal: McGill-Queen's University Press, 1995。加拿大新劳工史的成果很多，这里不一一列举，可参见：刘军·加拿大劳工史学发展概况·天津师范大学学报（社会科学版），2013（4）.

的，工人是有性别和种族之分的，法律本身既造就了社会差异，也被社会中支配性的种族和性别观念和行为所塑造。在法的领域有很多这样的事例，如保护性劳工法针对的是妇女，还有一些涉及种族歧视的法，都成为研究对象，其中很多是以前没有过的。

刘：也就是说，一些有关性别和种族的法律也与劳工法的内容交汇。加拿大劳工史学中有不少理论性争论，劳工法史研究中是不是也有一些分歧呢?

塔克：由于大多数劳工法和个人雇佣法史学家倾向于分享共同的理论，他们中的一些争论很温和。缺少内部辩论的一个原因，也许是这个圈子里的人太少，很多新书的内容是以前学者很少涉猎的领域，或集中在很小的案例分析上，因此，劳工法史学者很少觉得他们与其他人在研究一个相同的题目，需要解释以往学界的得失，为自己的研究方式辩护，等等。

刘：您似乎对劳工法史的研究现状不太乐观，那您对其未来发展有什么设想吗?

塔克：的确，不仅劳工法史，整个法律史研究状况都不乐观。现在法学院虽然基本都有一门法律史课程，但选课的学生相对较少。学生对现实中的法感兴趣，对法的发展演变的兴趣明显小。因此，法律史课程一般都很短。学校外的情况也如此，律师和法官用的都是现实中的法，劳资双方需要了解和掌握的也是当代的法，但从另一方面看，法律史作为一门学科，近几十年里，它在学界的发展还是很快的。法学教授讲授法律，也需要了解法律的来历，虽然他们比学界外的法律人士的法律史知识要丰富，但其学术重点仍在当代的法律上。

劳工法史领域还有很多学术空白需要研究和补充，如19世纪末至20世纪中期的普通法雇佣合同，对水手的法律规定，第一次世界大战至20世纪60年代期间工人赔偿、健康和安全法的历史。劳工法史研究需要一种综合性工作，除了将遍布这一领域的案例研究以深度描述的方式编织起来外，还需要一种较为规范的教材。

还有一个现实问题，即新一代学者是否有兴趣研究这些有挑战性的问题，或去寻找新的问题。在法学院，学劳工法和个人雇佣法课程的人在减少，研究生学位论文中写劳工法的也很少，更不用说劳工法史了。我不知道历史系的情况，但我的印象是劳工史没有对上一代人那样的吸引力了。也许这是学术时尚变化所致，但我对此怀疑。如同以往，学术领域向来都被变化着的政治经济学所塑造和再塑造。第一代劳工法史学家生活在第二次世界大战以后的劳资和谐氛围中，第二代劳工法史学者面对的是新一代激进的、难以控制的工人。在这两种情况下，劳工法和劳工法史看上去很重要。在今天的研究生看来，没有值得捍卫的劳工法，也没有激进的工人运动鞭策他们去思考：一种有助于解放的劳工法应该是怎样的。总之，加拿大劳工法史的研究还将继续下去，但它的方向和取向并不确定。

刘：劳工法史的重要性不言而喻，但它目前还没有成为一个相对独立的学科。一般认为，看一个学科是否独立大致有这么几项标准：有相对系统性的教科书、有专业性杂志、有学科同人组成的专业协会。据此，我认为劳工法史是一门正在形成中的学科。不仅劳工史学者，劳工及其法律问题的社会工作者和律师都需要这方面的知识，尤其迫切需要这一领域的教科书。在此领域辛勤耕耘的学者都是这门学科的开拓者和建设者，你们的努力是有价值、有意义的。我希望尽早看到加拿大劳工法史的教材。

感谢您接受我的采访，让中国史学界分享你的观点，也希望您在不久的将来能亲自来中国讲学。

（原载《经济社会史评论》，2015 年第 3 期）

史学漫笔

“新权威主义”论争简介

有关新权威主义的争论首先是在京沪两地部分中青年学者之间展开的。近来它已经引起理论界乃至全社会有识之士的重视。现将一些已发表的观点概述如下。

何为新权威主义

目前，这一概念在学者中尚无一致的定义。张炳久认为，新权威是由“新”和“权威”两部分组成的。“新”即领导人必是现代意识的产儿，“权威”即领导人必是社会权力的控制者。两者不可偏废。提出这一概念的现实意义在于，在目前的条件下，由一些强有力的领导人物强制地推进现代化，比马上实行彻底的民主更为可行。当务之急是使社会生活两重化，即经济上实行自由企业制，政治上实行集权制。

吴稼祥认为，新权威主义的社会实践是一种由传统社会迈向现代社会的过渡形态。它具有普遍意义，无论是在现代化的发祥地英国，还是在当今广大的第三世界。新权威主义社会有以下特征：在经济上，是由旧权威统治下的自然经济或产品经济向自由经济或市场经济转化中的半市场经济；在政治上，是由旧权威的独裁专制向民主政治体制过渡中的开明专制。另外，剥夺还是保障个人自由也是新、旧权威的分水岭，尽管新权威保障的个人自由是有限度的。

萧功秦认为，新权威仅指第三世界非社会主义国家在其早期现代化过程中所经历的一种特殊的政治状态，它是由具有现代化意识及导向的军事、政治强人建立起来的权威政治。其特征是：（1）在经济上与世界经济发展的市场化主流趋同；（2）在政治上凭借庞大的官僚体制和军事力量实行自上而下的统治；（3）在意识形态上对传统的价值体系有更多的认同；（4）对西方先进的科技、文化实行开放的政策。

新权威主义一提出，便引起了理论界的关注，许多同志发表了反对意见。黄万盛认为，新权威主义的基调是专制主义的旧梦重温。于浩成认为，新权威主义反映了处在自然经济状态下的农民小生产者的思想和需求，是一种主张由圣君贤相进行统治的理论。也有学者指出，主张新权威的观点目前还不能称作一种“主义”，而只能算作一种思潮。另外，它还缺乏严格明确的定义、完整的理论体系和足够的经验依据。

新权威主义的理论依据及现实可行性

吴稼祥认为，社会发展不能从传统专制权威越过新权威统治阶段，一步跨入自由民主阶段。因为伴随旧权威的衰落，必然有一个曾经高度集中的权力下落过程，但权力没有完全或完全没有落到平民的个人手里，而是被旧权威造成的中间社会结构层截留了。权力的这种中间滞留使社会进入一种既缺乏权威又缺乏自由的状态。此时，必须由新权威来消除旧有的社会结构，使中间膨胀的权力向两端变迁：一方面，使个人自由得到发展；另一方面，利用必要的中央集权保持自由发展中的社会稳定。

主张新权威主义的学者们大多认为，尽管议会民主制比专制政体有更大的进步性，但由于不发达国家自身民主条件的贫弱，它在促进社会进步方面的作用反而不及带有相当集权色彩的新权威主义，因为开明的强人政治的有效统治可以维持整个社会发展的秩序与稳定，为经济发展和独立的中产阶级的发育、成长提供一个相对稳定的社会环境。如萧功秦所言，新权威主义是在创造“看不见的手”的过程中发挥作用的“看得见的手”。这些学者认为，在历史和现实中都可以找到这类例子，如欧洲近代史上“专制与自由的蜜月期”、亚洲“四小龙”和一些经济发展迅猛的拉美国家。

萧功秦指出，新权威主义具有两重性，它可能向民主政体顺利过渡，也有可能退回到更为落后保守的传统主义。对于第三世界国家来说，新权威主义是一种祸害，然而，却是一种不得不接受的“必要的祸害”。

为了保证新权威的现代化导向，吴稼祥提出了四种条件或压力，即民主舆论、经济独立的中产阶级、国家财政和外部世界的进步潮流。只有日益深化的社会危机，才可以保证新权威不致蜕变为传统的专制权威。

萧功秦认为，新权威主义仅是一些不发达国家早期现代化进程中所经历的一种政治形式，由于中国1949年后出现商品经济的断裂，一个独立的中产阶级至今未能出现，所以，中国并不存在实行新权威主义政治形态的背景及条件。然而，作为一种政治理论的新权威主义，它对包括中国在内的第三世界国家现代化模式的选择无疑具有一定的参考及启迪作用。

不赞成新权威主义的主要理由

荣剑认为，从世界历史进程看，任何国家确要经过一个自由经济和集权政治相协调的发展阶段，但这需要一个前提，即政治和经济的二元化。从历史上看，中国传统的集权统治历来是以经济的非自由化为存在前提的。就现状而言，不解决所有制问题，政治和经济的二元化不可能彻底完成。

王逸舟提出，新权威主义理论主要有三种缺陷：（1）将改革希望寄托个人，要以个人权威推进自由与民主；（2）视经济利益高于一切，为此不惜牺牲政治自由和其他价值取向；（3）以可操作为理由，试图走最平稳的道路，只求急功近利而忽视最终长远的价值取向。

针对新权威主义理论中关于中国现阶段民主缺乏操作性，强调民主会造成动乱的观点，黄万盛指出，民主是个结构性概念，至少有三个层次。其一是理想的层次。它体现为，在终极价值和人文科学理论上，肯定社会的每一个体都是自由人格，承认人格是均等的。这是一个远大的理想，正是这种理想的存在，才使社会政治制度的完善有了明确的目标。如果把这种理想当作浪漫主义加以否定，那么，现实的政治体制改革的目标又是什么呢？民主的第二个层面是具体存在的社会体制。它形成一种有效的制度，使参与社会的共同民意获得必要的统计学的多数，成为权力意志的构成基础。它防止了任何一种个人的意志凌驾于人民之上。统计学的多数，决定了民主所达到的往往不是最好的，但是，它却防止了最坏的。这里要求的只是民主的合理性的程序，这也是民主作为体制的基本功能所在。民主的第三个层面是民主的社会实践。民主不是先验的，而是一个实践的过程，只有实践民主，才能学会和运用民主。新权威主义正是因为把民主当作手段，所以才特别夸张地强调民主的可操作性。走向民主化应是无条件的，不能用民族主义来消弭民主的人类性价值。

于浩成认为，亚洲“四小龙”都是自由经济，而且是外向型经济，受国际市场的强烈制约，其本国政府或地区政府对经济的管制作用微乎其微。这同我国产品经济为主体、经济受政治的严密控制的情况不能相提并论。另外，欧洲的封建历史与中国的也多有不同，我们的现代化不能期待一个所谓的“专制与自由的蜜月期”。

周文彰认为，新权威主义的主要失误在于：第一，中国并不存在权威丧失而重建权威的问题，关键倒是怎样科学地使用这些权力。第二，片面地把集权视为法宝，而忽视了一个至关重要的核心问题，即新权威应依仗什么树立起来？又凭借什么维持下去？模糊“强人政治”和“集权政治”，等于把社会政治和经济重新推回改革前的运行轨道，使改革全面倒退。第三，缺乏具体分析而照搬别国和地区的经验和模式。

有待深入研究的“美国例外论”

“美国例外论”或特殊论的含义是美国在建立和发展过程中，在许多重要方面都不同于其他西方国家，因此需要以特殊的方式来理解。“美国例外论”是美国史和世界史研究中一个值得重视的课题，因为它开启了对美国和其他西方国家在政治、经济、文化等方面的研究，尤其是对国际社会主义运动和工人运动的比较性研究，触及对美国实质的认识，然而，我国学者对此没有专门的研究，一般性的介绍也很少。

从学术角度看，对“美国例外论”的研究大致经历了三个阶段或三种方式：第一是个别的、局部的比较研究。这种研究从殖民地时期就开始了，主要是欧洲旅行者访美后的著述，其中大多是直观的、感性的、比较性的描述，已经从各个方面涉及美国的特点。第二是以欧洲模式看美国，法国学者托克维尔的著作《论美国的民主》(1835—1840年出版)是其中较著名的。第三是通过整体性的比较研究总结美国的特点，如政治、经济、宗教、教育、公共政策等在美国环境下的相互作用。这种方法既避免了第一种方法只见树木、不见森林的缺陷，也避免了第二种方法模式化的局限。应该注意的是，“美国例外论”首先是美国和其他西方国家社会和历史特点的比较性研究。

使“美国例外论”出名的是德国学者桑巴特。1896年，桑巴特出版了

《19世纪的社会主义和社会运动》一书。这本书主要论述了社会主义思想家，尤其是马克思的观点，即社会主义将是资本主义发展、阶级分化不可避免的结果。1906年，桑巴特又出版了《为什么美国没有社会主义？》一书。桑巴特在该书中将美国没有强大的社会主义工人运动的原因解释为工人的资产阶级精神状态、选举制的民主特点、较高的生活水平和向更高地位社会流动的期盼等，所强调的是工人如何被资产阶级所收买。此后，为什么美国没有社会主义（没有像西欧那样的社会民主党、工党或有阶级和政治意识的工运）成为“美国例外论”研究中的首要内容。

显然，“美国例外论”研究中存在反共、反社会主义的意识形态色彩，“美国主义”式的骄傲和偏见，美国中心论等与学术研究不和谐的因素。有一种文明循环论曾对美国人的历史观有很大影响，认为“文明的中心历来都是朝西转移的。早先人类文明发源于亚洲，穿过地中海，到了近代便驻足英国。英帝国衰退了，美国站到了这一进程的边缘”。但许多美国学者竟认为，文明中心转到美国后就不再循环了。他们认为，“美国是用与众不同的材料打扮起来的，她有‘一种扩张的特殊能力，一种其他政府从未有过的天赋才能’”，可以例外于历史上的国家兴衰规律。

丹尼尔·贝尔的观点就是这方面的一个显例。他认为，“美国例外论”涉及三个历史学问题：一是历史上国家兴衰的规律适用于美国的可能性问题。世界历史上一些国家或文明曾盛极一时，但最终都没能避免衰落的命运。二是美国的独特性问题。这是一般层次上的历史比较问题，任何一个国家都有自己的特点。三是美国模式问题。独特不同于例外，例外是指能例外于一般社会发展规律，即能避免以往国家衰落命运的典型或榜样。贝尔正是在第三种意义上谈论“美国例外论”的，他认为美国模式不仅为西方其他国家所效法，也领导了世界发展潮流。

如何对待“美国例外论”？我认为：第一，区分其意识形态色彩和学术研究成分，批判前者的谬误和偏见，认真研究后者，在真正知彼的基础上，吸收一切于我们有益的因素，促进我们的改革与发展。第二，在学术领域同“美国例外论”进行全面和正面的对话，不回避理论问题甚至敏感的政治理论问题，如社会主义、社会主义党的定义问题，社会民主党的历史评价及其同社会主义运动的关系问题，封建主义同社会主义的关系问题，政治环境与工人运动的关系问题，对西方（包括美国）工人运动的历史评价，等等。第三，要区别美国社会的特殊和例外。美国社会有许多特点和长处，使其在200多年中一直保持上升势头，至今仍居世界霸主地位，但特殊并不必然意味着例外，特别是例外于人类社会发展规律。原则上，我们承认特殊，反对例外，尤其反对美国以例外为由，凌驾于其他民族和国家之上。

（原载《中国社会科学院院报》，1999年6月8日3版）

“美国例外论”：骄傲、偏见和霸权

“美国例外论”（American excep-tionalism）或特殊论的含义是美国在建立和发展过程中，在许多重要方面都不同于其他西方国家，因此需要以特殊的方式来理解。“美国例外论”是美国史和世界史研究中一个值得重视的课题，因为它开启了对美国和其他西方国家在政治、经济、文化等方面的研究，尤其是对国际社会主义运动和工人运动的比较性研究，触及对美国实质的认识。马克思、恩格斯、列宁等社会主义理论家对此都有所论述，西方尤其美国许多著名学者参与了这项研究，然而，我国学者对此尚无专门研究，一般性的介绍也很少，即使涉及也只是简单地视其为一种谬论或偏见。这种情况不利于我们了解美国，也无益于我们学术研究的发展。

“美国例外论”及其意识形态色彩

从学术角度看，对“美国例外论”的研究大致经历了三个阶段或三种方式：第一是个别的、局部的比较描述。从殖民地时期开始不断有欧洲旅行者、传教士和移民对这块大陆的社会特点进行直观的描述，已经从各个方面涉及美国的特点，尽管这类描述还算不上真正的研究。第二是学者们以欧洲模式或眼光对美国进行较为系统的研究，没有欧洲美国也无所谓特殊。法国学者托克维尔的著作《论美国的民主》（1835—1840 年出版）是其中较著名的。第三是通过整体性比较研究总结美国的特点，如政府、经济、宗教、教育、公共政策等在美国环境下的相互作用。这种方法既避免了第一种方法只见树木不见森林的缺陷，也避免了第二种方法模式化的局限。应该注意的是，“美国例外论”首先是对美国和其他西方国家社会和历史特点的比较性研究，如美国和西欧国家的比较研究最多；其次，是对美国和加拿大或美国和其他英语国家（如澳大利亚、新西兰）进行比较，也有将英语的北美和拉丁语的南美作比较，但这不是主要的。

使“美国例外论”出名的是德国学者桑巴特（Werner Sombart）。1896 年，桑巴特出版了《19 世纪的社会主义和社会运动》一书，主要论述了社会主义思想家尤其是马克思的观点，即社会主义将是资本主义发展、阶级分化不可避免的结果。该书在社会上流传很广，影响也很大。1905 年，该书在德国第五次出版时，桑巴特增添了许多德国、法国和英国社会主义运动的详细资料，以及其他 11 个国家的有关概况。此时，该书已被译成包括日文在内的 17 种文字。1906 年，桑巴特将一组关于美国的文章以书的形式出版，其英文版书名是“为什么美国没有社会主义？”，与前一本书形成强烈对比。桑巴特将美国没有强大的社会主义工人运动的原因解释为工人的资产阶级精神状态、选举制的民主特点、较高的生活水平和向更高地位社会流动的期盼等，所强调的是工人如何被资产阶级收买。桑巴特在此书中最常被人引用的一段话是“所有社会主义乌托邦都会在大量的炸牛排和苹果派面前失败”。此后，为什么美国没有社会主义（没有像西欧那样的社会民主党、工党或有阶级和政治意识的工运）成为“美国例外论”研究中的一个主要内容。

美国学者对桑巴特命题的研究认为：缺乏封建主义因素、工联主义的影响、工人生活富裕、美国人的地域流动和移民社会造成的工人阶级种族和宗教多元化特点、政府的镇压、分权制（横向的三权分立和纵向的联邦、州、市、县各级分权)、两党制、选举制(单一选区制也称小区选区制，这种制度限制了第三党或小党的兴起和发展)、联邦制、信奉个人主义、平民主义、平等主义、反国家主义的价值观念以及崇尚市民社会等原因，妨碍了工人阶级意识的形成和工人政党的发展，导致美国社会主义运动的软弱，但学者们在这些问题上并没有一致意见，甚至对于美国是否特殊也有不同的看法。

在这些学术研究的背后还有一些理论问题值得关注。从殖民地时期开始就有一种“天定命运论”在支配和影响着清教徒移民及其后的美国人，用杰克逊总统在告别演说中的话说就是：“上天对这块受宠爱的土地给以无限的赐福，并选择了你们来作自由的卫士，为人类的利益永保自由”。还有一种“文明循环论”曾对美国人的历史观有很大影响，认为“文明的中心历来都是朝西转移的。早先人类文明发源于亚洲，穿过地中海，到了近代便驻足英国。英帝国衰退了，美国站到了这一进程的边缘”，但有趣的是，许多美国学者竟认为，文明中心转到美国后就不再循环了。他们认为，“美国是用与众不同的材料打扮起来的，它有‘一种扩张的特殊能力，一种其他政府从未有过的天赋才能’”，可以例外于历史上的国家兴衰规律。丹尼尔·贝尔的观点就是这方面的一个显例。他认为，“美国例外论”涉及三个历史学问题：一是历史上国家兴衰的规律适用于美国的可能性问题。世界历史上，一些国家或文明曾盛极一时，但最终都没能避免衰落的命运。二是美国的独特性问题。这是一般层次上的历史比较问题，任何一个国家都有自己的特点。三是美国模式问题。独特不同于例外，例外是指能例外于一般社会发展规律的，即能避免以往国家衰落命运的典型或榜样。贝尔正是在第三种意义上谈论美国例外论的，他认为，美国模式不仅为西方其他国家所效法，也领导着世界发展潮流。

另外，“美国例外论”试图提供一种美国社会免疫于社会主义的结论，但令一些美国学者也感到不解的是，美国政府对社会主义的恐惧始终没有减弱。第一次世界大战和第二次世界大战后美国都曾动用联邦、州部队和私人警察部队对工人政党和工运活动直接镇压。显然,“美国例外论”研究中存在着反共、反社会主义的意识形态色彩,美国主义(Americanism)式的骄傲和偏见,美国中心论等与学术研究不和谐的因素。

如何对待“美国例外论”

第一,应区分其意识形态色彩和学术研究成分,批判前者的谬误和偏见,认真研究后者,在真正知彼的基础上,吸收一切于我们有益的因素,促进我们的改革与发展。从总的方面看,国外对“美国例外论”的研究还是以学术形式进行的,大部分观点基本上也是以事实为依据的,对美国工运历史发展状况的叙述与我国学者的研究基本吻合。国内学者认为,美国是工运出现较早的西方国家之一,工运的规模和影响在19世纪末20—30年代比欧洲的工运毫不逊色,但从19世纪90年代开始,要求在合法的范围内,通过工会运动改善工人当前利益的“务实的工会主义”逐步成为有组织劳工的指导思想。此后,这种工人运动的社会化过程虽有反复,但至1955年,劳联和产联的合并已经基本完成。在发达国家中,美国工会最弱,就业者在劳工组织中的比例也最低。当前,美国“社会主义运动几乎完全同工人运动分离,逐渐成为少数具有激进思想的知识分子的活动”。我们需要实事求是地分析这种状况的原因。

第二,在学术领域同“美国例外论”进行全面和正面对话。国外对“美国例外论”的研究并未限于工运史和共运史领域,已经发展成为对美国特性的全面探讨。马克思、恩格斯和列宁都曾论及美国的特点,但他们对这些特点将如何影响工运没有给出明确的结论。我们的工运史和共运史研究应该对以下理论问题进行深入的探讨:社会主义、社会主义党的定义问题;封建主义同社会主义的关系问题;政治环境与工人运动的关系;如何评价西方

（包括美国工人运动）等。

第三，要区别美国社会的特殊和例外。美国社会有许多特点和长处，使其在200多年中一直保持上升势头，至今仍居世界霸主地位。另外，我们也应看到，除了自然和地理因素之外，所谓美国特殊既不是“天定”的，也不是美国人头脑中固有的，而是美国人学习别人的经验，在吸收欧洲文明和包括印第安文明在内的其他文明的有益成分的基础上，结合美国实际改造而成的，如联邦制、总统制、选举制等。原则上，我们承认特殊，反对例外。特殊并不必然意味着例外，特别是例外于人类社会发展规律。我们尤其反对美国以例外为由，凌驾于其他国家和民族之上。“美国例外论”形成于特定的历史环境，但随着美国实力和国际地位的提高，已成为美国霸权主义的一种思想基础。

（原载《科学时报》，1999年7月6日7版）

科技政策与国家兴衰共命运

——《权力与知识：英美科技政策史研究》读后

我院世界史专家吴必康撰写的《权力与知识：英美科技政策史研究》（福建人民出版社 1998 年版）一书有很强的学术性、思想性和独特的研究视野，而且论述以史实为依据，没有晦涩的理论、干瘪的教条。该书现实感很强，加之生动的史例，使读者无不置身其中，对我们的科技政策生出许多联想。这正是该书强烈的启发性所在。

该书的一个鲜明的主题思想是，科学技术是生产力，国家的科技政策取向不仅决定着科技本身的发展状况，决定着科技与经济生产的结合状况，而且决定了国家的兴衰。作者以英美的经验教训为例，充分而生动地论证了这一点。这是一个新的研究视角和研究领域。以往我们对国家兴亡的研究大多局限于宏观的政治、经济、外交政策，甚至个别政治家的个人性格和爱好，很少涉及科教政策和教育政策。虽然我们强调政治对经济的反作用，但没有注意这种反作用也是通过科技和教育等政策发挥的，缺乏具体的论述，这样反作用理论就容易成为一种空洞的教条，乃至历史上的国家兴衰往往被蒙上了神秘的色彩。虽然作者并没有声称发现了科技政策与国家兴衰之间的规律，但读者一定会对权力与知识，即国家政权与科技发展的关系问题及其重要性留下深刻的印象。

从该书的角度看，历史上大英帝国的衰落是“平稳”的，无以往帝国崩溃时的悲壮和惨烈，没有外部入侵，没有内部动乱或政变，亦非战争的失败者，相反还是两次世界大战的战胜国。然而，从这个被称为西方民主制度的摇篮和工业革命发源地的“日不落帝国”无可奈何衰落的轨迹中，人们看到了科技政策竟与国家兴衰共命运。与大英帝国命运相反，但原因却如此相同，在美国两百多年的发迹史中，科技政策在“权力与知识”的关系中显示出独特的作用，在很大程度上解释了“美国奇迹”之谜。今日美国之强大依赖于其科技实力，而科技发展离不开科技政策的引导和扶植。美国是获诺贝尔自然科学奖最多的国家，如果仅将此解释为美国以较优厚的物质生活待遇吸引高级人才的结果，那么就不仅低估了在美科学家的生活价值，而且低估了美国的发展潜力。科学发展和科技发展不仅需要良好的物质条件，更需要适宜的科技政策和社会文化氛围。从这个意义上说，比尔·盖茨出现在美国绝不是偶然的。

该书有很强的社会现实意义和决策参考意义。它通过揭示英美科技政策的历史作用，使人们看到了科技与经济结合的重要性，看到了经济的持续发展最终要依靠科技进步和劳动者素质的逐步提高。这有助于提高全民族的科技意识，坚持科学技术是第一生产力的指导思想，深化对我们的科教兴国战略的认识。英美科技政策的宏观构想和具体实施中的得失对我们的科技决策有借鉴意义。人大常委会副委员长、原国家科委主任宋健阅读该书后认为，“凡研究近代世界史的人，都应了解科技政策的世界性演变这一侧面。负责科技政策的权力机构的人都应知道这200年的历史”。

该书开启了对英美科技政策史的宏观性研究，但对与科技政策相关的某些方面的论述不够充分和系统。作者虽阐明了教育是科技的基础，企业是科技转化为生产力并进一步推动科技发展的关键的道理，但对教育和科技企业这两方的具体论述仍有待加强。尤其美国的教育很有特点，给我们许多启发。美国常被人贬称为一个实用主义国家，其教育发展兼收并蓄了欧洲各国（主要是英、法、德）的教育思想和经验。许多美国的工学院和农学院就是在农机修理厂、农场的基础上开办的，其中学开办各类职业劳动课，内容从木工、金属加工、印刷到建筑制图、机械制图等，在农村和城郊区的学校开设各种农业选修课，如农业生产、农产品加工、农产品销售和服务、农机修理等。这无疑会增强学生们的科技意识和动手能力。当欧洲绅士们怀着傲慢与偏见嘲笑山姆大叔的简陋甚至粗鲁时，美国的科技水平已在许多方面领先于欧洲了。社会上对美国科技发达有一种不正确的认识，认为美国是靠别国的人才外流才坐上世界第一的位置。这低估了美国本土的科技教育和美国文化传统中求真务实的一面。从某种意义上说，英国传统教育是贵族教育，教人如何作绅士，美国的教育是平民教育、大众教育，教人如何谋生。这在根本上决定了英美教育和对科技认识的不同。我国是一个文化传统深厚的国家，英美教育的经验教训或许能为我们的教育改革、素质教育提供一些有益的参考。

（原载《中国社会科学院院报》，2000 年 4 月 18 日 2 版）

雅克·勒高夫：摆脱恐惧的新史学

当代国际史学的发展与法国年鉴派的功绩是分不开的，有学者甚至认为它就是法国年鉴派史学的国际化。如果说 19 世纪的史学以德国兰克学派为典型，那么 20 世纪的史学模式在很大程度上是被法国年鉴派影响和塑造的。

雅克·勒高夫（Jacques Le Goff）被视为年鉴派第三代代表人物，但年鉴派第三代史学家很少自称为“第三代”，而称他们自己为新史学派。新史学派在继承年鉴派前辈学术传统的基础上，进一步完善其理论与方法，并向历史人类学和心态史方向发展，形成了自己的特点。有学者认为，从社会经济到文化心态的转变是年鉴派第三代最显著的特点。

勒高夫参与主编的《研究历史》和《新史学》两本著作，体现了勒高夫等年鉴派第三代的史学观念，从史学理论与方法的角度，分析了当代法国史学，对国际史学界产生了重大影响。新史学以“三新”为特点：一曰新认识，即史学认识论上的一次重大转变，明确提出历史研究是经过史学家的主观意志和认识水平来完成的，在发生过的与记叙重构的历史之间有重大区别。二曰新角度，即认为史学在方法上要与各种社会科学相互借鉴，其中最重要的是史学的定量分析。三曰新对象，即长期为传统史学忽视的领域成为新史学家关注的对象：气候、民俗、人体、心态、神话、饮食等。

最初年鉴派前辈们以社会经济为突破口，极大地开拓了传统史学研究领域，而年鉴派第三代向文化心态的转型，是对史学研究领域的进一步扩展和深化。心态这一概念涉及范围很广，包括社会意识形态、道德风范、生活态度、政治观念、宗教信仰等，是一定社会文化、心理乃至行为方式的总称。在法国，心态史不仅成为文化史研究的主流，而且与历史人类学合流，成为史学研究的时尚。勒高夫对此总结说，"把政治史赶下王位，这是年鉴派的首要目标，也是新史学最关心的问题之一，虽然一种新的政治史或政治史观应在新史学中占一席之地"。而传统政治史是以三个偶像，即"政治偶像"（指政治事件）、"个人偶像"（指上层人物）和"年表偶像"为特征的。

年鉴派第三代的另一个特点是学派性在减弱，包容性在增强。勒高夫说，"我们的学派性越来越弱"，他将新史学视为包容各种史学实践的一种"运动"，并提出新史学不仅是法国的产物，不应忘记许多外国人也都为新史学的形成做出过贡献。他特别提到马克思，他认为，"新史学先驱者的最卓有成效的观点无疑是长时段"，"马克思主义是一种长时段的理论，在许多方面，如带着问题研究历史、跨学科研究、长时段和整体观察等，马克思是新史学的大师之一"。

他指出许多马克思主义和新史学的结合点和分歧点，如新史学虽然不接受马克思的社会分期学说，但马克思"通过生产方式的概念，通过奴隶制向封建制、再向资本主义过渡的理论，把一些长达数百年的社会经济制度看作历史的基本形态。换句话说，就是把习俗和精神状态当作历史的标尺，把技术、能源形式（由人力、畜力转变为机械力）以及对社会基本现象的态度（如劳动态度）看作历史分期的依据"。推动历史发展的力量只有在长时段中才起作用，只有在长时段中才被感受到。短时段的历史不能抓住和说明变与不变，以王朝和政府更替为准绳的政治史不能说明生活的奥秘，如人体高度的增长与食物营养和医疗技术发展有关，地域关系的变化有赖于运输方式的革命。

另外，他认为，马克思"把群众在历史上的作用放在首位，这与新史学重视研究一定社会中生活的普通人也不谋而合”。如新史学“关心所有人的愿望”，尤其注重对下层民众衣食住行、婚丧嫁娶的研究。新史学与人类学结合的一个原因是，人类学主要研究欧洲以外的“穷人的民俗”或所谓“野蛮人”。虽然他认为经济基础和上层建筑概念不能说明历史存在不同层次的复杂关系，但他认为这种长时段理论和结构性概念与新史学有类似之处。另外，勒高夫也反对简单地将经济因素作为历史解释的首要因素，认为精神状态虽然不是推动历史发展的一个基本原因，但在历史演变中占有重要地位。“新史学既重视物质的经济史，又不忽视精神的思想状态史，既提供选择，又不强加于人”。总之，新史学并非与马克思主义互不相容，历史学家可以同时是马克思主义和年鉴派的学者。勒高夫自己承认，他在对中世纪“炼狱”观念的研究中就受到马克思主义整体史学和问题史学观念的影响。

有人将新史学概括为计量史学，但勒高夫在肯定计量方法促进了史学发展的同时，提醒人们注意“迷信数字”的危险，要求历史学家对此采取审慎的态度。他指出，“新史学仍以定性分析为主”，因为定量分析的结果取决于程序的优劣，即使计算机提供了计算结果，历史研究的基本任务仍未完成。“新史学不应勉强计算机去计算不能计算的东西或忽视不可计量的素材，不应单靠计算机去‘编制历史’或重温实证主义史学家的旧梦：让文献去‘客观地’制造历史，自己则袖手旁观”。

勒高夫认为，新史学不是一种书斋学问，而是一种问题史学，要回答当代的某些重大问题。他欣赏年鉴派创始人费弗尔的一句话：“我们的任务是要创造历史，因为在动荡不定的当今世界，唯有历史能使我们面对生活而不感到胆战心惊”，并将其引申为“新史学是最能使我们摆脱恐惧的史学”。

勒高夫在中世纪文化、心态和感觉表象的研究中有所创新，就方法论而言，没有离开年鉴派的轨迹：注重长时段、普通人的日常生活、经济和社会史等方面。

他的中世纪著作通过对教士、职员、农民、军人、手工业者、商人等不同职业者的分类研究，得出一个新的结论：中世纪既不是迷信盛行的黑暗时代，也不是神话装饰起来的光辉时代。当时的社会介于饥饿和扩张、信仰和反抗、战争与和平之间。人们为了生存，伐林开荒，建立村寨、城堡和城市，开始发明钟表等机器。勒高夫的著作勾勒出一幅翔实的中世纪社会生活图景，这是欧洲各民族形成的准备时期。另外他还试图将中世纪与资本主义的产生联系起来，他指出封建社会的社会结构和精神状态中存在惰性和活力的矛盾，这些矛盾通过基督教作为遗产留给其后的文明和社会。

勒高夫访问过中国，对中国史学界有相当了解。他曾同中国学者说："中国的历史和文明深深地吸引着我们，它在世界历史和文明中的地位是不言而喻的。我们关注当代中国的发展，关注你们史学界的发展。可以肯定你们会在你们的道路上取得巨大的成功。不管怎样，对历史和文化的反思大概是你们和我们的共同目标。"

（原载《中华读书报》，2002 年 4 月 24 日 19 版）

公民文化与社会资本

——读《使民主运转起来：现代意大利公民传统》*

公民（citizen）最初按词义本身理解就是一个城市的居民，而不是今天的民族国家的成员或国民，因为古希腊时期的国家大都以一个城市为中心，这种以城市为中心的小国家也叫城邦。公民身份体现着当地居民的自治，并以之与外邦人相区别。一般认为，公民是有资格参与公共政治的人。西方民主和人权观念都是围绕公民权利的保障而设计和发展的。

从历史上看，西方公民概念的发展大致经历了两大阶段，以近代资产阶级革命前、后为界革命前的公民包括古希腊罗马公民和中世纪市民，革命后的公民是指延续到目前为止的公民概念。西方公民的历史，在中世纪时期有明显的中断，古代时期的希腊罗马公民传统被蛮族入侵破坏殆尽，而意大利北部一些城市是保存公民传统的最好的地方。本书论述的就是公民传统在这些地区的作用和影响。

帕特南这本书的写作，起因是在1970年，意大利政府决定改革自近代统一以来实行的中央集权制，将权力下放到即将建立的地区政府。帕特南意识到，这是观察地方民主政权如何产生、发展及其效绩的好机会。他和几位助手在全国20个地区内，运用访谈、信件调查、民意测验等方法，定期截

---

* R.D. 帕特南：《使民主运转起来：现代意大利公民传统》，王列、赖海容译，江西人民出版社2001年版。

取这些地区制度发展的片段，并将这些片段像动画片那样连续起来，形成一幅历史性的“动态图景”。由于作者主要考察的是制度绩效，即新地方政府制度在诸如城市公共设施、农业、住房和健康服务等领域的有效性，因此他发现意大利南、北地区在这方面有显著的不同，而决定这种区别的是南、北不同的历史文化背景。

帕特南将时间上溯至11世纪的诺曼征服时期。他发现，制度绩效高的北方各地区在历史上的大部分时期实行的是城市共和制，而制度绩效低的南方是君主专制：“在北方，人民是公民；在南方，他们是臣民”。

作者引用史学家的观点，认为在12—16世纪意大利北部实行共和制的城市，大众参与公共政策的程度，在中世纪世界中是独一无二的，是“封建沙漠中的绿洲”。这些城市共和国的行政领导是依据一定程序由选举产生的，他们承认自己的管理或统治有合法的界限。至1250年，在这些主要城市的宪法中，人民，主要是同业公会会员，已经取得了统治性的地位。北方人尽管有强烈的宗教感情，但教会只是诸多公共机构之一。在这种公民社会和公共精神环境中，重大的社会、政治甚至宗教上的忠诚的联合都是横向的，民风也以信任和互助为主。

而在南方，包括等级制度、庇护附庸制度等形成的社会秩序都是垂直的，缺乏北方民众建立在基本平等和团结基础上的横向组织。在南方长期居统治地位的实际是异族王朝，这加剧了统治者与臣民之间的互相猜疑，并且为了维护垂直的统治和剥削关系，摧毁了横向的社会组织纽带。至14世纪初，南、北两种政治体制的特征已发展得相当充分。政体和文化传统不是凭空出现的，南、北地区的经济基础有很大不同。北方城市国家依赖商贸和金融业，而南方则以农业为基础，前者需要更多的社会信用和相互信任，以保障合同和法律的有效性。

帕特南借用“社会资本”概念具体说明了南、北文化差异，社会资本指社会组织特征，如信任、规范等，能够通过促进合作行为来提高社会的效率。一个社会的成员之间是互相信赖的，就会促进自发的合作。在信任基础上的普遍互惠，不是“我将为你做这件事，因为你比我强大”，也不是“如果你现在为我做那件事，我现在就为你做这件事”，而是“我现在就为你做这件事，因为我知道，你将来不一定在什么时候就会为我做件别的什么事”。社会资本包括制度性因素如法制，但大多数社会资本形式如信任，是“道德资源”。帕特南甚至认为，“公民共同体合作的社会契约基础，不是法律的，而是道德的”。

在1870年国家统一时，北方的农业生产率略高于南方15% ~ 20%，由于此后北方的工业化和都市化步伐快一些，至1911年，北方的收入已比南方高出50%，经济差异急剧扩大。20世纪80年代中期，北方人均收入比南方高出80%。即使今天，人们仍旧能感觉到这种差异。

南方的不幸并非止于经济落后，互不信任的文化传统还是导致有组织犯罪的重要原因。在国家或政府缺乏效率，不能公正地执法和履行合同的条件下，黑手党就会作为现代庇护制度发挥作用。横向的互不信任和垂直的压迫剥削和依附关系，是黑手党产生的历史和文化基础。

帕特南的公民传统论的确有助于解释，在相同的国际背景下，为什么意大利北方比南方做得更好。他意味深长地指出：意大利南方“永远欺骗”“永不合作”的社会模式，可能就是世界大部分缺乏或没有社会资本地区的未来命运。“对于政治稳定、政府高效，甚至经济进步，社会资本或许比物质和人力资本更为重要。”

意大利的经验教训无疑是值得我们重视的。帕特南的研究充分显示：公共意识和公民文化是何等重要，而它们的历史变化又是何等缓慢和艰难。

（原载《南方周末》，2002年8月1日）

国家与市民社会

——读《国家、市民社会与法治》

在东、西方文明的比较研究中，民主制是一个重要的话题，它为什么诞生于西方国家而不是非西方国家？甚至，近代以来，非西方国家的政治民主化进程为何多少有点南橘北枳的味道？

马长山所著《国家、市民社会与法治》（商务印书馆2002年版）一书以市民社会与国家的互动关系为特定视角，考察西方法治思想和理论的发展，又以此反观中国的历史与现状，所要回答的就是这样一个复杂而重要的问题。

本书以为，西方社会在大多数历史时期是多元的，国家与社会的矛盾运动是其中突出的二元，而这是民主和法治得以运行的基础。

在宗教领域，西方的基督教即使在中世纪也没有达到政教合一的程度；在政治领域，王权在中世纪末期虽一度强盛，但远没有达到东方专制的地步。

西方君主没有留下像埃及金字塔、印度泰姬陵和秦始皇兵马俑那样的墓葬，英国西敏寺内葬有20多位国王或女王，但不看英文，仅从外表无法识别他们与其他贵族和名人的棺椁。墓葬生动地反映出死者生前的社会地位。

应该说，东、西方的历史差异在古代就很明显了。

东方社会一直处于国家吞并市民社会的状态，也就是说基本是单元的。无论是政教合一的，还是世俗的政权，都没有来自社会内部的合法制约力量，推翻和替代它们的，也是与它们性质相同的政权。

在这种环境下，人与人的关系是一种权力关系，政治权力直接具有经济意义，人们普遍形成了对权力的渴望和崇拜。每个官僚或公务员都可以很容易地把国家利益变成个人利益。

而在君主专制下，干脆就没有真正意义上的国家和政府，有的不过是老子传给儿子的私有财产或家族企业。

西方的法治指包括国王在内的所有人均在法律之下，中国古代的“法治”是皇帝用法治理老百姓。西方的民主指大众的政治参与，中国古代的“民主”是皇帝和官吏“作民之主”，至多是“为民作主”。

值得指出的是，作者的分析没有过多地停留在构成西方特质的制度性要素上，而是深入历史和文化的内核即非制度要素。

比如，作者特别强调公民的素质和能力、公民意识的社会历史作用。有学者指出，“一个社会可能在纸面上有高度民主的政体，却几乎没有民主，因为公民缺乏使民主生效所需要的那种意愿和组织”。引进或编撰一部民主性宪法是容易的，成立一些民主性机构也不难，但这不一定形成政治和社会民主环境。马克思主义经典作家认为，“在所有国家，政府不过是人民教养程度的另外一种表现而已”，讲的也是这个意思。

公民意识、公民文化的积淀是一个长期的历史过程。在某种程度上可以说，民主和法治环境是不能移植的，只能是逐渐生成的。

站在西方国家和市民社会互动的角度观察中国的历史与现状，其启迪意义是不言而喻的，但对于其对中国的民主和法治建设的实践指导意义，笔者还是持谨慎态度的。因为西方现代国家和公民社会的关系，已经由近代时期的对抗发展为合作，国家和市民社会的活动领域界限日益模糊，原来一些禁止国家参与的领域，现在却呼吁政府干涉，如劳保福利、商品质量标准，特别是医药、食品卫生，等等。

实际上，国家和市民社会的关系毕竟是一种抽象，任何抽象都必须为了突出主题而作一些必要的省略。即使在西方近代初期，国家和社会的“合作”也远远超出了人们的想象。许多研究表明，国家在原始积累、工业革命时期都发挥过重要作用。

尽管洛克、潘恩可以从理论上讲，社会先于政府，而且决定政府，但实际上很难想象，会存在没有政府的社会或没有社会的政府。两者的关系是相辅相成的。这对于认识非西方国家的政治民主化进程尤其重要。

西方政府对百姓日常生活的介入，有许多是我们中的许多人难以想象和接受的。如许多西方法律规定，独立别墅的居民要负责门前绿化、扫雪；什么时候不准钓什么鱼，在准许钓某种鱼的季节，也有一些尺寸上的规定。在日本，垃圾要分类，什么时间倒什么垃圾都是有严格规定的。

西方公民也不是单方面向国家索要权利的人，公民公认的责任首先是对国家忠诚，遵纪守法（主要是服兵役和纳税，当然也包括监督政府部门遵纪守法），公民之间互助、宽容和自律。亚里士多德对公民的定义是，有能力管理（统治）并善于被管理或服从的人。现在，人们不再争论大政府还是小政府，而是好政府。在这种情况下，正如作者所指出的，中国公民社会发展不会再走西方那种以与国家对抗为起点的老路，而是通过分析西方市民社会和国家相互关系的规律，使我们正确理解当代的国家问题，找出适合我国国情特点的发展道路。

（原载《南方周末》，2002 年 9 月 26 日）

从历史研究角度看西方政治体制

研究西方政治体制对世界史研究有重要意义。作为近代西方政治体制的民主制，主要体现在三权分位、多党制、普选制、公民权利等方面。对西方民主制的研究可以从多角度入手，本文主要涉及以下四个方面：

第一，西方民主制发展的历史特点。西方近代民主制是西方历史发展规律的产物，是资本主义发展的产物，有其历史的进步性、合理性和局限性。它促进了经济的持续发展，维持了政治和社会稳定，扩大了公民权利。近代西方历史可以被看成政治制度和社会生活的民主化过程、民主政体不断完善和民主社会基础不断扩大的过程：由国王扩大到僧俗贵族，再扩大到资产阶级，最后普及工人阶级和被称作“第四阶级”的妇女、少数民族团体。以英国为例，从13世纪《大宪章》到17世纪英国革命以前，是贵族民主制；从英国革命到1832年议会改革前是资产阶级民主制；此后逐步走向包括所有公民的民主。政治民主制的历史是一个由上到下，由少数人到多数人，由形成逐步向实质过渡的过程。当然这个过程不是一帆风顺的。对西方民主制的评价要符合其不同历史时期的特点，18世纪的民主制有别于19世纪，20世纪上半期和下半期也有所不同。对西方民主的评价主要应以历史为参照，进步一点肯定一点，不能以后人的标准苛求。如同不能责怪最初发明的为什么是蒸汽机，而不是电动机、核能一样。

第二，民主制发展的动力。学者们对该问题的侧重点有所不同，大致有自下而上、自上而下和多因论三大类。笔者认为，应在多因论的基础上充分肯定人民群众在民主制发展过程中的推动作用。民主观念或制度最初产生于西方，但其绝非资产阶级和资本主义的专利和特征。相反，西方近代以来的民主发展历程中，工人阶级运动、社会主义运动、妇女运动、反种族和宗教歧视运动、反战和平运动、环境保护运动等发挥了巨大的作用。这些左翼运动同自由主义思潮共同促进了民主制发展，改造了资本主义国家机器，使其由野蛮发展到文明。如俾斯麦在德国开近代福利社会之先河的政治目的是，通过国民保险制度，通过向工人提供各种社会保障来抵消社会主义的影响。再如20世纪60年代美国政府下决心取消种族隔离政策，原因之一是在两大阵营的竞赛中，种族问题已成为美国道德的最薄弱环节，严重损害其要充当的“国际领袖”形象，因此，实事求是地肯定西方民主制的历史作用和现实意义，决不等同于或意味着无原则地美化资本主义或西方文明，而是肯定西方的民主力量和人民群众的历史作用。

第三，民主制的实际效果或历史作用。近代资本主义发展中，在政治和经济上多次出现危机，但这些危机最终没有导致社会主义。西方社会主义者曾经面临对现存制度是合法改革还是暴力革命，是单纯依靠工人阶级还是争取社会各阶级层力量的支持的选择，但民主制度（公民权利）的发展很快就使他们中的绝大多数人走上了民主社会主义或社会民主主义的道路。如曾任英国工党领袖的S.韦伯认为，用暴力打碎国家机器的观点有合理性，但是需要一个不可缺少的前提，即这个国家必须是不民主的，如在沙皇俄国没有任何民主而言，社会主义者除了暴力革命以外，别无他途。而暴力原则至少对英国是不适用的，因为英国工人已经有了普选权，问题变为如何合理地使用这一权利，完善民主制。对此，有些学者认为，我们作为后人应该尊重前人的历史选择；但也有人认为，西方工运的议会民主道路背离了马恩的社会主义原则。国内外学者一般对西方民主制采取两分法，肯定其历史进步性，揭露其虚伪性即民主理论与实践之间的差异，尽管肯定或否定的程度不同。一般认为，民主制有助于政局和社会稳定，有助于减弱市场竞争给弱者造成的伤害，增加平等意识，弱化阶级意识，如公民概念被称作“阶级的弱化器”。

作为一种社会管理制度，民主制有效地缓和了社会和阶级矛盾，维持了统治秩序；它提高了普遍民众的社会地位和生活水平，抑制了资本的贪婪和残酷；它既是政治统治的需要，也是社会管理的需要。从社会功能看，民主制是西方社会的稳定机制，它将西方的社会主义运动纳入了民主制轨道，削弱了无产阶级革命的威胁，维持了社会的长期基本稳定。

第四，民主制的历史趋势。在古希腊时代，民主制只是众多政治制度选择中的一种，甚至是带着贬义的。民主制在近代以来的发展过程中，在理论和实践方面也一直受到来自各方面的批评和挑战。关键问题是民主制没有解决资本主义社会的一个基本矛盾，即经济自由与政治民主的矛盾，民主制强调和保证的是所有公民政治上一律平等，而经济自由必然导致贫富分化，腐蚀民主的社会基础。公民的政治平等和政治参与需要经济独立的前提，甚至对古代民主制也是如此。古希腊的梭伦为维持民主制，曾禁止公民因债务而受奴役。政治民主和经济自由这一基本矛盾支配着近代以来的西方历史，还将制约今后西方社会的发展。近年来，福利社会政策面临困境，新右翼势力伺机而动，都是对民主制的潜在威胁。这些情况说明，西方民主制远不是尽善尽美的，但它作为一种相对（君主制和贵族寡头统治）较好的制度还是逐渐为人们所认可。许多研究显示了民主制与政治长期稳定、经济持续发展、高水平社会福利之间的良性关系。在发展中国家政治制度建设过程中，西方民主制往往被称为一种参照模式，这一现象说明，作为社会管理机制的西方民主制有一定的普遍性或借鉴意义，但这里也必须充分认识到，作为政治制度的民主制不是孤立发展的，民主制首先是西方历史文化的产物，受包括经济发展水平在内的各种社会因素的制约。其中公民意识、公民文化的积淀是一个长期的历史过程。因此，民主制不是一种可以简单模仿或照搬的东西。实际上，西方民主制本身也不是一种模式，西欧、北欧、南欧和北美都有各自的特点，甚至西欧内部的英、法、德之间也有很大差异，日本更是如此。各国民主制的历史发展途径、特点、时间进度等是由不同的社会文化背景所决定的，它们的未来发展将取决于其是否有利于其所在社会的稳定、经济发展、人民幸福等最终目的。我们既要看到民主制是一种历史趋势，几乎所有国家都在推行民主制建设；也要认识到具体的民主制模式的推进要符合国情特点。

（原载《中国社会科学院院报》，2002 年 9 月 12 日）

日不落帝国的兴衰

——读《剑桥插图大英帝国史》[①]

大英帝国是随着英国人的海外殖民扩张而出现的。英国海外移民的历史可以追溯到15世纪末。1607年，英国人在北美建立了第一个永久性的殖民地，但英国大规模的海外移民出现在18世纪以后。移民离开故土有各种原因：摆脱政治和宗教迫害、获得自己的土地、找到工作和更好的生活机遇。由于工业革命，英国最早出现了资本主义条件下的劳动人口过剩。从1814年拿破仑战争结束到1914年第一次世界大战爆发的一百年间，有2 000多万人从英国移居海外，其中1 300万人移居美国，400万人移居加拿大，150万人去了澳大利亚，其余人则流向世界的其他地方。英国是近代以来世界上最大的输出人口的移民国家。殖民地不仅对英国，而且对世界有着重要的历史意义，很多学者认为，殖民地是英国资本主义起源的前提条件之一。如《大分流》的作者就将殖民地缓解了人口对土地的压力和煤的开采作为英国资本主义发展的两大原因。

当20世纪初世界基本被列强瓜分完毕时，英国获得的份额最大。在第一次世界大战爆发之前的1914年，英国的殖民地面积已达3 350平方公里，统辖3.94亿人口，占世界人口的1/4，这相当于英国本土的137

① P.J. 马歇尔：《剑桥插图大英帝国史》，樊新志译，世界知识出版社2004年版。

倍，本国人口的 8 倍多，因此英国被称作“日不落帝国”。大英帝国在形成过程中，既有对当地土著人的镇压，也有与其他殖民国家的争夺。这一过程对英国社会发展、世界近现代国际关系史和政治地理的发展演变，均有着重大影响。大英帝国建立在强大的经济基础上，在 19 世纪中期，英国的煤产量占世界的 60%，铁产量占世界的 50%，是名副其实的“世界工厂”，当时航行于各大洋中的商船有 1/3 以上飘扬着“米”字旗，乃至整个 19 世纪在某种程度上可以被称作“英国世纪”，然而，20 世纪见证了大英帝国的衰落，尽管它是两次世界大战的战胜国。英国首相丘吉尔在回忆录中描述了他在雅尔塔会议中的心情 ：“我的一边坐着巨大的俄国熊，另一边坐着巨大的北美野牛，中间坐着的是一头可怜的英国小毛驴。”随着美国和苏联的崛起，以及第二次世界大战后民族独立潮流的影响，大英帝国逐渐瓦解，至 20 世纪 60 年代，作为殖民体系的大英帝国已成为历史的陈迹，但主要由昔日前英国殖民地国家构成的英联邦还有着相当的国际影响。

如何认识和评价大英帝国的历史作用，是世界近现代史中的一个重要议题。这个议题涉及方方面面的内容，其中之一是大英帝国在殖民地发展中的作用——是招致了贫穷还是促进了发展，包括马克思在内的众多学者为此倾注了大量心血，然而，历史是复杂的，大英帝国的历史作用是多元的。现有研究成果表明，要对大英帝国的历史作用作出整体性评价是不可能的，指望在一本书中找出明确答案更是不现实的。《剑桥插图大英帝国史》没有试图作这样的尝试，而是努力全面、整体地展示这段历史，为读者的思考和判断提供一个平台。该书主要的 11 位作者都是英、美、澳的史学家，这使全书充满了生动的细节描述。更难得的是，这些作者充分吸收西方第二次世界大战以来新史学的理念和研究成果，在书的内容和形式的安排上均有独到之处。

首先，这里的大英帝国史全然没有以往政治史的痕迹，尤其是西方中心观念受到了明显的约束。如作者认为，“大英帝国的历史就是研究英国人与其他人民之间的相互作用，而不是英国人对这些人的‘影响’”。相互作用理论承认，在西方殖民统治之前，当地人民已有丰富的文化和历史，在英国势力参与其历史发展后，他们续写自己的历史，其中包括反抗压迫和发展本土文化的历史。这是作者尊重历史的表现。事实上，大英帝国内部没有统一管理机构，没有统一的殖民统治模式，除几个以英国移民为主要居民的前殖民地，如美国、加拿大、澳大利亚等国和地区保持了较多的英国文化特点外，其余殖民地的情况千差万别，本地文化特点至今仍很明显。这种特点在各地的凝聚西方与当地传统风格的建筑艺术中表现得淋漓尽致。

其次，由于突破了单纯政治史的狭隘局限，该书所含内容极其丰富。大英帝国史并非简单的文明传播史，或殖民主义、帝国主义压迫剥削史。西方文化与前殖民地文化的接触是全方位的，作者也试图从各个角度看待这一现象，从各种殖民统治形式、贸易往来、文化冲突、人口流动、城镇建筑、绘画艺术、体育娱乐、种族主义、民族融合、妇女生活，到英语文化和其他西方文化传播与帝国归属感，等等。如作者细心地注意到，竞技体育也是培养民族意识的温床。“澳大利亚表现自己的民族意识不是在为独立而战的战场上，而是在为自尊而搏的板球比赛中。对新西兰人来说，独立意识是通过英式橄榄球比赛来表现的。”

最值得称道的是，全书差不多每页都有一幅插图，或绘画、地图或照片，像一扇扇打开的历史之窗，使原本就通俗的文字叙述更加生动，通过增强读者的视觉感受力，更充分地刺激他们的思维活动。大英帝国为英国的民族意识和艺术生活打上了深刻的烙印。漫步于伦敦街头会看到很多人物雕塑，其中大多是为帝国在海外开疆拓土的将领。这些帝国英雄的高大形象也保留在英国历史题材的油画中。书中收录了一幅描述戈登将军在苏丹喀土穆面对死亡大义凛然的画，作者在解说词中写道，几乎可以肯定地说，戈登被杀时，远没有这般壮烈的情景，是艺术家对这一事件进行了纯粹神话般的描绘。画中的戈登将军就是在我国历史教材中记载的，曾在中国率领“常胜军”镇压太平天国运动的那个戈登。

本书完全可以作为当代西方新史学的一种典范来看待，实际上，这是政治史与社会史、妇女史、文化史、国际关系史、经济史、移民史等领域的有机融合。

（原载《学习时报》，2005 年 1 月 17 日）

全球化与全球化史观

问：什么是全球化和全球化史观？

答：全球化（globalization）一词出现于20世纪80年代中期西方学界，20世纪90年代初期开始流行。目前，它是国际社会科学界使用频率最高、内涵分歧最大的概念之一。在史学家看来，它无非指在地球上生活的人类各部分之间的联系和交往逐渐增多的过程。这个过程也是人类历史的自然发展过程。以这种方式看待历史就可以称作一种“全球化史观”。

问：全球化过程始于何时？

答：学者们对全球化的起源大致有长、中、短三类观点。短时段的观点还可分为三种：(1)冷战结束；(2)第二次世界大战后一些包括联合国、世界银行和关贸总协定在内的国际性机构的建立；(3)19世纪末帝国主义世界殖民体系的形成。中时段基本以16世纪资本主义的世界性扩张为全球化的起点。这是目前国内外学术界的主流观点。长时段观点则认为，全球化在资本主义兴起和扩张之前很久就开始了，资本主义不过是这一过程的一种结果。如《白银资本》的作者弗兰克认为，我们今天生活于其中的世界体系不是500年，而是5 000年。还有，更早的全球化起源观点依据考古学和基因学证据显示，10万年前从东非走出的一支人群，是今天全人类的共同祖先。这批先人及其后代如何走向全球也是全球化历史应该研究的内容。

问：全球化的成因或动力是什么？

答：国内学界一般认为，所谓全球化主要是经济全球化，其核心是资本的世界性扩张。我个人倾向于用长时段的观点看待全球化过程，认为实际情况要复杂得多。人类在创建文明的漫长历史过程中的相互交往是很自然的，地理环境的差异、自然资源分布的不均衡，促使处于不同地域的人们互通有无（贸易）、交流生产经验（科技）、争夺资源（战争）。除物质需求的驱动外，人类在天性上有探索一切奥秘、扩大认知空间和精神沟通的愿望（传教），甚至了解包括异域风土人情在内的事物的好奇，也促使人们在探险（旅游），所以，在史学家眼中，不仅商人，传教士、探险家和士兵也是文明交往的尖兵，而人类的历史就是不断克服和突破自然和自身（文化传统）限制，相互交往，增进了解，关系逐步密切的过程。在这个过程中，政治、文化、经济等因素互动，其中经济和科技因素的作用是很突出的。

问：如何看待全球化与资本主义？

答：毫无疑问，资本主义加速了全球化，但我不认为资本主义是全球化的起点，也不同意全球化就是西化。从长时段的观点看，资本主义也是此前各种文明交往的结果，如古希腊－罗马文明曾受古埃及、两河流域文明的影响，西方古典文明被日耳曼人征服后，拜占庭文明中保留的古希腊－罗马遗产成为欧洲文艺复兴的思想火种，而在 8—12 世纪地中海世界很大程度上被伊斯兰化。如果说资本主义主导了近 500 年的全球化，那么其领跑者也是变化的，先是葡萄牙、西班牙的中心地位被荷兰、英国取代，在 19 世纪末尚属“新兴工业国家”的美、德、日三国，如今是全球三大经济中心——北美、欧盟和东亚的核心。人类历史表明：全球化绝不是某一文明扩张的结果，尽管在某些时期中某些文明的传播能力比较强。各个地区和国家在全球化中的位置不是绝对的，而是取决于科技和经济实力，取决于各民族的努力和对机遇的把握。

另外，全球化是人类历史的自然进程，资本主义只是其中一个历史阶段。其实，学界对于当代世界已经有许多“后资本主义”的概念，如第三次浪潮、后现代社会、信息社会、后工业社会、新资本主义、新殖民主义，甚至民主社会主义、社会主义，等等。至少，19 世纪中期曼彻斯特式的资本主义在今天的西方已经绝迹，而全球化还将随着人类历史的延续而发展。

问：你似乎用全球化史观代替全球史观，两者有什么不同？

答：全球史观早于全球化概念出现，全球史观指导下的全球史研究在 20 世纪 70 年代成为相对独立的史学编撰体系。它打破以往世界史采用国别史、地区史或各文明史组合的传统写作方式，强调全球作为一个有机体的整体性，客观上有削弱西方中心论的作用。但这种史观更重视各地区、各文明之间横向的相互联系和影响，而不是纵向发展。全球化起源有那么多短、中时段观点的一个重要原因，是它们过于强调全球化过程中的横向联系，而对全球化的纵向发展重视不足。

全球化史观则兼顾全球化的纵横发展过程（“全球”指世界各地的横向联系，“化”强调纵向发展过程），与施本格勒－汤因比的文明史观、沃勒斯坦的世界体系论和各种现代化理论有明显的不同。如汤因比基本是从单个文明的生长发育看待文明交往（挑战－应战）的，而全球化史观则考察人类文明整体之间的联系；沃勒斯坦的世界体系仍然是资本主义世界体系，只不过贯穿着反资本主义的价值观念；各种现代化理论首要关注的是传统社会向现代社会的转型及发展问题，尽管这些理论与全球化史观有许多相通之处。可以说，全球化史观在纵、横两方面的开阔视野是前所未有的。

问：全球化史观对史学研究有何意义？

答：大致可归纳为以下几点：

（1）它提倡一种长时段观察历史的方法。这种长时段与布罗代尔的不同，它的考察对象不是影响人类的自然地理环境，而是人类历史发展本身。

（2）动态观察历史的方法。这种动态不是短时段中的动态，如军事政变或总统竞选，而是在长时段视野下才能观察到的动态：各文明如同在进行一场无休止的马拉松，在各个时期出现不同的领跑者。

（3）相对超脱意识形态化的史学研究方法。长时段视野以人类历史发展整体为研究对象，使其能以一种独特的视角观察人类历史发展整体中的一些普遍性问题。如任何政府都要面对诸如生态环境、文明交往、和平、安全、人口、疾病、食品、能源、犯罪等问题。这是不同信仰、不同政治制度的国家需要相互交流、彼此借鉴和集体协作的基础。

（4）综合和跨学科的研究方法。全球化是一个综合和复杂的过程，包括了经济、政治和文化等各方面的内容。有些学者只认可经济全球化，而质疑和否定其他方面的“化”。这是完全可以理解的，但我们也应认识到，全球化是一个过程，如同历史或生活是一个过程一样，经济、政治和文化的影响是很难截然分开的。孟德斯鸠早就注意到，“贸易使每个地方都能够认识各国的风俗，从而进行比较，并从这种比较中得到巨大的好处”。沃勒斯坦对其世界体系理论有一段很好的说明：“世界体系分析不是历史学，不是经济学，不是政治学，也不是社会学，世界体系否定与这些仍然框定我们大学体系的 19 世纪的范畴有任何知识的相关性。世界体系分析呼吁一种统一学科的历史社会科学”。我以为，将这段话中的“世界体系”换成“全球化史观”也是适用的。

最后需要说明的是：尽管全球化史观有其独特处，但它不能取代其他史学方法，而只是这些方法的一种补充；实际上，在很大程度上，它还有赖于在其他史学研究的基础上进行。

（原载《中国社会科学院院报》，2006 年 5 月 30 日）

环境史研究也应重视人与人的关系

虽然国内外学者们对环境史的定义尚无一致的意见，但他们基本认定，“环境史是研究人类与自然的互动关系史”。笔者以为，环境史研究中人与人的关系也应引起学者们的足够注意，因为人与自然的关系和人与人的关系本是人类生活不可分割的两个方面。我们在肯定环境史的独特性的同时，也应充分认识到它与一般史学分支，尤其是政治史内容的密切关系。

如果再仔细考虑，那么人与自然的互动关系大致有三种：一是以自然为主，将人类作为地球物种的普通一员，即与其他物种平等的一员。这种观念的极端形式是生态中心主义、生物平等主义或生态原教旨主义，认为生态、物种有不以人的意志为转移的天赋权利或价值，如动物的权利。二是以人为主，强调人是宇宙万物的中心，是一切价值的尺度。这种观念的极端形态是人类中心主义或人类沙文主义，为了人的利益，可以任意征服自然、改造自然。三是人与自然的和谐，重视人和自然的可持续发展。这三种观念大体是西方环境观念史发展的三大阶段。人类在漫长的远古时期是畏惧和崇拜自然的，认为人与其他生物一样都是自然之子。随着近代科技对自然认识的进展，人与自然的关系在发生变化，人类中心主义逐渐占据上风，尤其在19世纪和20世纪初的西方国家。20世纪60年代以来，随着资本主义体系内外矛盾的突出，西方社会有了回归自然的向往，在要求人与人和谐的同时，也要求人与自然和谐。应该说，这三种环境观念在当今西方社会都程度不同地存在着，并直接影响着环境史的研究。

马克思主义认为，人与人的关系和人与自然的关系是互为前提和影响的，人的生产活动就是这两种关系的体现，不同时期的生产方式不仅反映着人与自然的关系，也体现着人与人的关系。如恩格斯在《英国工人阶级状况》中将工人恶劣的生活环境和工作环境，首先看作资本主义生产方式的产物。这种恶劣的环境状况后来虽然在西方国家消失了，但它随着经济全球化转移到了发展中国家。环境问题目前成为南北关系、贫富关系中的一个焦点问题绝不是偶然的，而是随着资本的扩张而殃及世界各角落。由于人与自然的关系的背后有人与人的关系（最明显的是人类争夺自然资源的战争），因此要调整好人与自然的关系，必须相应地调整好人与人的关系。

当代西方生态马克思主义也认为，生态危机本质上不是环境危机，而是资本主义危机；与其说人与自然的关系失衡，不如说人与人的关系有问题。因此，环境问题不能被笼统地认为只是人与自然的关系问题，发达国家对此显然负有更多的责任，即使不从政治角度看问题，西方人均能源消费也比发展中国家高很多。虽然国外学者们对马克思主义生态观尚有争议，但马克思主义强调研究人与自然的关系不能离开人与人的关系的观点是很有说服力的。

在很大程度上，由于生态中心主义忽视了人与其他生物的区别和人与人的关系对自然的影响，其激进主义观点的影响实际很有限。有学者甚至说，“环境史中一个令人不愉快的绊脚石是生态原教旨主义者，他们要求历史将自然而不是人作为中心，也不从人的利益的角度审视历史”。以生态中心主义反对人类中心主义其实是一场“表演赛”，更真实的环境史是围绕资源而冲突的人撰写的。世界环境的历史与现实一再证实这一点。

西方环保运动的奠基人、《寂静的春天》的作者——蕾切尔·卡逊（1907—1964）最初想把她的书命名为“人与地球为敌”，后来她意识到人与环境为敌是与自己作对，又想把书名改为“人与人为敌”。她生前就意识到，杀虫剂问题会因为政治问题而永远存在，清除污染最重要的是澄清政治。卡逊的悲观论断被无情地验证了。虽然美国禁止了 DDT 的生产，有些农药已被禁止在美国使用，但一些厂商仍在生产并出口这些农药。

美国环境史学家沃斯特（Donald Worster）在其名著《尘暴》中不仅描述了 20 世纪 30 年代发生在美国南部大平原上的尘暴，而且分析了这场生态灾难的社会根源：是资本主义社会制度、价值观念和经济体系，破坏了那里脆弱的生态平衡。在《尘暴》中，沃斯特想要告诉人们，任何关于自然的思想都是文化的产物，是文化决定着人对自然的态度，并影响着自然。因此，正是从这个意义上说，20 世纪 30 年代大平原上所发生的事情才是“具有世界意义的”。1986 年美国环境史学家阿尔弗雷德·克罗斯比出版了轰动西方环境史学界的著作《生态帝国主义：欧洲的生物扩张，900—1900》，向人们展示了政治征服影响下的生态征服。在他看来，“政治史与生态史之间存在着一个过于直接的相似之处”。

能给生态环境留下烙印的不是个别人的思想和行为，而是长期的、大范围的人类活动，这种活动只能是一种文化和制度的产物。至少有四种社会变量影响自然生态系统的变化：人口规模与增长；制度性变化，尤其是和政治经济与经济增长有关的制度性变化；包括精神和信仰系统在内的文化价值系统；技术变化。实际上，这些变量是相互影响、共同发挥作用的。如人口增长就与制度、文化和技术因素有关，所以，如果将生态因素从其经济、政治和社会背景中分离出来，它只有“很少的阐释价值”，“环境现象也只有作为政治的和社会历史的解释才有意义”。

其实，国内外环境史学者也在考虑：“环境史是单纯研究人与自然的关系，还是需要进一步探讨人与人的关系？”这种考虑或多或少地从他们对环境史内容的具体论述中反映出来，如有的学者强调环境史的跨学科特征；有的认为环境史必然包括对环境决策和政策执行的研究层面；有的强调环境史是环保运动（一种社会抗议运动）的产物；有的重视环境史理论中类似后现代主义的社会批判色彩，等等。相较而言，笔者觉得高国荣博士（论文今年通过答辩，尚未发表）对环境史的定义“环境史学研究的是历史上人与自然之间的互动关系以及以自然为中介的社会关系”，比较全面地概括了环境史学的特征。

史学是人学，需要通过各种视角或媒介来研究人及各种各样的人与人的关系，不仅研究人的经济差别，也要关注性别差异；不仅比较宗教信仰的异同，也要重视自然观念的差异，等等。环境史与自然史、生物史等学科的本质区别在于，它通过自然的视角来透视人和人与人的关系；它与其他史学分支学科的主要区别是，它以自然或生态的独特角度来研究人类社会的发展历史。政治史就像史学的骨干和神经，联系和带动着其他史学分支学科的发展，支配和折射着其他史学分支领域的研究内容和价值观念。看来，环境史也可以作为这种观点的一个例证。

（原载《中国社会科学院院报》，2005 年 8 月 4 日）

开拓劳工史研究的新视野

一、振兴劳工史研究的意义

西方工人运动史曾是我们世界近现代史教学与研究的重点和主线，但由于研究内容、理论与方法过于简单化，与西方社会复杂和丰富的历史及现状存在较大的差距。随着改革开放和国人对西方世界了解的深入，这种以总结国际共运和无产阶级斗争经验为主要目的，以工会、工人政党和组织的纲领文件及其领袖为主要研究对象，以各种形式的劳资冲突尤其是罢工、群体反抗和暴力革命为主要内容的西方工运史，难以适应国内形势需要，在20世纪80年代中后期逐渐淡出了世界近现代史教学和科研领域。这是一个令人遗憾的现象。西方工人或广义的劳动群体是社会的主体，劳资或雇佣关系是最基本的社会关系，这方面的欠缺将直接影响我们对西方的整体性认识。就国内现实而言，我们正面临着前所未有的经济和社会结构调整，外企、合资企业、私企的出现，改变了原来单一的劳动关系。另外，随着中国企业海外投资的增加，我们也以资方的身份同外国劳工直接打交道，由于不熟悉国外劳工法、工会法，有很多教训，因此，在新的基础上振兴西方乃至整个国外劳工史研究，不仅有学术价值，而且有社会现实意义。国外对劳工、劳资关系的关注与研究始终与其社会现实的发展同步进行，在很多问题上甚至是超前的。劳资关系及其相关的制度、法规是现代社会的中心，对其研究的重要性是不言而喻的。马克思、恩格斯当年正是从工人生活的苦难感受中，走上创建社会科学理论之路的。西方有许多专门的研究机构（仅英语国家中的产业关系研究机构就有几十个）和杂志，有劳工和工会博物馆。今日的劳工概念已不是19世纪的无产阶级，也不是20世纪的蓝领，而是泛指社会中的工薪收入者，无论他们的雇主是政府、国有企业，还是股份制公司、私人企业。今天的工会会员中不仅有工厂工人，也有农场工人、教授、工程师、警察、公务员、体育明星、医务人员；不仅有全日工，还有临时工、半日工、钟点工，甚至失业者。我们传统意义上的劳工史已经无法涵括这样的内容。它需要新的、更广泛的研究领域，更多学科的理论与方法，更丰富的研究内容。

二、一个亟待重视的研究领域——产业关系史

西方劳工史研究范围拓展的一个方向是产业关系（Industrial Relations）史。这里的industrial不是指工业，也不是泛指各行业，而是指个人或组织以雇佣形式获得生活收入的方式，无论干什么，工作地点在哪里。狭义的产业关系就是劳资关系，广义的产业关系包括工会、雇主协会和国家代表的公众利益之间的三方关系。可以将产业关系的理想模式看作一个等边三角形，尽管实际上，现实中各国的产业三角关系都不是等边的，同一国家的产业关系在不同时期，随着三方力量的消长，也会呈现不同的三角状态。产业关系研究显然是一个比单纯的劳工、劳资关系研究更广阔的领域。产业关系的内容决定了这是一个跨学科（经济学、社会学、法学、政治学、历史学）的研究领域，它将传统的劳工史、工运史置于一个复杂的系统中。产业关系研究与雇佣方式、雇佣关系的巨大变化，和人们对劳动者（人力资源、人力资本）在现代经济中所起的重要作用的深刻认识有密切的关系。不同于19世纪的

大多数时期，在现代西方社会中，劳动者的素质和工作热情受到重视，被认为是经济发展和取得竞争优势的关键。产业关系最初在法学、社会学范围内研究，直到第二次世界大战后才逐渐成为独立的研究领域。一般认为，美国学者邓洛普（J.T.Dunlop）在1958年出版的《产业关系体系》（*Industrial Relations Systems*）一书奠定了这一研究的基础。产业关系理论认为，劳资关系中存在着持久的利益冲突，但劳资双方的利益都是合法的，其核心任务是如何理解并有效协调冲突的关系，兼顾社会公平和经济效率。从宏观上说，整个西方的产业关系经历了两次大转变：第一次是自发的产业关系（市场经济）向国家调控的方向转变。由于一系列新的社会因素的出现，（如工会、雇主联盟、劳工法、集体谈判、社会保险等机构、组织和法律），一方面，防止了市场经济自发力量对社会稳定发展的危害和企业主权利对工人及社会利益的危害；另一方面，也避免了工人或社会革命对财产权的破坏。第一次转变大致完成于20世纪50年代，以西方福利制度的基本成型为标志。第二次是由国家调控的工业关系向全球化市场的方向转变。20世纪对产业关系的解决方法现在逐渐变得不适应了，需要新的社会组织、机构、法律来适应全球化条件下的产业关系新情况。过去的理论和经验要重新审视和评价，这是目前西方产业关系研究的背景和前提。第二次转变约从20世纪90年代初开始，可以苏东剧变后经济全球化加速进行为标志。与传统劳工或劳资关系史中单一的压迫反抗模式不同，产业关系发展呈现出各国历史文化特点。西方欧陆国家的产业关系被概括成“莱茵模式”或“日耳曼－拉丁模式”；英美属于“盎格鲁－撒克逊模式”；还有日本、新加坡等国的“东亚模式”。严格地讲，依据每个国家的历史文化特点，各国的产业关系也各不相同，还可以区别出“瑞典模式”“德国模式”“荷兰模式”“日本模式”等。这说明，劳工或劳资关系史是在特定的历史文化环境中发展的，是工业革命或科学技术发展的结果，或压迫和剥削的产物，绝不可以单独或割裂地研究。劳工组织是在与社会其他系统的互动中存在和发展的，其本身既是政治组织，也是经济组织、社会组织和文化组织（如美国的劳联－产联有自己的教育机构，可以授予学士学位）；工人既是劳动者，也是消费者、政治和文化发展的参与者，因此，对他们的研究不能简单化、单一化、教条化。可以考虑将产业关系的发展及其比较研究作为我们在新的社会历史条件下振兴劳工史的一个平台，或至少将其作为一种新思路。

（原载《中国社会科学院院报》，2006 年 3 月 30 日 3 版）

历史视野下的西方“新社会运动”

“新社会运动”（New Social Movement）近些年来逐渐引起国内学界的关注。这一概念指20世纪60年代以来西方的和平反战运动、公民权利运动、妇女运动、环保运动，有的也包括同性恋合法化运动和动物保护运动等。相对于19世纪清一色的工人运动，这些运动有两大主要特点：(1)没有明显的阶级基础，或被称作范围广泛的中产阶级运动。(2)没有明确的经济利益。这表明西方已进入后工业、后物质、后阶级社会。这种社会有矛盾、有冲突，但却不是阶级斗争或物质利益之争，更不是革命，而是文化之争，或价值观念之争。这些观点有大量数据为依据，符合社会发展的逻辑，也在很大程度上反映了西方社会的现实。随着科技发展，经济结构调整，西方社会阶级结构发生了巨大变化；随着保护劳工法令和社会保障制度的完善，劳资冲突的规模、激烈程度和频率已明显缩小或降低。

“新社会运动”概念提出了新的研究思路，显示出国外学界对现实社会变化的敏锐程度。但一个有趣的现象是，国内外谈论和研究“新社会运动”的大多是社会学家、政治学家，史学界虽然早就研究“新社会运动”的内容，却没有运用这一概念。史学界的一句格言是：“太阳底下没有新东西”。这既反映出这个学科的“傲慢与偏见”，也显示出其“见多识广”。

以史学视野观察“新社会运动”或许有助对它的新认识。这个概念由谁、在哪一年提出并不重要，重要的是这一概念提出的背景和意义。“新社会运动”概念主要受益于四位欧洲社会学家的理论观点，他们分别是法国的海图纳（Alain Touraine）、西班牙的卡斯泰尔（Manuel Castells）、德国的哈贝马斯（Jurgen Habermas）和意大利的梅卢西（Alberto Mellucci）。这四人也属于西方马克思主义学者，对阶级问题尤其是马克思主义阶级理论的敏感使他们注意到这一问题。

另外，这一概念的提出还与西方的文化研究热有关，从卢卡奇到 E.P. 汤普森，很多西方马克思主义者都强调文化的政治和历史意义。从学术意义上讲，这是对马克思主义史学理论的一种补充和发展，但也有一些学者以此替代或否认马克思主义阶级理论，或至少否认其对后工业社会的分析和解释作用。

在史学家看来，公民权利运动、妇女运动、和平反战运动、环保运动等大多数“新社会运动”至少可以追溯到 20 世纪初至 19 世纪。19 世纪是以劳资阶级斗争为标志的，但这不意味着没有其他超越阶级基础的社会运动。以美国为例，废奴运动、争取妇女选举权运动、禁酒运动、宗教复兴运动、进步主义运动等，都不是工人运动，而是成分庞杂的中产阶级运动，至少是中产阶级领导的运动。“新社会运动”既不是无源之水，非工人阶级的社会运动也不是后工业社会才有的新现象。

“新社会运动”没有明确经济利益驱动的观点也不能绝对化。应该承认，西方社会在很大程度上已经满足了绝大部分民众的基本生活需求，西欧（尤其是北欧诸国）已经实现了从摇篮到坟墓的、相当完备而优厚的社会保障体系，因此民众的物质性诉求在很大程度上降低了，近三十年来的民意调查显示，民众的关注点有从物质性问题转向文化类问题的趋势。但这需要一些限定，并非所有阶层或群体都是如此。环保运动、妇女运动、和平运动、同性恋合法化运动等权利运动都有中产阶级以外的人。例如，环保运动实际由两股潮流构成，中产阶级出于价值理念和当地民众出于切身利益，分别构成了其精英和草根群体。环保运动中有人写文章、演讲宣传，也有人站在推土机前舍命抗争。另外，认为环保主义是中产阶级价值观的论点值得商榷，那些蜗居在火柴盒般的公寓楼里的人，并非不知道花园洋房、别墅的舒适，不想享受阳光、沙滩、绿地的惬意，只是无暇、无钱而已。

妇女运动、民权运动内也有这样的层次。很难绝对地说，"新社会运动"是非物质利益的，老运动都是经济利益的；"新社会运动"是白领的，老运动是蓝领的；"新社会运动"是社会改革或不满宣泄，老运动是阶级斗争或社会革命；"新社会运动"是文化的，老运动是政治的，等等。被"新社会运动"忽视的工会运动在20世纪60年代以来有了很多新变化。例如，工会的主要谈判对手已经由私人资本家转为政府部门，因为政府已经成为工会的最大雇主，会员的主体是政府雇员，因此，在现代劳工史中，昔日的劳资冲突已经在很大范围和程度上转为公民向政府争取权利的斗争。斗争的焦点也不再限于剩余价值的分配，而是各部门会员收入在财政预算中的份额，所以，当代工人运动仍是西方"新社会运动"的组成部分。

为什么人们有新、老运动的简单印象？这是一个值得探讨的问题。这或许说明，任何学科视角都是有局限性的，对一个社会现象的把握，需要众多学科的会诊。19世纪激烈的劳资冲突使人们忽视了其他形式的社会运动，而20世纪中期以来西方社会缺乏革命形势，又使人觉得西方社会已经没有了主义之争，于是出现了就事论事的"新社会运动"。其实，"新社会运动"在很多方面都是老运动在新形势下的延续，例如，它并非没有自己的组织机构或从事政治变革，有的"新社会运动"有自己的常设组织甚至政党（绿党）；有的也使用老运动的方式，如议会游说、选举和法庭投诉。显然，新、老运动很难截然分开。

目前，国内外"新社会运动"研究仍在忽视着一些符合其特征的社会运动，如"保护消费者运动"，还有保守主义影响下的那些维护传统价值（如宗教、婚姻和家庭）观念的运动。这些运动的规模和社会影响都是不该忽视的。这或许说明“新社会运动研究”处于左翼学术思潮的影响下，果真如此，这本身就是“新社会运动”非政治性、非意识形态化的一个反证。

最后，人们还完全可以抛开新、老运动的特征，将它们视为集体反抗运动。集体反抗运动是人们无法通过社会现有渠道表达自己对生活的发言权时的一种民主诉求，以合法或非法、非暴力或一定程度的暴力形式表达。传统的集体反抗活动有很多也是合法和非暴力的，如 18 世纪英国民众的集体反抗活动有很多这样的例子。如同当年的工人运动是要控制自己劳动的过程和成果一样，环境保护运动也是民众要控制自己的生存环境。在这个意义上，新、老运动没有本质的区别，它们既有经济的内涵，也有政治的和文化的内涵。

西方集体反抗运动是一种社会进步力量，美国建国者杰斐逊认为其能净化社会风气，如同暴风雨能净化自然界一样。加拿大马克思主义史学家 B.D. 帕尔莫有一篇论公民不服从的文章，谈到法律像一道道墙，限制人们的活动，在其范围内才有不服从、抗议等现象存在，但法律又是可塑的、历史的和变化的：昨天的法律在今天可能是违法的，如吉姆·克劳法、父权制法令等。“若没有不服从，即那些在日常活动中以不敬或违抗以及有组织地抗议来挑战法律，我们或许生活在一个全然不同的世界。”法律可以修订，“但它从不会在完全没有公民不服从的情况下出现”。在这个意义上，新、老社会运动的历史作用也是一样的。西方一些明智的执政者就是从这些运动诉求中发现制度性漏洞和缺陷，并利用运动的压力，实施一次次改革，使西方制度在避免革命动荡的情况下逐渐改善，因此，“新社会运动”不是西方社会的根本制度性危机，而是其社会变革的又一次先兆。

从多数人暴政的视角看美国黑人的自由之路

读美国历史常感叹黑人命运之不幸，也常思考为何黑人的自由之路如此漫长与艰辛。白人种族主义根深蒂固、奴隶主阶级利欲熏心、强调自治的州权理论都是很好的解释，但总觉得还少了些什么。直到无意中看到一句话，感慨黑人民权运动的胜利是“一个地区的少数人强迫基本制度发生了违反大多数人意愿的变化”，我才意识到，黑人遭受的不仅是种族压迫、阶级压迫，而且还是多数人的压迫。即使在20世纪60年代民权运动时期，黑人也仅占全国人口的1/10。在推崇民主、选票决定一切的美国，这是非常不利的政治环境。

为什么这样一个简单的事实长期没有引起我们的重视？说黑人受到了种族歧视和阶级压迫很容易理解和接受，但如果说黑人受到了多数人的压迫和排斥则会引出争议。长期以来在我们的政治意识中，多数人或民众的立场和态度几乎是无可置疑的。黑人的苦难根源要在少数白人种植园主的经济利益中去寻找，即使白人民众中有种族主义倾向，也是受到了少数南方政客的煽动和蒙蔽，因为贫穷的白人和黑人之间没有根本的利益冲突，而种族矛盾和斗争说到底不过是阶级矛盾和斗争，然而，美国历史上的种族矛盾压倒阶级矛盾的例子不胜枚举，多数人的谬误与偏见也屡见不鲜。

我们正确地认为，人民群众创造了历史，但是人民群众对历史发展中的错误是否也有责任？很少有人正面论述过，因为这首先违背政治正确的原则，在中国和美国都是如此，然而，不考虑大多数美国普通民众的心理状态，我们就无法真正理解为什么黑人争取公民权利会那么难！

宣告脱离联邦的南方州是通过州议会召开人民代表会议，由人民代表会议发布脱离联邦的法令。尽管在这些州中有反对分裂和主张与北方妥协的声音，但最终分裂势力占了上风。有学者指出，南方各州“1860—1861年退出联邦的集会提供了世界上最接近对战争进行全民公决的例子”。邦联成立后，邦联各州在联邦的参议员，除一人外，全部退出了联邦参议院。在弗吉尼亚军事学院的1 902名学员中，有1 781人为邦联而战；“仍在美国陆军服役的西点军校毕业生中，大约90%辞去联邦军职，加入了南部邦联”。在南方，绝大多数的奴隶主属于中小奴隶主，1850年，拥有10个以下奴隶的奴隶主占全体奴隶主的70%以上；而有50个以上奴隶的不及全部奴隶主的3%，约有1 000人。也就是说，南方大小奴隶主不过30 000人。最终双方军人死亡人数超过61万，其中联邦军人约为36万，在13 ~ 43岁的全部北方男子中约占6%；邦联军人约为25.8万，约占南方全部13 ~ 43岁男子人口的18%。这样的牺牲比例和绝对死亡人数，在美国迄今为止的历史上都是绝无仅有的。南方在南北战争初期，一度形成男子积极参军，部队士气高昂，妇女支援前线，后勤保障有序的社会环境。正因如此，南北战争才进行得如此惨烈。

如何解释这些没有奴隶的南方人的心理和行为？被称作邦联精神导师的卡尔霍恩说：“对我们的社会来讲，社会的两个主要区分不在富与穷，而在白与黑；所有的白人，无论是富还是穷，都属于社会上层，只要他们诚实和勤劳，他们都受到尊重并被当作平等者来对待，从而他们都有一种由某种特征所带来的地位和荣耀，这种特征是贫穷或不幸不能剥夺的。”换句话说，白人与黑人的距离如此之大，使白人之间的贫富差异变得微不足道了，因此，南方避免了阶级斗争。一位美国学者分析说：“我们在这里可以看到，为什么贫穷的南方白人虽然几乎没有任何机会自己拥有奴隶，但却捆绑在这种特别的制度上。他们自己的个人尊严感都依系于奴隶制。确实，南方白人社会中的下层人在捍卫奴隶制时最为狂热，因为正是他们，而非富有的奴隶主们的社会地位受到了解放奴隶的威胁。从事南北战争的南方，其精神正在于此。”他还指出，不仅南方穷人如此，北方穷白人也如此。1863 年纽约爱尔兰人因《解放奴隶宣言》而反对征兵，因他们认为自己将因解放奴隶而人格受损。

直到 20 世纪 50 年代甚至 60 年代初，种族隔离、种族歧视依然有很广泛的社会基础，吉姆·克劳法在南方的统治看上去仍是不可动摇的。白人可以在光天化日之下，在地方政治家、警察，甚至大批白人妇女儿童的围观下以私刑处死黑人，并且被地方法院宣告无罪。1954 年最高法院在布朗案判决中宣布教育中的种族隔离违反宪法精神，1956 年美国国会中 100 名议员联名发表《南方宣言》，要求否决最高法院的判决。1961 年，为了保护一位名叫詹姆斯·梅雷迪斯的黑人学生入学，制止密西西比大学的骚乱，肯尼迪总统共调遣军队、法警和国家警卫队员 31 000 人，耗资 270 万美元。在密西西比大学所在地牛津的驻军人数比驻西柏林的美军多 3 倍。先后有 500 名士兵和法警一直伴随着梅雷迪斯上学，直到 1963 年他获得政治学学位毕业为止。这在世界教育史上恐怕是绝无仅有的。

震惊世界的小石城事件的当事人、阿肯色州州长福布斯（Orval Faubus）出生于一个痛恨特权的贫困家庭，他任命到州政府工作的黑人比他的前任都多，他取消了高等学校内的种族隔离，并反对私刑和人头税。小石城里黑、白人之间的冲突并不多。但随着布朗案判决，州里好几所比较小的学校开始接受黑人，他受到了越来越多的来自白人的压力。1956 年秋，在福布斯想第三次连任州长的竞选期间，他担心在政治上和经济上受到白人势力的报复，开始转向并发誓：只要他当州长，就“绝不容许种族融合”。于是，他在白人的支持下成功连任，并于 1957 年年初通过了几个法案，维持中小学校的种族隔离。

1956 年大选在即，艾森豪威尔总统不想让局面复杂和混乱。9 月 14 日，他在罗德岛单独召见福布斯，在两个小时的谈话中，要求他遵守最高法院的判决。福布斯最后似乎被总统说服了，发表了一个声明，承认布朗判决是“这个国家的法律，必须遵守”。但福布斯回到阿肯色州后，只是让当地警察替换了国民警卫队，仍阻止黑人入学。与此同时，白人开始骚动，打砸准备接收黑人的学校，袭击过路的黑人，警察对此无动于衷。在小石城里，州与联邦的对峙状态吸引了全国的媒体，白人袭击黑人学生的画面传播到世界各地。

艾森豪威尔被福布斯的两面派态度和电视中的暴行激怒了。在国内外的压力下，他站在了维护公民权利的立场上。虽然艾森豪威尔认为，联邦政府不应介入这种敏感的社会问题，也无权干涉属于州和地方政府管辖的教育问题，但是在南方一些地方出现暴力倾向和州权挑战联邦权的危险信号，在州武装力量失去控制的情况下，为了联邦政府和宪法的权威与社会秩序，他必须制止南方的种族主义骚乱，他不能容忍一个州长公开挑战联邦最高法院、联邦政府权威的行为。1957 年 9 月 24 日，艾森豪威尔总统出动 101 空降师的 1 200 名伞兵平息了在阿肯色州州长和州国民警卫队的纵容和支持下，用暴力阻止黑人中学生入学的小石城事件。在 1955—1967 年间，福布斯连任 6 届阿肯色州州长。在 1958 年盖洛普民意测验中，福布斯成为“美国人最钦佩的 10 位世界名人”之一。不过，他从 20 世纪 60 年代初开始疏远极端种族主义团体。在 1964 年州长选举中，他得到了黑人选票的 81%。

乔治·华莱士是亚拉巴马州州长，他主张保护穷人、避免种族迫害。但在他的州长地位遭到被种族分子支持的州司法部长的挑战后，华莱士彻底改变了立场。在州长竞选中，他许诺：将站在本州每一所学校的门前阻止合校运动。1963 年，他在州长就职演说中说，“以这块土地上最伟大的人民的名义，我在这里向暴政挑战。我要说：现在种族隔离，明天种族隔离，永远隔离！”

有两名黑人学生向美国最后一所全白人的大学——亚拉巴马大学提出申请，一位联邦法官判决大学在1963年夏季学期接纳他们入学。为了避免最坏的局面出现，联邦司法部事先警告华莱士：要么让步，要么入狱。华莱士毫不示弱地对州司法部长说："给联邦司法部带个话，我绝不与任何人妥协。我就是要（联邦政府派）军队到本州来。"6月11日，司法部副部长尼古拉斯·卡曾巴赫（Nicholas Katzenbach）乘车带着那两位学生到大学注册，在电视摄像机的注视下，华莱士伸手阻挡他们进入。卡曾巴赫当即宣读了一份总统命令，要求华莱士退下。华莱士也宣读了他自己的一份声明，强烈谴责联邦政府武力干预亚拉巴马大学事务。卡曾巴赫在部队的保护下，强行带着黑人学生去注册。但是，华莱士由于兑现了站在校门前阻止合校的承诺，此后他又多次当选该州州长。20世纪70年代中期后，华莱士改变了种族主义立场，并到马丁·路德·金生前主持的教堂表示忏悔。为此，他赢得该州黑人90%的选票。他的传奇人生被拍成电影，以他的名字George Wallace为片名。

这些南方的州长们敢于违抗总统命令，不是因为他们有多大的政治勇气，而是因为州长是选票决定而不是总统任命的。在当时的南方，绝大部分选民是白人，政治家必须看这些选民的脸色行事。也正因为黑人手里没有使政治家重视的选票，黑人问题一直没有被提到美国最重要的议事日程上。20世纪60年代前，美国社会学家也没有预见到这个震撼全国的黑人民权运动，尽管他们对种族关系的理论和实际研究都很多。总之，从南北战争以来的一个多世纪的历史看，黑人公民权利迟迟不能落实的原因绝不是少数白人的问题。

20世纪以来，尤其在第二次世界大战后，黑人为了生计从南方向北方和西部的城市中迁徙的潮流，对美国政治格局的变化具有重要意义。以前分散于南方各地农村、被吉姆·克劳法剥夺了选举权的黑人，迁徙到北方和西部城市后很容易成为选民，而且因工作或居住相对集中而便于联络与组织。有统计显示，1910—1960年间，进入北方和西部各州的黑人有428万，其中1940—1960有272万。这些新增的选民在两大党势均力敌的地方就会成为决定性的力量，很自然，这些黑人选票引起政治家们的关注。有人指出，在1944年的大选中，黑人的政治抉择对民主党的获胜是“决定性”的。在1948年的总统选举中，如果不是黑人选票使杜鲁门在加州、伊利诺伊州和俄亥俄州以微弱优势获胜，美国就会多了一位叫杜威的总统。在黑人选民人数大增的同时，联邦政府将黑人问题提到空前重要的位置，甚至以前顽固的南方州长也转变立场，这些变化之间显然有着内在联系。

谢国荣将杜鲁门总统执政时期作为“民权运动的前奏”，其《民权运动的前奏》（人民出版社2010年版）这本书讲的就是黑人如何利用自己的政治资源，使公民权利问题被提到杜鲁门政府的国内议事日程上的。他指出，南部白人，尤其下层白人是维护种族隔离的主要力量，而保守的政治家则是他们在政治上的代言人。这是一种实事求是的态度。我们以前用阶级分析的方法，将美国政府和民众截然分开是有问题的。事实是，在民主自治旗号下的多数白人，而不仅是一小撮白人种族主义者或奴隶主阻碍了黑人的自由平等之路。不仅是公民资格，就是美国工会会员资格对黑人也是逐渐开放的。其实，美国北方和西部城市也不是黑人自由平等之地，随着黑人的增多，下层白人与黑人在就业和居住问题上的矛盾不断激化，在20世纪60年代中期发生过很多种族骚乱。

值得指出的是，与南非当年的种族隔离制度不同，那里的黑人约占全国人口的80%，白人在全国人口中的比例比美国的黑人还低。今天，黑人在美国依然是少数民族，如果白人不认可黑人的公民权利，黑人权利也不可能靠选票的多数获胜。如同当时一位南方政治家对杜鲁门的警告：“最近你的民权立场和你的民权讲话毫无疑问会吸引数百万黑人选民，但是你的这种立场会使你失去数千万白人的选票。”正因如此，奥巴马当选总统被认为是实现了马丁·路德·金的梦想。它充分表明，越来越多的美国人认识到，公民权利的胜利不仅是黑人的，而是全体美国人的胜利。一位美国保守派作家甚至称："奥巴马当选是美国人送给世界的独特礼物。"

根据短板效应理论，一只木桶能盛多少水，取决于其最短的那块桶板。衡量一个国家对公民权利的维护程度，最好看它的少数民族或弱势群体的权利状况是怎样的。增添一个多数与少数群体的视角，能更全面地理解黑人的经历和美国的历史。让人们接受一种原则也许不难，但让他们用这种原则改变其社会生活则不容易，如果他们恰好是社会中的大多数，那么这种改变就会更困难。美国黑人的自由之路正是在这样困难的情况下走出来的。

（原载《历史学家茶座》，2011 年第 2 辑）

美国为何隆重纪念马丁·路德·金

美国马丁·路德·金纪念馆开馆纪念活动从8月22日到28日，持续一周，华盛顿特区内将举行各种形式的活动。

纪念活动的高潮是28日在西波托马克公园内的官方献词仪式（dedication），仪式于上午11时开始，奥巴马将亲临致辞，仪式前后均有音乐会。马丁·路德·金的家属、美国政界要员、社会名流、演艺明星等将参加这一盛典，到场的民众预计有25万人。

马丁·路德·金生前和死后均享有极高的荣誉，他的纪念活动的规模和等级不亚于任何一位美国总统，这在美国是罕见的。

马丁·路德·金并非一下子就享有殊荣

2006年，马丁·路德·金纪念堂奠基，这是美国首次为一个普通公民、一位黑人建纪念堂。当初对于能不能为马丁·路德·金设纪念日，整个辩论过程漫长曲折，富有戏剧性。

1968年4月4日，马丁·路德·金遇刺身亡。1983年1月15日——他的生日成为美国全国节日。从1986年起，每年1月的第3个星期一，全国各地举行各种纪念活动。1987年，马丁·路德·金的生日被联合国定为纪念日。以马丁·路德·金命名的非暴力社会变革研究中心和纪念中心、纪念馆、图书馆、街道不计其数。

2006年，马丁·路德·金的遗孀、“民权运动第一夫人”科雷塔·斯科特·金逝世于墨西哥，美国下半旗致哀，总统布什夫妇及三位前总统——卡特、老布什和克林顿出席了马丁·路德·金夫人的葬礼。

同年，马丁·路德·金纪念堂奠基于杰斐逊纪念堂和林肯纪念堂附近，占地16公顷。马丁·路德·金的雕像高达10米，比两位前总统的雕像高出三分之一。这是美国首次为一个普通公民、一位黑人建纪念堂。

在黑人争取自由平等的长期过程中，涌现出很多优秀的领导人，其中被暗杀的也不在少数，马丁·路德·金现象背后必然有某种相对普遍的社会和政治认同。

马丁·路德·金去世仅4天后，联邦黑人众议员小约翰·科尼尔斯（John Conyers, Jr.）就提交议案，要求设立全国节日，以示美国政府的敬意。

国会辩论的焦点是马丁·路德·金代表的究竟是暴力还是非暴力？反对者还有其他的理由：时间太短，马丁·路德·金的遗产作用还不明显；评价过高，其他黑人领袖也做过类似的贡献，如B.T.华盛顿；经济负担过重，设一天法定假日的代价是1.95亿美元，会增加纳税人的负担。

有人说，如果为马丁·路德·金设全国假日，那么马丁·路德·金则与哥伦布和华盛顿齐名，在林肯、杰斐逊、亚当斯等总统之上。一位议员马上回应说：“林肯主张的自由和解放只是南部邦联叛乱各州中的奴隶，并不是所有人类的解放，如马丁·路德·金所做的那样。正是马丁·路德·金的主张使他至少高于林肯一步，就我们纪念他而言。”

继马丁·路德·金之后任南方基督教领导人大会（SCLC）主席的洛厄里（J. E. Lowery）认为：马丁·路德·金是与建国之父同样重要的美国人物，他致力于使不同种族的人凝聚在一个上帝的国度，“如果哥伦布发现了美国，马丁·路德·金使美国发现自己。如果华盛顿建立了一个国家，马丁·路德·金使这个国家认识到，没有国民间的手足情谊就不会有国家”。

反对者逐步退却，被迫同意设马丁·路德·金的纪念日，但不作为全国法定节日，后虽同意为全国法定节日，但却不是带薪休假日。整个辩论过程漫长曲折，富有戏剧性。

最终提案在1986年才获通过，由专门政府机构“马丁·路德·金联邦节日委员会”负责落实。委员会从一开始就将“公众服务”作为这一节日的主题，以区别于其他“欢乐、聚会”的节日。即使国会通过，马丁·路德·金纪念日也没有立即成为全国普遍的假日。如犹他州试图避开马丁·路德·金的名字，称之为“人权日”。直到2000年，所有州才全部纪念这个节日，雇员带薪放假一天。

马丁·路德·金为何掀起非暴力运动

当时美国联邦政府长期以联邦和州分权为理由，放弃其在南方保护黑人权利的责任，只是在被迫的情况下才会干预，这就是马丁·路德·金为什么屡次要以危机来敦促政府行动。

马丁·路德·金深受甘地和基督教博爱思想的影响，被公认为一个非暴力主义者，传统上民权运动战略也被定义为非暴力直接行动。毛泽东当年也认为，“马丁·路德·金是一个非暴力主义者”。但马丁·路德·金的非暴力是需要很多限定和解释的，它既不是无前提的，也不是一贯如此，更不是与暴力无关。

首先，非暴力是一种由力量对比所决定的理智的策略。马丁·路德·金多次说：“黑人只占全国总人口的10%，如果我对你们说，黑人要靠自己的力量解放自己，那我就是愚蠢的。我们必须赢得众人的齐心协力。无论在密西西比，还是在美国其他任何地方，我们都不会获得真正的自由，除非这个国家的白人对我们的事业表示理解和同情，除非他们也认识到种族隔离伤害的不仅是黑人，白人也同样深受其害。如果我让你们认为黑人能够依靠暴力革命赢得革命的胜利，那我就是在误导你们。即使这样想想，也是不切实际的。暴力革命一旦爆发，其结果只能是许多人无谓地丧命。”

其次，非暴力形式看似温和，但实质却是挑战现实社会秩序与法律的激进的“非法”行动。因为在当时美国南方各州中，种族隔离是“合法的”。马丁·路德·金认为，黑人进入以前白人独享的领域，会“迫使他的压迫者公开地施暴——在光天化日之下，在世界其他人民的注视之下”。非暴力的目的之一就是引发暴力镇压，向美国和世界暴露种族歧视制度的野蛮。与其说马丁·路德·金的非暴力行动感化了美国人，不如说非暴力的后果（大规模逮捕和镇压）所引起的国内外压力产生了效果。

同时，非暴力运动是在与暴力比较中被政府和民众逐渐理解和认可的，没有后者的铺垫就没有前者的胜利。警察和种族主义者的暴力以及黑人暴力自卫，不仅使政府威信扫地，也使政府认识到非暴力的价值。

暴力是一个有争议和敏感的话题。美国人希望他们的社会变革是和平有序的，担心青年人从历史中得到不正确的经验，即民权运动时代是一个充满暴力的时代；在美国宪法的基础上，理性的言论和道德规劝应会解决所有问题。但是，这不是美国公民权利发展的历史，也不是黑人获得平等权利的历史。

当时的历史是，联邦政府长期以联邦和州分权为理由，放弃其在南方保护黑人权利的责任，只是在被迫的情况下才会干预，如在南北战争中导致联邦分裂的危险和民权运动引发深刻社会危机的情况下。这就是马丁·路德·金为什么屡次要以危机来敦促政府行动。马丁·路德·金明确告诫政府：“如果他（黑人）被压抑的情绪不从那些非暴力的渠道得到宣泄，这些情绪就会以不祥的暴力形式被释放。这不是威胁，这是一个历史事实。”

“挑战者”何以成就“美国梦”

马丁·路德·金的目标不仅是要黑人平等地融入美国社会，他还强调，“我们现在呼吁关注整个社会的一些基本问题……美国人生活的整个结构都必须改变”。

马丁·路德·金成为美国“合众为一”信念的一个象征、一个温和的基督教牧师，人们经常引用的是他的《我有一个梦想》的演说，而忽视了他在1966年至去世前多次说过的：“1963我年在华盛顿的那个梦，经常成为噩梦”。

马丁·路德·金的目标不仅是要黑人平等地融入美国社会，他还强调，“我们现在要解决阶级问题……有关特权阶级压迫非特权阶级的问题，……我们国家的经济制度有问题，资本主义有问题……必须有更好的财富分配方式，也许美国必须走民主社会主义的道路”。“我们现在呼吁关注整个社会的一些基本问题……我们现在必须看到，种族主义、经济剥削和军事主义的罪恶是连在一起的，你确实不能铲除一个，而不铲除其他的……美国人的整个生活结构都必须改变”。

马丁·路德·金的成功和他被塑造成美国梦的偶像有着深刻复杂的背景和原因：

（一）以《独立宣言》《美国宪法》和宪法修正案为代表的美国信念是马丁·路德·金和黑人民权运动能够成功的重要政治和法律前提，是马丁·路德·金能够“梦想”的政治理论基础。实际上，其他少数民族和弱势群体争取平等权利的斗争也都以宪法为基础。

（二）黑人基督教教会是马丁·路德·金的精神和组织依托，教会是黑人运动的宣传者、组织者和领导者，即使马丁·路德·金的非暴力运动被宣布为违法，大批黑人入狱时，教会和社会舆论都认为他们代表着道德和正义，而种族隔离法律是不公正的。如果没有黑人教会，那么黑人运动及其胜利是不可能的。

（三）相对独立的媒体舆论，如果没有媒体的报道，马丁·路德·金的非暴力策略就会大打折扣甚至无法实现。媒体的报道给美国政府在国内外都造成很大压力。如果当时没有电视转播技术，那么很难设想，民权运动会在20世纪60年代取得成功。

（四）美国主流社会明智地认识到社会变革的价值，变革是社会可持续发展不可或缺的动力，是避免社会革命的唯一选择；超越狭隘的白人种族主义才是“合众为一”的最佳途径。因此，美国需要以马丁·路德·金的非暴力形象作为未来社会改革的榜样，积极阐发马丁·路德·金思想中的积极意义为现实服务。如1994年，时任美国总统的克林顿签署《马丁·路德·金日和服务法案》，规定这一天要成为社区服务日、种族合作日和年轻人反暴力行动日。

（五）美国人以如此规模和级别的活动纪念马丁·路德·金，显示出他们要变历史教训为现实和未来发展动力的智慧。马丁·路德·金的死本来是美国社会制度黑暗的象征，现在却成为肯定美国价值和美国梦的一张名片。马丁·路德·金生前作为美国不合理制度的挑战者，多次被拘禁入狱，死后却享有官方殊荣，这种华丽转身成为美国营造公共记忆的一个典型。

（原载《新京报》，2011年8月27日B04评论版）

历史介入现实的一次尝试

——编辑《新权威主义：对改革理论纲领的论争》一书的有关回忆

有关《新权威主义：对改革理论纲领的论争》（北京经济学院出版社1989年版，以下简称《新权威主义》）这本小书，出版近30年了还有人谈起，这不免让我感到有些出于“意料之外”，又有些在“情理之中”。

20世纪80年代是一个在政治经济体制改革上进行积极探索的时代，同时也是一个释放巨大社会活力的时代。学术界亦是如此。各种新思想、新观点纷至沓来，众声喧哗之中让人应接不暇。这些新思想、新观点，有的在知识理论界产生了深远影响，有的则如昙花一现般迅速烟消云散。各种新思想、新观点之间的交融乃至碰撞，往往产生耀人眼目的智慧火花。对于当时正值青春年少的学人而言，20世纪80年代无疑是个令人怀念的时代。

20世纪80年代中期，正当新、旧文化冲突激变，政治经济体制改革举步维艰之际，几位京沪青年学者关于新权威主义的探索和倡导性文章，由于直指中国的改革现状与未来前途，迅速在全国的思想界、学术界掀起了一场讨论的高潮。参与这一讨论的，多是当时的青年先锋学者。对于新权威主义有学者表示热烈支持，有的则旗帜鲜明地予以反对。相关论文、文章涉及什么是新权威主义、中国要不要新权威主义，以及新权威主义能否给中国带来市场经济和政治民主等。有的学者甚至试图跳脱新、老权威主义之争，尝试为中国的现代化寻找“第三条道路”。

在相关论争刚刚开始之时，我便非常关注这场论争的进展。随着论争的持续深入，我也越来越认识到，这场论争与20世纪初的“科玄之争”“社会性质论争”等思想史上的重大事件相类，实际上反映的是在重要的历史变革期，知识理论界对中国如何走向现代化道路的不同抉择，同时，也集中反映着一部分知识分子在特定历史时期的惆怅、困顿、焦灼、亢奋的矛盾心情。这场论争不仅在当时的中国知识界意义重大，同时对后世也意义深远。

出于一名史学理论研究者对史料和理论的本能重视和关注热情，我也逐渐认识到，应该将论争双方的论文、文章及时加以整理，为后人提供一份完备的研究资料。或许，这是以史学积极介入现实的一次有益的尝试。

让我备受鼓舞的是，当时在中国社会科学院近代史研究所《近代史研究》编辑部任编辑的李林同志，也同样对这一场论争高度关注，并对我编撰文集的想法深表肯定，特别是表示愿意同我一起从事这一编撰工作。这至少证明了“我道不孤”，世上还有比这更让人感到振奋的事情吗？

编辑这本小书完全是我们的一厢情愿，并没有任何经费支持，同时，也没有沙发，没有电脑，更没有互联网。有的只是办公室中光秃秃的、粗糙的几张木板桌椅。办公条件远远不如现在，但是，每个人都兢兢业业地投入。编辑人员中除了我和李林外，还有董正华、陈星灿、陈益民和靳润成这些当今的学界“大咖”，每人都有着世界史或者中国史的理论背景。这个临时召集的编辑团队，讨论起问题来每个人都侃侃而谈、当仁不让，合作起来却又珠联璧合、亲密无间。大家有着相似的理论知识背景和共同的国家民族情怀，可能是最主要的原因。

长话短说，在多方收集齐全代表性文章后，我们每人一摞文稿，在办公室的木桌上挨了一夜完成了稿件的编排工作。说来惭愧，我这个编辑活动的发起人，竟然没有想到应该为大家提供些夜宵。书稿完成后，大家在成就感满满的同时，忽然有人像想起什么似地开始揶揄起我的“抠门”来。事后想来，这确实有些“不近人情”。在深表自责的同时，我也为那个时代研究的热烈和学人的纯真感到温暖。这种感觉，在当今社会已不易寻觅。

书稿完成后，在交付印刷时也遇到了一些编排上的小问题。不过，问题很快便解决了。可以说，这部书稿从立意编辑到最后出版，总体上是非常顺利的。我直到今天还认为，随着这本书最后一个句号的完成，当代中国思想史上一场关于新、老权威论争的历史建构就这样产生了。它不属于论者，也不属于编者。在当代中国的现代化发展史中，它将具有自身特有的时代价值。

时光催人老。编辑该书时，我们还是一群风华正茂的知识青年，现今已到了退休或面临退休的年龄。时间的流逝改变了很多，但我们这代人对国家前途命运的关怀热情却从未减退。前不久，有热心的读者联系我，希望我能对新、老权威作一个简单明了的介绍。作为一个编辑者、旁观者和史料的如实保存者，我知道自己并不够专业，同时，我也知道简化理论是有风险的。不过，我仍想借一则大家耳熟能详的事例来谈一点个人的看法。

郑和下西洋时代的朱明王朝就是个老权威。老权威认为王权天赋或家传，因此不大承认民众的权力。这种老权威的特点之一就是专制和任性，这在当时的朝贡体制中表现得很充分。作为大明王朝的皇室代表，郑和最远到达了非洲的东海岸，但带回的多是些孔雀毛、珊瑚石等奢侈品，并没有对民众生活和国民经济有什么明显贡献。朝贡制度很快变成一些藩国快速发财的方式。在“厚往薄来”的对外关系原则的指导下，朱家皇帝的赏赐要多很多。于是，有的藩国每年都要求朝贡，有的竟要求每三个月就来一次。显然，新权威不是这个做法和套路，他承认主权在民，认同民众的权利让渡是其权力来源的一部分。在国际交往上，也遵从交往对等的现代国际贸易原则。因此，新权威的权力具有普遍性特征和法治化特点，符合世界性趋势。相对于老权威而言，能赶上新权威的时代无疑是幸运的。

以上是新、老权威的最基本的区分，实际上这种区分是远远不够的。同时，将中、外权威作比较也可能有不合适的地方。我一直认为，人们对新权威的想象可能是各异的。就像莎士比亚写了一个哈姆雷特，但是一千个人看了以后，哈姆雷特的形象就有一千个。如果新权威主义让我想起了国外某一位领导人物，我首先想到的会是美国总统林肯。他是一位务实的、朝着自己的目标大胆前行的国家领导人。他不是作秀的、明星式的总统，而是朴实、踏实的为民众的利益服务并奋斗一生的实干领袖。

当前，作为世界的第二大经济体，中国已然屹立于世界民族之林，雄踞于世界的东方。我们离中华民族伟大复兴的梦想从未如此地接近过，也从未如此地激动过。在这一历史进程中，我们绝不能停在河中“摸石头”，也不能进行“大跃进”式的社会治理，必须扎实稳妥地推进。换句话说，在《新权威主义》一书中，学者们所聚焦的“中国向何处去，中国的现代化建设中需要一个什么样的政府”的问题，一直到今天都没有过时，都有继续追问和探索的必要。

距离《新权威主义》出版已近三十年了，但这本在大明王朝锦衣卫曾经的盘踞地、由我们这几个“大内高手”所编辑完成的书，依然能够引起读者的持续关注，作为该书的编辑之一，我想一定是书中的一些观点直到今天依然有着一定的参考价值。相信有心人能够从中找到相应的思想资源，关照现实，关照社会，关照未来。正如我们在这本书的序言中所说的：“历史并不是淡出的过往，它蕴含着现实，揭示着未来。”

（刘军口述，马金生整理）

时事遐思

论“社会主义”与“中国特色”

社会主义代表的是人类追求的理想社会、奋斗目标。我们为社会主义而奋斗，仅仅是因为它能比其他社会制度更快更好地发展生产力，并且在发展生产力的基础上不断改善人民的物质文化生活。社会主义不仅没有抛弃资本主义文明的精华，而且还吸纳了两千多年人类思想和文化发展中一切有价值的东西。坚持中国特色的社会主义并没有偏离世界文明发展的潮流，相反，它的目标与西方文明的发展和人类理性的追求是一致的，即要建立一个政治民主、共同富裕、文化丰富多样的社会。或者说，人类在追求不断增长的物质和精神方面的满足上是一致的，在追求自由、平等、公正、富裕的理想社会上是一致的。

然而，目标的一致并不意味着走向目标的道路一定是相同的，因为道路始于足下，它是由各个国家的历史、国情的特点所决定的。如同一个人不能揪着自己的头发使自己离开地面一样，任何民族的发展只能是在其历史基础上的发展。

中国特色的社会主义就是中国的现代化之路。按照西方现代化理论，现代化有许多共同特征，如工业化、都市化、均富化、福利化、民主化、法制化、信息化、宗教世俗化、人口控制化等。也有一些量化指标，如人均国民生产总值在 3 000 美元以上；农业产值要在人均国民生产总值的 12% ~ 15%

以下；信息服务业收入占国民生产总值的45%以上；城市人口占总人口的50%以上；人均寿命在70岁以上等。但世界现代化的道路大致有两类（也有学者认为有三类）：一种是内因型的，以英国为典型，其次为法、美等西方发达国家；另一种是外因型的，指包括日本在内的非西方国家。前者的现代化是一个自发的、自下而上的缓慢过程，其动力主要来自本国的资产阶级，经济活动主要靠市场自发调节，政府只是保证经济秩序正常运行。后者的现代化主要是在外部环境的冲击和压力下进行的，由于自身经济力量不足，现代化的生产要素和文化要素大多是从国外引进的，政府的超经济权力在此过程中发挥着重要作用。可见，即便按照西方现代化理论，现代化道路也不是单线的。

马克思、恩格斯认为，资本主义的基本矛盾决定了社会主义必然要取代资本主义，而且社会主义革命最有可能在发达资本主义国家中发生。但是恩格斯晚年对东方历史，特别是俄国历史作了研究之后，认为落后的东方国家也有可能穿越“卡夫丁峡谷”，跨过资本主义，直接进入社会主义。这样恩格斯首次提出了东、西方社会进入社会主义的两条不同道路的理论设想。

列宁使恩格斯的设想变成了现实。但因各种原因，十月革命胜利后，苏联共产党在理论指导、经济建设、党内民主、体制改革等方面有过许多失误，最终导致了1991年苏联的解体。苏联74年的社会主义实践为我们留下了极为难得的经验教训。如果说，俄国革命的成功是列宁将马克思主义与俄国实际相结合的结果，那么，苏联的解体则是列宁的继任者们违背了实事求是这一马克思主义基本原则，各项决策不符合苏联国情特点的结果。

中国共产党70多年革命和建设的实践也多次证明：什么时候我党政策背离了国情，没有实事求是，革命就受挫折，经济就走下坡路，“文化大革命”就是这样的一个典型；什么时候我党的路线符合实际，革命就兴旺发达，建设就有成就。我们将邓小平理论作为中国现代化进程的指导方针，因为它第一次比较系统地回答了在中国这样一个经济文化相对落后的国家如何建设社会主义的问题。近 20 年的改革开放使经济发展，人民生活水平不断提高。实践证明，我们所遵循的邓小平理论是正确的，是符合中国特点的社会主义理论。

可以认为，“中国特色”指的应是中国国情、中国的实际情况，是个性或特殊性的内容，不是书本教条和其他主观想象的东西；而“社会主义”则有共性或普遍性的意义，因此，“中国特色的社会主义”意味着理想与实际的结合，共性与个性、普遍性与特殊性的结合，二者相辅相成，不可偏废。我们不能离开人类共同的理想谈中国特色，那样有可能成为因循守旧、不思进取的理由；同样，我们也不能离开中国国情谈一般的理想社会，这种从模式、概念出发，从好的愿望出发，不切实际的教训已经很多了。从这个角度看，邓小平理论深刻地理解并很好地把握了以上关系。我们不能因为目标相同，就可以照搬西方或东方其他国家的现代化模式，也不能因为国情特殊而偏离人类文明发展方向，将在特殊性下采取的特殊手段作为目的本身。坚持社会主义使我们明白：我们的目标是什么，我们应该做什么；坚持中国特色使我们清楚：我们在哪里，我们能够做什么。

（原载《中国社会科学院通讯》，1998 年 8 月 25 日第 3 版）

如何认识经济全球化的起源

经济全球化起于何时？国内外学者们有不同的见解，按照不同时段划分，大致有三种。

（一）“短时段”的观点有三种：其中最短的一种认为始于20世纪80年代末90年代初。这些学者指出，在世界分为两大阵营的冷战时期是不可能有全球化的，20世纪80年代末，苏联东欧社会主义阵营解体并转轨市场经济，中国、越南和朝鲜等国由计划经济向市场经济方向改革，以及一大批第三世界发展中国家受韩国、新加坡、巴西、墨西哥等新兴国家经济发展示范的影响，纷纷选择对外经济开放，积极融入世界经济体系，形成了经济全球化。另一种认为始于第二次世界大战后，主要理由是第二次世界大战后出现了联合国、世界银行、国际货币基金组织、关税和贸易总协定（GATT）等国际性的机构，标志着人类已经意识到全球问题的存在需要各国政府和人民共同协商解决。第三种意见认为始于第一次世界大战以前，一些学者以主要资本主义国家的对外依存度，即对外贸易在其国内生产总值中的比例来说明1993年的经济全球化程度并不比1913年高。这一时期的特点也是我们通常所说的主要帝国主义国家第一次将世界瓜分完毕。

（二）“中时段”经济全球化起源的观点认为，16世纪西欧资本主义兴起以来，以传教、贸易、殖民和武力征服等方式扩大了世界各地的交往和联系，西方文明成为世界的中心，资本主义生产方式将世界联为一体。在很多人看来，全球化就是资本主义化或西方化，全球化的起源当然要同资本主义的起源及其世界性扩张联系在一起。学术界一般将16世纪作为资本主义时代的开始，以1500年前后的一系列地理探险作为世界近代史的开端。一般认为，随着美洲的“发现”和对非洲、亚洲的征服，一个真正的世界市场开始形成，各地区和各国间的物质和文化交流日趋频繁。大凡将世界作为一个整体研究的学者（如马克思、布罗代尔、沃勒斯坦、麦克尼尔）都很重视西方在地理上的扩张对世界历史进程的影响，因此将1500年作为今日全球化的中时段开端，在国内外学术界都是很普遍的。

（三）“长时段”经济全球化观点认为，全球化在1500年以前就开始了。这一派的观点尽管目前在学术界不占主流地位，但影响力也很大。其代表人物A.G. 弗兰克认为，我们今天生活于其中的世界体系不是500年，而是5 000年。世界历史的演变就是在这一体系内，中心和边缘文明地区发生周期性的转移和变换。至少在资本主义体系形成之前已经有了一个世界经济体，在近代西方文明向外扩张以前的很长时期，它只处于这一体系的边缘位置。西方资本主义的兴起不单是其内部自然发展的结果，不能仅归结于西方的特殊或例外，而是得益于拉美的白银生产和亚洲尤其是中国对白银的巨大需求，甚至西方人在1500年左右的地理探险，也是亚洲吸引力的结果。哥伦布就是去寻找东方的金银、香料和丝绸等奢侈品，才有了将美洲认作印度的误会。由于欧洲控制和攫取了拉丁美洲的贵金属，才可以同亚洲进行大量贸易。西欧需要亚洲的货物，但又提供不了亚洲需要的东西，因此不得不用金银支付。这一事实本身就说明了西欧当时的国际经济地位。

上述观点均有依据，但孤立地看也都有不足之处。“短时段”观点更多地将经济全球化当作一种现实和国际政治发展的产物，而忽视了它有一个逐渐发展的历史过程和经济本身的规律。如联合国等国际组织的出现是国际社会对全球化问题的一种反应，不应作为全球化的开始；而“苏联解体”、中国等社会主义国家的改革开放既是促进当前经济全球化的原因，也是此前全球化发展的结果。

“中时段”经济全球化观点虽在一定程度上保持了历史与现实之间的一种平衡，但将资本主义和经济全球化的起源相提并论，还是有许多值得商榷之处。首先，经济全球化和资本主义发展虽然有相似的一面，但它们毕竟是两个概念，前者是指各地区和各国之间经济联系的加强，后者则是指西方经济模式的扩展。另外，资本主义概念本身就是一个有争议的问题，资本主义本身是发展变化的，原始积累时期的资本主义和今天的福利国家资本主义有着很大区别。对资本主义经济模式也需作一些澄清，且不说日本和美国的不同，就是北美、西欧和北欧之间也有区别。国内的传统观点曾认为，市场经济是资本主义的专利，实行市场经济就是搞资本主义。类似的例子还有股份制企业和股票市场。如今事实对这些问题都已作出了回答。

其次，虽然近几百年来西方文明对非西方文明剧烈而持久的冲击是显见的，但将资本主义发展等同于整个全球化过程还是混淆了某些历史事实，似乎非西方文明只是资本主义和全球化的被动的接受者和牺牲品，它们对当代世界文明的发展没有自己的贡献。麦克尼尔在《西方的兴起》一书中就以很大篇幅论述了西方兴起前 2 000 多年中，欧亚大陆上各文明之间跨文明交往的世界体系状况，即欧亚大陆跨文明“生存圈”，而西方的兴起在很大程度上不过是从这一“生存圈”的边缘向中心的发展。沃勒斯坦的巨著《近代世界体系》也显示，将近代世界历史看成西方文明的扩张的观点是片面的。《白银资本》的作者弗兰克干脆说，欧洲资本主义是从亚洲占中心位置的世界经济体系中获利发家的，或者说是在亚洲后背爬上来，暂时站在亚洲肩膀上的。他认为：“如果说在 1800 年以前有些地区在世界经济中占据支配地位，那么这些地区都在亚洲。如果说有一个经济体系在世界经济及其‘中心’等级体系中占有‘中心’的位置和角色，那么这个经济体系就是中国。”由此引出的一个推论是：“欧洲不是靠自身的经济力量而兴起的，当然也不能归因于欧洲的理性、制度、创业精神、技术、地理——简言之，种族——的‘特殊性’（例外论）”。总之，“长时段”论者对欧洲中心论和传统的资本主义起源理论提出挑战，他们的观点值得我们深思：资本主义不是世界历史或全球化的原因和开创者，而是这一历史进程的更早阶段的一种结果，西方在今后全球化发展中的位置被其他文明或地区所取代也是极其正常的。所以，既不能笼统地谈论资本主义，也不能简单地将经济全球化视为资本主义化。

“长时段”经济全球化观点看到了全球化发展的历史渐进性，但对全球化在近几十年加速度发展，从而对全人类生活影响的密切程度与以往有本质不同的事实缺乏足够的认识。如果说全球化存在于人类文明几千年的发展史中，主要是指各民族、各文明在各自的发展中都有彼此交往，相互影响的情况，那么这种全球化只是一种萌芽，代表着一种趋势和各文明在实际上松散的、可有可无的联系。我们说全球化之所以是一种客观历史趋势，是指它主要是由经济和技术的发展水平推动的，是不以人的意志为转移的。例如，虽然各文明之间的贸易活动早在国家出现以前就开始了，但只有在技术发展到了大规模的海空运输成为可能，甚至包括在第二次世界大战后集装箱的广泛采用提高了运输效率，降低了运输成本，才能有今日国际贸易的规模。再如远距离通信联系的速度和质量，昔日的狼烟、驿站、信鸽，怎么能同今日的电话、电报、通信卫星、互联网相提并论。我们既要看到经济全球化是一种长期的历史趋势，又要看到它在不同的历史时期有不同的实质性内容。

因此，将以上三种时段结合起来，可能更有助于全面地认识全球化及其各个阶段的性质和特点。经济全球化既是人类社会发展的一种自然历史过程，也是在资本主义主导和带动下的加速发展过程，尤其是在 20 世纪 80 年代末以来的国际背景下初步形成的过程。

从历史的角度看，今日的全球化是历史发展趋势的一种必然产物。整个人类发展的历史就是各文明不断扩大交往和对话的过程，在世纪之交成为热点话题的全球化既是这个过程的一种结果，也是人类文明继续发展的一个起点。马克思、恩格斯也认为，人类历史不同于世界历史，前者是从人类起源开始包括所有民族的历史，而后者是随着各个孤立的和封闭的民族之间的交往日益密切逐渐形成的。

人类在创建物质文明的漫长历史过程中的相互交往是极其自然的，地理环境的差异、自然资源分布的不均衡，促使处于不同地域的人们互通有无（贸易），交流生产经验（科技），争夺资源（战争）。除物质需求的驱动外，人类在天性上有探索一切奥秘、扩大认知空间、进行精神沟通的愿望（传教），甚至对异域风土人情的好奇也促使人们探险（旅游），所以，在史学家眼中，商人、传教士、探险家和士兵通常是文明交往的尖兵，而人类的历史就是不断克服和突破自然和自身（文化传统）限制，相互交往，增进了解，关系逐步密切的过程。在这个过程中，政治、文化经济等因素互动，其中经济和科技因素的作用是很突出的。不同历史时期的生产力发展水平限制和决定了人类各文明群体之间的交往范围、方式和内容。在马、骆驼等被驯养，轮子和木制车船出现以前，人们的活动只能在他们力所能及的范围之内，高山、大河、海洋、沙漠等自然屏障往往成为各古代文明“世界”的尽头。轮船、汽车、飞机、电话、电报、传真、计算机、互联网等交通和通信工具的发明和使用，逐步扩大了各文明之间交往的范围和深度，使人类历史由原本孤立和分散的各民族生活的集合，逐步形成各民族相互影响、相互作用和普遍联系的真正意义上的世界性历史。这个过程就是全球化。经济全球化在各个历史时期的发展速度是不一样的，主要取决于各个历史时期的经济或科技水平，因科技发展呈加速度趋势，近 5 年的变化同近 50 年、近 500 年、近 5 000 年相比有着天壤之别，似乎全球化在向终点加速冲刺，但 50 年后，人们会发现全球化还在其过程之中，它的终点似乎还在遥远的前方，在人类历史向前发展的轨迹上。

（原载《中国社会科学院院报》，2001 年 4 月 19 日 3 版）

全球化意味着什么

无论你如何评价，无论你是否意识到，全球化的影响渗透于我们的社会和日常生活。雀巢、麦当劳、奔驰、微软、东芝等世界著名品牌的广告遍布中国城市的街头，英、法、德、西、意等国的足球联赛，美国职业篮球联赛和进口影片，成了大众消遣的热门，然而，这只是全球化的一些表象，全球化对中国社会经济、政治和文化等方面深层次的影响在21世纪将进一步显现。

我们在本书的写作中就以下问题取得共识：

（1）全球化是经济发展规律的自然结果，是市场化渐进的历史过程。这个过程并不都伴随着田园牧歌，尤其是西欧资本主义兴起的近500年间。许多市场关系曾建立在欺诈和暴力的基础上，当年殖民主义造成的恶果至今仍是形成公正合理的国际经济新秩序的障碍，但也不能由此认为，全球化是帝国主义的阴谋，或是资本主义化、美国化。全球化首先是科技进步、生产力发展和各文明交往的结果。如果说西方国家是近几百年来全球化的主导，那也是因为这些国家代表着当代生产力发展的最高水平。这是我们研究全球化问题时必须面对的一个基本事实。

（2）如果说在全球化过程中逐渐形成了一个世界经济体系，那么这个体系的中心、半外围和外围都是在不断变化的。从近500年看，先是葡萄牙、西班牙的中心地位被荷兰、英国取代，在19世纪末尚属“新兴工业国家”的美、德、日，如今是全球三大经济中心——北美、欧盟和东亚的核心。半外围国家也如此，东欧最先成为西欧资本主义的依附地区，拉美其次。至20世纪60年代以前，拉美几乎是唯一能称为工业化的第三世界地区。至20世纪70年代末，因石油暴富的阿拉伯世界同拉美仍是经济最发达的发展中地区。但进入20世纪90年代，东欧滑入第三世界，阿拉伯国家仍依赖石油收入，拉美对严重的债务负担已习以为常。相反，最后进入资本主义经济体系的东亚地区，继日本之后，在近30年的发展中，创造了工业革命以来最高的平均增长速度，目前已占世界经济总量的1/3以上。世界历史表明：各个地区和国家在世界经济体系中的位置不是绝对的，更不是自封的。它取决于科技和经济实力，取决于当地人民的努力和对机遇的把握。经济奇迹决非是西方特有的，“东亚奇迹”“中国奇迹”已经证明了这一点。如果说第一次世界大战前的世界经济体系以宗主国－殖民地的垂直关系为主，那么，第二次世界大战尤其是20世纪70年代以来，南北关系在横向的依附与被依附关系以外，又增加了相互竞争关系。如果说世界经济中心曾从地中海转向大西洋，那么现在它已经向太平洋倾斜。

（3）对当代全球化的研究离不开对资本主义本质的思考，但对资本主义这一概念的强调决不意味着资本主义的世界性胜利。没有证据表明，经济全球化将必然导致西方政治和文化全球化。经济全球化始终是在多元竞争、中心不断转变的情况下发展的。即使经济强国有能力输出文化，这种情况也只能持续一定时期。更何况文化变迁过程之复杂和缓慢，远非经济周期变化可比。例如，对加拿大而言，全球化几乎就是美国化，因为它80%以上的进出口贸易都是同美国进行的，60%以上的制造业基本属于美国，然而它十分警惕和抵制美国的文化侵略。像这样两个同文同种、贸易自由化的国家尚且如此，日本、德国、法国抵制英文通过互联网进行文化渗透的心情就可想而知了。如果在价值观念大致相同的西方国家内，各民族文化尚保留有如此强的特性，那么俄罗斯、中国、印度等文化与西方文化的融合就需要更长的时间。毕竟区别文化的不仅是金钱和物质财富的多寡，更重要的是人们的价值观念、开放进取性和创造力。

（4）资本主义在发挥人类潜力创造物质财富方面取得的巨大成就，无法掩盖和抵消其在维持社会和国际秩序的公平、公正方面的先天缺陷。两者之间的巨大反差，使人们怀疑人类理性和进步的意义，弥漫于西方的后现代主义思潮就是在这样的社会土壤中产生的。有大量事实和充分数据显示，人类社会的不公平、不合理已经形成了巨大危机，而且没有明显迹象表明这种危险趋势有所减缓。全世界的军费开支在冷战后的 1994 年仍高达 7 000 亿美元。最近，美国不顾国际舆论和一些盟国的反对，宣布终止 1972 年与苏联签定的“反导条约”，并加紧国家导弹防御系统（NMD）的研制，这就是一个危险的信号。两次世界大战的惨痛教训、20 世纪 70 年代核战争威胁的梦魇，如此迅速地被遗忘，人类的理性何在？难道人类真要如同亿万年前体大头小的恐龙一样走向灭绝吗？资本主义无法解决甚至回答这样的问题。这需要包括所有第三世界国家政府和人民在内的全世界人民共同协商，通过平等的政治对话、文化交流，寻求和平、寻求理解、寻求团结，最终实现一种多元性和和谐协作。应对全球性问题的出路只有一条：全球对话与协作。

（5）全球化在加剧各国竞争的同时，也为更广泛的政治对话和文化交流提供了物质条件。如果说全球化现象表明经济活动的空间在扩大，有超越民族国家界限的趋势，那么对这种自发性市场经济进行政治调控的范围也要相应拓展。这就是各国人民千呼万唤的世界经济新秩序。要求纠正全球化过程中弊端的呼声，不仅来自第三世界，西方民主制在“苏联解体”后没有得到巩固，反而陷入困境，已成为世人关注的现象。全球化使西方在第二次世界大战后几十年逐步发展起来的“以民主方式驯化资本主义”的努力受到挑战，这也是发达国家内部存在强大的反全球化运动的社会原因。另外，全球化深化了人类相互依存意识，各文明不仅在经济上是互相依赖的，而且在应对威胁人类生存的环境、疾病、战争等众多领域有着共同的利益。地球人、地球村概念影响的扩大是前所未有的，全球化突显了当前国际政治中的两难困境；一方面，参与全球化竞争的基本单位主要仍然是民族国家，它们的目的首先是追求本国利益的最大化；另一方面，全球化的可持续发展有赖于一种超越国家、民族狭隘利益的全球意识。大量事实证明，当涉及地球和人类生存的问题时，前者的现实主义立场有严重缺陷。从意识到相互依存，到各个国家能用实际行动显示以全球利益为自己的利益，毕竟还有相当的距离，但全球化自身的发展将缩小全球利益与民族国家利益之间的距离。

（6）中国改革开放的实践表明，全球化在经济上给我们的机遇大于挑战，但在政治和文化领域可能相反。压力往往也是动力，关键在于我们是否始终坚持实事求是、解放思想的方针，以各项实际工作落实江泽民总书记“三个代表”的重要思想，在全球化大潮面前以开放自信的心态，积极吸收国外先进科技和优秀文化成果，振兴中华文化和民族经济，并为世界的和平与发展做出自己无愧于祖先和时代的贡献。

（原载《中国社会科学院院报》，2001 年 11 月 6 日 2 版）

经济全球化是否会导致文化全球化

问：本届上海国际电影节特别播放好莱坞大片《功夫熊猫》，受到广泛欢迎。现在都市中都流行看美国大片、听韩国歌曲。这不是坏事情，但我有一种担心，在经济全球化浪潮的席卷之下，一国的民族文化能否还保持自身的独立性，而不被强势文化所吞噬。想问问看，经济全球化是否会导致文化全球化?

——上海浙江中路　王瞻

答：在有关全球化的热议中，经济全球化是否会导致文化全球化的争论尤为激烈。

从根本上说，全球化是世界各地人们的相互联系和影响逐步密切和加强的过程。从史学的角度看，这种现象几乎伴随着人类历史的全过程，而只是在近30年才被人们发现和重视而已。有人认为，资本是全球化的始作俑者，但大量古代和中世纪的研究显示，在资本主义以前，世界各地之间的联系比我们想象的要密切得多，资本主义只是加速了这个进程而已。

全球化的原动力，存在于人类生活的基本需要和人的天性中。人类在创建文明的漫长历史过程中发生相互交往是很自然的。地理环境的差异、自然资源分布的不均衡，促使处于不同地域的人们互通有无（贸易）、交流生产经验（科技），当然也会争夺资源（战争）。除物质需求的驱动外，人类天性中有探索一切奥秘、扩大认知空间和精神沟通的愿望（包括传教在内的文化交流），对异域风土人情的好奇，也促使人们突破地域的局限（探险、旅游），所以，在史学家眼中，人类的历史本身就是不断突破自然（地理障碍）和自身（文化传统）限制，相互交往，关系逐步密切的过程。

古往今来，人性基本没有改变。古代人的交通工具简陋，他们的全球化范围自然有限，如海南岛就曾被看作天涯海角。今人则有喷气飞机、宇宙飞船，甚至可以超出地球范围到达太空。古人以村落、部落或邦国看待他们的那个世界；今人则以主权国家为单位看待全球化。尽管古今之间存在巨大的差异，但人类从来都面临与外邦人交往的问题，因此，不是资本，而是人性和人的不断扩大的物质和精神需求本身推动着全球化的进程。

世界上的文化概念有二百多种，大致可分为两类：广义的文化，即人类创造的所有物质和精神成果；狭义的文化，即社会意识形态及其相应的制度。还有一种普通人理解的消费文化或大众文化，这与各种时尚，如服饰、饮食、娱乐、休闲、体育等内容相关。

按照上述全球化观，不会单有什么经济的全球化而没有文化的全球化，也不会单有文化的全球化而没有经济的全球化，因为人类只有一个历史进程。严格地讲，没有不包含文化信息的物质产品或经济行为。以肯德基和麦当劳为例，它们不仅给国人增添了一种食物口味，还带来了很多新观念，如快餐观念，食物包装中的环保意识，店内设厕所（有的还有儿童游乐区）、洗手池（有的还有儿童专用的）所体现出的便民精神，还有温馨的店内气氛，它们都使人感到“顾客是上帝”不是一句空洞的口号。

因此，对经济全球化会不会导致文化全球化问题的回答，首先取决于选择哪一种文化概念。如果取狭义的文化概念，经济全球化不可避免地会影响意识形态和制度层次的文化。因为人们的密切交往会促进对人类共同命运的关注，如环境、灾难、战争、和平等问题，而形成一些共同的基本价值观念，如平等、自由、公正、和谐等。这些人类的共同利益和价值观念，将引导这一层次文化的发展方向，因此，全球化会促进人类在基本价值观念上的趋同。

但是，这并不意味着承认经济全球化一定会导致文化全球化，起码不意味着一定会产生文化的完全同质化。从宏观来看，人类即使有了共识，也不会出现一致的意识形态和制度性文化，因为如何实现一种理想仍有不同的选择。如同价值与价格的关系会出现背离一样，理想共识与政治选择也并非总是一致的。例如，现在就不是要不要民主、福利的问题，而是如何实现这些目标的问题。中国特色社会主义道路是我们的选择。西欧民主社会主义道路是他们的选择。新自由主义道路是美国的选择。这些道路并不是孤立固定地存在，全球化会促进它们之间的比较、竞争和再选择，而实践和时间是检验的标准。

如果采用大众文化的定义，回答是否导致文化全球化的问题，也需要予以澄清。大众文化的特点是流行性和个性并存。全球化扩大了人们的选择范围，人们在选择中表现出个性。如在上海可以品尝世界各地的口味。当一种菜系进入时，可能会风行一时，但随着菜系的增多，人们就会作出其他尝试。所以，很难说哪个饭店最好、什么菜最好吃。在这个过程中，一些传统菜或小吃没有跟上时代的节奏被淘汰了，而另一些（如北京烤鸭）也能生意红火地走向全国和全球。影视文化作品等大众文化产品也是一样的。

总的来说，能够流行乃至长期存在的文化现象，一定是在某些方面满足了人们的某种需求。如，情人节的流行弥补了传统文化中对情侣（夫妻）感情的忽视；80后青年作家的崛起，在很大程度上表明，他们众多的粉丝没有在其他的文学作品中找到精神共鸣或心灵寄托。全球化增加了选择性，选择越多就越难划一。

文化全球化是一个内涵包罗万象的概念，如果就事论事，以基本价值观念、社会制度、大众行为等层次加以限定，可能更容易将问题解析清楚，但不管怎么说，人类是在彼此的相互联系和影响中成长的，不论是经济领域的交往，还是文化领域的交往，都有助于人类的成长和文明多样性的发展。

（原载《解放日报》，2008年6月30日13版）

西方人权：致圣诞老人的一封信

似乎是20世纪的终结，引出思想家们的无限感慨，“终结”一词也成为热门话题。意识形态的终结、历史的终结、人权的终结，等等。据说，这些终结之间都是有联系的，它们要显示的是自由主义或资本主义的最终胜利。但是实际情况并非如此，至少美国出版的科斯塔斯·杜兹纳著的《人权的终结》一书展示的是一种更为复杂的情景，因此它给读者留下了更为广阔的思考余地。

如果没有误读的话，那么这里“人权”的终结有两层意思：一是在理论和意识形态上，人权在世界范围已取得了基本胜利；二是在20世纪人们所目睹的侵害人权现象，比启蒙时代前后的任何年代都有过之而无不及。两次世界大战造成的无数生灵涂炭、种族和宗教矛盾导致的种族灭绝、南北贫富分化引出的国际性问题等，都达到史无前例的悲惨程度。如果说，前一种终结是由于人权在理论原则上的胜利，那么后一种终结则因为人权在实践中的挫折。理论和实践出现如此强烈的反差，令人难以置信，然而这正是西方人权面临的现实尴尬。

作者在书中探讨和分析的就是形成这种两难局面的原因。绕过书中设置的哲学理论、精神分析、话语解构等外围，沿着时断时续的历史和现实的小路，读者可以直面问题的核心：抽象哲理原则与具体现实的矛盾。

“人天生是自由的、平等的”，这句话作为人权的公理和理想，两个多世纪以来激励了多少仁人志士为之奋斗。甚至可以说，近代以来的历史就是人类追求自由和平等的历史。但作者却认为，这句话因赋予每个人以抽象而普遍的人性，是“一个天大的谬误”，即人不是天生平等的，而是完全不平等的。刚出世的婴儿们看上去差不多都一样，但我们不妨设想一下，有的婴儿或许终生不知道父亲是谁，或许生来就是孤儿，就是父母双全的婴儿在食品、衣物和生长环境等方面也不一样，社会条件决定了这一切。如 1990 年，非洲婴儿死亡率是 136/1 000，而英国是 7/1 000。若准确一些，那句话应改为：“人天生应该是自由和平等的”。尽管这也是非常有意义的，因为现实和理想的差距正是人权的发展空间，但对许多人来说，人权只是一种美好的许诺，甚至是“一个现在的谎言”。

当地球上大多数人遭受各种自然的和人为的灾难折磨时，当人们无助地面对饥饿、疾病、酷刑、杀戮时，人们徒劳地宣布他们有获得食品、安全、和平、医疗等权利，这无疑是一种画饼充饥式的讽刺。无论哲理的雄辩，还是良知、同情心的呼吁，在严酷的现实面前都是苍白无力的。这说明，同任何其他权利一样，人权不是天生的或不是剥夺的，而是国家和法律的历史创造。

人权概念本身的抽象性似乎注定了一种先天不足。在历史和现实中，有美国人、日本人、印度人，但没有普遍的人。从历史上看，西方人权观念是在各国公民权的基础上发展起来的，尽管在理论上人权（天赋权利）为公民权利的发展开辟过道路。公民权利是一定历史、文化和经济发展的产物，公民在实际生活中能够享有受到法律保护的权利，人权则是普遍（超国界）的、抽象（超历史）的人所应该具有的权利。在某种程度上，人权只是公民权的影子和镜子。因此，人权应在公民权发展过程的基础上进行历史性研究，而不仅是在哲学、政治学、法学的理论圈子里进行研究。

近代以来，西方各国公民权利的发展线索比较清晰，如 18 世纪是以财产权为中心的法律权利，19 和 20 世纪是政治参与权利，经济、社会和文化发展权利。若从社会阶层看，先是僧俗贵族，后是资产阶级，再后是男性工人阶级，最后是妇女、少数民族和移民等各种弱势群体。总之，它经历了一个由上到下，由少数人到多数人，由形式逐步向实质过渡的历史过程，这个过程至今仍在继续。而人权中的人只是一个空洞的框架，只要将国别、民族、宗教、性别等因素填入，其平等色彩顿时消失了。哪怕加入时间因素，其道德分量也大不相同，因为 19 世纪中期和 20 世纪 60 年代公民权利的实质性内容是不一样的。

在很大程度上也正是因为没有历史，西方的人权才可以直接拿过来与非西方的人权进行比较。这也是非西方社会难以接受的原因。随着西方影响在世界范围内扩大，公民权利的内容也越出国界，以人权的形式国际化。第二次世界大战后，西方的公民权模式被普遍视为人权标准，用来对照非西方国家的公民权。很明显，这是一种机械的、非历史的比较。除了西方人权政治引起学术界反感外，一些西方学者也指出，“抽象人权概念（可能与遵从自然法则相联系）已不再得到学术界的广泛支持”。一位美国驻联合国官员甚至戏称，人权是“致圣诞老人的一封信”。所以，从某种意义上说，《人权的终结》一书的出现不是一个偶然现象。

然而，尽管有各种问题，人权是不能被人为终结的，因为对人权的追求已经成为人类的历史命运，只要历史还在继续。我们要研究人，要研究人的权利，但这种人应该是曾经生活过的和仍在生活中的人，即各国的公民。只有在各国的公民权利都得到充分发展，不存在国别、种族、宗教、性别的差异时，才有可能谈到真正意义上的人权。只要国际政治单位还是民族国家，还是按边界划分的，就没有真正意义上的人权。过去和现在都有人谈论世界公民，只有在世界公民形成之日，才是真正的人权诞生之时。实际上，全球化已经向地球人昭示这样一个道理：只有解放全人类，才能最后解放自己；人权不能在一个民族、一个国家或一种文明内单独实现。正如 19 世纪西方资产阶级不能无视工人阶级的贫困一样，21 世纪的发达国家也不能不顾发展中国家人民的生存愿望，宣布自己是人权模范，或希图孤立地享受理想生活。制裁、恐怖与战争都不是解决问题的办法，各民族和国家之间的交流与宽容、和平与发展才是时代的主题，也是人权的主题。

不是人权，而是人权的悖论终将被终结，尽管那是一个相当遥远的未来。

（原载《中国社会科学院院报》，2002 年 12 月 31 日）

中西人权研究交流的思考

对话的共识在增加

中西人权对话始于 20 世纪 90 年代初。随着苏东剧变，中国承受越来越多的西方“人权攻势”。中国人权研究始于回应这些人权外交压力。双方分歧的焦点围绕着人权与主权的关系，公民个人权利与集体权利、政治权利与经济和社会权利（或统称发展权）的关系。一般而言，西方强调前者，中国侧重后者，或将前者寓于后者的发展中。

回顾十多年来的中西人权对话，从学术角度看，与其说这是双方政治和意识形态的区别，不如说这是双方历史文化和经济发展水平的差异。幸运的是，十几年来中国经济的持续发展和中国人生活状态的巨大改善，为我们总结这场人权对话提供了一个很好的注解。

虽然当今人权已成为国际社会关注的重点问题之一，各国政府对国际人权公约给予越来越多的支持，但人权保障并没有全球化。事实依旧是人权在实际上表现为各国的公民权，主要受各主权国家的保护。各国政府对本国公民的权利显然要比他国公民有着更多的责任和义务。不仅美国在 20 世纪纳粹排犹时拒绝过犹太人避难，近年各西方国家都有排斥非法移民的举措，甚至在经济环境不好时，合法移民也遭到歧视和排斥。

人权对话交流不应仅在政治和外交领域进行，还应该让双方的学者，尤其是历史学家和经济学家参与其中。如果不举出历史事例和实际数据，以西方的经济发展水平和福利体制，他们很难理解为什么主权、生存权、发展权对中国人不是一种空洞的概念。一个没有当过亡国奴，没有面临亡国灭种威胁，没有忍饥受冻，没有上不起学、有病没钱就医经历的人，的确很难理解中国的人权观念。温饱而有自己不大的住房，能够靠自己的劳动而体面地生活，仍是很多中国人的追求与梦想。

实际上，随着改革开放和中国经济的持续繁荣，中国的社会发展观也发生了巨大的变化——先后经历了从以政治为纲，即衡量人或事的标准是“姓无姓资”或“姓社姓资”，到单纯追求GDP增长的经济标准，和现在“以人为本”的科学发展观三个阶段。2004年，中国将“国家尊重和保障人权”写入宪法，这是一个有划时代意义的标志。它充分表明中西人权观念的共识在扩大。

共识并不意味着相同的发展道路

中外历史已经证明：人权是现代社会发展所不可或缺的。一个没有人权的社会，不仅是一个专制的、不道德的社会，也必然是一个政治和经济不能长期稳定发展的社会。应该看到，人权成为人类共同的理想价值，有其客观必然性，尤其在全球化的今天。

当今中西人权交流的前提，不是要不要人权的问题，而是如何发展公民权利的问题。各国公民权利发展的途径取决于历史文化传统，其中公民的社会、经济和文化权利还取决于经济发展水平。西方人权发展有几个特点：一是自发的，即人权理念和制度来自社会内部的实际需要，而不是来自国外的压力和影响。二是由基层草根开始，如从中世纪就存在城镇自治、乡村自治、行会自治、教会自治、学校自治等。三是渐进的，即随着社会发展而逐步发展的，白人权利先于有色人种，富人在穷人之前，男人早于女人，这个过程今天仍在继续。四是差异性，西方各国的人权发展走的也不是同一条道路。西方的人权概念在地理、文化和政治方面都是模糊的。我曾主持过一项《西方公民权利观念的发展》课题。在研究中，我们以英、美、法、德四国为代表，考虑到这四国较典型地反映了西方公民权利发展的一般性（英、美、法）和特殊性（德）状况，尽管它们与北欧和南欧等一些西方国家的情况还有很多不同。实际上，这四国的国情本身有很大差异，一般而言，英美国家偏重公民个人权利而限制政府权力；德国强调国家是个人权利发展的前提和基础；法国则徘徊于这两种模式之间。

中国公民权利发展特点：其一，不是自发的和自下而上的，中国传统文化中虽然存在一些朴素的民权因素，但总体而言，这些因素还不能形成现代民主氛围，尤其是传统民权还不是现代意义上的个体或公民权利。其二，不平衡性，如各地经济文化发展不平衡一样，经济文化欠发达地区，权利意识和权利保障也相应地欠发达。其三，渐进性，全体公民不会随着宪法的颁布和修订在实际上享有同样的权利，实际情况是，城市居民好于农民，男性优于女性。

渐进性作为中西公民权利发展的共同特点值得注意，它实际说明了人权发展的历史性。换句话说，人权发展进程要受很多社会因素的制约，不是单凭理论探讨和发布宣言就可以解决。法国 1789 年的《人权和公民权利宣言》的理念很先进，但法国妇女直到 1944 年才获得选举权，其间隔达一个半世纪。按法国男子获得普选权的 1848 年算，男、女选举权利的实现相差也近一百年。美国的《独立宣言》对人权的宣布更早，但黑人的平等权利来得更晚，直到 20 世纪 60 年代中期才从法律上解决。这些公民权利发展上时间差异的原因，不能在“天赋人权”的理论中寻找，只能到这两个国家的历史文化中去寻找。

西方人权发展道路的多样性同样给人以启示：北欧选择民主社会主义道

路，那里的妇女参政权利一直是世界的楷模。英美人走新自由主义道路，但这两国的新自由主义侧重点仍有所不同。美国更强调个人权利和自由。与美国人强调个人权利不同，德国人和荷兰人重视社会整体价值，他们发明了很多以“社会”为前缀的概念，如社会伙伴、社会对话、社会市场经济等。如果西方的人权发展道路都呈现多样化特征，那么，有着五千多年文化传统的中国走自己的人权发展道路有什么好奇怪的吗？

在当今全球化环境下，各国的人权发展道路并不是孤立固定地存在着，各国人权发展道路之间存在着不断地比较、竞争和再选择，而实践和时间是检验它们的标准。例如，中国农民在改革开放的形势下，根据实际需要自发地产生直接选举村委会的民主自治形式。这是中国历史上具有划时代意义的新生事物。这种自发的、内生的、基层的或草根的民主自治形式不是值得人权研究者充分关注吗？

人权对话要“三个面向”

在21世纪，人权领域应是各国沟通的渠道和桥梁，而不应是相互攻击和指责的战场。与其相互指责，不如多做一些建设性的工作，如联合进行中西基层民主自治经验的交流与合作调研，以相互了解、相互比较、相互借鉴。

中外人权交流与研究要进一步将理论与实践相结合，面向社会基层、面向具体问题、面向百姓生活。人权对话“三个面向”的出发点是：如果人权和公民权利不与普通百姓的生活密切相关、不与他们关心的具体问题相结合、不从基层组织入手，那么就没有社会基础和生命力。基层组织如同社会的细胞，没有基层的民主自治，就不会有社会整体的民主自治。当然，自下而上的基层民主与自上而下的代议制民主如何结合，也是一个重要的研究课题。

“三个面向”可探讨的题目很多，中国方面有：农村基层民主自治，城市社区自治，如何保障城镇职工权利，如何保障农民工权利、妇女权利和农民工子女的受教育权利等。中国坚持“以人为本”的社会发展理念就是要解决发展中的各种实际矛盾和问题。

国内学界以往对西方人权、民主从理论上谈论得较多，对议会制、政党制、三权分立等上层民主形式了解较多，对西方社会基层民主自治了解较少，如同人们通常看到的只是浮在水面上的冰山。这也是一些人对西方民主产生盲目崇拜，以为可以靠单纯的立法和自上而下的制度建构，使中国的政治文明建设毕其功于一役的学术原因之一。因此，中西人权对话的重点要下移。或许，这才是使中西人权对话在学术上走向深入，在实践上更富于建设性的有效途径。

（原载《中国社会科学院院报》，2008 年 5 月 8 日 3 版）

西方不是中国的“人权教师”

2008年7月14日，英国《泰晤士报》刊登了两篇关于中国人权状况的评论文章。两篇文章的作者都是西方人。作者明奇·沃登认为，“在过去的几年中，中国的人权状况急剧恶化”。在她看来，中国没有履行申办奥运会时作出的改善人权状况的承诺。与沃登针锋相对的是作者奥尼尔·布兰丹，他认为，一些西方人权活动分子将中国人描述成“邪恶的东方人”，并对中国施加压力。在奥尼尔·布兰丹看来，“西方在道德问题上没有权利对包括中国在内的其他国家说三道四”，因为“他们自己都对基本的自由和国际稳定表现出了赤裸裸的蔑视”。奥尼尔·布兰丹的话，有力地揭露了西方某些人用双重标准看待中国人权问题的真实心态。

不可否认，中西人权观念的确存在一些差异，但基本的原因在于中西历史传统的不同，而绝不是因为西方高高地站在道德讲坛上。

西方的人权是在与神权、君权的较量中发展起来的。西方中世纪社会被政教二元权力体系所支配，人们的生活分成了两部分，一部分是对应世俗权力的公共生活，一部分是属于教会的私人生活。在很大程度上，正是从这些私人生活领域，经过近代的变革，演变出最初的个人权利。尽管有一些特例，但西方国王在很多方面确实无法同东方君主相比，向封臣借钱的、被下属起诉的、被教皇开除教籍而自愿罚站的、为离婚而煞费苦心的西方国王均不乏其人。英国威斯敏斯特教堂内有很多名人墓，如果不看其中的英文，你分辨不出哪个是国王墓。相反，中国传统社会是一元的世俗权力结构，没有统一的国教，皇权控制了教权，享有宗教般的权威。

人们无法选择传统，无论是西方的人权观，还是中国的人权观都是历史和社会需要的产物。当然，传统是可以改变的，但这种改变需要时间，也需要符合各国不同的国情。

中国人对人权有着朴实的认识，人权必定与改善民众的生活直接相关。盖医院、建学校、修铁路、扩大社会医保范围、提高最低保障标准等，都是在改善人权。而这一切，在西方发达国家基本已成为现实。我们常说，存在决定意识。西方人与我们在生活习惯和观念，包括人权观念方面存在不同是很自然的。资深外交家吴建民在长期对外交往中有这样一个体会：凡到过中国的外国人比较好打交道，至少他们更容易理解中国的立场。这说明，有没有实地考察和亲身体验是不一样的。

实际上，不仅中西的人权观不同，几乎整个发展中国家与西方的人权观都有明显的差别。尽管这些国家的政治立场、宗教信仰和意识形态与我们不同，在人权问题上，它们与我们的观点更接近。在 2008 年 4 月“北京人权论坛”上，30 多位来自亚非拉和东欧的代表都不同程度地强调了发展权对人权的意义，强调了人权发展的多样化道路。这说明，人权观念和人权事业的发展取决于社会生活的实际需要。

稍微了解中国近现代史的人，都不能不承认，我们的人权观念发生了多么迅速而根本性的变化。在中国，戊戌变法是中国人要改变政治传统的最初表现，但一百年来，因为传统的惯性，更因为救亡和发展的现实需要，在大多数时间里，公民权或人权没有在实际上成为社会发展的目标。这期间有外来战争、有自然灾害，也有中国人自己的失误。尤其在“文化大革命”期间，人被划分为阶级，人权成为西方资产阶级的专利，成为研究的禁区。从 20 世纪 90 年代初我们开始人权研究，到 2003 年中共十六届三中全会提出

“坚持以人为本，树立全面、协调、可持续的发展观，促进经济社会和人的全面发展”。2004年，中国将“国家尊重和保障人权”写入宪法，而像明奇·沃登这样认为“中国人权状况出现急剧恶化”的西方人权活动分子，显然是戴着有色眼镜看中国，他们不了解中国的历史、国情，也不了解中国老百姓对人权问题的真实感受，却又想充当中国的“人权教师”。

奥尼尔·布兰丹在他的文章的结尾写道：“人权活动分子在涉及东方的问题上正在不知不觉地重新背上‘白种人的包袱’……但这对于中国推进民主权利来说毫无用处。”的确，我们不否认中西人权观的不同，但更应深入分析造成这种分歧的原因。如果西方一些人不能放下在人权问题上“高人一等”的身段，用更加客观、平和的心态看待中国截然不同的历史传统和社会需要，那么中西方关于人权问题的对话将很难向更深入和更积极的方向推进。

（原载《环球时报》，2008年7月24日）

让公民权利成为宪法研究的核心

世界上有多少国家就有多少宪法，没有成文宪法的国家也有其治国理政的原则和理念。如何衡量比较这些宪政及其理念？宪法的历史沿革梳理、宪政功能辨析、宪法文本法理解读等都是需要的，但公民权利的伸张维度更是值得重视的。

制定宪法的出发点和落脚点都是为了维护和保障公民权利，研究宪法的终极意义也在于此。宪法研究不能只是一种象牙塔学问，一种知识积累，更不能如袁世凯所言，是一种写在纸上，贴在墙上，给外国人看的东西。如果宪法是一种原则和理论，那么它不仅可研究，更是可实践和可检验的。公民权利就是其实践和检验标准。公民权利是衡量一个国家政治法律制度合理性、一种社会秩序能否长期稳定、经济是否可持续发展的重要尺度之一，也是社会发展进步的重要标志。

宪法的目的是规范公共权力，保障公民权利，维护国家的长治久安。在这点上，各国宪法大同小异，但实现这一目的的理念和制度路径的区别很大。中美宪法在这方面就有很大区别，概括地讲，中国是先国家后个人，表现为强调国家、集体和公共利益，自然资源和城市土地为国家所有，国有经济占主导地位，公共财产神圣不可侵犯，坚持社会主义道路，等等，有明显的集体主义特征。美国则是先个人后国家，从国家权力来源由个人权力让渡而来，到政府和宪法的目的是保障人民生命、自由和追求幸福的权利，有鲜明的个人主义色彩。这种理念上的区别在20世纪90年代两国关于人权－主权的辩论中得到充分体现。美国认为，人权高于主权；中国则认为，没有主权无法保护人权。

这几乎是一个“鸡与蛋孰先”的陷阱，但中美两国的宪政之路就是这样歧路相逢了。与美国自下而上的契约式宪政理念不同，中国的宪政之路基本上是自上而下的，是与传统政治文化观念相悖的。走中国特色的宪政之路，就是要走顶层设计、政府垂范、社会组织和公民有序参与，形成良性互动后，逐渐增量普及的道路。

最近两国元首在中南海瀛台谈话时，再次涉及人权－主权，足见其是两国宪政理念中的重要问题之一，迫切需要沟通。习主席解释中国人为什么将国家和国家的稳定放在优先的地位。中国文明从一开始就重视“大一统”。中国人讲究修身、齐家、治国、平天下，其中国家是第一位的。历史多次证明，只要中国维持大一统的局面，国家就能够强盛、安宁、稳定，人民就会幸福安康。一旦国家混乱，老百姓的灾难最惨重。我们对主权看得更重些，原因就在于中国在历史上曾多次遭受外敌入侵。中国人民对国家主权和安全面临的外部威胁往往最为敏感。这是中国长期面临历史忧患所造成的，而奥巴马则表示更加理解中国人民为何珍惜国家统一和稳定。

我曾在几年前的一篇文章中表示过对人权－主权讨论的看法。认为“人权高于主权”不是一个严谨的命题，其要害是混淆了人权与公民权的差别。因为，无论是“主权在民”还是“人民主权”，这里的“民”都是一国之内的公民，不是人权中所指的一般人，不包括外国人。按照西方的政治学逻辑原则，更准确的表述或许是“公民权高于主权”，因为各国主权是由其本国公民赋予的。但目前为止，国内反驳“人权高于主权”的文章几乎都是在人权与主权之间展开论述，主张“主权高于人权”，而没有指出人权与公民权之间的区别，和具体的主权范围与普遍的人权概念之间的非对应性。同理，

“主权高于人权”也不是一个严谨的命题。试问：哪国的主权可以高于他国的或普遍意义的人权呢？如果我们是想强调，主权是保护公民权所必须的，仅在这个意义上，没有主权就没有公民权。那也只能说，主权高于公民权。

宪法作为一种治国理念和原则，与现实中公民权利存在差距，可能是在所难免的。问题是这种差距有多大？如何解释这种差距？是尊重宪法，本着虽不能至，心想往之，并为之努力；还是强调现实合理性，将宪法束之高阁，使之成为可望而不可即的梦想。这是问题的关键。

对照美国宪法这面镜子，美国历史上曾经有很多污点。美国联邦政府和州政府公开承认这些历史错误，多次向土著、黑人和包括华人在内的少数族裔道歉和赔偿，向公民权利受到伤害的个人赔偿。这种官方认错行为不仅维护了宪法的尊严，更成为维护政府形象和增进国家认同的有效方式。

政府率先尊重宪法，民众就能在法制的基础上维护自身利益，各利益团体就能在合法的范围内调整相互关系，整个社会就可以在一个相对稳定的基础上运行。当然，民众也要尊重宪法，履行公民责任。政府与公民共同尊重宪法，是一个相互促进的过程。政府首先要尊重宪法、践行宪法，只有在充分尊重公民权利的基础上，才能期待公民义务的履行，实现全社会宪法的良性互动。反观中国历史上的历次农民起义，绝大部分是因朝廷无法无天、官逼民反。要避免中国历史上社会动荡的周期律，实现国家的长治久安，维护宪法权威和尊严，自上而下地依宪治国是必须的。美国社会发展相对稳定，与联邦政府对宪法的维护有直接的关系。如黑人群体是促进美国少数族裔公民权利发展的带头人，但他们是以宪法为武器，并得到了美国联邦政府的认可和支持。

宪法研究是一项跨学科的综合研究，需要联系国情特点，尤其是法律和文化传统，但无论如何研究，都不能脱离公民权利的实际，不能背离宪法的宗旨。这是以人为本的宪法研究，况且公民权利本身就是宪法的核心内容。宪法是至高无上的，但它首先要融入日常的社会生活中，而不是高不可攀、深不可测的学问，或庙堂上供奉的牌位。以公民权利联动宪法研究与实践，让宪法在社会生活中“活”起来，成为社会和政治生活的准绳。

由于中美国情不同，因此宪政理念差异很大，在美国成功的制度和法律不一定适合中国。美国法律和制度不可照搬，实际也照搬不了，但对美国的宪法进行研究和对中美宪政史经验进行比较是有益的，既有学术意义，也有社会现实启发意义。

（本文为重庆大学人文社会科学高等研究院举办的“美国宪法史研究的新视野：史学与法学的对话”参会文章，2014 年 11 月 28—30 日）

努力开拓中加关系的新里程

在中国和加拿大建交35周年之际，胡锦涛主席应邀访问加拿大，与马丁总理共同宣布，将两国的“全面伙伴”关系提升为“战略伙伴”关系。这是两国关系发展中的一个标志性事件，是两国政府和人民共同努力、相互合作的历史性成果。加拿大社会各界高度重视胡锦涛主席的来访，舆论认为与中国保持良好的关系符合加拿大政治、经济和文化发展等各方面的利益。

中加关系建立在相互尊重、平等互利的基础上，符合两国人民的共同利益，并有着得天独厚的有利条件。历史上，加拿大是近代以来没有侵略中国的少数西方国家之一，两国过去不存在历史纠葛，现在也没有根本利益冲突。在中国人民抗日战争的危难时刻，白求恩精神在中国人心中树立了不朽的光辉形象，至今成为两国人民友谊的一个象征。中加两国人民的交往可以追溯到19世纪中期，当时加拿大西部河谷地区发现金矿，一些在美国西部淘金的中国人北上进入加拿大。1973年特鲁多总理访问中国，开创了两国最高领导人互访的先例。1997年江泽民主席访问加拿大，与克雷蒂安总理达成“跨世纪全面伙伴关系”的共识，进一步加快了两国关系发展的进程。

在经贸领域，双方有很强的互补性。加拿大地广人稀，科技发达，在农业、能源、通信、环保、文教等领域居世界先进水平；中国人多，可耕地少，人均资源低于世界平均水平，面临产业和社会转型，与加拿大在能源、技术和投资等方面合作的前景广阔。正如温家宝总理所说："如果说，世界上有一个领土最广阔、资源最丰富、发展潜力非常大的国家，那就是加拿大；如果说，世界上有一个人口最多、市场最大、发展最有前途的国家，那就是中国。"在两国建交以前，这种贸易交往就开始了，并成为促进两国建交的推动力。

在国际政治领域，两国在推进多边主义，主张联合国在国际事务中更多地发挥作用，减少贫困，实现可持续发展、国际反恐、军控和核不扩散等全球重大问题上的看法相同或相近；在联合国、亚太经合组织、东盟地区论坛等多边机构的合作也不断加强。

在社会交往方面，现在加拿大有 100 万华人，是英、法以外的第三大移民群体。此外，那里还有 5.5 万中国留学生。这些在加拿大的华人是促进中加文化了解、经贸往来的社会基础。我国有十几个省市与加拿大建立了友好省市关系。可以说，中加关系能有今天的顺利发展，是因为它有着非同一般的政治、经济、文化和社会基础。目前，虽有一些影响两国关系的因素，如个别贸易项目的摩擦、偷渡、罪犯遣返等，但只要两国能从双边关系的大局出发，正确看待并妥善处理这些问题，就不会让这些分歧干扰"战略伙伴"关系的正常发展。

"战略伙伴"关系标志着两国关系进入了一个新里程，意味着两国关系在广度和深度上的扩展，这将为两国带来新的机遇，也将使两国面临很多新的考验。以双边贸易额而论，从 1970 年建交时的 1.5 亿美元，发展到 2004 年的 155 亿美元，35 年间扩大了整整 100 倍，成绩显著，但我们还应该看到，中加贸易在两国进出口总额中的比例依然较低。2004 年，中加贸易额仅占中国进出口总额的 1.3%，占加拿大全部进出口额的 2.6%。这与两国的经贸状况和"战略伙伴"关系很不协调。因此，两国领导人希望在 2010 年使双方的贸易额达到 300 亿美元，即比现在翻一番。扩大贸易额不仅是企业界的事，因为今天的贸易早已不限于货物的买卖，它还包括知识成果转让、教育、旅游、金融、保险等，需要社会各界的关心和参与。

第二次世界大战以来，随着英国的衰落，加拿大与英国的贸易逐渐减少，对美国的贸易额则迅速上升，美国最终取代英国成为加拿大最大的贸易伙伴。近 20 多年来，对美贸易始终占加拿大进出口总额的 80% 以上。加拿大政府和企业界一直希望能改变“将所有鸡蛋都放在一个篮子里”的局面。近年来加拿大总理访华时，总有几百名企业界人士随同，表现了加拿大在坚持外交政治多元化的同时，积极争取对外经贸多元化的热情和努力。截至 2004 年年底，加拿大在华直接投资项目有 7 900 多个，实际投资额约为 45 亿美元，同期中国在加投资项目有 173 个，投资额约为 4 亿美元。双方的差距是很明显的，考虑到加拿大人口不及中国人口的 3%，我们不能不感到肩上的压力。这次，随同胡锦涛主席访加的中国企业界人士有 100 多人，规模空前，既体现出我国新一代领导人务实的外交政策，也反映出企业界对加拿大市场的重视。

加拿大社会经济发展颇具特色。例如，加拿大是移民国家，有来自世界各地的移民，被称为“世界民族博物馆”。与美国坚持主流文化传统不同，加拿大率先在世界上奉行多元文化政策，尊重各民族的语言文化和传统习俗，被认为是一个各民族和谐的社会。虽然国内存在魁北克问题、各地区经济发展差异问题和土著民族问题，但加拿大政府对这些问题的高度重视和妥善处理得到了绝大多数国民和国际社会的认可。加拿大奉行多元外交政策和主张国际政治多元化，是其国内政策的一种外延。

再如，加拿大农业高度发达，粮食出口到世界各地，有“世界粮仓”之称，却只有不足 30 多万“农民”，不足全国人口的 2%。还有，加拿大是一个矿藏资源十分丰富的国家，一些矿产如铀、钾、锌，名列世界之首。加拿大人自称有世界上最严格的矿业安全管理制度，无论采矿环境还是安全生产都是世界一流的。1998—2001 年，在联邦政府管辖的能源和采矿企业中，只有一人因工伤而死亡。这些经验无疑是值得我们认真了解和借鉴的。

中加发展“战略伙伴”关系，必将惠及两国人民及子孙后代，并有利于亚太地区乃至世界的和平、稳定与发展。我们有能力让两国关系成为不同社会制度、不同发展水平国家长期友好合作的典范。

（原载《中国社会科学院院报》，2005 年 9 月 22 日）

他们这样使用土地

提高种粮收益或许有很多措施，如增加种粮补贴、控制或降低农资价格、推广优质品种、提高粮食收购价格，等等。但如何从根本上提高农村土地的利用率，让农民从中获得最多的收益，无疑是其中的关键之一。

我们调研的湖南省湘潭某村有223户，人口为893人，水田有690亩，旱田有101亩，山塘有45口，是以水稻、花卉苗木和养猪为主的农业村。长年在外打工者超过200多人，此外还有很多人短期外出打工，约40户以无偿或近乎无偿的方式将土地委托他人代耕。

该村新近开工的土地整理项目值得介绍。此项目由湘潭市国土资源局下属部门负责建设，建设工期为半年，计划总投资400余万元，土地整理总规模为75公顷（约1 125亩）。在充分利用自然地貌的基础上，平整合并分散的小块土地为可集约化经营的农林地。项目土地分为山地水果种植兼观光休闲区、无公害蔬菜区、水稻种植区和水景休闲地带。在规划图上还标有农民住宅区和公共墓地区，这意味着今后村民的宅基地和墓地也要规划，这将使这部分土地也得到合理使用。

目前，以各村民小组为单位，各家各户将自己名下的土地（包括水旱田、山林地和水塘）流转给某国有投资管理公司，每年村民从每亩土地的流转中可得到400斤稻谷，比他们自种或无偿请人代耕要好得多。所以，在不改变农民土地承包权、不改变土地使用性质、农民多得利的情况下，该公司与村、农户组和农户顺利地签订了土地流转协议。

在这种情况下，村民事实上成为以土地入股的股东，领到一份“股金”（稻谷）。当然，如果他们愿意，还可以通过竞标承包一片土地，但要承担市场的风险。他们还可以受雇于承包者，领到一份工资。这样，他们中的一部分人可以安心地在外打工，一部分人可以在家乡打工。这的确是一幅理想的图景。

但是，如果上述任何一环出现问题，村民怎么办？例如，不能以400斤稻谷以上的价格招标，或招标者经营亏损，或管理公司没有将招标后的利益合理分配。另外，少数种植承包大户会不会成为没有土地（所有权）的当代“地主”？那些受雇者会不会有成为“长工、短工”的感觉？毕竟，他们已无法恢复种植那一小块属于他们的土地。

如果这种集约化经营方式经受了市场化和权力监督的考验，最终成功了，我们在为该村农民高兴之余，仍会有一些忧虑。它毕竟是在400万元先期投入下启动的项目，对一个200多户的小村，这笔钱可不是小数。这种幸运在目前情况下，对绝大多数农民来说还是可遇而不可求的。如何才能让更多的农民更快地享受到现代农业发展的成果呢？

当然，我们也相信，榜样的力量是无穷的。他们的成功将极大地唤起农民改变家乡面貌的信心和积极性，各级政府会出台更多惠农利农政策措施，企业和社会其他渠道的资金也会被吸引到农业和农村现代化项目中。

（原载《中国社会科学院院报》，2008年12月2日第5版）

古今中外话“山寨”

近来,“山寨”现象因“山寨”手机和“山寨”春晚引起热议，人们似乎又发现了一个可以炒作或进行智力发泄的领域。但从史学角度看，这算不上一个全新的事物，也不仅是中国特色的东西。

“山寨”现象由IT行业、数码产品衍生出来，因“山寨”春晚产生轰动效应纯属偶然。本来它也可以由超女、明星模仿秀、流行歌曲、手抄本或网络诗歌小说、百家讲坛的学术超男超女们等现象引发出来。“山寨”现象绝不限于IT行业或文艺舞台，在社会生活的各个领域和学术领域都能发现类似的现象。

相对于芭蕾舞，迪斯科就是一种“山寨”舞蹈；相对于美声和民歌唱法，通俗唱法就是一种“山寨”唱法；相对于美国职业篮球联赛和中国男子篮球职业联赛，街头篮球就是一种“山寨”篮球；相对于国内几大传统菜系，各地的特色小吃也可以被视为“山寨”饮食。限于时间关系，我不能作更多的举例，仅谈点中外历史中的“山寨”现象。

中国古代的皇位继承是要根据血统的，可陈胜就是发出了“王侯将相宁有种乎”的呐喊。实际上，一些出身低微的人就是凭借武力完成了改朝换代，由山寨草莽变成了真龙天子。史书也只是按照“胜者王，败者寇”做出记载。可见，正统和非正统之间、官方与非官方之间，甚至法与非法之间，并没有截然的界限，在一定条件下都是可以相互转化的。

相对于官方史学、正统史学或学院史学，民间还流行着很多野史、民间史学、通俗史学、大众史学，出现很多历史演义、讲堂历史、戏说历史，甚至 2007 年被称作通俗历史年。在职业史学家看来，历史研究是一项极其认真严肃的工作，因为历史是以一种集体记忆的方式传承着一个民族或国家的文化传统和生产经验，其中政治史尤其承载着一个国家或民族的基本价值观念，有着培养公民意识的重要作用。历史怎么可以用来娱乐消遣呢？然而，历史有时并不以历史学家的意志为转移，人们对史学的多样性需求，为各种“山寨”史学留下了大量的生存和发展的空间。这一点不需多讲，只需对比一下各种“山寨”版史学巨大的市场份额和职业史学作品可怜的发行数量即可知晓。

西方主流经济学讲求以最小的投入获得最大的产出，维护私人财产权，但 18 世纪英国在饥荒时期却流行一种道德经济学，即认为牟利不应损害公众利益。在这种观念的指导下，英国城市的饥民冲进粮商的仓库和面包房，以他们认为的合理价格出售粮食和面包，然后将收上来的钱交给吓得目瞪口呆的商人。一些地方官员对这种严重危害社会秩序的粮食骚动也持默契或暧昧态度，既不当场制止，也不事后制裁。显然，他们认为，这种“山寨”行动有某种合理性。这种现象经英国史学家 E.P. 汤普森研究后，道德经济成为一种普遍的研究对象被用于不同国家历史的研究中。刚才，王学泰先生讲，中国南方近代饥荒时也有这种“吃大户”的现象。可见，这种“山寨”经济观念是有相当普遍性的。

尽管西方历史中充满了这种“山寨”现象，却没有“山寨”一词，可以与之对应的一个词或许是“草根”（grassroots）。这个词的意思有：群众的、基层的、地方的、乡村的、自发的、非主流的、下层的，它还有一种自然的、生命力旺盛的意义，针对的是正统的、官方的、精英的、上层的。它代表着某些民众或弱势群体的利益诉求。这些诉求有的是合理的、进步的，有的则是非理性的、落后的。但既然它是一种普遍的社会现象，就应引起有关各方的关注，具体问题具体分析。有的“山寨”活动也应该被纳入正规渠道，有的却并不需要。

值得一提的是，无论人们怎样看待和对待“山寨”现象，它都会存在，因为它是来自不同社会群体的不同利益决定的社会诉求，是一种人类社会发展过程中必然的或正常的现象。今天，我们关注和研究当代的“山寨”现象是必要的，但对此不必大惊小怪，更没有炒作的必要。

（原载《社会科学论坛》，2009 年 2 月上半月刊；本文为会议座谈发言稿）

奥巴马新政中的人权倾向

奥巴马入主白宫不仅是他个人的成功，奥巴马奇迹体现了一种美国历史进程中的进步精神，即不分种族、性别、信仰和贫富，要合众为一的自由与平等的人权精神。奥巴马竞选时没有打种族牌，他打的是美国牌。他的一句名言是，“这里没有一个黑色美国和一个白色美国、拉丁裔美国、亚裔美国，这里只有一个美利坚合众国”。从血缘上，奥巴马也不是黑人总统，而是黑白混血总统。不管奥巴马将如何改变美国，美国人的种族观念和政治观念已经发生了历史性的变化，奥巴马现象将成为美国人权史、美国政治史上的一个里程碑。

必须说明：美国对内人权的进步与其对外人权政策是有内在关联的，但并不是一回事，事实上，美国在人权问题上经常实行双重标准，有两种双重标准：一是国内外两种标准；二是对外两种标准，如对有利于美国利益的国家中违反人权的现象视而不见。这使对美国人权政策的分析十分复杂和困难。目前奥巴马政府的人权政策尚未正式亮相，我们只能根据奥巴马的个人背景、党派倾向，大危机的历史经验和美国最新的一些政策措施，分析、预测其人权政策倾向。

奥巴马的个人经历和党派背景将有助于美国国内人权事业的发展

奥巴马的个人经历非常具有美国特征——肯尼亚父亲、白人母亲、亚裔继父、同母异父的兄弟姐妹、单身母亲家庭、黑人妻子，还有很多各族裔的亲戚，是美国多元文化和种族融合的产物。奥巴马是否属于婚生子都有疑问，他的生父、老奥巴马与其肯尼亚前妻举行的是乡村婚礼，最后没有离婚证明，与奥巴马的生母——雪丽·安·邓纳姆在夏威夷结婚时也没有结婚证明。奥巴马在回忆录中说，“这段婚姻如何开始和何时开始依然弄不清，有些细节我永远没勇气弄清”。

奥巴马的成长经历是对社会公平重要性的一种见证。他的爷爷是穆斯林，奥巴马对宗教偏见应该有所了解；他的母亲是单亲家长，有时要靠食品券来养活孩子。他对生活的艰辛有切身体会；他的黑人血统使他对种族偏见一直有独特的认识。

奥巴马在法学领域一直从事保障公民自由和人权的工作。他一直强调，贫困群体也应享有平等的权利。他两次从名校毕业后，均放弃律师高薪工作的机会，到贫困的黑人社区工作。他对正义和权利等概念的认识不是纯理论的。从他的讲话中可以感到，他对美国原则和理想有着来自生活的切身感悟和热爱。奥巴马内阁中党派多元化、族群多元化（如有两名华裔、两名拉丁裔人士）、性别多元化、区域多元化等特点并非偶然。

学界一般认为，共和党代表中产偏上的阶级、大企业主，信奉保守主义、个人自由、机会平等、小政府，主张减税和社会福利；民主党代表中下层、工会、少数族裔，主张自由主义、更强调社会平等、弱势群体的权利，反对性别、种族歧视，主张增加税收和社会福利。在对外政策上：共和党推行国家主义、单边主义；民主党相对重视盟国和国际舆论。第二次世界大战结束后的很长时期里，美国经济发展顺利，两党的区别在逐渐缩小。但 20

世纪80年代以来，尤其是在当前的经济危机中，两党的分歧在很多领域又明显起来。奥巴马的个人经历和党派倾向必然在他的人权政策上有所体现。

奥巴马“新新政”的人权倾向

奥巴马面临的经济危机形势与采取的措施与当年罗斯福新政时非常相似。危机时期也往往是变革的时刻，因为危机意味着不能继续走老路了。实际上，历史上每一次危机都迫使美国作出各种政策调整，以适应经济和社会发展的合理需要。这也是人类理性发展和历史进步的一种表现和必然趋势。例如，20世纪30年代大危机产生了罗斯福新政，奠定了美国工会合法性和社会保障体系的基础。这次危机会给美国带来哪些变革呢？2008年，诺贝尔经济学奖获得者、美国学者保罗·克鲁格曼预计，美国总统奥巴马将实行“新新政”，变革将以扩大社会保障面和缩小贫困差距为目标，其中将以全民医疗保障为中心。自1946年杜鲁门总统提出建立全民医保体系以来，美国人为此已争论了半个多世纪。目前，美国是西方发达国家中唯一没有全民医保的国家。现在的医保与正规的工作挂钩，半日制、小时工、失业者就没有医保，全民医保无疑使低收入者更为受益。

目前，奥巴马的救市政策并不是就事论事的，而是考虑了社会和谐、经济正义、可持续发展，救市措施的重点在医保、环保、教育领域。在他最近提交的3.5万亿美元预算案中，约24%是医疗预算，增幅最大的三项预算分别是环保（34.6%）、扶贫（18.5%）和大学学费援助（12.8%）。[①] 美国学者塔伯特认为，在奥巴马看来，经济正义是所有理念中最为重要的一个。奥巴马说：“假如我们解除雇主对所雇工人的所有义务并且废除‘新政’的遗产，也就是政府经营的社会

① 参见《新京报》，2009年2月28日A23版。

保险系统，那样市场的魔力就会起作用，自动去照顾另外一些（富）人。”而20世纪80年代以来，以里根为代表的保守主义共和党政府的目的之一，正是要废除新政的遗产。

奥巴马明确要保留针对富人的遗产税，该税的起征点在200万美元以上；同时提高对低工资收入者的所得税补贴——从175美元到555美元。奥巴马认为，教育是全部经济机会的关键。他要求为大学教育抵免个人所得税4 000美元，这相当于公立大学平均学费的2/3，或相当于社区大学免费，让所有家庭的青年人都有接受高等教育的机会。

为什么克服经济危机的措施必须有人权倾向？因为经济危机本质上是一种社会危机、贫富差异危机，它表现为生产过剩危机，实际是生产的异化、财富的异化。国内外有些学者认为，此次美国金融危机与以往消费不足造成的传统经济危机不同，是过度消费引起的信用危机。从现象上看确实如此，但本质上它仍然是因为实际消费能力相对不足，导致信用消费过度透支所致。马克思曾对此作过分析：“乍看起来，好像整个危机只表现为信用危机和货币危机而且事实上问题只是在于汇票能否兑换为货币。但是这种汇票多数是代表现实买卖的，而这种现实买卖的扩大远远超过社会需要的限度的这一事实，归根到底是整个危机的基础。”所以制止经济危机，必须要调整社会关系，使再分配杠杆向弱势贫困群体倾斜。历史经验表明：经济的可持续发展必须遵从一些规律，如要将生产与消费平衡；社会的可持续发展也必须遵从一些规律，如要将贫富差别要控制在一定范围内，各种社会保障体系要覆盖一定的范围，等等。

奥巴马在总统就职仪式上说：“这场危机提醒我们，如果没有监管，市场很可能就会失去控制，而且偏袒富人国家的繁荣无法持久。国家经济的成败不仅仅取决于国内生产总值的大小，而且取决于繁荣的覆盖面，取决于我们是否有能力让所有有意愿的人都有机会走向富裕。我们这样做不是慈善，而是因为这是确保实现共同利益的途径。”他懂得，克服危机的关键是，“美国人民必须相信，他们的政府会为全体人民，而不仅为那些提供竞选资金的人着想”。奥巴马政府此次能否带领美国创造奇迹，时间和事实将作出回答。

奥巴马人权政策预测

奥巴马政府近期要提交审议的涉及人权的法案是2009年的“公平薪酬调整法”（Lilly Ledbetter Fair Pay Restoration Act of 2009），制止因性别和种族差异的同工不同酬，扩大“预防仇恨性犯罪法”（Matthew Shepard Act）的范围，防止种族、性别、信仰等仇恨导致的犯罪。对于普遍的《带薪病假法》，目前美国半数私企没有带薪病休待遇，1/4的低薪岗位也没有带薪病假待遇，奥巴马要求所有雇主都要提供每年7天的带薪病假。《家庭与医疗假法》准许职工请假照顾老人，职工每年有24小时参加孩子学校活动，照顾在其家居住6个月以上的人，还可以请假解决家庭暴力和性犯罪等问题。此外，奥巴马要废除2006年联邦婚姻修正法（the Federal Marriage Amendment in 2006），该法将婚姻定义为异性结合，这种法律性规定可能伤及同性恋和其他未婚组合。另外，奥巴马还要废除《保卫家庭法》，给予同性恋家庭与其他家庭一样的权利。新政府还要扩大领养权利，凡健康而有爱心的家庭，即使是同性家庭，都可以领养儿童。可以看出，这些政策是以往美国公民权利发展的延续和扩大。

在对外人权政策方面，奥巴马政府背景的文化多元特点有助于对人权发展多样性的理解，弱化以往西方的人权标准。奥巴马上台伊始就要求关闭使美国人权形象蒙羞的关塔那摩监狱。应该看到，这次经济危机不仅是对美国经济信誉的重大打击，而且也是对西方标榜的价值观念包括人权成就标准的一次挑战。挑战的实质不是指向人权观念本身，而是揭示了西方社会在人权方面远非尽善尽美。各国政府对这次危机的应对措施及其效果，实质是对各种国家制度合理性及其变革能力的一次检验。

美国对外人权政策既同其国内人权政策有关，又受实用主义、国家利益的影响。如为了照顾国内工会尤其是蓝领工人的利益，保障国内就业，可能排斥外国产品，批评我们劳工工资低、劳动保护条件差（应该说，有些方面我们是需要改进的）。对中国作为美国的经济伙伴，又是美国经济利益的挑战者，在经济危机面前，美国以往对我国意识形态化的人权攻击可能暂时会有所削弱，如最近希拉里访华时更重视兜售美国国债，而没有突出她一贯强调的人权问题，但在一些具体领域，如劳工标准、环境标准、食品安全标准等，奥巴马政府对我们的人权指责可能会有所加强。

（原载中国社会科学院《要报：领导参阅》，2009 年第 8 期）

从政治文化角度看美国的医改纷争

一、美国医保的现状和问题

近来，美国的全民医疗保险制度改革问题引起热议，大有超越应对经济危机和反恐问题的态势，成为美国政治的“重中之重”。美国的医保制度遭世人诟病是不争的事实，一方面，世界上几乎所有发达国家都建立了全民医保，一些不那么发达的国家如俄罗斯、印度、巴西、智利以及社会主义国家古巴、朝鲜也都有全民免费医疗制度，尽管免费医疗的水平不一。作为世界最强且最热衷于讲人权的美国，至今却有 4 000 多万人没有免费医疗，这实在有损美国的国际形象。另一方面，美国目前人均医疗消费之高世界领先，医疗效率却为世界倒数。世界卫生组织的一份报告显示，在被统计的 191 个国家中，美国人均医疗支出排名第一位，而国民总体健康水平排名却只有第 72 位，医疗筹资分配公平性排名在第 55 位左右。2002 年，一位美国学者曾指出，虽然古巴人很穷，人均收入约只有美国的 1/20，但每个人都有基本的医疗保障，几乎没有营养不良或无家可归的人，婴儿死亡率和预期寿命几乎同美国一样。

有研究表明，美国家庭因病致贫、企业因不堪医保费用而破产或亏损的比例相当高。2007 年全年，美国申请破产的家庭中高达 62.1% 的家庭首要的财务问题来源是“医疗费用过高”，而并非“房价下跌”或“投资资产缩水”。受影响的不仅是美国的百姓与家庭。由于美国的企业雇主必须为其雇员提供医疗保险，近5年来，1/3以上的中小企业因为医疗费用过高而导致亏损。美国标志性大企业的问题则更为严重。有人指出，每辆通用汽车的价格中有高达1 300美元是为其员工支付的医疗保险成本。这在世界所有品牌的汽车中位列第一。2009年的《华尔街日报》更是将美国汽车行业衰退的首要原因归于“过高的医疗保险费用”，即美国医疗保障体系不仅增加了家庭和企业负担，还增加了本已不堪忍受的政府赤字。

一般美国人的医疗保险是同工作挂钩的，法律强制雇主为雇员购买，即有工作能纳税的人有医疗保险，而没工作或临时工作的人没有保险。奥巴马要为这4 000多万没有纳税的65岁以下且处于贫困边缘的人提供医疗保险，钱从哪里来？联邦政府现在只为65岁以上的老年人和贫困线下的穷人提供医疗保险，新增的这部分医疗保险显然要增添现有纳税人的负担。奥巴马当然明白增税的危险性，他提出医改的大部分费用将来自对现有联邦医疗保险体系的节约挖潜。这意味着或被反医改者理解为“要削减现有的医保水平”，因此遭到保险公司、制药商、医疗机构和老人协会的反对。

为什么改革这么一个有明显问题的医保体系在美国这么难？这里面有什么更深层次的背景？这是本文要探讨的。

二、医改屡挫的政治文化原因

自1946年杜鲁门总统提出建立全民医保体系以来，其后的几位民主党总统如肯尼迪、约翰逊、克林顿都为此做出各种努力，但都没有成功。这次奥巴马发誓，宁可只做一届总统，也要完成这件事。任何改革都会引发既得利益者的反对，美国医改也不例外，但这些利益集团却打出捍卫美国传统价值或美国信条的旗号，这触动了美国人特殊的敏感神经。

与世界人民相比，美国人更怕什么呢？一是征税，二是大政府，因为这两个东西会侵犯个人财产权和自由。当年正是对英国征税的恐惧导致了殖民地革命，才有了美国。历届美国政府对征税向来谨慎，美国在经合组织各国中各类税收占 GDP 的比例为倒数第二低。大政府则象征着专制政府或管制公民私人生活的政府，它必然也会压制市场经济的自由。

奥巴马医保方案的反对派就是利用了美国人的这两大恐惧。共和党反对的主要理由是：这会让政府接管医疗界，让美国走上“高税收、高福利”的道路，削弱美国的经济竞争力和个人奋发进取的动力。有学者指出，“美国有很多人很穷，没有医疗保险，但是他们就是对政府充满了怀疑，反对一切形式的国家化”。有人听说奥巴马政府开通了一个电子邮箱，让人们将自己对医改的意见发送过去，就大发牢骚：这不是让老百姓向政府汇报思想吗？这样的社会如同乔治·奥威尔的政治讽刺小说《1984》中的情景，太可怕了！当然，实际上，美国人的生活一刻也没离开政府，但美国人就是这么想象政府的。有学者甚至认为，美国人对政府的怀疑和警惕，怎么高估都不会过分。正如美国经常发生枪击案件却无法禁枪一样，因为持枪是一种公民抵御暴政的自卫权利。

新政实施以前，西方自由主要指包括人身自由在内的信仰自由和言论自由，罗斯福经历了 20 世纪 30 年代大萧条和法西斯专制的惨痛教训后提出了“四大自由”，即在言论自由和思想自由之后，加上了免于物质匮乏和恐惧两项自由。这等于为政府提出两大任务或目标，其中从免于物质匮乏的自由中引申出公民的福利权，成为第二次世界大战后西方福利体系构建的理论基础。用罗斯福经常引用的一句话说，“贫困的人不是自由的人”，为了美国的政治自由，必须保障公民的经济权利。奥巴马正是以罗斯福为榜样，推行其包括医改在内的新政的。

三、两种福利观念

包括美国在内的整个西方福利救济观念受基督教影响很深。在基督教教义中，慈善救济是一种宗教义务，在穷人得到物质救济的同时，富人的灵魂也得到拯救。基督教鼓励的乐善好施实际是一种“双赢”，有利于贫富和谐、社会稳定。但这种基督教救济观念在近代以来，被个人主义福利观所补充。这种个人主义传统认为，无论是从经济上还是道德上，一个人应该依靠自己而不是依靠别人。所谓“自助者天助之”。自助不仅是美国建国至新政以前制定救济政策的出发点，而且对新政以来至今的社会政策仍有很深的影响。美国是世界上最奉行个人主义的地方，这种个人主义传统必然在福利救济传统中留下深刻的烙印。

政治家、发明家富兰克林对后来美国福利观念的发展影响很大，他写的《富兰克林自传》和《穷查理历书》风靡西方乃至世界，更为美国新移民人手一册的人生指南。他坚信贫困是个人原因，强调贫困的社会原因不可避免地会加重对社会的依赖。对穷人做好事之道不在于使他们在贫困中过得舒服些，而是要引导他们依靠自身努力走出贫困。说美国救济思想中有浓厚的个人主义色彩，绝不意味着美国人尤其是富人都是一毛不拔的“铁公鸡”。在钢铁大王卡内基、微软创始人比尔·盖茨这样的富翁中，有很多都是慈善事业的热心人，他们主张征收财产累进税。卡内基在其有世界影响的《论财富》一文中，留下“死时越有钱，越丢脸”的名言。因此，在美国福利观念中，个人主义与基督教福利观念长期并行，虽然在美国历史上的大多数时期，前者明显占上风，后者只是新政以来至20世纪80年代才进入社会政策议程。

这两种传统有明显的党派色彩，可以大致认为，民主党往往是社会福利权利的倡议者，共和党则更信奉个人主义、市场力量和小政府。当前美国人对医疗改革的辩论中，这种党派分野也很清楚。20世纪70年代以来，一些美国政治家和学者将新政以来的大政府现象归结为福利制度的发展，认为弱势群体福利权利的扩张导致了政府权利的扩张，因为这些权利都是在政府的干预下取得的。如同反医改派利用美国信条一样，支持医改派也用权利平等作宣传，因为贫困和恐惧疾病的人都是不自由的。尽管目前民主党人在两院中尚占多数，但一些民主党人对医改将增加财政赤字，以及能否提高医保效率也心存疑虑。一些人认为，现存医保的高花费、低效率与政策强制相关，再扩大政府在医保中的作用，后果难料。这使自 F. 罗斯福新政以来美国人对公民福利权利的争论进一步升级。

用阶级观点分析，福利也可以被理解为对穷人遵守社会秩序的一种“策略性报酬”。因为在穷人饥寒交迫的时候，富人即使住进城堡也不会安全。在这个意义上，福利权代表着一种将公民中的弱势群体整合到主流社会中的政治努力。所以，即使最激烈的财产权利拥护者也会同意确保社会中每个人有基本的生活条件。

应该说，此次医改是一次社会资源的再分配，一些弱势群体将以医疗福利的形式得到更多的份额。一些民调显示：尽管因经济刺激措施和医改遭到反对，奥巴马的支持率近来有所下降，奥巴马的医改还是得到了多数普通美国人的支持。在某种意义上，这也是一次草根民主与精英民主、个人财产权与社会利益、市场作用与政府功能的较量。尽管目前尚难言这场较量的最终结果如何，但无论结果怎样，奥巴马医改方案的提出本身就是美国福利观念的一次进步。

（刊于《中国卫生》，2009 年 11 期；最早载于《新京报》，2009 年 10 月 10 日 B04 版，题名为“美国医改为什么这么难？”）

美国如何延续美国梦

美国历史实际上就是一个不断地“合众为一”的过程。也就是说，不断地将以往被排斥的社会群体纳入体制，使各种“不安定”因素成为制度的维护者。

探究美国梦已经成为一个研究领域。学者解释，美国梦就是实现美国建国理想或美国人的价值观——自由、民主、平等；老百姓说，美国梦就是用诚实的劳动挣得公平的收入。两种表述乍看差距不小，但实际是相通的，没有前者就不会有后者。这对美国尤其如此。因为美国是世界上种族、族裔、宗教、教派最多的国家，或许是最难管理的国家，再算上平均人手一枪，如果没有一种得到普遍认同的价值观念和制度保障，结果不堪设想。

为弱势群体提供足够的空间

首先《宪法》和《独立宣言》是必不可少的，它们如同美国这艘巨轮上的压舱石，维持着这个国家的基本稳定。

那些在体制外争取权益的群体形形色色，采用的方式也各式各样，但有一点是相同的，他们没有反对国家的基本政治制度。我在研究美国公民权利观念时，也许是学力不足，并没有发现工会和黑人领袖提出过有学理创意的政治思想。相反，他们要求依照《宪法》和《独立宣言》精神，赋予他们公民权利。也就是说，他们实际抗议的是美国政府没有遵循美国理想，阻碍了他们的美国梦。正是在美国理想与美国社会现实形成的反差面前，美国开明政治家和各界人士顺应社会潮流，勇于变革。这是美国社会变革没有出现革命的根本原因。

此外，美国社会为弱势群体提供了聚集力量、争取公民权利的足够空间，这包括结社自由、言论自由和司法独立。虽然林肯的《解放黑人奴隶宣言》并没有在政治和经济上解放黑人，但马丁·路德·金认为，《解放黑人奴隶宣言》让黑人拥有了使用自己的组织去斗争的能力，能在以后的争取自身自由的过程中承担重要角色。

不同于被南北战争解放时的被动和孤立无助，解放后的黑人逐渐有了自己的教堂、报纸，黑人可以在此进行宣传组织，培养民运骨干。若没有黑人教会，没有黑人之间的横向联系，黑人运动及其胜利是不可能的。

1960 年，马丁·路德·金与一些民权人士在《纽约时报》上刊登整版宣传广告，抨击南方各级政府镇压民权运动的恶行，但一些内容细节失实，招致当地政府以诽谤罪起诉报纸，要求 500 多万美元的名誉赔偿。《纽约时报》积极应诉，不服州、市两级地方法院罚 50 万美元的裁决，将官司打到最高法院。最高法院认为，让新闻媒体保证每一条报道都真实无误，是一件不可能的事，尤其在公共事务的讨论中，除非公职人员举出诽谤是恶意的证据，即知假传假，否则不能以诽谤罪起诉。只有这样，言论自由才有呼吸的空间。他们一致驳回原判，《纽约时报》胜诉。其实，美国法院在维护新闻和言论自由方面早有作为，1923 年，《芝加哥论坛报》也曾因报道地方政府破产失实而遭起诉，但该州法院判决报纸无罪，理由掷地有声：“宁可让一个人或报纸在报道偶尔失实时不受惩罚，也不能使全体公民因担心受惩罚而不敢批评一个无能和腐败的政府”。法院觉得，没有相对独立的媒体和司法制度，就没有弱势群体正常申诉的空间。他们的不满和愤怒就会以非正常的形式爆发出来。

法制的权利和自由

对于美国政府高规格地纪念马丁·路德·金，不能仅将其看作形式主义的政治宣传。首先我们对马丁·路德·金应有一个更完整的认识。马丁·路德·金绝不仅是黑人运动领袖，他关心所有受压迫的人，不仅是美国人。因此作为国际性人权运动的领袖，马丁·路德·金不是一个民族主义者，他反对讲黑人权力、黑人独立或分离，而主张各民族平等融合，这正是美国信念和美国梦所需的“合众为一”。

工人运动和工会曾被认为是资本主义的终结者，引起资产阶级和政府的恐惧和镇压，但在大危机中，资本主义政府看到了工人弱势将引发的另一种社会、政治和经济的危险，转而采取了扶植工会以平衡资方的策略，使工会获得空前的发展机会。但是，工会和集体谈判合法化的同时，也意味着工会要守法，一切依据合同条款去解决。在合同有效期内，工会要负责履行合同，罢工属于非法；只有在合同到期，经谈判无法达成新协议时，在履行相应的程序后，才可以用罢工来施加压力，但罢工原因必须是有关合同内容的。以前大规模的政治罢工、跨行业罢工不见了。这样，工会强大后并没有出现资本主义国家危机，反而使资本主义延续了下来。

实际上，美国工会此后坚定地站在了政府的立场上，正因为如此，任美国劳联－产联主席达25年之久的乔治·米尼，在1963年获得总统自由勋章，被约翰逊总统称为“公民和国家的领导人”。美国还在1994年发行纪念米尼诞辰100周年的邮票。

美国建国之父杰斐逊认为，传闻失真、误解等导致民众不满和骚乱是很正常的，反而民众麻木是更可怕的，“麻木是公众死亡的前兆”。因此，“时不时发生一次小规模的叛乱是件好事，它在政治界中就像暴风雨在自然界中一样必不可少”。

由于美国政府将这些当年的叛逆者视为在纠正自身错误，实现美国理想的人，因此能够坦然地就历史上的奴隶制和种族歧视、歧视和排斥华人、暴力对待土著等错误行为正式道歉，并真诚地、隆重地纪念当年的麻烦制造者。在美国最高法院向游客放映一部介绍最高法院历史的短片中，特别提到1857年司科特案判决的重大失误，警醒世人，最高法院也会犯错误。这是一种自信和有活力的表现，也是美国的力量和希望所在。

1964年，马丁·路德·金以民权运动领袖的身份出现在《时代》杂志封面上，当时没有给他任何标签。2013年8月，马丁·路德·金以建国者的身份再次出现在《时代》杂志封面上。“建国者”称号通常指在《独立宣言》上签字和参加制宪会议的开国元勋们。现在美国将这个称号赋予马丁·路德·金，意味着美国将马丁·路德·金的时代也作为一个建国的里程，作为美国梦在21世纪延续的动力。

（原载《中国新闻周刊》，2013年第32期）

后 记

记我的父亲

人们常说父母是孩子最好的老师，我的父亲就是在我的人生中给我指引、教导、陪伴我的那个最重要的人。

记得小时候家住新源里，父亲总带着我去丽都公园玩。他在凤凰牌自行车的前梁上装了个小竹篮，我就坐在他前面。等我稍大些，他便让我坐在后座上，抓着他的衣服。那年我5岁，他45岁，他带我迎着杨柳絮穿街过巷。

上小学后，他每天都会接送我上下学。走出校门，我总能一眼看到人群中那个高大的身影正在慈爱地对我挥手。在我写作业遇到困难时，父亲就像一本百科全书，他会耐心地引导我想出解决方法。闲暇时，父亲会陪我参加各类体育活动。我滑旱冰他跑步，我踢足球他守门。为了鼓励我坚持运动，他经常会给我一些小奖励。比如，今天游泳500米，便可以买一个我最爱吃的麦香鱼汉堡。北大百年讲堂经常会有演出，他经常会买票带我去听交响音乐会、看歌舞剧等以开拓我的视野。父亲用心把我培养成一个兴趣广泛的孩子，他用实际行动告诉我运动是健康的保障，有了好的身体才能更好地投入学习工作。

每年放寒暑假，父亲都会让我制定一个假期计划，并督促我完成每日任务。计划详细到一天中每一个时段要做什么，其中包括学习、运动、娱乐等各个方面。令我印象最深的是，每天要交给他一篇几百字的短文。他会像老师一样仔细地帮我改作文、写评语，并和我就一些话题进行深入探讨。当时的我不以为然，总觉得父亲对我的管束太多了，但现在回过头看，设定目标、制定阶段性计划并付诸行动才能高效地达成目标。父亲的教诲提升了我的时间管理和独立思考的能力，为我日后的学习和生活打下了良好基础。

初中毕业后，我远赴加拿大求学，就像父亲20年前一样。初到加拿大时我非常不适应，不仅因为语言文化的问题，没有朋友，学习很困难，也因为远离他乡的缘故而格外地想家。父亲开导我说："学会享受孤独。"他让我每天写日记，记录下这些感受。每天我都把日记发给他，他也会给我回信。我们一年间发了几万字的邮件，父亲就像我最好的朋友，陪我度过了在异国他乡求学中最困难的第一年。

父亲，我最敬爱的父亲，我真的好想你！我多想你再陪我些日子，等我事业有成，结婚生子，我们一家人幸福地生活在一起！请原谅我小时候不懂事，理解不了你的良苦用心！请原谅我在你生病时无能为力！请原谅我刚毕业未能尽孝！我相信你一定去了一个更好的地方，那里没有病痛，没有悲伤，只有鲜花和同一首歌永远地陪伴着你！

*这篇短文是我人生中写的最困难的一篇文章，每写几句话，我都会因为思念而泣不成声。好几次我都想放弃，因为一打开这个文档我就控制不住自己的情感。为了能写完这篇文章，我带着笔记本电脑去了咖啡厅，听着嘈杂的音乐，看着人来人往的街头，我才能平复心中的悲痛，告诉自己要勇敢地面对一切。

贝贝于加拿大多伦多

2019年9月27日

图书在版编目（CIP）数据

边走边思：刘军学术随笔集 / 刘军著 . — 北京 :
北京理工大学出版社，2021.8

ISBN 978 - 7 - 5682 - 9741 - 7

Ⅰ . ①边… Ⅱ . ①刘… Ⅲ . ①随笔 - 作品集 - 中国 -
当代 Ⅳ . ① I267.1

中国版本图书馆 CIP 数据核字（2021）第 067392 号

出版发行 / 北京理工大学出版社有限责任公司
社　　址 / 北京市海淀区中关村南大街 5 号
邮　　编 / 100081
电　　话 / （010）68914775（总编室）
（010）82562903（教材售后服务热线）
（010）68948351（其他图书服务热线）
网　　址 / http://www.bitpress.com.cn
经　　销 / 全国各地新华书店
印　　刷 / 唐山富达印务有限公司
开　　本 / 710 毫米 ×1000 毫米　1/16
印　　张 / 22.25
字　　数 / 305 千字
版　　次 / 2021 年 8 月第 1 版 2021 年 8 月第 1 次印刷
定　　价 / 68.00 元

责任编辑 / 钟　博
文案编辑 / 毛慧佳
责任校对 / 刘亚男
责任印制 / 李志强

图书出现印装质量问题，请拨打售后服务热线，本社负责调换